Katarína Dérová

Tretiemu chlieb

Bibliografische Information der Deutschen Nationalbibliothek:
Die Deutsche Nationalbibliothek verzeichnet diese Publikation
in der Deutschen Nationalbibliografie, detaillierte bibliografische
Daten sind im Internet über http://dnb.dnb.de abrufbar.

© Katarína Dérová
Herstellung: BoD – Books on Demand, Norderstedt
Obálka: © Katarína Dérová, Gabriela Betinská
2. prepracované vydanie, 2015

ISBN: 9783734752216

(Úvod)

Prv než čarovné a dobroprajné sudičky opustili kolísku, z ktorej som zabalená v perinke potichučky a pozorne sledovala dianie okolo seba, tajne do nej na rozlúčku vložili atlas sveta, kompas a nezabudli ani na túlavé topánky.

Ako školopovinnému dieťaťu mi z ich štedrých darov najviac učarovalo modro-zeleno-žlto-hnedé stvárnenie celučičkého, obrovského sveta na desiatkach strán v atlase. A hoci v sebe skrýval všetky kontinenty, moria a oceány, predsa sa zmestil do aktovky! Sedávala som nad ním dlhé, predlhé hodiny, pozorne študovala prieplavy, prielivy, zálivy, pevniny a po zrelej úvahe zapisovala do špeciálneho zošita presný plán budúcich výprav veľkej Katky za spoznávaním neznámych končín a kultúr v nich žijúcich. Zvolila som si cestovanie loďou, kombinované putovaním pevninou po vlastných (tzv. ruksaková turistika) alebo dostupnými motorizovanými prostriedkami. Lietadlová doprava v tých časoch ešte nebola natoľko populárna a finančne prijateľná pre mňa, dieťa nadmieru šetrné, a navyše z aeroplánu kdesi vysoko nad oblakmi človek toho veľa neuvidí. Odhliadnuc od bielej, beztvarej masy, pripomínajúcej penu na holenie. Po vypracovaní každej novej trasy som sa hrdo pochválila svojimi brilantnými, logistickými schopnosťami predovšetkým babičke, ktorá si vždy so záujmom vypočula odvážne, *marcopolovské* sny obľúbenej vnučky, chápavo sa pousmiala a nikdy nezabudla (*šach-mat-ovo*) dodať: „Ach, dievka moja, dopriala by som ti cestovania, ale maximálne tak prstom po mape poputuješ tam, kam všade teraz plánuješ!"

Nehľadajte za jej vetou žiaden pesimizmus, ale iba reálne videnie situácie onej doby, niekedy medzi rokmi 1978-85. Presne si pamätám na obdobie, keď aj vycestovanie do susedného Maďarska umožňovali úrady iba so špeciálnym povolením a maximálne dvakrát do roka. A to nehovorím o problémoch, ak človek pokukoval smerom západnejším! V časoch socializmu a dookola omieľanej družby so ZSSR babičke ani omylom na um neprišlo, že o pár rokov neskôr budú na námestiach štrngať kľúče, ostnatý drôt zmizne a ja vďaka nečakaným zmenám predsa len obujem zaprášené, túlavé topánky zo svojej kolísky a s *kompasom na špičke nosa* obídem veľa vzdialených kútov našej krásnej matičky Zeme.

Dnes s mamou rady spomíname na zašlé (= staré dobré) časy, na našu babičku a jej predpoveď, ktorá sa v tomto prípade, našťastie, nesplnila.

5

Balím kufre ... alebo ako šla Katka na vandrovku (1.)

„V polovici júla odchádzam na dva mesiace brigádovať do Mníchova," oznámil mi v istý horúci, júnový podvečer Tibor, kamarát zo súboru. Písal sa rok 1992 a my sme si práve užívali krátku prestávku na ďalšom z tanečných vystúpení. „Bola si tam už niekedy?"

Vlastne ani nepočkal na odpoveď a hneď v nasledujúcej vete ma prekvapil návrhom, aby som ho prišla aspoň na týždeň navštíviť.

„To fakt? Ty tak dobre ovládaš nemčinu?"

„Ale kdeže. Na krátkodobé prežitie v cudzine mi bohato stačí tých pár slov, čo zo seba v prípade potreby dostanem. Ideme so spolužiakom upratovať do firiem. Prácu sme si zohnali cez študentský servis na škole. Boli sme takto makať minulý rok a v pohode sme všetko zvládli. Beháme s obrovskou čistiacou mašinou po chodbách a veľa toho nenarozprávame. Nieto ani s kým. Ale za ten parádny zárobok sa to oplatí. Dokážem si z neho zafinancovať celý budúci semester, vynovím si šatník a tentokrát si doprajem i kvalitnú hi-fi sústavu."

Tibor študoval architektúru v Bratislave, ja som pol roka dozadu nastúpila na jedno novovytvorené, perspektívne oddelenie. Zabezpečovalo mi svojským spôsobom komunikáciu s celým svetom. (Babička by oči otvárala, keby ešte žila!)

„No ak ponuka stále platí, tak jasnačka, že prijímam!"

Moja duša rodeného cestovateľa podskočila od radosti. Dovtedy sa mi podarilo zavítať do Nemecka na jednodňovú návštevu Freiburgu, čo je – čisto štatisticky - prežalostne málo. A tak som si o niekoľko týždňov zakúpila lístok na medzinárodný spoj *Bratislava – Mníchov* a v deň „D" sa s batožinou na chrbte vydala v ústrety novým *der-die-das* zážitkom. Ani trochu netušiac, ako radikálne mi *jeden výlet* zmení život ...

Pohodlne som sa usalašila na pridelené miesto v autobuse a so záujmom pozorovala, ako neznámi spolucestujúci postupne zapĺňajú okolité sedadlá. Pri každom novom príchodiacom, ktorý sa zjavil na schodíkoch vo dverách, podávajúc lístok vodičovi, som sa narýchlo snažila odhadnúť, či práve *on* alebo *ona* bude oddychovať zvyšok noci po mojej pravici.

„Ahoj, ja som Hana a zdá sa, že číslo desať je tu vedľa teba," oslovilo ma mladé, štíhle dievča so sympatickou tvárou, ktorú lemovali nakrátko ostrihané, gaštanové vlasy. Už pri prvom úsmeve som vycítila, že my dve sa veru nudiť nebudeme. A naozaj sa nám ústa nezatvorili takmer až po hranice bavorskej metropoly.

„Od skorého rána som na cestách," zverila sa mi Hanka. „Idem z Liptova a v Bratislave som si potrebovala tiež niečo vybaviť. Konečne som dostala odpoveď zo školy, že ma prijali na denné štúdium. Po maturite som nastupovala na miesto au-pair v Nemecku. Dostala som sa k nemu úplnou náhodou cez známu a ďalej som iba trpezlivo čakala, či ma zoberú na výšku.

6

Ak by to nevyšlo, zostala by som rok vonku a nanovo išla na prijímačky. Ale za týchto okolností pobudnem v rodine približne do konca septembra." „Prezraď, ako je u nich? Páči sa ti? Neoľutovala si, že žiješ s úplne cudzími ľuďmi pod jednou strechou, myslím tou ich, a vidíš im, takpovediac, do hrncov?" zasypala som svoju spolusediacu množstvom otázok ako pri výsluchu na policajnej stanici. „Kdeže ľutovať. Veď sú fantastickí. Bývajú na vidieku, takže sa u nich cítim ako doma. Filiz ešte študuje. Teraz má síce letné prázdniny, ale keď začne nový semester, bude niekoho nutne potrebovať ku dcérke," pokračovala ďalej a pridala aj niekoľko zážitkov a chválospevov na adresu nemeckej famílie.

„Ja som si tiež podala žiadosť," priznala som sa Hanke. „Najprv do Kanady, ale asi nakoniec skončím vo Francúzsku. To mi sľúbila vybaviť kolegyňa. Je bývalou učiteľkou francúzštiny a viacerým dievčatám našla nové pôsobisko cez akúsi agentúru. Teraz k nej pravidelne chodím na kurzy. Istú dobu potrvá, kým sa naučím aspoň základy, a jazyk sa mi nebude lámať pri výslovnosti, ale veď musím niečo obetovať, keď sa chcem dostať aspoň na rok niekam za hranice. Nuž tak pri každej príležitosti poctivo trénujem huhňanie nosom."

„Ty... a o Nemecku si neuvažovala?" zaskočila ma svojou spontánnosťou budúca vysokoškoláčka.

„O Nemecku??? Pravdupovediac, nie. Ovládam iba angličtinu, no a včuleky tá francúzština..."

„Ale to vôbec nevadí," prerušila ma. „U nich obaja, teda Filiz i jej muž, hovoria po anglicky. A malá Luisa zatiaľ nerozpráva. Ak by si privolila a prejavila seriózny záujem o uvoľnenú pozíciu, prihovorím sa za teba. Nemecky sa naučíš neskôr. Priamo na mieste."

„Si si istá, že by im to neprekážalo?"

„Podľa toho, ako ich poznám, nie. A keď sa za teba prihovorím, čo predpokladám, že môžem, tak by sa to malo podariť. Tak ako, súhlasíš?"

Jej nefalšovaný entuziazmus dokonale nakazil počas dlhej, nočnej jazdy i mňa. Slovo dalo slovo, vymenili sme si adresy, telefónne čísla a dohodli, že sa onedlho telefonicky spojíme. Ja som si chcela najprv osobne zistiť, čo potrebujem na dlhodobý pobyt v Nemecku, Hanka sa zasa chystala porozprávať s domácimi.

Týždeň v Mníchove ubehol veľmi rýchlo a hoci v kalendároch figuroval už prvý septembrový týždeň, šťastena mi dopriala krásne, slnečné počasie. Tibor so spolužiakom si prenajali menšiu garsónku na severe mesta, v časti *Milbertshofen*. Domov prichádzali až navečer, dokonale zmordovaní po niekoľkohodinovom upratovaní, takže väčšinu pobytu som trávila úplne sama. Na svoje orientačné schopnosti som sa mohla spoľahnúť, marcopolovské gény fungovali bezchybne a s požehnaním sudičiek by som sa vybrala i na koniec sveta. Mesto som prebrázdila krížom-krážom a viac-menej po vlastných. Vždy deň dopredu som si po dôkladnej porade s mládencami vytýčila trasu pochodu. Sústredila som sa na hlavné pamätihodnosti a atrakcie Mníchova a neskoro popoludní sa vracala do garsónky na zodratých nohách, aby som nám trom z posledných síl prichystala niečo chutné a jedlé na večeru. Kúzlila som vcelku úspešne na dvojplatničke. A chlapci sa takisto potešili zmene stravovania. Veď im po dvoch mesiacoch trčali špagety z uší. Mne však hlavou po celú dobu vírili spomienky na rozhovor s Hankou. Nečakaný vývoj udalostí zaskočil i mňa, ale na druhej strane mi prišiel veľmi vhod.

Návrat na Slovensko sme si s Tiborom naplánovali spoločne. Rozhodli sme sa ušetriť peniaze a vyskúšať vo dvojici možnosť stopovania. So zdatným chlapom po mojej pravici som nepociťovala ani štipku strachu pred nastávajúcim dobrodružstvom. Práve naopak! U-bahnom sme sa skoro ráno odviezli k výpadovke z mesta a zaujali výhodnú pozíciu na dobre viditeľnom mieste. Žiadne auto sa však pri nás nezastavilo. Minúty bežali a bežali, my sme trpezlivo vyčkávali, mávajúc vlastnoručne zhotovenými ceduľami s nápisom *Viedeň – Bratislava*, no nik nejavil záujem o spontánne rozšírenie posádky. Začala sa ma zmocňovať panika a čaro *zaoceánskych výprav* zinkasovalo prvú nepríjemnú príučku od osudu, ktorý sa s padavkami nemazná. Podľa pravidla: *prežijú iba odvážlivci s pevnou nervovou sústavou a hrošou kožou.*

„Myslíš, že sme sa správne rozhodli, riskovať stopom takú diaľku?" sklamane som uprela zrak na Tibora.

„Dúfam," vyriekol nie príliš presvedčivo. „Týmto spôsobom som cestoval dvakrát a zakaždým sa mi nakoniec podarilo niečo zohnať. Hoci, pravdupovediac, takto dlho to ani raz netrvalo."

„Chceš mi jemne naznačiť, že ti svojou prítomnosťou kazím skóre a mám sa ísť radšej schovať do kríkov?" pokúsila som sa o žartovanie na vlastný účet.

„Ach, ty trdlo! Stačí, ak si natiahneš igelitku na hlavu! ... Pozri, ak sa do tretej nad nami nik nezľutuje, pôjdeme vlakom."

Jeho návrh ma čiastočne upokojil. Určite i preto, že som sa neinformovala vopred, koľko tak koštujú lístky na železničnú dopravu. Sklapla by mi sánka aspoň po kolená a viac by som ani nepípla. S modlitbou na perách by som pokorne vyčkávala ďalej, prípadne sa vybrala nazad pešo. Asi po dvoch hodinách sa predsa len niekto zľutoval. Mladík v športovom aute zabrzdil niekoľko metrov od nás a otvoril okienko na predných dverách zo strany spolujazdca.

„Idem do Innsbrucku. Ak vám neprekáža smer, zoberiem vás na kus cesty."

Bez akéhokoľvek zvažovania sme okamžite súhlasili. Chceli sme sa za každú cenu odlepiť z tých nešťastných, začarovaných súradníc.

„Odkiaľ ste a čo ste robili v Nemecku?" spýtal sa nás zvedavo.

„Zo Slovenska. V Mníchove som získal brigádu na leto a kamarátka za mnou prišla na návštevu," odpovedal Tibor lámanou nemčinou (od ktorej som sa rozhodla čitateľov i v neskorších kapitolách ušetriť). „No a teraz sa vraciame naspäť domov."

„Ach, tam dole to veru nemáte ľahké... Vojna je zlá vec. A tie hrôzy u vás..."

„Vojna?" prekvapene sme naňho pozreli a hneď aj pochopili drobné nedorozumenie. „Ach nie, my nie sme z Juhoslávie, my pochádzame z Československa!"

Odvtedy som podobnú vetu vyslovila x-krát a veru často, naposledy v polovici mája 2015. Zaujímavé je, že drvivá väčšina cudzincov (a tým vstupujem do svedomia výhradne Európanom, ktorí sú *doma* na *najmenšom kontinente s viacerými štátmi pokope*, pričom naučiť sa ich rozoznávať by nemal byť až taký veľký problém v našom globalizovanom svete, hlavne ak zo životopisu aspoň polovice spomínaných viem, že nevyrastali v lese a dokonca navštevovali celkom slušné školy), ktorí v živote neprekročili hranice *Slowakei* či *Slowenien* a ani projektovo nespolupracujú so žiadnou zo spomínaných republík, a preto nie sú prinútení mrknúť do mapy, kde *na konci sveta* (slušne povedané, pozn.autora) sa tieto nachádzajú, aj po viacnásobnom upozornení, že JA pochádzam z bývalej ČSSR, prejde v rozhovore i tak automaticky späť na Slovinsko alebo časť tých odvážnejších/úprimnejších rozpačito zamrká mihálnicami a ešte raz sa spýta: „A skade že to ty teda vlastne si?" ... *Čím to asi bude?* Priznávam, na vine sú obe strany. *Jedna* nie je schopná/ochotná si informáciu o polohe zapamätať, *druhá* sa zasa nevhodne/nedostačujúco prezentuje.

„Tu odbočujem, takže sa musíme rozlúčiť. Cesta na Viedeň pokračuje ďalej rovno," zahlásil zrazu náš šofér, rukou naznačujúc správny smer. Takmer v rovnakom okamihu zastavil na kraji diaľnice, kúsok pred výjazdom na Innsbruck. Vysadil nás takisto nečakane, ako nás predtým nečakane pribral ku sebe do auta. Prekvapenie sa zmenilo na šok a my sme nedokázali nijako vhodne zaprotestovať. Na náležitú reakciu sme sa vlastne necítili ani dostatočne rečovo zdatní. Dnes už viem, že odbočka *smer Innsbruck* sa nachádza približne šesťdesiat kilometrov za Mníchovom, takže sme zdolali iba desatinu plánovanej cesty.

Zalial ma studený pot pri predstave kempovania za zvodidlami v neznámej pustatine. V spomínanom bode mi výhľad na okolie zakrýval asfalt a betónové konštrukcie výjazdu. Privádzali ma do zúfalstva. Netušili sme, ktorým smerom sa vybrať k najbližšiemu odpočívadlu či ľudskému obydliu. Myseľ bola paralyzovaná, nohy akoby skameneli. Priamo za odbočkou sme zaregistrovali rozsiahle vyasfaltované priestranstvo, kde by sa zmestilo snáď i tridsať motorových vozidiel. Nestihla som zistiť, či a keď áno, tak akú funkciu plní v skutočnosti (bo nasledujúce dejstvo sa odohralo príliš rýchlo), ale vtedy nás pravdepodobne uchránilo pred možnými nepríjemnosťami.

„Tu nám v živote nik nezastaví, iba ak diaľničná polícia a my zliznnme riadnu pokutu! Preboha, veď sme sa ocitli v krajine nikoho!!!"

9

Práve som za vyslovenú vetu pridávala trpkosť v podobe troch výkričníkov, keď zrazu, približne sto metrov pred nami, v opísanom priestranstve zaparkovalo akési auto. Ani nie tri minúty po odchode mladíka. Auto stálo a čakalo. My sme sa ani len nepohli. Nechápavo sme naň hľadeli a od údivu vôbec nereagovali, až kým z neho nevystúpil asi päťdesiatročný chlap. Mával na nás rukou a kričal, čo mu sily a hlas stačili, že nás vezme so sebou. Nie je ľahké prehlušiť dupot benzínových koní na spojnici Mníchov-Salzburg.

„Pozri, on asi fakt volá nás ...," obrátila som sa neveriacky k Tiborovi.

„Katka, utekaj! To nebude fatamorgána."

Schmatli sme naraz batohy a takmer v behu, aby si to náhodou nerozmyslel, naskákali dnu cez otvorené dvere mercedesu. Na prednom sedadle sme súčasne zaregistrovali ženu, približne vo veku šoféra.

„Pomaly som sa obával, že nemáte záujem. Preboha, čo ste tam robili?" premeriaval si nás so záujmom v spätnom zrkadle, len čo znovu naštartoval motor. V skratke sme mu opísali naše dobrodružné cestovanie domov.

„Po Viedeň vás zoberieme, ideme s manželkou na dovolenku do Budapešti. Vyhovuje vám to?"

„Samozrejme! Od Viedne je to iba kúsok, to zvládneme hocijako. Hlavne, že sme sa dostali odtiaľto. Keby nie vás, bohvie, ako by dopadol dnešný deň."

Cesta so zhovorčivým, sympatickým párom nám ubehla neskutočne rýchlo. Nielen vďaka veselej anglicko-nemeckej konverzácii, ale i preto, že na tachometri ich vysokovýkonnej *stíhačky* svietilo stabilne 240 km/h, čím vlastne náš záchranca vykompenzoval časovú stratu zo začiatku stopovania. Dvakrát som zaostrila zrak na palubnú dosku, či sa mi nesníva a šťuchla pritom nebadane i Tibora: „Aha." Ako chlap iba zošpúlil ústa a uznanlivo zakýval hlavou. Uhol, pod ktorým som sledovala číslice, nemohol byť až tak zavádzajúci, ale pokiaľ je mi známe, na tachometre neplatil vtedajší prevodový kurz 1:20, lebo výsledok po prepočte (12 ká-em-há) by som pripísala skôr slimákovi a nie stíhačke! Nikdy potom som nepreletela spomínaný úsek trasy v podobne rekordnom tempe.

Krátko pred Viedňou sa šofér - či skôr pilot - pri pohľade na diaľničné tabule ku nám pootočil, aby nás prekvapil po druhýkrát.

„A viete čo? Bratislava nie je až tak ďaleko... a my si môžeme spraviť menšiu obchádzku! Čo povieš, drahá?"

Jeho žena súhlasne prikývla a než sme príjemne zaskočení stihli s radosťou pritakať či nebodaj poďakovať, už nás vykladali na autobusovej zástavke pred Starým rozhlasom v Bratislave. Obaja nám ešte veselo zamávali na rozlúčku a ich auto sa stratilo v hustej poobedňajšej premávke.

Po návrate domov som okamžite zašla na nemecký konzulát a informovala sa ohľadom potrebných formalít. O niekoľko dní nato som zavolala Hanke.

„Katka, rodina, bohužiaľ, práve nie je doma, ale s tvojim príchodom súhlasili, takže pomaly bal kufre! Idú však najprv na dovolenku do Turecka. Máš sa im opäť ozvať o dva týždne a potom vydiskutujete ostatné." „Naozaj môžem prísť?" overovala som si jej posledné slová, pociťujúc isté (oprávnené?) obavy. „Áno, neboj. Je to stopercentne dohodnuté. Preberáš po mne miesto." Do ich návratu som náhlivo vybavovala všetko potrebné. U vtedajšieho zamestnávateľa som si podala žiadosť o poskytnutie neplateného voľna na pol roka. Popravde povedané, vôbec som nerátala s kladnou odpoveďou. Dovtedy nikdy nikomu niečo podobné neodsúhlasili. Aj preto som v nej uviedla iba šesť mesiacov, hoci som plánovala zostať vonku celý rok. Spoliehala som sa, že i tentokrát budú postupovať podľa zaužívaných pravidiel a žiadosť mi zamietnu, a tak šesť mesiacov hore-dole nerobilo pre mňa na papieri žiaden podstatný rozdiel. Lenže vrchnosť sa rozhodla inak a ja som ťažko stonajúc prijala ich odobrenie. Zároveň som odhlásila podnájom, kde sa pomaly vyostrovala situácia medzi mnou a majiteľkou bytu. Rozviedol sa s ňou muž, obe deti sa rozhodli presťahovať k nemu a ona psychicky nezvládla vývin udalostí. Aby dokázala aspoň splácať nájomné za veľký, štvorizbový byt, vzala si do uvoľnených izieb dve podnájomníčky. Život však znepríjemňovala iba mne. Prvú podnájomníčku jej odporučil synovec, čím dievčine automaticky zabezpečil potrebnú imunitu. A práve vďaka nej som sa dozvedela o nedávnych udalostiach v rodine a rýchlo pochopila, že ak nechcem skončiť na antidepresívach, musím čo najrýchlejšie z bytu von, musím konať. Nemienila som cudzej osobe robiť dobrovoľníčku, na ktorej si bude vylievať svoju zlosť a bezmocnosť z nevydareného manželstva, za všetky roky týrania a ponižovania. Avšak zohnať niečo nové sa (bez základov čarovania) rovnalo NULE. Odchod do Nemecka by vlastne bezbolestne vyriešil tento pre mňa dosť nepríjemný, krízový stav.

Po dvoch týždňoch som teda opäť prezvonila telefónne číslo svojho budúceho pôsobiska. Hanka práve nastúpila do prvého semestra na vysokú školu doma na Slovensku a jej bavorská rodina zrazu zareagovala akosi zvláštne. Hrozil mi srdcový kolaps, keď som si uvedomila, čo všetko som už rozbehla. Do zamestnania by som sa síce vrátiť mohla (zrazu som i odsúhlasenie žiadosti videla v inom svetle), ale zároveň hrozilo, že sa ocitnem zo dňa na deň na ulici alebo pod mostom. Späť do podnájmu by ma nik nedostal. Ani párom volov! A ani dvoma!

11

Neznámy s balíkom alebo čo nás čaká... (2.)

Nasledovali ďalšie dva či tri diaľkové hovory s rodinou, než sme s konečnou platnosťou spoločne stanovili pevný termín príchodu. Posledný týždeň pred *zdvihnutím kotvy* som zvolala narýchlo niekoľko rozlúčkových večierkov so známymi a príbuzenstvom. Po zrušení podnájmu som sa rozhodla väčšinu svojich vecí vziať so sebou. Nerada totižto akémukoľvek predmetu predčasne a bezdôvodne skracujem výrobcom naplánovanú životnosť odlifrovaním do zberných surovín alebo na smetisko. Záchrana hmotných statkov sa však paradoxne stala takmer záhubou ich majiteľky. Pár zbytočností, o ktoré som nechcela prísť, som nechala u našich doma. Viac by sa k nim i tak nezmestilo, a tak som zvyškom naplnila novú, červenú cestovnú tašku o rozmeroch psej búdy (minimálne) pre bernardína. Nadšenie z nastávajúceho dobrodružstva mi zaslepilo oči natoľko, že som do autobusu okrem príručnej batožiny naozaj naložila aj svoj lodný kufor veľkosti XXXL. Pod jeho ťarchou sa dokonca lámali pevné, chlapské telá. Na nástupišti som počúvala posledné, dobré mienené rady rodičov a prisľúbila im, že si budem dávať pozor, že sa okamžite po príchode ozvem, že, že, že...

„Slečna, môžem vás o niečo požiadať?" prerušil zrazu náš rozhovor neznámy muž s akýmsi balíčkom v ruke. Otočili sme sa prekvapene k nemu a on pokračoval. „Cestujete do Mníchova?"

Súhlasne som prikývla. Moja mama zvykla vravieť: „Ak na zástavke autobusu stojí sto ľudí a jeden z nich sa pokúša zistiť, koľko je hodín, istotne si zo zvyšných deväťdesiatich deviatich prítomných vyberie na odpoveď práve mňa." Túto danosť som pravdepodobne po nej zdedila – stala som sa obeťou náhodného výberu. (Dodnes sa mi pravidelne stáva, že som mobilným *informačným centrom* na verejných priestranstvách.)

„Obraciam sa na vás s veľkou prosbou. Náš zamestnanec tam pracuje a ja mu potrebujem niečo súrne poslať. Zajtra to musí byť bezpodmienečne u neho a toto je najrýchlejší a najspoľahlivejší spôsob, ako mu zásielku doručiť. On by si balíček prišiel ráno vyzdvihnúť k autobusu, takže s ním naozaj nebudete mať žiadne starosti."

Popri tom vyťahoval z vrecka papier, vizitku s menom, adresou, telefónnym číslom a svoj občiansky preukaz.

„Pokojne si prehliadnite moje doklady. Zapíšte si meno, rodné číslo, čo len chcete. Ale vskutku by ste mi veľmi pomohli, keby..."

Príliš som sa vtedy nezaoberala právnymi dôsledkami neuváženého jednania. Bola som mladá, bezstarostná deva, ktorá túžila spoznávať veľký svet a nehľadala v zmýšľaní a vetách neznámych ľudí triky zákerných členov medzinárodnej mafie. Hneď som súhlasila. S jedinou podmienkou!

„Váš kolega si zásielku musí naozaj vyzdvihnúť hneď ráno, pretože miesto, kam mierim, sa nachádza približne tridsať kilometrov od Mníchova a ja sa na okolí zatiaľ absolútne nevyznám. Ak sa oneskorí, má smolu! Po mňa príde rodina, takže čakať nemôžem."

„V poriadku. Ešte dnes mu zavolám a vysvetlím situáciu, aby dorazil načas."

„Moment," v tom okamihu sa do dialógu zapojila aj moja prezieravá mama. „Vôbec vás nepoznáme a taký balík môže skrývať naozaj hocičo! Viete, v dnešných časoch sa neoplatí každému slepo dôverovať a ja by som bola nerada, keby sa dcéra kvôli vám dostala do akýchkoľvek nepríjemností."

„Samozrejme, chápem vás a ak chcete, pokojne si prehliadnite celý jeho vnútrajšok. Prisahám na svoju česť, sú v ňom iba pracovné materiály."

„Mami, neboj, ja mu verím," povedala som zmierlivo. Neznámy pôsobil na mňa sympatickým a serióznym dojmom.

„Ale...," snažila sa ešte čosi zaprotestovať mama.

„No veru neviem, neviem...," pridal sa aj otec.

„Pozrite, údaje z dokladov si prepíšeme pre každý prípad a za nezákonné pašovanie dostanem maximálne tri roky," snažila som sa ich presvedčiť svojským žartovaním, nepoznajúc skutočnú dĺžku pobytu za mrežami za podobný trestný čin. A tak mi toho večera i napriek ich pochybnostiam nakoniec do výbavy pribudol navyše aj jeden menší balík s neznámym obsahom.

Po rozlúčke som nastúpila do autobusu. Nerozumiem prečo, ale ani jedna z nových, luxusných, zahraničných značiek sa priestorovo nevyrovnala starým, priestranným Karosám. O pohodlnom sedení nemohlo byť ani reči. Zahádzaná som bola taškami a spoločnosť mi onoho večera robila asi sedemdesiatročná, vitálna pani. Aj ona pretrkotala celú noc. Jednalo sa však o monológ a mne z neho išla rozletieť hlava. Po pár kilometroch som automaticky vypla príjem. Únava z posledných dní spôsobila svoje a ja, pohrúžená do myšlienok, som uvažovala, čo ma asi očakáva v ďalekom, neznámom svete.

Chladné, mníchovské ráno ma privítalo o piatej pred *Hauptbahnhofom*. Hlavná vlaková stanica už na mňa nepôsobila dojmom obrovitánskeho labyrintu ako pri prvej návšteve, keď som sa obávala, že sa v jej útrobách bezo stopy stratím.

Pavol prišiel na zastávku autobusu v dohovorenom čase. Prebral zásielku a na oplátku mi vložil do ruky pokrkvaný lístok.

„Ešte raz vám ďakujem za ochotu. Veľmi ste nám pomohli. Telefónne číslo na papieriku patrí mne a kedykoľvek budete niečo potrebovať, pokojne sa ozvite. Máte to u nás k dobru! Nezabudnite..."

Prinútila som sa k zmorenému úsmevu na rozlúčku a ani náhodou netušila, že jeho pomoc vyhľadám čoskoro, ba vlastne hneď.

Spolucestujúci sa pomaly vytratili na všetky svetové strany, autobus zmizol kdesi v uličkách prebúdzajúceho sa veľkomesta a ja som stála pri svojej červenej, tichej spoločníčke. Snažila som sa okom skúseného detektíva objaviť medzi rannými vtáčatami môjho budúceho chlebodarcu. (Pokojne som sa mohla ísť aj poprechádzať, tašku pred krádežou ochraňovala jej vlastná váha). Minúty pribúdali a ja som pomaly prestala dúfať, že o mňa niekto čo i len zakopne. V cudzom meste sa každá sekunda navyše javí ako ďalšia polhodina a od istej chvíle nepomáha ani sledovanie ruchu na okolí. Únava a neistota zvíťazia aj nad takými dobrodruhmi, ako som ja. Asi so štvrťhodinovým oneskorením sa predsa len dostavil na stanicu sympatický, mladý muž, iba o pár rokov starší odo mňa. Blond vlasy, modré oči, trojdňové strnisko sťaby zo zakázanej Marlboro reklamy. Bez zaváhania sa pobral ku mne. Omyl vylučovala predovšetkým do očí bijúca skutočnosť, že z pôvodných štyridsiatich cestujúcich som stála bezradne na výstupišti už iba ja.

„Prepáč, meškám. Si Katarína, či? Ja som Marcus. Ahoj. Dúfam, že nečakáš príliš dlho. Tá červená batožina patrí tebe?"

Pritakala som, podávajúc mu ruku na zvítanie. Zazdalo sa mi, že sa naľakal veľkej hory za mnou, a tak už naše prvé stretnutie bolo vlastne začiatkom konca. Po krátkom, zoznamovacom rozhovore, keď mu po zdvihnutí činky v tvare tašky takmer vyliezli oči z jamok, ma nasmeroval na parkovisko, usadil do auta a po diaľnici sme sa vydali na neznámy, bavorský vidiek.

Domček, pred ktorým sme zastali, som vnímala vďaka celkovej vyčerpanosti iba hmlisto a posteľ v ňom bola pre mňa vyslobodením na niekoľko najbližších hodín.

Keď som sa prebudila, uvedomila som si, že odteraz ideme *naostro* a ja začínam byť hlavnou hrdinkou vo filme s titulkami (... na ktoré však zo svojej pozície nedovidím). Z nemčiny som v roku 1992 neovládala takmer nič. Nerátajúc, samozrejme, výrazy, ktoré sa na Bratislavčanov lepia automaticky, ak fúka správny vietor od Viedne. Lenže *Schule*, *Brot*, *Mehl*, *Hund*, *Schwester*, *Bruder* nie sú práve najvhodnejšími slovíčkami, ktoré by dokázali vytrhnúť človeka z blížiacej sa šlamastiky.

Filiz ma privítala v to sobotné poludnie výborným obedom s bohatým výberom. Hoci sa ku mne snažila správať priateľsky, vycítila som z jej chovania istý odstup. Bola iba o necelé tri roky staršia odo mňa a študovala na mníchovskej univerzite právo v poslednom ročníku. Útle, nevysoké žieňa s rovnými, svetlými vlasmi po plecia. Tvár na prvý pohľad vcelku sympatická a aj pohľadná, ale pri pozornejšom skúmaní predsa len svojským spôsobom dosť tvrdá a neprístupná.

Jej muž Marcus si robil doktorandské štúdium, čosi z oblasti umenia. Luisa, ich štrnásťmesačné, usmievavé slniečko so svietiacimi blond vláskami, ktorú som sa podujala najbližší rok opatrovať, sa ma vôbec nebála a od

začiatku akceptovala ako právoplatného člena rodiny. Navrávala som si – *dobrý začiatok, dieťa ťa prijalo …*
Že sa *občas* mýlim, mi bolo jasné už dávnejšie, čo mi ale jasné nebolo, že práve nadišiel čas na *občas!*
Okrem mňa pribudli v ten víkend do domu aj dve krásne, mladé mačky. „Ryšavá sa volá Katie a čierna Jägerin. Sú z jedného vrhu. Doviezla som si ich z dovolenky na Kanárskych ostrovoch. Žijú ich tam na uliciach stovky a mne sa uľútostilo tých malých, opustených stvorení. Pôvodne boli mačiatka štyri a do dnešného víkendu žili u Iris, mojej najlepšej kamarátky," vysvetľovala Filiz. „Kým si nezvyknú na nové prostredie, budú zatvorené v obývačke. To je tá izba, kde si spala i ty. Zvyšok domu ti poukazujem, keď sa naješ."
Neznáme teritórium sa Katie a Jägerin okamžite zapáčilo. Hoci sa mali so mnou deliť iba o izbu, rozhodli sa chlpaté krásavice spontánne a bez akéhokoľvek súhlasu, že ma budú vytláčať aj z postele. V jedle si nevyberali a zo začiatku sa tvárili čisto vegetariánsky. Najviac im chutili bambusy v obývačke. Chrúmali ich ako rodený bambusiar čiernobiely.
Dom, kde sme sa na konci októbra ocitli, patril svojou rozlohou do kategórie tých menších a na môj vkus bol i dosť chladný a tmavý. Mal už svoje roky. V jeho útrobách sa nachádzali tri izby, priestranná kuchyňa, chodba, schodište a kúpeľňa. I napriek (takmer zanedbateľným) mínusom pôsobil na mňa istým spôsobom *gazdovsky* útulne. O spálňu na poschodí sa rodičia delili s dcérou, vedľa nej si zriadili spoločnú pracovňu. Tú plánovali neskôr prerobiť na detskú izbu. V jej rohu visela sieť na spanie, ktorú Luisa s obľubou využívala na poobedňajší odpočinok. Rozkladací gauč v neveľkej obývačke na prízemí s dvojkrídlovými presklenými dverami, ktorými sa vychádzalo do záhrady, mi pridelili natrvalo. Takéto podmienky síce nezodpovedali všeobecnému štandardu, ale mne v danom okamihu nič neprekážalo. Podľa platných stanov musela (okrem iného) každá rodina poskytnúť svojej au-pair vlastnú izbu, inak by jej agentúra nepridelila žiadne dievča. Pravdupovediac, ešte som presne neovládala podmienky podobných zmlúv a predovšetkým – všetko to bolo len v vzájomnej dohode medzi zmluvnými stranami.
V prvý deň som spoznávala iba dom a záhradu. Filiz po nej behala bosá, akoby vonku vládlo horúce leto, i keď je pravda, že okolo obeda stúpla ortuť na teplomere do prekvapujúcej výšky.
„Dnes večer sme pozvaní na návštevu, a tak tu zostaneš sama. K dispozícii máš všetko, čo potrebuješ. Jedlo je v chladničke. Nemusíš na nás čakať, vrátime sa veľmi neskoro," oznámila mi po obede moja au-pair *mama.* (Vekovo by skôr pasovalo označenie *sestra.*)
Luisa sa práve hrala v našej blízkosti a zrazu ju zjavne zaujalo minirádio so zabudovaným kazeťákom, ktoré som dostala pred odchodom do daru od príbuzenstva na zdolávanie smútku v ďalekej, neznámej krajine.

15

„Smiem jej ho dať?" spýtala som sa pre istotu Filiz a keď prikývla, pustila som jej potichu hudbu, a ona s neskrývanou radosťou zaradom stláčala dostupné gombíky.

Luisa bola naozaj veľmi spokojné dieťa. Na svoj vek sa pohybovala spôsobom, ktorý som dovtedy u batoľaťa nevidela a nezažila. V sede si pred seba stočila nohy do O, zaberala nimi ako pádlami a šikovne sa šúchala po zadku smerom dopredu. O pár rokov neskôr som čosi podobné zažila aj niekde inde.

Okrem iného mi pripomínala odšťavovač. Do úst si najradšej vkladala kúsky mandarínky alebo hroznové bobule, vycucala z nich dôkladne šťavu a zvyšok dužiny vypľula von.

Prvý večer na novej adrese som teda trávila sama, keď zrazu zazvonil telefón. Na opačnej strane spojenia sa ozvala Filiz a snažila sa mi na diaľku niečo ozrejmiť. Posielala ma do predsiene k peci, ale viac som výrazom v angličtine nerozumela, a tak to nakoniec radšej vzdala. Asi po hodine od ich odchodu sa otvorili vchodové dvere a dnu vstúpil Marcus. Prekvapene som na neho hľadela a nechápala, čo sa deje.

„Zabudli sme vypnúť kúrenie, nuž som sa vrátil, aby sme zbytočne nemíňali energiu," vysvetlil mi a vzápätí, len čo *oheň* zhasol, zasa odišiel preč.

…, to nás neminie (3.)

Nedeľa sa odvíjala takmer navlas rovnako ako sobota. Naraňajkovali sme sa spoločne. Ponuka na stole s prívlastkom bohatá a lákavá ma nasýtila už len pohľadom na ňu. Neskôr som sa hrala s Luisou a postupne zisťovala, že nezvyčajný spôsob jej premiestňovania nie je nič moc na moje ubolené kríže. Navyše ju ako magnet priťahovali schody v chodbe, a tak som sa ju snažila mať neustále na očiach, čo tiež nerobilo dobrotu. Okolo poludnia prišli na návštevu tri dievčatá. Dozvedela som sa, že jedenásťročná Dani a trinásťročná Lena sú dcéry Iris. Štrnásťročná Antje bola ich sesternica. Asi o hodinu odišli všetci niekam preč a mňa opäť nechali doma samú. Vlastne v spoločnosti dvoch kanárskych mačiek. Po obede som sa išla trochu prejsť blízkym okolím a v diaľke som dokonca zahliadla i vrcholky Álp. Priamy to dôkaz, že sa skutočne nachádzam v hornom Bavorsku. Večer balil Marcus kufre a skoro ráno odchádzal na týždennú služobnú cestu niekam do zahraničia. Ani sa so mnou poriadne nerozlúčil.

Pomaly sa ma začala zmocňovať neistota z akejsi divnej atmosféry vôkol mňa. Márne som hľadala v správaní domácich niečo z Hankinho nadšeného opisu počas spoločnej, septembrovej jazdy autobusom.

Už nadchádzajúce pondelkové ráno malo priniesť nečakané rozuzlenie. Filiz vošla ku mne do izby. Sadla si do kresla oproti mne a dosť chladným hlasom mi oznámila, na čom sa pri večernom rozhovore s Marcusom dohodli.

„Katarína, obaja si myslíme, že sa k nám nehodíš. S Hanou to bolo akési iné a od včerajška mám pocit, že chcem radšej niekoho mladšieho než si ty. Nepýtaj sa ma na viac... už sme sa rozhodli. Vrátiš sa späť na Slovensko. Necítili by sme sa dobre vo vlastnom dome, keby si tu zostala!"
Po doznení viet, čo ťali do živého, by sa vo mne nik krvi nedorezal. To je pravdepodobne aj dôvodom, prečo si na jednotlivé úseky nášho rozhovoru spomínam iba matne. Takmer doslovne som však cítila, ako mi červeň postupne rozožiera líca. Telom mi lomcovala zimnica a jazyk mi nadobro zdrevenel. Jej slová na mňa dopadali ako krupobitie tej najľadovejšej sprchy, zásobovanej vodou z oblasti severného pólu.
„Ale ja sa nemám kam vrátiť, ja sa teraz nemôžem vrátiť...," chvejúcim sa hlasom som sa snažila vysvetliť Filiz svoju (poľutovaniahodnú) situáciu. I keď bola neoblomná, čo sa ich rodiny týkalo, ponúkla mi férové riešenie.
„V poriadku. Našim rozhodnutím ti určite spôsobíme zbytočné nepríjemnosti. Preto navrhujem: pokým bude Marcus preč, zostaneš u nás bývať. Aj stravovať sa budeš s nami. Ja hneď teraz zavolám do agentúry a požiadam ich o adresy rodín, ktoré zháňajú au-pair. Máš sedem dní na to, aby si si zohnala nové miesto! Samozrejme ti s vybavovaním pomôžem. Ak sa nám ale nepodarí nikoho nájsť, odchádzaš v pondelok naspäť na Slovensko!"
„Ďakujem," prepasírovala som nasilu aspoň jedno jediné slovíčko cez veľkú hrču v stiahnutom hrdle. Na viac som sa v danej chvíli nezmohla.
Hlavou mi vírilo tisíc splašených myšlienok. Zvažovala som, kde sa vlastne stala chyba. Väčšinu času som trávila sama. Luisa ani raz nezamrnčala v mojej prítomnosti. Nerozbila som im žiadnu vzácnu, rodinnú vázu. Snažila som sa pomáhať po celý čas. *Tak čo sa im, preboha, nepáči???*
Nechápala som, prečo mi tvrdohlavo odmieta vysvetliť konkrétny dôvod či dôvody. V kútiku duše som závidela mačkám, ktoré na rozdiel odo mňa získali potrebný čas na aklimatizáciu v neznámom prostredí a snažila sa ich odhovoriť od obhrýzania bambusu, aby ich náhodou nepostihol podobný osud ako mňa. „Nicht Bambus! Maus ham-ham."
Lenže zhýčkané Španielky nedali na lámanú nemčinu svojej spolubývajúcej a ďalej si robili, čo chceli.
Nasledujúce dni sa zmenili na preteky s časom. Plavbu na potápajúcej sa lodi. Bez príležitosti niekomu sa posťažovať či vyrozprávať. Akákoľvek spoľahlivá *bútľavá vŕba* stála odo mňa aspoň päťsto päťdesiat kilometrov východným smerom.
Filiz sľúbenú pomoc splnila do poslednej bodky. Zavolala do agentúry, vysvetlila situáciu a zo zaslaných ponúk vybavovala všetko potrebné za mňa, keďže jej suverénna nemčina vyznievala tisíckrát lepšie než moja (stavom ohrozenia) zneistená angličtina. Párkrát som si náhodne vypočula telefonické rozhovory s neznámymi osobami, kde ma opísala ako dôveryhodnú dievčinu, dokonca veľmi inteligentnú, keďže sa mi dvakrát

17

podarilo vyriešiť jeden ťažší hlavolam z jej domácej zbierky, ale nikdy nezabudla zdôrazniť, že jej nevyhovujem vekom. *Vravela to úprimne, škrelo ju svedomie alebo sa ma potrebovala iba čo najrýchlejšie zbaviť?* Mimo usilovného hľadania nového pôsobiska ma naďalej aktívne zapájali do rodinného programu. V čase Marcusovej neprítomnosti a zároveň i jesenných prázdnin v Bavorsku sa k nám nasťahovali Dani, Lena a Antje. Prezradili mi, že ich mama spoznala Filiz v pôrodnici a starala sa o ňu i po narodení malej. Pracovný vzťah sa časom zmenil na silné priateľské puto, keďže bývali neďaleko seba a výborne si rozumeli. Práve v spoločnosti dievčat nadobúdali tvrdé črty Filizinej tváre neskutočne jemný výraz, v ich prítomnosti ožila a pôsobila na mňa šťastne a uvoľnene. Každý deň sme spolu varili. Jeden Filizin recept pripravujem dokonca dodnes. Cibuľu, zelenú fazuľku s paradajkou, zaliate jogurtom – recept z jej *pravej* domoviny. Asi dvakrát sme si spravili piknik v blízkom okolí. Na Luisin kočík sme naložili deky, jedlo a vybrali sa za dedinu. Zo spoločne strávených chvíľ mi zostali v pamäti iba nejasné obrysy okolia a udalostí. Na zdrvujúci pocit trpiteľa však už asi nikdy nezabudnem. Natrvalo sa mi vryl do mozgovej hmoty. Snažila som sa rozprávať čo najmenej. Netúžila som na seba zbytočne upozorňovať a privolať si tak ďalšie nepríjemnosti. I tak som mala pocit, akoby sa mi zablokovalo celé rečové ústrojenstvo a na druhej strane sa mi navyše zdalo, že dievčatá so mnou odmietajú komunikovať. Iba Dani bola ku mne relatívne milá. Ale vzhľadom na ich vek som im to vôbec nezazlievala. Preto ma prekvapilo vyhlásenie Filiz o pár dní neskôr.

Zašli sme aj na návštevu ku známym do Mníchova. Mladý, sympatický pár, pôvodom vysťahovalci z Maďarska. S oboma som si od začiatku výborne rozumela a zároveň sa presvedčila, že som ešte nezabudla rozprávať. Jeden z nich získal titul MVDr., teda zverolekár, a o pár ulíc ďalej chovali dva krásne kone – Lisi a Királyia. Pri tej príležitosti som sa dozvedela, že aj Filiz vlastní kobylku, ktorú pre nedostatok miesta nechala ustajniť u nejakého spriateleného gazdu v dedine. Neskôr sme sa stavili i u neho na krátku obhliadku. Za ten týždeň, bohatý na zážitky, som si ich napriek všetkým nepriazňam osudu veľmi obľúbila. Fungovali ako zohratá jednotka. Ako ozajstná, veľká rodina. Nepatrila som do nej, ale nakazila som sa aurou, ktorú vyžarovali.

V stredu som spoznala Saru, Filizinu upratovačku. Zostali sme doma samé a jediný možný spôsob komunikácie nám umožňovala práve nemčina. Aj s mojimi chabými znalosťami sme si perfektne pokecali (pravidelne sledovanie ORF za socializmu konečne prinieslo želané ovocie). Samozrejme, za výdatnej pomoci sedemstopäťstranového slovensko-nemeckého a nemecko-slovenského slovníka. Podľa pravidla: dve cudzinky s rozdielnymi národnosťami, ktoré chcú, si rozumejú viac, ako dvaja domorodci, ktorí nechcú...

Sara pochádzala z Peru a patrila k tisíckam privandrovalcov z Južnej Ameriky, žijúcich načierno v Nemecku. Dúfajúc, že raz nejakým spôsobom predsa len získajú trvalý pobyt hocikde na Starom kontinente. „Moja rodina býva neďaleko hlavného mesta Lima. Život u nás je veľmi ťažký, všade vládne veľká chudoba. Aj preto som sa rozhodla riskovať a odísť do Európy. Rada by som tu zostala, ale získať povolenie sa mi pomaly zdá byť nad ľudské sily. Iba ak by som sa za niekoho vydala. No i to čosi stojí. Pozri,“ z peňaženky vo vrecku vytiahla malú, zošúverenú fotografiu, „tuhľa je moja dcérka. Má iba štyri rôčky. Musela som ju nechať u príbuzných v Peru. Posielam im pravidelne peniaze na jej výchovu. Vôbec neviem, kedy ju zasa uvidím, ale dúfam, že raz príde sem ku mne a potom už naveky zostaneme spolu.“

Sara bola slobodnou matkou a na ceste za vysnívaným šťastím platila tvrdú daň. Ako mnohé jej krajanky. Na rozdiel od nás Európanov, tých z bývalých socialistických štátov, potrebovali obyvatelia Južnej Ameriky na vstup do Nemecka turistické vízum, ktoré malo väčšinou platnosť tri mesiace. Po jeho vypršaní zostávali v krajine naďalej a dúfali, že sa nikdy nestanú cieľom náhodnej kontroly. Znamenalo by to záznam v registri a okamžitý odsun domov. Ja so svojim výzorom som sa zbežných kontrol obávať nemusela. Na Sare bolo ihneď vidno, odkiaľ pochádza. V jej žilách prúdila indiánska krv.

Po Sare nás navštívila Iris a strávila s nami príjemné popoludnie, zakončené spoločným kuchtením. No a nakoniec prišla aj Filizina mama. Jej dcéra potrebovala ísť niečo vybaviť do Mníchova s predpokladom neskorého návratu domov, a tak pripadol babysitting pre istotu na Omu. Bola to veľmi sčítaná a elegantná dáma. Ak sa nemýlim, učila dokonca na univerzite a dlhé roky žila so svojím tureckým manželom v Istanbule. Po celý čas, strávený s ňou, sme sa družne zhovárali.

„Katarína, je mi naozaj ľúto, čo ťa u nás postretlo a osobne považujem Filizine rozhodnutie za nesprávne a unáhlené. Nezachovala sa príliš rozumne. Ale je to jej dom, jej rodina, a preto sa im do ich jednania nemiešam. Aby si chápala, Filiz väčšinu života prežila v Turecku a iba ťažko sa vyrovnávala s návratom do Nemecka. Dodnes si na mnohé rozdiely nedokáže zvyknúť a chýba jej tu tamojšia mentalita. V malej bavorskej dedinke, kde si iba pomaly budujú zázemie, je ťažké žiť so susedmi, ktorí im dávajú pravidelne najavo, že sem nepatria... Tu akosi nestačí na akceptovanie blížneho ani nemecká národnosť. Ale ja verím, že sa ti podarí nakoniec niekoho nájsť a nebudeš sa musieť predčasne vrátiť domov.“

Samozrejme, že som sa v danej situácii chytala každej príležitosti, ako topiaci sa povestnej slamky. Jednou mojou slamkou bol i pokrkvaný papierik s telefónnym číslom, založený kdesi v peňaženke. Joker od neznámeho.

Kto nezažil na vlastnej koži, ani z polovice si nedokáže predstaviť, ako dobre padne po psychickej stránke, keď sa niekomu nestrannému vyrozprávate v rodnej reči, lebo ste v cudzine po uši v ... *smradľavej galibe* a začnete zrazu pochybovať o vlastných komunikačných schopnostiach, tuho zvažujúc, či angličtina, našprtaná v socializme, sa významovo zhoduje s angličtinou, ktorú vyučujú v kapitalizme. Bohvie, ako v časoch studenej vojny tajné služby takticky pozmenili zmysel slov... a doplatili na to nevinné osoby. Viď mňa.

„Uvedomujem si, ako divne to znie a vlastne sa ani vôbec nepoznáme ... a hoci sa mi zatiaľ nepodarilo zistiť pravý dôvod prečo, isté je, že rodina ma zrazu nechce a ja potrebujem súrne zohnať nejakú inú. Ak by ste, nebodaj, niekoho vhodného poznali, budem vám veľmi vďačná za pomoc," vysvetľovala som prekvapenému Pavlovi do telefónu jednotlivé detaily zamotanej story.

Nik mi neprezradí, čo si po spovedi *neznámej devy* pomyslel, ale bolo mi to približne tri na desiatu. Možno nie až tak úplne, ale prvoradým zostávalo zohnať hocakú famíliu. Prisľúbil mi, že sa popýta medzi známymi.

Z troch ponúk, navrhovaných agentúrou, som prvé dve okamžite zamietla. Okolie Stuttgartu a Frankfurt neprichádzali do úvahy. Iba tretia sa nachádzala v tesnej blízkosti Mníchova, presnejšie povedané, asi desať kilometrov južným smerom od neho. Vrámci toho mi bolo oznámené, že v mníchovskej rodine sú dve malé deti a ich mama je lekárkou. Stretnutie dohodla Filiz na piatok a dobrovoľne sa podujala zaviesť ma poobede autom do ordinácie pani doktorky. Deň predtým som zaspávala so zmiešanými pocitmi. Posledná šanca na obzore. Buď alebo...

V piatok napoludnie som si narýchlo zbalila do ruksaku veci na dva dni. Budúci potenciálni zamestnávatelia naplánovali, že u nich i prespím a vrátim sa najskôr v sobotu večer.

Nasadli sme s Filiz do auta a dobrodružstvo pokračovalo nasledujúcim dejstvom. Počas cesty sme sa uvoľnene rozprávali a v okamihu, keď sme asfaltkou prechádzali cez hustý, tmavý les (neuveriteľné, ale niektoré obrazy mi zostávajú v pamäti, odkiaľ ich i po rokoch dokážem zaktivovať ako z filmového archívu a zrazu mi bežia pred očami dôverne známe scény a ja mám pocit, že sa to odohralo iba včera) ma s vážnym hlasom oslovila.

„Katarína, je mi naozaj ľúto, čo sa minulý víkend u nás udialo. Rozprávala som sa o tom i s dievčatami a za ten týždeň, čo sme s tebou strávili, sme si ťa veľmi obľúbili. Pravdepodobne sme s Marcusom konali príliš unáhlene. Zachovali sme sa dosť hlúpo... Viem si predstaviť, že som ťa svojim nečakaným priznaním práve riadne zaskočila, ale budem akceptovať každé tvoje rozhodnutie. Nesmierne by ma však potešilo, keby si zabudla na predošlé nedorozumenie a zostala predsa len u nás."

Pred očami sa mi doslovne zahmlilo a bola som presvedčená, že som pár sekúnd dozadu asi nepochopila význam vyslovených viet. Okolitý svet sa so mnou opäť zvíjal ako na húsenkovej dráhe. Zhora nadol, zdola naspäť nahor a stále dookola. Keby som za volantom sedela ja, s najväčšou pravdepodobnosťou by sme skončili nalepené na najbližšom strome.

„Filiz... ale prečo mi to hovoríš až teraz, keď sme na ceste k druhej rodine?"
„Dlho mi trvalo, než som sa rozhodla prehovoriť a zvážila, čo povedať. Dnes sa naskytla posledná šanca, ako to nakoniec zo seba dostať von... Navyše je i Marcus preč a zatiaľ o ničom nechyruje. Potrebujem sa s ním najprv porozprávať a dúfam, že bude súhlasiť. Priala by som si, aby si s konečným rozhodnutím počkala do jeho návratu."
Vtedy v jej aute a s doplňujúcim vysvetlením som čiastočne pochopila, čo sa asi u nich udialo. Aj keď vezmem do úvahy nastávajúce udalosti o pár mesiacov neskôr s prihliadnutím na vskutku nevyhovujúce podmienky v ich dome a z toho automaticky plynúce konflikty.
Na jednej strane boli Marcus a Filiz príliš mladí na manželstvo, aspoň čo sa nemeckých pomerov a zmýšľania týka. Predpokladám, že sa vzali kvôli dieťaťu. Obaja naďalej študovali a hlavne Filizin odbor nepatril ku tzv. oddychovým. Cez víkend, keď som sa k nim nasťahovala (s taškou o veľkosti XXXL!), viselo vo vzduchu akési zvláštne napätie, možno u nich práve prehrmela nepríjemná hádka a s príchodom au-pair si uvedomili, že zrazu prídu o súkromie, pretože celý rok bude u nich cudzia osoba, navyše v ich veku (čo je dosť nepríjemné) a stane sa tým pádom (neželaným) svedkom všetkého, čo sa u nich zomelie. A na čosi také ešte nedozreli. Predovšetkým im dvom chýbali pevné základy, aby podobné situácie hravo ustáli.
Hanka ako čerstvá osemnástka vekom skôr zapadla k Filiziným štrnásťročným kamarátkam než ja, takmer dvadsaťpäťročná *baba* a okrem toho jej dvoj– trojmesačný pobyt v čase prázdninovoslnečnom mal aspoň koniec v dohľadne.
Filiz mala celkovo (podľa slov vlastnej mamy) problémy s fungovaním na bavorskom vidieku. S mentalitou obyvateľov malej dedinky, tak výrazne sa líšiacou od tureckej, v ktorej strávila podstatnú časť svojho života.
Spomenula som si, že raz na spoločnej prechádzke, keď som akéhosi staršieho suseda úctivo pozdravila ´Guten Tag´, ma vzápätí opravila.
„Prosím ťa, odteraz všetkých zdrav iba ´Grüß Gott´. Toto je jednoducho bavorský vidiek a ľudí tu nezmeníš. Myslím tých pôvodných. A taký pozdrav by mohol byť zasa dôvodom na zbytočné nepríjemnosti! Tu ho chápu ako provokáciu."
Ťažko sa mi odhadovalo, čo tie nepríjemnosti znamenajú alebo obnášajú, ale rešpektovala som jej želanie. A už vôbec som nerozumela poznámke o provokácii. *Nenachádzame sa vari v Nemecku?*
No a nakoniec dodala, že sa Marcusovi nepáčilo, keď som bez opýtania zapla vlastné rádio. Prekvapene som na ňu pozrela, pretože ona ako priamy svedok udalosti videla, kto sa hral v izbe s prijímačom. „Filiz, ale veď ja som sa vopred spýtala teba a nezapla som ho pre vlastné potešenie, ale Luise... a odvtedy stojí nečinne v kúte!"
„Veď hej...," dodala s povzdychom.

21

A potom som si spomenula na úvodný večer, keď sa Marcus nečakane vrátil domov vypnúť kúrenie. Najprv som jeho prítomnosť nepostrehla, pretože som si pod tlakom novoty a samoty nahlas spievala v izbe, a *Brontosauři* mu zjavne nesadli. V Nemecku väčšina ľudí dávno zabudla, čo je to spievať si len tak pre radosť či na zahnanie smútku. Na stanici sa zľakol obrovskej tašky, aspoň to prezrádzal jeho zdesený pohľad, a doma si isto vyvodil nesprávny záver - táto kvíliaca osoba sa k nám chce nasťahovať doživotne a ak ju nevyhodím teraz, nikdy viac sa jej nezbavíme!

Dnes udalosti spred dvadsiatich rokov beriem s humorom, ale počiatočné obdobie som si veru odtrpela ako palicou bitý pes. Nuž a takto vnútorne *rozhádzanú* ma Filiz prenechala ďalšej záujemkyni o au-pair.

Zastavili sme na malom parkovisku.

„Tak a sme na mieste. Malo by to byť tu niekde," zahlásila, vystupujúc z auta. Pred nami sa nachádzala veľmi pekná, dvojposchodová rozľahlá budova. Hlavným vchodom, pred ktorým zem pokrývala upravená, trávnatá plocha, by sme sa podľa nadpisu na orientačnej tabuli dostali do nejakého vzdelávacieho strediska. My sme však zamierili napravo k bočnému vstupu. Z informácií na fasáde sme si prečítali, že tamojšia ordinácia patrí dvom všeobecným lekárom. Oproti recepcii, ktorú zriadili v hale naľavo od presklených dverí, sa vchádzalo do čakárne – veľkej miestnosti, určenej pacientom. Vkusne zariadenej. S citom pre detail a farby. Vyžarovala z nej skôr atmosféra útulného príbytku, teplo rodinného krbu, takže náhodnému pozorovateľovi ľahko unikla jej prvoradá funkcia spoľahlivej zberne choroboplodných zárodkov rôzneho druhu. Naozaj mi ničím nepripomínala strohé a neživé čakárne zo Slovenska. Steny zdobili zarámované maľby krajiniek a po stranách okien viseli pestré závesy v pastelových farbách. Nábytok vyzeral ako nový. V kúte stál detský stolík s knihami, omaľovánkami, ceruzkami a hračkami pre najmenších. Dospelí si zasa smeli čas krátiť študovaním najnovších klebiet v bulvárnych časopisoch, voľne prístupných na zvyšných dvoch stolíkoch.

V ten piatok neskoro popoludní čakáreň zívala prázdnotou. Privítala nás vysoká, štíhla blondína s úsmevom na tvári, ktorá by pokojne mohla zdobiť stránky módnych periodík. Od prvého momentu mi bola nad očakávanie sympatická. Predstavila sa ako Laura.

Filiz sa so mnou rozlúčila, pričom mi ešte raz pripomenula, že sa porozpráva s Marcusom a pobrala sa späť k autu. O chvíľu nato sme i my nasadali do posledného vozidla na parkovisku a celú cestu sme sa zhovárali ako staré, dobré známe, ktoré sa iba veľmi dlho nevideli.

„Kým prídeme ku nám domov, prezradím ti aspoň základné informácie o našej rodine. Ja mám tridsaťpäť, môj muž tridsaťšesť. Sme približne desať rokov manželia a tebe pripadne na starosť päťročný chlapec a takmer trojročné dievčatko. Samozrejme, ak sa pre nás rozhodneš. Philip riadi obchodné domy, ja vediem svoju vlastnú ordináciu spolu s jedným kolegom. Veď odtiaľ práve teraz ideme. Súrne s manželom zháňame au-pair, lebo sme obaja pracovne dosť vyťažení. Ak ťa ešte niečo dôležité zaujíma, pokojne sa pýtaj."

„Napríklad, ako vás mám oslovovať?" zisťovala som si vopred všetko potrebné, aby zasa nebodaj nedošlo k nejakej nečakanej katastrofe.

„Oslovuj nás menami a tykaj nám," odvetila Laura a pokračovala ďalej niekoľkými doplňujúcimi informáciami, ktoré som pod tlakom udalostí vnímala iba na pol ucha. Asi po polhodine jazdy diaľnicou sme dorazili na jej privátnu adresu. Orientačný zmysel mám vskutku dobre vyvinutý, ale v absolútnej tme je akosi nefunkčný, nepoužiteľný, a tak som sa zverila do rúk osudu. Veď ani moja sprievodkyňa mi ničím nepripomínala obávaného obchodníka s otrokmi. Pred nami stál nenápadný, poschodový dom v radovej zástavbe, čiastočne schovaný za vysokými tujami v predzáhradke. Laura zaparkovala auto v garáži, odomkla dvere a kým sme si v malej predsieni vyzúvali topánky, dobehli k nám s jasotom dve rozkošné, blonďavé deti a vrhli sa radostne mame do náručia, akoby sa práve vrátila z dvojtýždennej služobnej cesty. Predovšetkým dievčatko s anjelskou tváričkou ma okamžite očarilo.

„Mama, mama, to je kto?" zvedavo prekrikovali jeden druhého. Hneď nato sa za dverami zjavila sympatická, staršia pani, ktorá mi výzorom pripomínala Španielku. Aspoň pokým som nespoznala skutočné Španielky. Bola o čosi nižšia než ja, so snedou pokožkou a vlasmi čiernymi ako havran. Milo sa na mňa usmiala.

„To je Tante Clara," predstavila mi ju Laura. „Ukričaný mládenec vedľa mňa sa volá Tim, dievčatko je Mia a spolu ti ukážeme dom, kde bývame."

Ešte predtým však vybozkávala a do sýtosti vystískala obe svoje deťúrence, čím navodila presne tú rodinnú atmosféru, akú som v danom momente potrebovala cítiť a vstrebávať.

Napravo v predsieni sa nachádzalo hosťovské WC. Predsienka ústila do otvoreného schodišťa, kde v šere chodby svietilo biele piano a na ňom telefón rovnakej farby. Jednotlivé miestnosti architekt rozhodil cikcakovito na medziposchodia domu, ktorý takýmto riešením pripomínal na prvý pohľad skladačku. Oproti predsieni ma ihneď upútala otvorená obývačka, rozdelená na dve časti. Tej nižšie položenej dominovala dlhá, nábytková stena s televízorom a obrovské kreslo so stolíkom. Vedľa neho sa balkónovými dverami vychádzalo do neveľkej záhrady. Kúsok od terasy som zahliadla pieskovisko a na opačnom konci menší drevený domček na pracovné náradie a bicykle. Pred zrakmi susedov chránili obyvateľov domu vysoké, husté tuje. Do vyššie položenej časti obývačky sa vystupovalo po troch schodíkoch. Zrak mi padol na masívny, jedálenský stôl a rozsiahlu knižnicu s čitateľským kútikom. Všade naokolo stáli zarámované rodinné fotografie a mnohé z typických dekorácií obývačiek (na odchytávanie prachu) ako malé stolové lampy, svietniky, Budhovia, vázy a dovolenkové suveníry. Nezdalo sa mi, že by sa domáci túto miestnosť často využívali. Na ďalšom medziposchodí sa nachádzala priestranná kuchyňa s bielou

23

a všetkými elektrospotrebičmi vybavenou linkou, farebne zladenou s veľkým, rohovým stolom, lavicou a stoličkami s modrými doplnkami. Šírila sa z nej príjemná, nos štekliaca vôňa, ktorá prítomným jasne oznamovala, že je čas večere. Pokračovalo sa Timovou izbou. Stála v nej poschodová posteľ, písací stôl, skriňa a na zemi ležali porozhadzované hračky všakovakého druhu. Pri pohľade na ich množstvo som sa sama seba pýtala, či si práve prezeráme ponuku v menšom hračkárstve, ktoré postihlo mierne zemetrasenie. Priamo oproti bola kúpeľňa detí s vaňou, dvomi umývadlami a toaletou. No a na poslednom medziposchodí dopĺňala konečnú výbavu obrovská spálňa rodičov s výhľadom do záhrady, ku ktorej patrila menšia, ale o to luxusnejšia kúpeľňa. Pamätám si, ako ma okamžite zaujala priehľadná, na pohľad nezvyčajná záchodová doska jemne belasej farby. Vo svojom vnútri ukrývala zaliate mušle a iné morské príšerky. (Aj takéto rozdiely si všímal odchovanec socializmu, kde sa kedysi i mandarínky predávali na prídel. Raz do roka. Veľkosť úlovku pritom závisela od počtu členov rodiny, ktorí sa načas stihli postaviť do dlhého radu pred zelovocom. Alebo – ako inak - od známostí.)

Na opačnej strane schodiska sme prekročili prah poslednej komnaty pod strechou. Patrila princeznej. Mia mi s hrdosťou prezentovala svoju dominantnú drevenú posteľ, masívnu skriňu a malú komodu. Tu ležali plyšoví medvedíci, bábiky & Co. na rozdiel od bratovej izby vzorovo poukladané v regáloch. V tmavom suteréne ma prekvapili ďalšie dve miestnosti. Jedna menšia pre au-pair s okienkom ako vo väzení a spoločná, priestranná pracovňa manželov. Vo vnútri tej väčšej, presne oproti dverám, stál nádherný, robustný písací stôl, zahádzaný papiermi a knihami. Veľké okno na druhej strane zabezpečovalo pracovni dostatok svetla. Tu ma najviac lákalo vyskúšať si biele, hojdacie kreslo vedľa neho. No po nepríjemnej skúsenosti s rádiom som sa ho radšej ani len nedotkla. Za schodmi v chodbe sa prehliadka končila krátkym nahliadnutím do komory a práčovne, schovanými kdesi úplne vzadu. Dom bol zhora až nadol vkusne zariadený, takže u mňa okamžite zabodoval a ja som sa v ňom cítila viac než príjemne.

Deti po celú dobu veselo cupitali za nami, chichúňali sa ostošesť a vyzvedali, či som ich nová au-pair.

V kuchyni nám Tante Clara naservírovala večeru a po nej sa už ponáhľala domov. Rodina ju zamestnávala približne tri roky. Presnejšie od narodenia dievčatka. Laura mi pri večeri vysvetlila, že u nich pracuje od pondelka do štvrtku, od ôsmej do štvrtej poobede.

„Upratuje, varí, perie, nakupuje a stará sa o deti. Je našou perlou. Bez nej by sme sa cítili stratení," vychválila ju do oblakov a pokračovala časťou, ktorá sa týkala mňa. „Au-pair potom nastupuje v poobedňajších hodinách, celý piatok a časť soboty podľa vopred rozpísaného plánu, ale nikdy nie viac ako tridsať hodín do týždňa. Výnimočne sa stáva, že som na nejakom dôležitom seminári a vtedy by sme ťa potrebovali i dlhšie. Ale hodiny navyše ti zasa odrátam z nasledujúceho týždňa."

Po vysvetlení najdôležitejších pravidiel sa vo dverách zjavil Philip. V ten piatok prišiel o čosi skôr než zvyčajne. Určite ho o to požiadala manželka. Vysoký, štíhly, s tmavými vlasmi a okuliarmi. Typ usilovného úradníka z povojnových rokov, akých som poznala z filmov pre pamätníkov. Bol ešte v obleku a pripadal mi tak trochu drevený, teda v porovnaní s jeho spontánnou polovičkou. Na chvíľu sme prerušili stolovanie a ja som sa zodvihla z lavice, aby som mu na zvítanie potriasla pravicou. Úsmevom od ucha k uchu sa snažil vyvolať ten najlepší z prvých dojmov a pozorne si vypočul od ženy základné informácie o mne.

„Katarína, čo myslíš, dokázala by si si džob u nás predstaviť?" chceli vedieť obaja a Laura narýchlo dodala, „ja ťa beriem okamžite, ak sa pre nás rozhodneš!" Philip iba súhlasne pritakal.

V hlave sa mi opäť rozvírili spomienky na udalosti posledných dní a ja som tam zrazu nerozhodne stála, nenachádzajúc jednoznačnú odpoveď. Spomenula som si na týždenný pobyt u Filiz, na dievčatá, na Luisu, na Filizinu mamu a na Saru, na mačky, no na druhej strane som sa cítila skvelo i v novej rodine.

„Laura, Philip, pravdupovediac, u vás sa mi veľmi páči. Dom, deti, vy, Tante Clara... ale necháte mi ešte trochu času na rozmyslenie? Aspoň do pondelka večera?"

To už by mal byť späť aj Marcus.

„Samozrejme. Počkáme do pondelka. Cez víkend i tak nič nevybavíme. Ale potom potrebujeme konečné slovo, lebo momentálne ťahá Tante Clara každé poobedie až do pol siedmej spolu s piatkom a radi by sme ju čo najskôr odbremenili," uzavreli tému číslo jedna a ďalej sme pokračovali večerou a príjemným rozhovorom o všetkom možnom.

Zrazu zazvonil telefón. Laura vybehla do predsiene ku klavíru a hoci hovorila po nemecky, vyrozumela som, že z druhej strany linky ohrozuje našu predošlú dohodu nejaká votrelkyňa. V preklade: záujemkyňa o miesto opatrovateľky.

„Katarína, je mi ľúto," oslovila ma, vchádzajúc späť do kuchyne, „ale na linke je Veronika z Čiech a ponúka nám nástup od zajtra večera. My naozaj súrne potrebujeme posilu do domácnosti. Môžeš sa, prosím, rozhodnúť už dnes ...vlastne hneď?"

V priebehu niekoľkých sekúnd som si v ubolenej hlávke zosumarizovala všetky pre a proti. Tam bývanie s mačkami v obývačke (a boj o posteľ), tu vlastná izba. Tam malinká dedinka tridsať kilometrov od Mníchova, bez priameho spojenia, tu mestečko hneď za jeho bránami a s rýchlym, pohodlným S-bahnom. Okrem toho Tante Clara a pevne stanovených tridsať hodín do týždňa. Keby som obrazne opísala úplne prvé pocity pri vzhliadnutí jednotlivých hlavných aktérov príbehu, tak by spontánna odpoveď znela: tam sychravo, tu slnečno. Ale čo najviac zavážilo, bol strach

25

pred Marcusovým rozhodnutím. Čo ak povie NIE? Čo potom? Druhá podobná šanca nemusí prísť, ak si zbytočným špekulovaním rozhnevám šťastenu a hviezdy...

„Áno, zostávam tu," prekvapil ma kdesi z diaľky môj vlastný hlas a ja som sa cítila prapodivno mizerne, akoby som práve zrádzala Filiz. Uvažovala som, či za niekoľko dní či nebodaj týždňov neoľutujem tento krok. V tú noc u nich mi zo srdca spadol nie jeden, ale plné vrece kameňov a ja som prvýkrát za celú dobu v Nemecku dala voľnosť potláčaným emóciám a intenzívne zmáčala vankúš v novej izbietke.

„Filiz, prepáč, ale nemohla som čakať... ostávam tu." Zahlásila som ráno smutne do telefónu. „Kedy si smiem prísť po veci?"

„Škoda ... no čo sa dá robiť. Sme doma, takže dnes kedykoľvek."

Aby som si to náhodou na poslednú chvíľu nerozmyslela, zavelila Laura na okamžitý odchod. Na mape vyhľadala dedinku a zvážila najvýhodnejšiu trasu, ako sa ta rýchlo dostať. Od okraja dediny som ju s istotou navigovala aj sama. Zaparkovali sme pred domom. Ona zostala sedieť v aute a ja som vbehla dnu, aby som si zbalila posledné kusy svojej výbavy do prichystanej, čakajúcej tašky. (Laura sa asi nebojí bernardínov, lebo ju prijala úplne v pohode, hoci i ona fučala, keď ju spolu so mnou nakladala do kufra.)

Filiz pristúpila ku mne a pri rozlúčke mi niečo vtisla do ruky.

„Katarína, je mi vskutku veľmi ľúto a znovu sa ti ospravedlňujem za to, ako sme sa zachovali. Toto máš odo mňa a chcem, aby si to prijala," povedala mi dosť dôrazne a v jej tvári som zbadala výraz, ktorý nestrpí žiadne odvrávanie.

„Ale veď ja od vás po týždni odchádzam a to je predsa kompletná mesačná výplata a...," pozerala som prekvapene na skrčené bankovky vo svojej dlani. Nemyslím si, že by doma vidlami prehadzovali stomarkovky, aj preto mi svojim veľkorysým gestom vyrazila dych.

„Žiadne ´ale´! Ktohovie, čo ťa ešte postretne. Isto sa ti zídu a nezabudni, že tu ti zostanú dvere vždy otvorené!"

Rozlúčili sme sa veľmi srdečne. Na záver som očami prebehla po obľúbených miestach v dome, vystískala Luisu a po naložení batožiny do auta nasadla späť ku Laure. Cestou nazad sme sa zhovárali o udalostiach posledného týždňa.

„Katarína, prosím ťa, ak ťa bude niečo trápiť na srdci, ak sa ti u nás nebude hocičo pozdávať, príď okamžite za mnou a otvorene mi to povedz."

„Ty taktiež...," odvetila som sprisahanecky.

„A ešte niečo ti prezradím... Keď ste prišli ku mne do ordinácie, ihneď si mi bola sympatická, ale z Filiz šiel zvláštny chlad."

I ja si do dnešného dňa pamätám, ako fantasticky na mňa zapôsobil jej žiarivý zjav v bielom plášti a to i napriek tomu, že mnohým sa práve pri pohľade naň automaticky rozklepú kolená. A prekvapila ma i jej otvorená reakcia na Filiz.

Po príchode domov som konečne dokázala zavolať mame a vyjsť s pravdou von. Nadiktovala som jej v poradí druhé telefónne číslo, aktuálnu adresu a stokrát dookola ju ubezpečovala, že je naozaj všetko v najlepšom poriadku. *Naozaj?*

Druhý začiatok (4.)

Posteľ v novej rodine bola dosť mäkká, čo v doslovnom preklade znamenalo, že kohokoľvek spiace telo sa na nej pravidelne zviezlo do jej stredu, a navyše i pri najmenšom pohybe nepríjemne vŕzgala, ale patrila iba mne. Získala som dokonca do výbavy menší televízor. Stal sa mi súkromným, suterénovým učiteľom nemčiny zadarmo. Ja som ponúkanú možnosť prijala, ako sa patrí. Pozorne som po večeroch sledovala nielen filmy, ale i rôzne diskusné relácie, vypisovala si neznáme pojmy do pripraveného zošita a následne listovala slovníkom a lúštila, čo sa mi účinkujúci snažili povedať. Nie vždy som všetko správne pochopila, ale poctivo som sa učila na vlastných chybách, keďže chyby druhých som zatiaľ nedokázala postrehnúť. Tak napríklad slovíčko *lecker*, ktoré som často registrovala v rodinnej konverzácii, som si vysvetlila vo význame *dobrý*. V podstate som nebola ďaleko od pravdy, ibaže ono sa používa na označenie dobrého, chutného jedla a preto, keď som jedného večera deťom pochválila knihu, spýtal sa ma Tim prekvapene: „A ty ju mieniš zjesť?"

Moja neveľká izba, ktorá túžila po dennom svetle takisto ako ja, farebne ladila do bielo-červena a dalo sa v nej, našťastie, podľa potreby prikúriť. Chlad, vkrádajúci sa dnu z tmavej chodby, bol zákerným a silným protivníkom počas nasledujúcich zimných večerov. Vďakabohu som chodila dole väčšinou iba spávať.

„Tanja, zostaneš u nás?" spýtala sa ma zvedavo Mia.

„Ja nie som Tanja, ja sa volám Katarína. Tanja u vás bývala predo mnou. A áno, zostanem."

„Tak sa poď hrať," vzal ma za ruku chlapec a nástojčivo ťahal do svojej izby. Nasledovalo niekoľko rýchlych súvetí, v ktorých som správne rozpoznala iba ak bodky a otázniky, a tak som radšej prerušila príval jeho slov.

„Tim, ale ja potrebujem tvoju pomoc. Dokážeš rozprávať pomalšie a zopakuješ to ešte raz? Vieš, iba sa učím po nemecky a nie vždy ti rozumiem. Vlastne zatiaľ rozumiem dosť málo. Chceš byť mojim učiteľom?"

(Halt, prečo by som sa uspokojila s jedným lektorom, keď sú k dispozícii hneď niekoľkí?) Hovorila som pomaly a gramaticky nesprávne, priam katastrofálne, no s dôrazom na takmer každú slabiku. A zdalo sa, že mládenec tú hatlaninu správne dešifroval.

„Áno!" hrdo zahlásil, pričom sa zjavne cítil byť poctený povýšením do tak významnej a dôležitej funkcie.

27

„Poznáš toto?" vytiahol z množstva hračiek prvú učebnú pomôcku. „To je...."

A tak som sa začala vzdelávať takpovediac od piky – za relatívne krátku dobu som ovládala všetko podstatné okolo rytierskeho hradu a výzbroje, od mečov, cez helmy až po kopije. Aby som sa dokázala podľa vzoru odvážneho a dômyselného rytiera Don Quijote aj sama ubrániť v cudzom svete!

„Tanjaaaa," k výučbe sa pridala i Mia a mávala na mňa svojimi hračkárskymi favoritmi.

„Ale ja nie som Tanja," usmiala som sa na ňu. „Pamätáš si, akým menom som sa ti predstavila?"

„Hmmm....," rozmýšľala iba chvíľku a vzápätí nato radostne zvolala, „Rína!"

„Noo, skoro správne, už len takýto kúsok ti vypadol zo začiatku," naznačila som jej palcom a ukazovákom chýbajúcu dĺžku a doplnila správny zvyšok, „KA-TA-RÍNA!"

„Katarína," zopakovala si Mia pre seba, kývkajúc rozkošnou hlávkou do taktu slabík.

„Katarína, na dnes sme si s deťmi naplánovali výlet do jedného z Philipových obchodov mimo Mníchova. Pridáš sa ku nám?" vošla do izby Laura.

„Áno, a veľmi rada," potešil ma jej nečakaný návrh.

Po obede sme spoločne nasadli do auta a vybrali sa na cestu do neznáma. Mia šla vyparádená ako nejaká princeznička, v tmavomodrom saténovom kabátiku s mašličkami, a tak nieto divu, že na pešej zóne svojim vzhľadom priťahovala pohľady mnohých okoloidúcich. Akási pani sa nezdržala a jemne ju pohladila po blonďavých vláskoch.

„Prosím, okamžite dajte dole tú ruku z mojej hlavy!" slušne, ale i suverénne a kategoricky zareagovala v rovnakom momente moja smelá, takmer trojročná zverenkyňa, čím rozosmiala všetkých navôkol.

Keď sme vstúpili do veľkého obchodného domu s oblečením v centre mesta, práve zatvárali. Tamojší zamestnanci nás do jedného úslužne a s úsmevom na tvári zdravili. Niektorí sa dokonca pristavili a prehodili s Laurou zopár slov, kým ona rukami letmo prehrabávala šatstvo v regáloch a na tyčiach. Nakoniec si predsa len vybrala niekoľko kúskov, podala ich najbližšie stojacej predavačke a poprosila ju, aby ich odniesla do kancelárie k Philipovi.

„A čo tu vlastne Philip presne robí?" spýtala som sa zvedavo a prezerala si so záujmom bohatú ponuku tovaru, kým deti sa radostne naháňali medzi oblečením a kabínkami. Takýto výber na konci roku 1992 a vlastne i dlho potom na Slovensku vôbec neexistoval. Rukami som hladila príjemný materiál, pohľadom sa nadchýnala rozmanitosťou elegantných kostýmov a v duchu si predstavovala, ktorý z tých nádherných kabátov by sa mi hodil do výbavy na nadchádzajúce zimné obdobie.

„Philip? No on je šéfom, vlastne majiteľom. Tento obchod nám patrí. A ku nemu ešte dva priamo v Mníchove a päť menších v iných mestečkách," dodala na vysvetlenie Laura.

„Mhm, takže chudobní asi nebudú," pomyslela som si vzápätí.

Počas prvého víkendu v novej rodine vystúpila ortuť v teplomere na príjemných 20°C a ľudia sa prechádzali po uliciach v tričkách s krátkymi rukávmi. To nezvyčajné teplo vonku akoby odzrkadľovalo aktuálny stav môjho vnútrajška. Po mrazivých dňoch sa znenazdajky prenádherne vyčasilo.

Spokojne som sa vyhrievala na slniečku a hoci bola nedeľa, oficiálne môj voľný deň, hrala som sa doobeda s deťmi pred domom, kým Philip niečo opravoval v garáži.

„Dobrý deň. Ahoj Timi, ahoj Mia," zaznelo mi viachlasne spoza chrbta. Otočila som sa vo chvíli, keď Tim radostne priskočil ku mládencovi, odhadom približne v rovnakom veku. „Ahoj Peter, chceš sa s nami hrať? Katarína je naša nová au-pair a nerozumie dobre nemecky," ukázal prstom na mňa, čím mi uľahčil prípadné ďalšie vysvetľovanie.

Z rozhovoru s neznámou trojicou som sa dozvedela, že Peter chodí s Timom do škôlky, jeho mama je Francúzka, otec Holanďan a bývajú o ulicu ďalej. Mulderovci žili v Nemecku šiesty rok. Vyžarovala z nich srdečnosť a bez akéhokoľvek zaváhania ma pozvali ku sebe na návštevu. Teda samozrejme, keď mi to časovo bude vyhovovať. Ich spontánnosť a prejavená dôvera ma mierne prekvapili, no návrh z priameho susedstva som vďačne prijala.

O čosi neskôr som zavolala aj Pavlovi.

„Musím vám oznámiť dobrú novinu. Podarilo sa mi nájsť vhodnú náhradu, dokonca bližšie k Mníchovu, a tak vašu pomoc momentálne nepotrebujem. Ale vďaka za ochotu."

„No gratulujem!"

„A neuveríte, ale nakoniec sa mi v prvej rodine ospravedlnili a navrhli, aby som u nich zostala."

„Takže, kde teraz vlastne ste?"

„Predsa v tej druhej a pevne dúfam, že som sa rozhodla správne. Do tretice sa mi naozaj sťahovať nežiada."

S Pavlom sme zostali v kontakte, no skôr preto, lebo mi ustavične vyvolával a naďalej sa snažil využívať lacné, kuriérske služby, pričom sa neskôr prejavil ako dosť panovačný typ.

Po obede mi rodina pridelila vlastný bicykel. Philip najprv dôkladne skontroloval všetky nevyhnutne dôležité funkcie, než mi ho slávnostne odovzdal. Tour de France by som si na ňom síce vyhrať netrúfla (na výhru by som predsa len potrebovala o čosi lepší model), napriek tomu som sa tešila ako malé dieťa. Zástavka autobusu bola od domu vzdialená na pár krokov, avšak v prípade pekného počasia som sa bicyklom mohla zviesť až k stanici S-bahnu alebo i ďalej. Podľa všeobecne známeho hesla: *vlastnej iniciatíve sa medze nekladú.* Už na Slovensku som patrila k nadšeným fanúšikom dvojkolesového vynálezu z 19.storočia, nikdy som však žiaden nevlastnila. A tak som sa rozhodla okamžite ho otestovať v teréne. Ak raz zaujmem pozíciu na sedle, ťažko ma z neho dostať dole. Nohy mi zrastú s pedálmi a nezastavia sa, kým od únavy neodpadnem. Pre istotu som si vzala do výbavy mapu Mníchova a po každom ďalšom kilometri narastala priamoúmerne i moja ctižiadosť. Za konečný cieľ nedeľňajšieho výletu som si určila *Anglickú záhradu.* Tento nádherný park o rozlohe 375 hektárov je jedným z najväčších na svete a tiahne sa popri Isare od stredu mesta až po jeho severnú hranicu. Ja som v ten slnečný deň dosiahla úspešne jeho južný okraj, pristavila sa na moste, pod ktorým na spenených vlnách rieky usilovne trénovali viacerí surfisti. Chvíľu som ich pozorovala s desiatkami ďalších výletníkov a tuhla pri pohľade na studenú vodu. Spravila som si čestné koliesko na začiatku záhrady a vydala sa na spiatočnú cestu. Zapadajúce slnko nestačilo dostatočne vyhrievať novembrový vzduch. Ruky na kormidle mi začali zamŕzať ako prvé, nuž som ostošesť šliapla do pedálov. Za to krátke poobedie som mala v nohách dobrých 40-50 kilometrov.

Pobyt v Mníchove som si vybavovala, takpovediac, na vlastnú päsť, čo v preklade znamenalo, že po telefonickej dohode s Filiz a Marcusom som prišla do Nemecka na začiatok ako návšteva bez au-pairskych víz. Potrebné papiere som si plánovala následne vyzdvihnúť u agentúry ich výberu. Pred Vianocami by som sa už len vrátila domov na Slovensko a osobne podala žiadosť na konzuláte v Bratislave. O všetkom sme vopred podrobne informovali i Lauru. Vyplnené dokumenty s pozmenenou adresou plus pozývacím listom rodiny som pevne zvierala v rukách a s pokojným svedomím čakala na príchod decembra. Nepolepšiteľný optimista...

V nasledujúce pondelňajšie ráno som z postele začula hlas prichádzajúcej Tante Clary. Ak som sa nachádzala vo svojej suterénnej izbe, malé okienko mi ako prvej prezradilo, aké topánky nás prišli navštíviť. Ak som k nim chcela priradiť i tvár, musela som vybehnúť najprv po schodoch hore. Rýchlo som sa obliekla, Philip práve nastupoval do auta, Laura už bola dávno preč (vždy odchádzala ako prvá) a ja som so slovníkom v rukách vstúpila do kuchyne.

Tante Clara si pozorne čítala niekoľkoriadkový odkaz na stole. Otočila sa na pozdrav a s úsmevom dodala: „Ahoj. Ako vidím, rozhodla si sa zostať. Tak teda vitaj v novom pôsobisku! Po raňajkách odvedieme s Miou Tima do škôlky, a keď sa vrátime, vysvetlím ti všetko dôležité a nevyhnutné."

Tante Clara neovládala angličtinu, nuž sme sa za pomoci múdrej knihy a prístupných končatín spoločne snažili pokračovať v prerušenej konverzácii. Ukázala mi ešte raz celý dom od strechy až po pivnicu a popritom ma zaúčala nielen do tajov jej rodného jazyka, ale i do budúcich povinností. Zoznamovala ma s handrami a čistiacimi prostriedkami na svojom *výsostnom území*, ukázala, kde a ako ich správne použiť, pridala i niekoľko zaužívaných trikov a vzácnych tipov na bezproblémové fungovanie s deťmi. Mia sa za ten čas hrala u seba v izbe, alebo nás sprevádzala, zavesená za nohavice Tante Clary. Len čo sa totižto objavila jej dôverne známa a zbožňovaná nanny a *veľký brat* Tim, zvyčajný iniciátor spoločnej komunikácie, nebol v dosahu, prestala ma, milá dáma, brať na vedomie. Doslovne ma ignorovala!

K ďalším povinnostiam mi pribudlo žehlenie, každodenné upratovanie detskej kúpeľne, občasné čistenie topánok a babysitting podľa potreby, maximálne však dvakrát do týždňa. Vzhľadom na pracovné vyťaženie oboch rodičov som poslednú z vyššie uvedených činností vykonávala naozaj iba sporadicky. Laura i Philip uprednostňovali ticho domáceho pohodlia pred príliš hlučnými, spoločenskými večierkami. Šálku čaju s papučami na nohách pred pohárom šampanského v lodičkách či s kravatou kolo krku.

Okolo jedenástej sme sa znovu vrátili do kuchyne a Tante Clara začala s prípravami na obed. „Rodine varím výlučne vegetariánsky, ak sa to dá tak nazvať," prezradila mi a pritom sa začala uškŕňať. „Salámy a paštéty konzumujú pravidelne... ale to je ich vec. Ja iba vykonávam, čo mi prikážu. No mäso a dokonca ani ryby ako hlavné jedlo na ich stole radšej neočakávaj."

„To vážne?" spýtala som sa neveriacky.

Tante Clara správne vycítila, že hrôzu v hlase nepredstieram.

„Katarína, skúsim sa porozprávať s pani B.," vždy ich oslovovala priezviskom. „Snáď nebude namietať, ak ti občas spravím nejaké to mäso na obed. Varím každý deň. Hlavné jedlo a polievku. My dve sa naobedujeme spolu s deťmi po tom, čo vyzdvihnem Tima zo škôlky. Polievka je iba na večeru a je určená pre všetkých. Zvyšok z hlavného chodu jedia len pán a pani B. Vo štvrtok pripravujem i stravu na piatok, ty to na druhý deň iba zohreješ. Papierik s presným rozpisom tvojich služieb na celý týždeň leží väčšinou v nedeľu večer na klavíri v predsieni."

Pred odchodom domov si obliekla kabát, obula čižmy, otočila sa posledný krát ku mne a na rozlúčku dodala: „A nie že si ich necháš skákať po hlave! Mia je síce rozkošný anjelik, ale keď chce, tak dokáže byť i pekne protivná! Hlavne ku novým au-pairkám."

„A vy čertíci," obrátila sa naspäť k deťom, „budete poslúchať Katarínu! A ona mi zajtra ráno porozpráva, ako ste sa správali."

„Tanjaaa," oslovila ma Mia už po stýkrát nesprávnym menom.

„Nie, ja nie som Tanja," odpovedala som trpezlivo a s dôrazom na JA, NIE a Tanja.

„A-haa, tak Rína," snažila sa svojpomocne napraviť chybu, ale ani druhý pokus jej nevyšiel, ako by si želala.

„To je Ka-ta-rí-na," poponáhľal sa na pomoc starší brat s lepšou pamäťou.

31

„Vieš ty čo," napadlo mi odrazu iné riešenie. „A keby si mi hovorila Katja? Je to kratšie a niečo medzi Katarína a Tanja."

A tak sa zo mňa stala *Katja*. Nová podoba môjho mena sa rýchlosťou blesku rozšírila do blízkeho i ďalekého okolia a Mia viac nemala problémy so správnym oslovením. Prvé poobedie bez rodičov, Tante Clary a znalosti nemčiny ubehlo bez problémov. Priam ukážkovo. Hrali sme sa predovšetkým v Timovej izbe a ja som si veľmi rýchlo všimla, že dievčatko je dosť naviazané na brata. Čo povedal a robil Tim, bolo sväté. Každé rozhodnutie musel najprv odobriť on. Spoločné hry určoval on a pod jeho vplyvom aj Mia preberala po mnohých stránkach správanie chlapca. Tým však nechcem tvrdiť, že to bolo na škodu, práve naopak.

Laura pracovala v pondelok, utorok a štvrtok celý deň. Vtedy prichádzala domov približne po pol siedmej. V stredu a piatok zatvárala ordináciu o druhej a väčšinou už o pol tretej prechádzala popod našim kuchynským oknom. Hneď na úvod mi názorne predviedla aj ďalšiu z au-pairskych povinností – žehlenie. Jej a Philipove povolanie zabezpečovali nielen pravidelný prísun košieľ a blúzok do koša na pračke, ale vyžadovali i dokonale odvedenú robotu. Už po prvých kusoch šatstva, ktoré vyšli spod žehličky v mojich rukách, nadšene zvolala: „Och, Katarína, takto krásne nám ešte nik nežehlil!"

Dokonca Tante Clara zvykla tvrdiť, že som skutočným profíkom bez konkurencie. (I keď to mnohí nechápu, mňa táto monotónna činnosť skutočne ukľudňuje. Tam, kde niekto musí vyhadzovať peniaze na drahé terapie, stačia mne na odreagovanie dva plné koše.)

„Tak ako ste zvládli úvodné hodiny v trojici? Vyskytli sa nejaké problémy?" spýtala sa nás pani doktorka pri večeri.

„Ni-je," odpovedali sme pravdivo a jednohlasne ako zložka basu v speváckom zbore. Ja som pridala i informáciu, na akom oslovení sme sa dohodli s deťmi počas poobedňajších hier. Laura mi prezradila, že predo mnou zamestnávali jednu či dve au-pairky, ktoré takisto ako ja neovládali nemčinu, a tak sa i s nimi prvotná konverzácia odvíjala v angličtine. Pre deti to teda nebolo nič neobvyklé, či zvláštne.

„Naša druhá opatrovateľka pochádzala z Maďarska," pokračovala ďalej. „Jej materinská reč sa mi ihneď zapáčila. Dokonca som sa ju začala s Jutkinou pomocou učiť... počkaj, ako to zvykla hovoriť?... Szia, hogy vagy? Jó napot."

Prekvapila ma niekoľkými vetami naraz a celkom slušnou výslovnosťou, za čo som ju patrične pochválila.

„Laura, a kam by som mohla chodiť na jazykové kurzy ja?" Považovala som za veľmi dôležité začať s výukou čo najskôr.

„Cenovo najvýhodnejšie sú, tuším, vo VHS (Volkshochschule – Ľudová škola). Chodila tam väčšina našich dievčat a pokiaľ viem, boli aj spokojné. No zdá sa mi, že už beží zimný semester. Zistím ti to. Problém vidím iba v tom, že na ne čakajú neskutočné kvantá záujemcov. Už v noci idú mnohí ku Gasteigu (niečo ako Istropolis v Bratislave), zoberú si deku alebo spacák a trpezlivo mrznú v rade, až kým ráno o šiestej neotvoria brány a nezačnú vydávať poradové čísla. Na základe týchto potom prídeš v stanovenú hodinu na zápis, a keď si dieťa šťasteny, dostaneš sa do kurzu podľa vlastného výberu. Aj ja som si párkrát odkrútila spomínanú procedúru," dodala poslednú vetu priam s ospravedlňujúcou grimasou.

Gasteig, teda VHS v ňom, ponúka naozaj všetko od výmyslu sveta – jogu, ľudové tance, hru na hudobné nástroje, výuku i takej svahilčiny, lekcie šitia, hodiny maľovania, fotografovania, juda, thajskej kuchyne, atď., atď. – takže sa nedá odhadnúť, s koľkými z tých stovák, ba možno i tisíciek budete súperiť o jedno z miest vo vami zvolenom kurze.

Laurin predpoklad o bežiacich kurzoch sa ukázal ako správny. Nepodarilo sa mi dodatočne nahlásiť do žiadneho z vopred vytipovaných, ktoré vyhovovali časovému rozpisu služieb v ich rodine, a tak som čakala na ponuku v letnom semestri. A to sa zasa odzrkadlilo na mojej nemčine. Učila som sa rýchlo, ale zotrvávala skôr na úrovni svojich zverencov, keďže s rodičmi som ešte dlho potom komunikovala v angličtine.

Po večeri prevzala pravidelne deti Laura. S kompletným večerným programom – umývanie, prezliekanie, ukladanie do postieľok. Ešte predtým si však súrodenci spoločne pozreli rozprávku na dobrú noc z videa v spálni rodičov. Ja som si zatiaľ pripravila horúci čaj. Vyzbrojená plnou kanvicou a šálkou som sa pobrala do izby (v temnom suteréne budúcich reumatikov) odolávať chladu, zapla televízor, zababušila sa do deky a spokojne oddychovala.

V nasledujúce ráno mi Tante Clara po návrate zo škôlky oznámila, že náhodou stretla mamu malej Susann. Dievčatka, ktoré bolo v skupine spolu s Timom. „Prezradila mi, že ku nim pred pár týždňami docestovala ich prvá au-pair. Z Juhoafrickej republiky. Myslela som si, že by mohlo byť celkom fajn, keby si si tu našla nejakú kamarátku, a tak som jej nadiktovala naše telefónne číslo. Určite sa čoskoro ozve. Volá sa tuším...," a nachvíľu sa zamyslela, „... Alida?"

„Katja, v nedeľu sa chystáme na výlet do Álp. Je to tvoj voľný deň, takže sa naozaj slobodne rozhodni, či pôjdeš s nami, alebo zostaneš doma a spravíš si vlastný program," oznámila mi Laura v ktorési novembrové popoludnie.

„Idem s vami," odpovedala som hneď a bez dlhého premýšľania, aby si to náhodou nerozmyslela ona.

V ten týždeň som sa telefonicky spojila i s Ankou, bývalou kolegyňou z posledného pôsobiska na Slovensku, kde mi práve omylom bežalo šesťmesačné neplatené voľno.

„Anka, mamina ti už isto prezradila, že som sa medzičasom presťahovala kamsi inam. Spomínaš si na náš posledný rozhovor?"

„Kati, čo sa stalo, si v poriadku?" spýtala sa ma s miernymi obavami v hlase.

„Hej, o mňa sa ty nestrachuj. Família je super, som oveľa bližšie k Mníchovu, mám dve rozkošné deti a dokonca okrem mňa zamestnávajú ešte jednu pani," snažila som sa jej čo najrýchlejšie poskytnúť základné informácie. „A ty si sa konečne rozhodla? Začnem i tebe hľadať nejaké miesto?"

Pred odchodom do Nemecka sme sa dlho a intenzívne zhovárali na tému *my a budúcnosť* a ja som jej viac–menej vnukla (alebo vnútila?) myšlienku, aby tiež vyskúšala dobrodružstvo menom *au-pair* za predpokladu, že sa mi podarí zohnať jej niekde nablízku vhodnú rodinu.

„No nedbám, Kati," zahlásila trochu neisto. „Veď uvidíme, či niečo zaujímavé objavíš."

Posmelená jej odpoveďou som takmer vzápätí zavolala do agentúry, cez ktorú som si i ja vybavovala papiere a lámanou nemčinou jej majiteľke vysvetlila, čo mi leží na srdci. Zdôraznila som, že kamarátka dovŕši čochvíľa dvadsaťšesť rokov a spýtala sa, či je to problémom, pretože sa všade píše: *Au-pair v Spolkovej republike iba do dvadsaťpäť.* (Akosi som pevne dúfala v tlačovú chybu či iného škriatka a netušila, že v korektnom Nemecku tlačové chyby neexistujú.)

Pani na druhej strane linky bola veľmi milá a predovšetkým kooperatívna. Z jej priezviska a nepatrného prízvuku som usúdila, že má maďarské korene, a preto i plné pochopenie pre cudzincov v ilegalite. Jej doslovná odpoveď znela: „Ak to neprekáža rodine, môže prísť aj na čierno!" Táto jediná (a historická) veta už vtedy vlastne rozhodla o ďalšom smerovaní životných osudov minimálne dvoch osôb.

Dohodli sme sa, že mi pošle potrebné dokumenty na registráciu a pokúsi sa nájsť vhodných kandidátov, ktorí by prijali opatrovateľku bez papierov. O týždeň, prípadne i dva, som sa mala opäť ohlásiť, či narazila na niekoho vyhovujúceho alias podobne zmýšľajúceho.

Výlet do Álp patril do kategórie s nálepkou *fantastický*. Všade ležalo plno snehu. Biela krajinka naokolo vyzerala priam ukážkovo, presne ako na vianočnej pohľadnici. Nesklamalo ani počasie a my sme po dlhšej jazde autom zaparkovali pod akýmsi vrchom.

„Tam hore musíme vyjsť a potom ťa čaká milé prekvapenie," ukázala Laura prstom na približný cieľ našej cesty. Šliapali sme do kopca lesným chodníkom pomedzi ihličnany, ktorých vrcholky siahali snáď až k oblakom. Do taktu chôdze nám pod nohami vŕzgal čerstvo napadaný sneh. Občas nás predbehli iní, zdatnejší výletníci. Takí, ktorí nemali v závese malé deti. Ja som spokojne vdychovala studený, horský vzduch a očami sa kochala na okolitej scenérii. Niekoľkokrát sme zastavili, aby si drobci trochu oddýchli. Cesta lesom trvala dobrú hodinu, ak nie viac. Zrazu stromy poredli a pred nami sa objavila priestranná čistinka. V jej strede sa nachádzala typická, turistická chata v bavorskom prevedení. Okolo nej sedeli na drevených laviciach ženy, muži, deti, mladí i starí. Väčšina z nich pochlipkávala horúci čaj, kávu s mliekom alebo si pochutnávala na guláši, párkoch, Kaiserschmarrne či jablkovej štrúdli.

„Tu si spravíme prestávku a trochu sa posilníme," udychčane zavelila Laura. „Ja si prosím horúci guláš, jediné správne rozhodnutie po prechádzke zasneženou krajinou!" zahlásila som, len čo sa mi do rúk dostal jedálny lístok. Po sviežej túre som vychutnávala každú plnú lyžicu, ktorú moja pravica nasmerovala do hladných úst. Keď sme sa všetci dosýta najedli, vyšli sme pred chatu a chvíľu spoločne posedeli i vonku, naberajúc potrebnú energiu z hrejivých obedňajších lúčov.

„No a teraz nadišiel čas na sľúbené prekvapenie," s tajomným úsmevom mi oznámila Laura. „Na to však najprv musíme zájsť dozadu za chatu."

Nachádzal sa tam ďalší neveľký zrub, kde sa do radu stavali oddýchnutí turisti a miestny zamestnanec im postupne podával drevené sánky.

„Deti, kto pôjde so mnou a kto s papom?" otočila sa Laura ku Mii a Timovi. Tí si s výskotom podelili rodičov (i tentokrát sa vytvorili tandemy otec-dcéra, mama-syn) a s tromi zapožičanými kusmi sme sa spoločne pobrali s vetrom opreteky na veselú jazdu dolu brehom. Cestu, ktorú sme si pôvodne pomaličky vyšliapali smerom hore, sme teraz preleteli za neuveriteľných pätnásť minút. Hlasný smiech sa ozýval lesom. Občas som zhíkla, keď som si myslela, že v najbližšej zákrute opečiatkujem strom svojou maličkosťou, presne podľa vzoru z kreslených rozprávok. Občas som sa modlila, aby zdola idúci turisti včas odskočili z cesty. A veru skákali ako srnky. V zdraví sme sa dostali na parkovisko, kde čakal ďalší zamestnanec chaty, aby vyzbieral sánky po divokej jazde. V ten večer sa mi zaspávalo veľmi dobre – správne vetrom ošľahaná a skvelý zážitok bohatšia.

„Katja, to je pre teba," podávala mi v pondelok ráno telefónne slúchadlo Tante Clara. Z prekvapeného výrazu v mojich očiach správne pochopila, akú otázku mám prichystanú na jazyku, a tak mi iba pokrčením ramien jasne naznačila, že sa jej nepodarilo identifikovať neznámu osobu.

„Haló, kto je tam?" spýtala som sa.

„Katarína, si to ty? Tu je Filiz."

„Filiiiz!?" zvolala som radostne do aparátu. „Rada ťa počujem. Stalo sa niečo?"

„Katarína, nechcem ti teraz vysvetľovať nič konkrétne, ale máš sa naozaj dobre, si v poriadku?"

„Áno", zahlásila som zmätene. Niečo sa mi nepozdávalo v spôsobe, akým slová vyriekla.

„Počuj, moja mama má jednu veľmi dobrú známu a práve k nej sa dostala Tanja, bývala au-pair tvojej terajšej rodiny. Dozvedeli sme sa od nej niekoľko zaujímavých informácií. Sú na zváženie, preto by som sa s tebou rada pozhovárala. Ale nie takto. Neprídeš ku nám cez víkend? Marcus nebude doma a my by sme si spravili dámsku jazdu."

„Ehm... rada vás navštívim," odvetila som riadne zaskočená.

Never ending story?!?

Hádka (5.)

Zvyšok týždňa sa niesol v netrpezlivom očakávaní víkendu. Laura nás dvakrát s deťmi zobrala na nákupy do mesta. Najprv som spoznala *Schwabing* a malé, útulné obchodíky, o existencii ktorých sa bežný turista zvyčajne nikde nedočíta, alebo iba náhodou. Nestoja v žiadnych knižných sprievodcoch, sú ukryté v spletitých uličkách mimo hlavných tepien mesta, nenájdete o nich najmenší záznam v historických archívoch, pretože im chýba ten správny vek – dobrých sto, dvesto a viac rokov, ale sú tu a svojich návštevníkov očaria jedinečnosťou a nákazlivou atmosférou. Schwabing je navyše známy najvyššou koncentráciou umelcov, preto sa mu hovorí aj *bohémska štvrť*. Laura v tých končinách zháňala látku na nové závesy do ordinácie. (Podobné kúzelné zákutia som oveľa neskôr objavila i v iných častiach Mníchova.)

V istom obchode s dámskym oblečením neďaleko Münchner Freiheit si prezerala vystavený tovar.

„Aby si rozumela, Katja, hľadám niečo iné, výnimočné, čo nenájdem u Phila," prezradila mi, pričom sa snažila sliedivým zrakom odhaliť to *pravé*. Hoci jej bohatý výber z ponuky manžela poskytoval veľa, každému z nás občas dobre padne i nejaká tá zaujímavá zmena od konkurencie. Ja som práve škúlila. Pravým očkom som pokukovala po regáloch plných samých neskutočne krásnych vecí a ľavým sledovala deti, ako sa opäť veselo hrajú na schovávačku medzi zavesenými kabátmi a vetrovkami a mňa iba udivovalo, že ich šantenie nikomu naokolo neprekáža, hoci v tom obchode ich žiadny zo zamestnancov nepoznal. Slovenská predavačka by ich naisto hnala kade ľahšie. Tu sa na nich každý iba usmieval.

Zrazu sa Mia ocitla pred skušobnou kabínkou a niečo ju na nej zaujalo. Nachádzala som sa síce dosť blízko, aby som nadchádzajúce dejstvo zreteľne videla a počula, ale ďaleko na to, aby som včas zasiahla a ovplyvnila jeho priebeh. Mia schmatla záves a bleskovo ho odhrnula. Vnútri stála staršia, moletnejšia pani. Bola iba v spodnej bielizni a práve sa zohla po nejaký kus oblečenia, čo sa jej vyšmykol z rúk. Takže zvedavé okále nášho dievčatka sa nečakane ocitli oproti jej širokej zadnici. Asi dve-tri sekundy zostalo zarazené s podareným výrazom v tváričke a nakoniec prekvapene skríklo na celú predajňu: „Aha, aký veľký, holý zadok!"

(Ďalšia z viet, ktorú živo počujem i po rokoch).

S päťsekundovým oneskorením k Mii pribehla Laura.

„Zlatko, to sa nerobí," snažila sa výchovne zapôsobiť na dcérku, zatiahla rýchlo záves do pôvodnej polohy a zdúchla s ňou medzi tovarom, zadúšajúc sa smiechom. Usmievali sa i okolostojaci, len pani v kabínke podľa všetkého nič nezaregistrovala. Ďalej sa spokojne venovala skúšaniu oblečenia.

Zašli sme aj do rozsiahleho obchodného centra v Mníchove, kde si prenajal ďalší menší obchodík i Philip. V novembri návštevníkov komplexu vítala bohatá, vianočná výzdoba a ja som s pootvorenými ústami *hltala* dokonalú, farebnú krásu vovnútri. Pre dnešnú mladú generáciu takmer nepochopiteľné, ale v dávnych časoch *Prior*-ových niečo podobné a takých rozmerov na Slovensku takisto ešte neexistovalo, a preto som sa snažila zapamätať si i ten najmenší detail, aby som neskôr mohla našim doma čo najpodrobnejšie prerozprávať pestré zážitky zo sveta. Na konci roku 1992 tam všade naokolo prevládala žiarivá červená so zelenými doplnkami.

Od Laury som získala *Grüne Karte*.

„Katja, kúpila som ti električenku na MVV (mníchovská hromadná doprava). Je o čosi lacnejšia než iné karty, pretože platí až od deviatej. To znamená, že ak budeš chcieť cestovať skôr, musíš si ešte pribrať *Streifenkarte*. Samozrejme ti ju tiež preplatím, ale snaž sa jazdiť až od tej deviatej. Karta je prenosná, takže hocikto z nás by si ju v prípade potreby mohol požičať. Nezabudni si ju vždy zobrať. Tunajších kontrolórov ničím neobmäkčíš. Ak ju nemáš pri sebe, pokuta ťa neminie! Mimochodom, je použiteľná na všetky dopravné prostriedky - autobusy, električky, S- a U-bahny vo vnútornom okruhu."

„A čo presne znamená *vnútorný okruh*?"

„Do neho spadá celý Mníchov a prvé dve-tri mestečká za jeho hranicami. Čiže i my. Nepomýľ sa! U-bahny jazdia priamo v meste, väčšinou ako podzemné metro. „U" je vlastne začiatočným písmenom slovíčka *podzemný*, „S" zasa *rýchly*. S-bahny premávajú stredom Mníchova takisto pod zemou a na Ostbahnhofe a za Hauptbahnhofom vychádzajú na povrch. Spájajú ho s okolím približne do vzdialenosti štyridsať kilometrov. Jazdia každých dvadsať minút. Či až na konečnú, to presne neovládam. Pre istotu si pozri plány, ak by si cestovala tak ďaleko. A ak by si niečomu nerozumela, radšej sa ma opäť spýtaj."

Niekoľkokrát som na vlastnú päsť navštívila i centrum bavorskej metropoly, no sklamala ma jeho nečakaná premena. Tvár mesta, ktorú som si uchovala v spomienkach z konca leta, stratila svoj pôvab v sychravom závoji jesene a nastávajúcej zimy. Stromy stáli na uliciach obnažené, bez osviežujúcich, zelených plášťov, záhrady smutne zívali bezkvetou prázdnotou a sochy na mnohých miestach zahaľovali modely z najnovšej drevenej kolekcie. Slúžili im ako kvalitná, protimrazová ochrana. Nezostávalo mi nič iné iba dúfať, že jar to opäť napraví. Dnes už viem, že Mníchov prekvapí svojim čarom aj v studenom ročnom období a ponúka nielen domácim, ale i cezpoľným všakovaké atrakcie, ktoré sa rokmi zdokonalili, alebo k nim pribudli mnohé ďalšie. Len si treba zapamätať, kedy, kde a čo hľadať. (Tajný tip odo mňa: vianočné trhy a Tollwood.)

Do piatkovej šichty som nastupovala ráno o ôsmej. Pripravila som raňajky, vystrojila Tima do škôlky a spolu s Miou sme ho tam i zaviedli. Nachádzala sa o dve ulice ďalej, asi na desať minút pešej chôdze s dvoma malými deťmi. Po návrate domov spustila Mia pravidelne koncert Béé-dur. Vytratila sa do svojej izby, kde vzlykala, akoby ju z kože drali. Pokusy o zastavenie sĺz boli zbytočné, vyvolávali u nej skôr opačný účinok. Vraví sa mu kontraproduktívny. A tak som ju nechala na pokoji, nech pravidelným zvyšovaním intenzity príliš nebudíme pozornosť susedov a venovala sa radšej svojim povinnostiam. Každých desať-pätnásť minút som však pre istotu tajne nazrela cez prah dverí dnu. Keď ju plač unavil, prišla sama za mnou. Akoby náhodou. Akoby sa nechumelilo. Iba raz sa stalo, že nárek stíchol a ona nikde.

„Mia?" zakričala som do chodby a s prachovkou v ruke nastražila uši jej smerom.

„Mia!" zopakovala som výzvu, no stále sa nič nedialo, ani odpoveď neprichádzala. Vybehla som preto hore a prekvapene hľadela do prázdnej izby. „Mia, kde si? ... Mia, veď sa konečne ozvi! Teraz naozaj nie je vhodný čas na skrývačku!"

Princezná bola asi inej mienky. A tak som sa vydala prehľadávať jednotlivé poschodia. S prachovkou v ruke. Bola som si istá, že som vymietla každý kút, každú škáru, kam by sa zmestila. Vybehla som dokonca pred dom, no jej nikde. Panika práve dosiahla bod maxima, keď som si spomenula na jednu Laurinu poznámku. Ako antilopa som brala schody nazad do Miinej izby a zastavila sa až pred jej skriňou. Prudkým pohybom som otvorila dvere a ... a ona v nej spala ako Šípková Ruženka, spokojne si cmúľajúc palec. Večer som potom Laure prerozprávala, ako som na chvíľu *stratila* jej dcéru. V drevenej, masívnej skrini!

Podľa vzoru Tante Clary som v piatok začínala na poslednom poschodí, v spálni domácich. Pootvárala okná, vyvetrala periny. Mäkký koberec staroružovej farby sa výborne vysával. Neznášala som však vláčenie toho malého požierača nečistôt spolu s ďalšou výbavou po úzkych, otvorených schodoch. Ak mi náhodou niečo vypadlo z rúk, hľadala som stratenú vec často až dolu v podpalubí. Upratovalo sa každý pracovný deň. Štyri vykryla Tante Clara, jeden ja, takže špina sa nestíhala nikdy a nikde poriadne udomácniť. Vyštvali sme ju hlukom vysávača a zdatnou výzbrojou handier a čistiacich prostriedkov. V obývačke som dávala veľký pozor na rodinné poklady, keď som ich piatok čo piatok usilovne utierala prachovkou.

O dvanástej sme vyzdvihli Tima a spoločne sme sa naobedovali štvrtkovým výtvorom Tante Clary. Kým prišla Laura, dokončovala som posledné kozmetické úpravy z doobedňajšieho snaženia, alebo som usilovne žehlila v suteréne. Vtedy sa dosť často stávalo, že drobci sedeli na schodoch vedľa koša s prádlom a prosíkali, aby som im rozprávala príbehy od výmyslu sveta. Uprednostňovali predovšetkým tie skutočné. Strašidelné o medveďoch a vlkoch zo slovenských veľhôr alebo veselé, s mojim psom v hlavnej úlohe. Pri ich počúvaní takmer zabudli dýchať. No stačilo, aby som niekde omylom pozmenila priebeh rozprávky, ktorú poznali a hneď som to od nich schytala. „Katja, ten kráľ nemal dve dcéry, ale tri! A drak najmladšiu z nich nezjedol, on ju iba uniesol!"

Priznávam, bez predošlého, dôkladného naštudovania deja a v kombinácii s neznalosťou nemčiny, sa tu jednalo o preťažký džob lovenia spomienok z prachom zapadnutej priehradky bratov Grimmových v deravej pamäti! Lebo pozorné deti si potrpia na detaily! (A skriptá na výške za posledné štyri roky skôr popisovali ako neutralizovať kyselinu sírovú a nie sedemhlavého draka únoscu...)

Pokiaľ nepotrebovala Laura niečo z mesta, išla si zvyčajne po obede s deťmi ľahnúť. Zasiestovať.

„Laura, ako to vyzerá tento víkend s babysittingom? Volala totižto Filiz a pozvala ma ku nim. Aj s prenocovaním," oznámila som jej medzi rečou a ona správu prijala ako samozrejmosť, s ľahkosťou a bez ďalších zvedavých otázok. Ako každodennú informáciu o počasí z ranného, rozhlasového vysielania. Proti návšteve nič nenamietala.

„Nejako jej teraz chýbaš," doplnila ešte pobavene. Pokrčila som iba neurčito plecami, pretože o obsahu nášho rozhovoru som zatiaľ nemienila nič prezrádzať.

V sobotu okolo obeda som sa vybrala S-bahnom na staré, známe miesta. Podľa dohody ma Filiz mala vyzdvihnúť na stanici, ale zmýlila som si odchod S-ka, a keď som dorazila do cieľa, nikde som ju nenašla.

„Prosím vás, ako sa odtiaľto dostanem do (jej) dedinky?" spýtala som sa prvej osoby, ktorá mi skrížila cestu.

„Jazdí tu síce autobus, ale neovládam spamäti cestovný poriadok. No nevešajte hlavu. Našťastie aj ja idem tým smerom, takže ak chcete, vezmem vás so sebou."

Bola som neskutočne vďačná takej zhode náhod a návrhu jednej dobrej duše. Autom to netrvalo dlho. O pár minút som hľadela na známy domček so záhradkou. Asi ma zbadali aj zvnútra. Ako na povel sa otvorili dvere a Filiz z nich vybehla spolu s dievčatami. Zvítali sme sa veľmi srdečne a tentokrát z nej vyžarovalo niečo úplne iné, ako vtedy na samom začiatku. Z tváre sa jej vytratil niekdajší zvláštny chlad z prvého dňa, keď sme sa zoznámili. Myslím, že takto sa oveľa lepšie podobala Hankinmu popisu. Bola veselá a správala sa ku mne ako ku kamarátke, ktorú zakaždým rada vidí. V družnom rozhovore sme vošli dnu, ona prichystala niečo pod zub a ja som netrpezlivo vyčkávala, aké prekvapenie vo forme zaujímavých

39

informácií si pre mňa nachystala. Teda netrpezlivo iba dovtedy, kým som nezahryzla do jahňacinky na tanieri. Slinky mi tiekli prúdom a ja som razom pozabudla na všetko dôležité vôkol seba. Filizina turecká kuchyňa ma dokázala opäť dokonale odzbrojiť.

„Počula si niečo konkrétne o ich poslednej au-pair?" spýtala sa ma starostlivá hostiteľka, keď sme večer osameli. Vykrivila som spodnú peru, pokrčila plecami a záporne pokrútila hlavou.

„Veru, nie veľa. Prezradili mi iba, že odišla týždeň pred mojim príchodom, volala sa Tanja a pochádzala z Nórska."

„A nezdalo sa ti divné, prečo sa všetko zbehlo tak narýchlo a oni si za ňu nezabezpečili včas žiadnu náhradu?"

„Pravdupovediac, nad tým som si hlavu nelámala. Tešila som sa, že som vôbec niečo a niekoho zohnala. Isto si nezabudla, že by som tu v opačnom prípade asi už nebola..."

„Takže Tanja je u našich známych," pokračovala v zdieľaní menej priaznivých správ Filiz. „A úplnou náhodou sme prišli na to, že ste pracovali pre jednu a tú istú rodinu. Zhrozila sa, keď počula, kam si sa dostala. Ona osobne je na nich riadne naštvaná. Dlžia jej poslednú výplatu, často u nich hladovala a okrem iného sa dozvedela, že aj pred ňou im niekoľko au-pairiek utieklo. V Mníchove sú agentúry, ktoré im odmietajú ponúkať hocakú náhradu."

Takto znel v skratke náš rozhovor, na ktorý si útržkovite spomínam. Ak obsahoval i iné negatíva, po toľkých rokoch som na ne zabudla.

Zhlboka som sa nadýchla a zvažovala, ako zareagovať. Premietala som si v pamäti zážitky z posledných dní, ale nenachádzala medzi nimi výraznejšie záchytné body, ktoré by potvrdili či naopak vyvrátili Tanjinu výpoveď. Iba učiteľka v škôlke sa Tante Clary v úvodný deň nejako divne spýtala, či *ja* som zasa *nová*. A presne tak som to zrekapitulovala i Filiz.

„V poriadku, Katarína. Povedala som ti, čo som pokladala za dôležité. Tanja sa mi javí ako dôveryhodná osoba, ale človek nikdy nevie... Ak sa potvrdí, čo spomínala, alebo sa stane čokoľvek divné, ak sa od nich rozhodneš odísť, jednoducho mi zavolaj. U nás si vždy vítaná. Kedykoľvek sa môžeš vrátiť."

Naozaj ma milo prekvapila toľkým záujmom o moju maličkosť.

„Filiz, ďakujem... že si ma upozornila a aj za tvoju fantastickú ponuku a ešte lepšiu večeru! Pravdupovediac, práve som trochu mimo z informácií od Tanji. Ale zatiaľ skutočne nemám dôvod... alebo inak: mám pocit, že je všetko v poriadku. Samozrejme budem veľmi rada, ak sa smiem aj neskôr na teba v prípade čohokoľvek nepríjemného obrátiť!"

Víkend ubehol akosi prirýchlo a ja som sa v nedeľu neskoro večer vrátila so zmiešanými pocitmi do svojej izbietky v suteréne. Asi som ťahala za sebou neviditeľný závan pochybností, ktorý sa zachytil na zábradlí schodišťa. Kvočal tam ako zabudnutý granát, čakajúci na odistenie. Explózia nasledovala takmer vzápätí. Už v pondelok ráno som sa zobudila na hlasitú hádku.

Jej aktérmi boli Philip a Tante Clara. Posadila som sa na posteli a uvažovala, či sa mi príhoda s Filiz iba snívala, alebo sa práve prebúdzam do nejakej neželanej reality. Vzhľadom na dosť chabé znalosti nemčiny a tlmený zvuk sa mi nepodarilo zistiť, aká dráma sa presne o poschodie vyššie odohráva. Až keď som počula, ako niekto zlostne zabuchol vchodové dvere, odvážila som sa vyjsť po špičkách do kuchyne. Tante Clara stála otočená chrbtom ku dverám a plakala.

„Dobré ráno," zahlásila som takmer šeptom.

Snažila sa narýchlo zahladiť stopy žiaľu. Otočila sa ku mne a medzi ddoznievajúcimi vzlykmi mi potichu odpovedala na pozdrav.

„Tante Clara, čo sa tu, preboha, dialo? Počula som vás až z izby."

„Teraz nie, Katja. Odvediem Tima do škôlky a potom ti to vysvetlím."

Zotrela si poslednú slzu z líca, obliekla narýchlo deti. Vzala kabát, otvorila vchodové dvere a vyšla s nimi na ulicu.

Netrpezlivo som čakala na jej návrat a snažila sa niečím zamestnať, len aby som sa konečne prestala zapodievať tým, ako sa mi opäť pomaly stráca zem pod nohami. *Že by som naozaj mierila z blata do kaluže? A čo vlastne nasleduje po kaluži? Že by bolo načim začať sa zaoberať aj odpoveďou na otázku číslo dva? A prečo sa ňou vlastne ešte nik nezaoberal??? Ojoj, ojojoj!* Prechádzka na studenom vzduchu ju ako tak upokojila a domov sa vrátila v trochu lepšej nálade. V ten deň neupratovala ako zvyčajne. Namiesto toho sme sa spoločne pobrali naspäť ku jedálenskému stolu, spravili kávu a pri jej popíjaní sa Tante Clara rozhovorila.

„Okamžite píšem výpoveď! Neskutočne mi to tu lezie hore krkom!" zvolala rozčúlene. Snažila sa mi v čo najjednoduchších vetách pretlmočiť, čo sa približne pred hodinou v kuchyni odohralo. Síce nie do úplných detailov, ale aspoň náznakovo. S najväčšou pravdepodobnosťou Philipa o čosi dôležité žiadala a on stroho odmietol. Možno niečo viselo vo vzduchu dlhšiu dobu a práve v tú noc sa jeden z nich (alebo i obaja?) zle vyspal, použil nesprávnu formuláciu alebo hocičo iné a omylom sa pritom dotkol zábradlia s výbušninou.

„Pani B. je empatická a milá osoba, to len jej muž je presný opak, arogantný chlap. Chladný a lakomý!" ukončila prvú časť ponosovania Tante Clara.

Za krátky čas, čo som u nich bývala, som si i ja stihla všimnúť, že Philip funguje vo zvláštnom režime. Niekedy akoby nás vôbec nevnímal. Pohrúžený iba do seba, žil vo vlastnom, začarovanom svete. Prístup doň nezískal len tak hocikto, no o členstvo v ňom sa tiež nik extra nezaujímal. Do obchodov odchádzal ráno asi o pol deviatej a domov sa vracal večer o ôsmej alebo i neskôr. Ani sa poriadne nenajedol, zvítal sa s deťmi, ak ešte nespali, chvíľu pobudol s Laurou a už schádzal do pracovne v suteréne. V nej zostával zavretý často až do hlbokej polnoci.

Potom ho zrazu niečo osvietilo, on sa prebudil zo svojho šípkového kráľovstva (tu sa vzdávam zaužívanej formulky, že ho pobozkal princ) a na krátky okamih vnímal i okolie, teda nás. V stave chvíľkovej bdelosti dokázal byť i milý a vtipný, raz štvrťročne nám dokonca niečo chutné i navaril a pri skvelom vínku sme si našli interesantné témy na diskusiu, ale vždy zostával akýmsi *ťarbavým* spoločníkom. Presne ako som ho spoznala na začiatku. Potom zasa na dlhšiu dobu upadol do svojej philipovskej letargie. Úplný opak Laury, s ktorou sme, našťastie, od prvej sekundy fungovali na princípe spriaznených duší, s ktorou som sa dokázala hodiny baviť ako pracovne, tak i privátne, nielen o *Pytagorovej vete* ako základnej teoréme euklidovskej geometrie ale i o nesmrteľnosti chrústa, pričom sme sa pravidelne nasmiali do popuku, alebo iba tak snívali s otvorenými očami. Dodnes na rozhovory s ňou rada spomínam.

Osobne som neprichádzala s Philipom do konfliktov, ale na druhej strane som ani ja nejako extra jeho spoločnosť nevyhľadávala.

„Tante Clara, skúste sa porozprávať s Laurou. Veď čo by si bez vás počali?" snažila som sa ju aspoň trochu upokojiť. Naladiť na lepšiu nôtu.

„Tante Clara, chceš od nás odísť?" objala ju Mia, ktorá sa spolu s bratom stala svedkom hádky i plaču, práve vbehla do kuchyne a náhodou začula i vyhrážku o výpovedi.

„Nie, srdiečko moje, teraz som iba trochu smutná a zajtra bude zasa dobre, uvidíš. Choď sa hrať na chvíľu do svojej izby, a keď ťa zavolám, pomôžeš mi zasa s obedom. Súhlasíš?" snažila sa chlácholivým hlasom odviesť jej pozornosť od pôvodnej diskusie.

„Môžem sa vás teraz ja niečo spýtať?" začala som neisto, keď Mia opäť buchotala hračkami na najvyššom poschodí. „Cez víkend som zašla na návštevu ku Filiz... snáď si ešte spomínate na žienku, čo sem minulý týždeň zavolala. Tanja je v rodine u ich známych. Od Filiz som získala niekoľko znepokojujúcich informácií, ktoré mi od včerajška spôsobujú riadny hlavybôľ," a v krátkosti som jej zopakovala rozhovor zo sobotňajšieho večera.

„Tanja je veľmi milé dievča a oni sa k nej nezachovali pekne. Som s ňou naďalej v kontakte. Dostala sa, našťastie, do výbornej rodiny, ale to si nechaj pre seba," a potom mi Tante Clara po krátkom zaváhaní rozpovedala svoju verziu príbehu. Pamätám si z nej iba jednu jedinú vec, hoci neviem, prečo sa mi práve táto natrvalo vryla do pamäti.

„Veď uznaj, Katja, v Mníchove sa radia k solventným a známym rodinám, a je preto veľmi smutné, že au-pairkam pred tebou som musela kupovať extra jedlo, teda aspoň isté druhy potravín, ktoré sú lacnejšie, ako napríklad margarín namiesto masla. No nie je to smiešne?"

Z raňajšieho dialógu som nijakovsky nezmúdrela a navyše som zatiaľ nenachádzala žiadnu spojitosť so mnou.

Až po niekoľkých mesiacoch som si utvorila vlastný názor na novembrovú epizódku, ale predbiehať udalosti sa nepatrí.

„Tante Clara, čo mi radíte vy? Povedať Laure otvorene, čo som sa dozvedela a požiadať ju o vysvetlenie?"

„Ja by som sa s ňou na tvojom mieste pozhovárala...."

Tante Clara neskôr sama zavolala do ordinácie. So šéfkou diskutovala dosť vzrušene a dlhšiu dobu, než sa nakoniec dohodli pokračovať v načatom rozhovore v stredu. Medzi štyrmi očami.

A ja som opäť raz s miernymi žalúdočnými kŕčmi uvažovala vo svojej izbe, aké pokračovanie očakáva mňa po tomto búrlivom dni.

Ako sa postupne schyľovalo k večeru, zmáhala i mňa čoraz viac nervozita. V duchu som si dookola opakovala otázky, ktoré som na konci služby chcela položiť Laure a pritom nezhoršiť napätú situáciu.

Domov sa dostavila vo zvyčajnom čase. Pri večeri sme najprv prebrali priebeh popoludnia s deťmi, a keď sa Mia s Timom pripravovali na nočný odpočinok, predbehla ma vlastným návrhom, čím ukončila moje celodenné trápenie.

„Katja, rada by som sa s tebou dnes porozprávala. Asi tušíš o čom. Vrátiš sa naspäť do kuchyne, keď deti zaľahnú do postelí?"

„Mhm", prikývla som.

Vzápätí za nimi odišla do kúpeľne a ja som sa zhlboka nadýchla, aby som aspoň trochu stlmila búrku vo svojom vnútri. Hoci s ponukou prišla prvá ona a trafila sa i do témy, pokladala som za správne, aby od začiatku vedela, že i ja viem. Keď sme sa opäť stretli pri spratanom stole, začala som ako prvá hovoriť tentoraz ja.

„Kedysi v aute si ma požiadala, aby som vždy za tebou prišla, ak budem mať niečo na srdci. Chcem, aby si i ty poznala celú pravdu a chápala, prečo mi záleží na našom rozhovore. Filiz prednedávnom spoznala Tanju, a preto ma pozvala cez víkend na návštevu. Podľa jej tvrdení ste sa nerozišli v najlepšom. Povedala mi toho oveľa viac... a hneď nato som si dnes ráno, nechtiac, vypočula hádku medzi Philipom a Tante Clarou. Vysvetlíš mi, prosím, isté nezrovnalosti... V istom ohľade sa týkajú i mňa."

Lauru pravdepodobne celé poobedie v ordinácii trápil telefonát s Tante Clarou, pretože netrvalo dlho a rozplakala sa i ona.

„Niekedy ma prenasleduje strach, že už v nasledujúcej minúte nezvládnem situáciu – robota, deti, školenia. Stále sa za niečím ženiem a stále mi niečo uniká. Aspoň mám taký pocit a neskutočne ma to štve. Chcela by som mnohé zmeniť, no nikde nenachádzam odpoveď ako. Zmáha ma únava a som nespokojná sama so sebou," rozprávala prerušovane, medzi vzlykmi.

Postupne sa vyjadrila k téme Tanja, k poslednej výplate a i ku zvyšku mojich otázok. Na úplne presné vysvetlenie si ani pri najlepšej vôli nespomeniem, ale ak mám pravdu povedať, tak ma jej odpovede nijako zvlášť neznepokojili. Zdali sa mi byť plauzibilné. Veď ako sa hovorí, každá minca má dve strany. Vyjasnili sme si v prvom rade svoje predstavy o vzájomnom spolunažívaní, aby sme i naďalej fungovali ako doposiaľ a k spokojnosti nás oboch.

Laura sa konečne upokojila. Zjavne sa jej po spovedi uľavilo a nakoniec dodala: „Mimochodom, zabudni na detskú kúpeľňu! Odteraz sa poobede s deťmi iba hraj. Z pôvodných povinností ti ostane služba v piatok, žehlenie a babysitting."

Ak aj existovali kedysi nejaké nezhody s Tanjou či inými au-pairkami, už čoskoro som sa presvedčila, že prehrmená búrka viedla vlastne k tomu, aby sa na sklonku roka 1992 vyjasnilo nebo nad Mníchovom v môj prospech. Philip prišiel domov, keď som práve pozerala vo svojej izbe večerný televízny program a nasledujúca diskusia o tri poschodia vyššie už nebola taká pokojná. Ak sa nejednalo o ďalšiu hádku, tak sa mi javila prinajmenšom dosť hlasitá. Ale keďže sa odohrávala v spálni, nedozvedela som sa, o čom sa bavili. Mohla som si iba domýšľať.

Zaspávala som šťastná, že nateraz sme si s Laurou všetko vyjasnili a nič ma len tak ľahko nezaskočí. Človek však od prírody nie je tvor neomylný, skôr naopak a zatiaľ mi nik neprezradil, že vlastne naďalej bojujem o priazeň osudu, pretože v blízkej budúcnosti ma ohrozí ďalšia katastrofa.

Alida (6.)

Stredajší rozhovor prebehol mierovo a podľa predstáv Tante Clary. Laura sa zachovala diplomaticky a z neskoršieho podrobného opisu jej oficiálnej zamestnankyne som si vypočula, ako sa jej viackrát ospravedlnila, zdôraznila, ako veľmi si vážia jej prácu, ako si ju na radosť rodičov obľúbili deti a aká je pre nich všetkých nenahraditeľná. Ak Tante Clara predostrela nejaké ďalšie požiadavky, museli sa na niečom dohodnúť, pretože u nich naďalej zostala pracovať.

Ja som občas zašla do mesta, aby som pomaly nazhromaždila vianočné darčeky, tešila sa z každého výhodného nákupu a večer sa ním pochválila i Laure. Pravidelne v nedeľu som využívala ponuku mnohých miestnych múzeí – vstup zdarma (dnes už také vymoženosti neexistujú), fotografovala nadšene mníchovské pamiatky, ale i jeho skryté zákutia, čoraz lepšie ovládala pomenovania jednotlivých hračiek a po šichte s drobcami som chodila za každého počasia pravidelne behávať päť kilometrov v našej vilkovej štvrti.

Jedného dňa opäť zazvonil telefón.

„Hi, here´s Alida, I´d like to speak with Catja."

„Hi, that´s me," suverénne som zvládla prvú vetu, ale vzápätí mi kolená roztriasla mierna tréma pred juhoafrickou angličtinou. Nazbierala som viacero skúseností z bývalého zamestnania s jej indickou, čínskou ale i austrálskou odrodou. Stálo ma dosť námahy, aby som pochopila, čo mi švitoria ľudkovia z druhej strany spojenia, na tisícky kilometrov vzdialených od Európy. Kto im po telefóne rozumie, smie sa považovať za jazykovo zdatného. Ja som k spomínaným šťastlivcom v tom čase veru ešte ani zďaleka nepatrila (zachránila ma skutočnosť, že v každom zamestnaní sa po istom čase začnú správy a vety v nich použité istým spôsobom opakovať a šikovný papagáj sa ich rýchlo naučí) a čakala som, čím ma prekvapí najaktuálnejšia verzia. Dlho sme spolu nerozprávali.

„Katja, navrhujem, aby si ma čo najskôr navštívila. Bývame od vás na skok. Autobusom jednu zástavku. Oproti nej sa vchádza do slepej uličky a náš dom stojí na úplnom konci v ľavom rohu. To uvidíš," zakončila Alida stručný opis, nadiktovala znovu presnú adresu a rozlúčila sa.

Asi o dva dni som sa vybrala na zoznamovacie stretnutie ku nej. Priestranný bungalov v malej uličke som našla bez problémov. Pravdupovediac, horela som zvedavosťou, kto ma privíta. *Bude to černoška alebo beloška?* Privítal ma v prvom rade zvonivý smiech, ktorý by sa dal označiť za jej firemnú značku. Alida sa narodila pod hviezdou hercov z odboru komédia. Aj preto sme si bleskovo padli do oka.

Do domu sa vchádzalo z verandy, ku ktorej viedlo niekoľko schodov. Na prvý pohľad ma ničím nezaujal. Nudný, biely kváder v radovej zástavbe. Alida bola práve sama a ako je v Nemecku zvykom, previedla ma najprv kompletným vnútrajškom.

„Tam naľavo je spálňa a detské izby, napravo sa ide do kuchyne a obývačky."

Jednotlivé miestnosti majitelia vkusne zariadili a pastelové farby naokolo v jemných ružovo-fialových odtieňoch s doplnkami bledošedej a bielej veľmi rýchlo zmenili môj prvotný úsudok.

„No a kráľovstvo Miss Alidy sa rozprestiera v suteréne," zakončila prehliadku vrchnej polovice. Zostúpili sme dolu po schodoch. Prešli sme posilovňou so stacionárnym bicyklom a inými zariadeniami na správne tvarovanie svalovej hmoty. Nasledovala priestranná práčovňa, niekde v rohu sa skrývala aj sprcha s WC pre au-pair a za tým všetkým ma prekvapila približne tridsiatimi metrami štvorcovými, ktoré dostala k dispozícii iba pre seba. Priamo za dverami sa schádzalo po troch schodíkoch a samotná izba pôsobila na mňa ako malá, útulná garsónka. Za domom sa nachádzala ešte i záhrada, pozvoľne sa zvažujúca od hornej obývačky až ku Alidinej izbe. Takže Juhoafričanka bývala z jednej strany v suteréne, z druhej akoby na prízemí a mala veľké okno, tým pádom aj normálne, denné svetlo. Niečo ako pracovňa u nás.

„Ach, Alida, to je predsa dokonalý luxus... vlastná sprcha a WC, ku tomu ako bonus vlastný vchod a okno!" zahlásila som takmer so závisťou. „Čo by som ja dala za podobný výhľad do záhrady! Veď uvidíš, čo tým myslím, keď ku nám na oplátku zavítaš ty!"

„Ó, áno. V záhrade sú vrátka, ktorými sa dá prechádzať, takže ak prídem neskoro v noci domov, nemusím použiť hlavný vchod. Ale väčšinou ním i tak chodím, pretože ma zo spálne pravdepodobne vôbec nepočujú. Aspoň zatiaľ sa nik nesťažoval," odvetila, pričom ústa vykrivila do tvaru paraboly *ja nič, ja muzikant.*

Od toho dňa sme sa stali nerozlučnou dvojicou a priatelíme sa dodnes vďaka vymoženostiam modernej techniky (s menšími či väčšími prestávkami, lebo

45

zvykne len tak odrazu zmiznúť z povrchu zemského a potom tvrdí, že *to vydá na knihu...* a podľa viacerých indícií predpokladám, že i dosť napínavú, s príspevkami z Kostariky).

V jej izbe sa rozprúdila živá konverzácia. Prezradila mi, že približne o mesiac oslavuje dvadsiate narodeniny a pred vysokoškolským štúdiom sa rozhodla vyskúšať rok života v zahraničí, ďaleko od rodného hniezda. Ponúkla ma koláčom a kávou a zároveň mi sama od seba poukazovala všetky dostupné, rodinné fotografie. Neviem ako vy, ale ja zbožňujem takýto náhľad do života druhých ľudí. Či farebný, či čiernobiely, no s patričným komentárom, aby som sa opäť priučila čosi o neznámej krajine, o jej obyvateľoch, faune a flóre, o jej kulinárskych či iných tradíciách a zvykoch a najradšej priamo od domorodca. Ak má niekto zaujímavé momentky a k nim ešte zaujímavejšie príbehy, dokážem pri ňom hodiny presedieť a počúvať a počúvať a počúvať. Ani nedýcham.

„Tuhľa je moja mama, je Afričanka. A kúsok vedľa sa usmieva otec," ukázala prstom na sympatického belocha. „Jeho starí rodičia pochádzali z Nemecka a ešte zamladi sa vysťahovali na čierny kontinent, takže ja už ich jazyk vôbec neovládam." Alida sa vzhľadovo podala na otca. Zdedila po ňom krásne modré oči a svetlé vlasy. Na mnohých fotkách zo svojej domoviny vyzerala ako fotomodelka z Vogue. To, že si ju nik z kompetentných nevšimol, mala isto na svedomí jej výška. Meter šesťdesiat nezachránia ani dvadsaťcentimetrové opätky. Skôr ho dokaličia.

Na ďalšej strane albumu sa priam zaľúbene zahľadela na sympatického, vysokého mulata v čiernom študentskom talári a s bielou čiapkou na hlave. „Toto je brat. Zbožňujem ho. No povedz, nie je nádherný?! Momentálne študuje na univerzite a isto by sa ti zapáčil."

Poslednú vetu vyslovila s lusknutím jazyka a zmyselným zažmurkaním. Podobné prejavy a gestá používala veľmi často a pravidelne nás nimi dokázala rozosmiať.

„Radšej mi ukáž, kto sa páči tebe ... a mimochodom, tvoj brat naozaj nie je na zahodenie," dodala som s uznaním.

„Pozri, tento," prstom pohladila malú fotku a hlas jej znežnel a zosmutnel zároveň. „Volá sa Jusuf a sme spolu rok. Veľmi mi chýba."

„A akých predkov má on?" zvedavo som sa spýtala pri pohľade na snedého mladíka.

„Jeho rodina je pôvodom z Indie, ale v Juhoafrickej republike žijú dlhé roky a tiež sa miešali s miestnymi, takže úplne presne sa to nedá povedať."

S Alidou som sa vždy cítila nádherne exoticky. S neuveriteľným nadšením rozprávala o svojej domovine, až mi po tele behali zimomriavky.

„Katja, Afrika je nádherná krajina. Sľúb mi, že ma raz prídeš navštíviť! Bývame neďaleko Durbanu. Za rodičovským domom máme veľkú záhradu a priamo za ňou je divočina. Tam by sa ti určite páčilo!"

Alide som prezradila hneď na začiatku, ako som v detstve fandila hrdinom seriálu *Daktari* a hltala príbehy manželov Adamsonovcov, a tak som nad knihou o levici Elze tajne kula plány o práci dobrovoľníčky v parku Serengeti. I preto pokračovala časťou so správnym *safari* nádychom. „Akonáhle sa začína zvečerievať, počuť z diaľky rev levov. Ak sa ti pošťastí, raz za čas ich uvidíš prebehnúť aj poza náš pozemok." „Keď ich tam uvidím, použijem čary voodoo a oni sa nás ani len nedotknú. Budú krotké a prítulné ako malé mačičky," zmeneným hlasom som sa snažila navodiť tajomnú atmosféru čiernej mágie.

„Och, Katja... s voodoo čarodejníkmi si nič nezačínaj. Ja mám pred nimi obrovský rešpekt a neodvážim sa na nich ani len v zlom pomyslieť!" odpovedala a tvárila sa pritom smrteľne vážne. Takú som ju zažila iba zriedkakedy. Viac sme túto tému nerozvíjali. Škoda, preveliká škoda.

„Ak raz prídeš ku nám, choď určite cez Kapské mesto. Pohľad z lietadla je fascinujúci. Všade naokolo sa rozprestiera nekonečné more. Z neho sa zrazu vynoria obrovitánske, majestátne vrchy a rovno pod nimi je učupené nádherné mesto so všetkými národnosťami sveta."

„Krásne sa to počúva...a veríš, že som sa zo začiatku obávala, či ti budem vôbec rozumieť? V angličtine nie som zatiaľ natoľko zdatná a tá zo školských lavíc nestála za veľa. Ale u teba som, popravde, akosi nepostrehla typický anglický prízvuk, ktorý poznám a ktorý ma stavia do pozoru s nastraženými ušami," priznala som na rovinu.

„Som rada, že mi rozumieš," zasmiala sa Alida nad úprimnou spoveďou a pokračovala s miernou iróniou. „My naozaj nepreháňame ako Američania. Snáď je to i tým, že druhým najrozšírenejším úradným jazykom JAR je *afrikaans*. V podstate sa jedná o kolonizátorskú holandčinu. Ovládam ju i ja. Ona nám zbrúsila jazyky, takže i angličtina z našich úst potom vyznieva inakšie... Podľa teba zrozumiteľnejšie."

Neostávalo mi nič iné, iba s ňou súhlasiť. Zatiaľ sa mi nepodarilo Alidu navštíviť, ale keď beží v televízii nejaký dokument o Kapskom Meste, pri pohľade na vrchy za ním si vždy spomeniem, ako som ju tisíckrát dookola prosila, aby mi o ňom prezradila znovu a zas čokoľvek zaujímavé. Aj za cenu toho, že sa, nebodaj, bude opakovať. Lebo opakovanie je... predsa matka múdrosti!!!

Alida, ako väčšina z nás, v Nemecku hladovala. Netvrdím, že by nám nedávali jesť, ale každá z au-pairiek, zvyknutá z domu na niečo iné, občas i diametrálne odlišné, či už chuťovo, množstvom alebo nezvyklými kombináciami, prekonávala náhlu zmenu stravovania väčšinou za pomoci zákerných krajcov chleba. A práve ten nemecký sa medzi odborníkmi teší skvelej povesti. Ja som chodila pravidelne behávať, takže u mňa sa následky nejako zvlášť neprejavili. Tie, čo nešportovali, plakali nad suvenírom v podobe nabraných kíl. K nim patrila i Alida. Tých desať európskych navyše ju nielen zaguľatilo, ale pozmenilo trochu črty jej tváre v porovnaní s niekdajšími modelkovskými na fotkách z Afriky. Z dobrej nálady jej to našťastie neubralo. Aspoň dovtedy nie.

Ešte počas návštevy sme sa dohodli na ďalšom stretnutí v novom roku, len čo sa vrátim zo Slovenska.

Vírusové blues (7.)

„Katja, je mi ľúto, ale trochu som ti zafarbila v práčke oblečenie," zaklopala Laura na dvere suterénnej izby a v rukách držala viacero kusov z mojej výbavy. Predtým žiarivo biele veci sa odrazu na mňa usmievali v silne ružovom odtieni. *„Rodina naozaj potrebuje vyškolené oko Tante Clary, ktoré správne podelí materiál a farby,"* pomyslela som si v duchu. V ten večer výnimočne prala Laura.

„Hmm, s tým už asi nič nenarobím," pokrčila som ramenami, prezerajúc si vydarený pokus o batiku. V podstate sa nedalo ani inak reagovať, iba dúfať, že sa až tak často nebude miešať do správneho chodu svojej domácnosti. Pri odpovedi typu *„zachovaj chladnú hlavu"* som vychádzala tiež z poznania, že mi onedlho vzniknutú škodu dvojnásobne vynahradí.

K jednej z jej záľub sa totižto radila pravidelná obmena či dopĺňanie šatníka. Pravdepodobne sa spomínané hobby plne rozvinulo práve vďaka manželstvu s majiteľom obchodných domov so zameraním na odevy. Zakaždým, keď sa v nich Laura ocitla a nezabudla zobrať so sebou i mňa, pozorovala som, ako postupuje podľa jedného a toho istého scenára. *Po prvé:* prejsť rad za radom obsah niekoľkých regálov. *Po druhé:* najprv sliediť očami, potom triediť rukami. *Po tretie:* nakoniec vybrať správnych favoritov.

Pulóvre, sukne, svetre, saká či nohavice. A brala ich na tucty. Pri pohľade na ňu som si automaticky pospevovala melódiu z *Miazgovcov „Nosič kufrov kam sa podel?".* (A tak Katka občas zaskakovala za strateného *kufronosiča.*) Na posteli v spálni potom triedila druhýkrát. Niekedy som jej pomáhala s odstraňovaním šedých, signalizačných kruhov, ktoré zabezpečovali tovar v obchode proti krádeži a ktoré predavačky omylom zabudli zneškodniť priamo v predajni. Pri tejto druhostupňovej kontrole s domácim osvetlením sa jej zrazu polovica úlovku znepáčila.

„Tak sa mi zdá, že tento pulóvrik mal v obchode akúsi inú farbu... viac do modra a nejako sa mi nehodí k ostatným veciam. Čo myslíš, zišiel by sa ti? A skús si i tie riflové nohavice. Ak sa ti páčia, rovno si ich nechaj!" A tak som z vytriedenej polovice vždy dostala niečo do daru aj ja, keďže sme mali približne rovnaké postavy. Dokonca som dokázala pulóvrami zásobovať aj mamu pri občasných návštevách na Slovensku.

„Laura, na jednej strane ma zakaždým výborne pobaví, keď sa u mňa zastavíš s náručou plnou oblečenia, na druhej strane som rada, že sa tak ´bratsky´ so mnou delíš," opakovala som jej pravidelne so smiechom, keď som opäť obdržala novú várku bezchybného, značkového tovaru.

„Katja, dnes si prídeš na svoje. Spravíme raňajky podľa tvojich predstáv,“ prekvapil ma v ktorési nedeľňajšie ráno Philip, keď sme zostali sami s deťmi. Laura si práve kdesi zvyšovala svoju odbornú kvalifikáciu, čím mi umožnila spoznať typický bavorský *Weißwurst*. Je to obľúbená pochúťka nielen domácich, ale i cezpoľných. Vyrába sa z teľacieho a bravčového mäsa, s prídavkom petržlenovej vňate a cibuľky. Podľa kulinárskych príručiek má veľkosť asi 12 centimetrov, priemer 28-32 mm a váži 80 až 100 gramov.

Tradícia káže, skonzumovať ju do dvanástej hodiny doobedňajšej. Pravidlo pochádza z čias dávno minulých a vzťahovalo sa na trvanlivosť jednotlivých zložiek. Aby sa surový výrobok nepokazil, nesmel „prežiť“ poludnie. Dnes objavíte „*bielu hurku*“ i v konzervách, nadopovanú éčkami, ktoré si dátumovo hravo poradia hneď s viacerými mesiacmi. Ďalším nepísaným pravidlom je, že sa jedáva bez črievka. Existujú dokonca viaceré správne techniky jedenia. Asi tou najpôvodnejšou je *vycuciavanie* z kože. Zatiaľ som ju nezažila v priamom prenose. Mešťania upúšťajú od tradícii, ktoré sa priečia dobrým mravom ... nech už to znamená, čo chce.

Príprava je vcelku jednoduchá. I pre toho, kto nesympatizuje s kuchárskym umením. Nemci na prirovnanie používajú skvelú zloženinu „idiotensicher“, v preklade: *to zvládne i idiot*. Weißwurst vložíte do prevretej vody a ďalej ho už tepelne neupravujete. Po desiatich minútach vyberiete a ak ste všetko robili správne, zostane vcelku. Nepraskne. Teplý ho namáčate do sladkej horčice a zajedáte praclíkom.

V to nedeľňajšie ráno som pozerala s nevôľou a nedôverou na podivne sfarbené, tučné párky na stole.

„A sú vôbec mäsové?“ spýtala som sa pochybovačne Philipa a pokračovala s miernym náznakom irónie. „Alebo sa jedná o nejaký tofu výrobok na oklamanie nepriateľa?“

„Katja, ty nepoznáš Weisswurst?“ prekvapene sa spýtal na oplátku malý Tim mňa. „To je predsa najlepší párok, aký poznám. Uvidíš!“ Povedal to tak presvedčivo a detsky nevinne, že som mu bola ochotná uveriť.

Ich chuť však ešte viac potvrdila moje pochybnosti. Dali sa síce stráviť, no vôbec ničím ma nenadchli. Nechcela som nikomu z prítomných pokaziť radosť, stačilo, že mňa raňajky neskutočne sklamali, a preto som iba stručne skonštatovala: „Zaujímavé...“ - čo synonymne značí „*nič moc*“.

Dnes si na známej bavorskej špecialite pochutnávam bez problémov, prijala som ju ako jednu z typických miestnych kulinárskych tradícii a na nezvyčajnú kompozíciu majstrov mäsiarov som si rokmi tiež zvykla. (Dobrovoľne priznávam, mne dokonca samotný praclík – ten menší - na začiatku moc nešmakoval...)

„Zajtra poobede prídu na návštevu Philovi rodičia,“ oznámila mi večer Laura, „takže zostanete doma, ale ty pokojne žehli. Deti sa zahrajú isto s nimi. Opa je fajn, to zistíš hneď, Oma... no, tú moc nemusím. Je to preafektovaná dáma, ktorú najviac trápilo a trápi, či si správne nalakovala nechty. Ak rozumieš mojej narážke. A jej celoživotná pracovná náplň zahŕňala maximálne dozeranie na služobníctvo a zamestnancov v obchode." Vzťah ´nevesta - svokra´ som si jej minispoveďou ujasnila. Inak povedané, nevesta neprechovávala ku svokre príliš veľké city a vôbec sa tým predo mnou netajila. Zato na deti brala ohľad a nerozoberala pred nimi príbuzenstvo.

V stanovenú hodinu som so záujmom vyčkávala, ktože sa to u nás zastaví. Pred domom zaparkoval veľký, tmavý bavorák a vnúčatá sa s krikom a výskaním rozbehli rovno ku nemu.

„Oma, Opa, Oma, Opa...," ozývalo sa celou ulicou, kým oni dvaja pomaly vystupovali z auta.

„Vy ste zaiste Katja," skonštatoval Opa, len čo sme sa zvítali v predsieni, podávajúc si ruky na pozdrav. Usmieval sa na mňa vysoký, šedivý pán s veľmi príjemným hlasom a dobrosrdečnými očami. Na prvý pohľad som si ho obľúbila. Oma s prefarbenými vlasmi, perfektne nahodená a tip-top upravená, predovšetkým ovešaná množstvom zlata, akoby práve prišla z nakrúcania *Denver Clan-u.* Takisto sa ku mne správala milo, ale okamžite som pochopila, čo mala Laura na mysli. Na svokre bolo jasne vidno, že sa jedná o dámu z vyššej spoločnosti, kde riešenie praktických otázok jednoducho nespadá do kompetencií osôb v jej postavení (*aneb: majú na to lidi...*).

Starí rodičia najprv rozdali darčeky deťom, zvítali sa s Tante Clarou a trochu ma vyspovedali. Zvyšok poobedia sa hrali s vnúčatami. Z izby sa ozýval smiech a hlasná vrava. Počkali ešte do príchodu Laury a krátko po siedmej sa pobrali naspäť domov. Trochu ma prekvapilo, že nezostali večerať s nami.

„Tak čo, ako sa ti pozdávali Philipovi rodičia?" spýtala sa ma Laura, akonáhle sa za nimi zavreli dvere.

„Dávam ti za pravdu, Opa je veľmi sympatický a Oma mi pripadá byť taká...," hľadala som správne slová, ktoré by aspoň približne vystihli jej asi trojhodinovú návštevu u nás, „.... *kumnepriateľská...*"

„To ona zvláda, keď chce. O niekoľko dní k nim pôjdeme na návštevu. Bývajú v mestečku milionárov. Leží kúsok pod Mníchovom. Potom si dobre prezri ich vilu. Je síce krásna, ale zbytočne veľká pre nich dvoch. Lenže Oma by sa nepresťahovala do niečoho menej prepychového," ukončila rozhovor so zjavnou výčitkou v hlase, adresovanou do smeru ich bydliska.

Jej svokra ku nám chodievala občas i sama. Doviezla sa na červenom športiaku a vzala vnúčatá na výlet do mesta. Do cukrárne, na vianočné trhy, do divadla. Posledne tri vymenované miesta si pamätám presne, lebo ma vzala s nimi. Bolo by klamstvom, ak by som tvrdila, že sa ku mne správala povýšenecky či inak neprístojne. Práve naopak. Asi to bude tým, že tak ako som ja rada počúvala druhých, tak isto si oni radi vypočuli, čo im prezradím ja o svojej domovine. Aj ich zrazu zaujímal neznámy svet proletárov a pionierov, keď zistili,že i medzi nimi žijú neškodní, zaujímaví a milí ľudia. K Philipovým rodičom sme za celý môj au-pairkovský rok zašli len raz a ja si z návštevy spomínam iba na časť cesty a ako sme na jej konci z večernej tmy vstúpili do priestrannej haly. Svetlo lámp sa odrážalo od ukážkovo vyleštenej podlahy a nábytok naokolo bol jemne krémovej farby. Kdesi z pozadia ku nám z krbu doliehal príjemný zvuk, symbolizujúci rodinnú pohodu. Oheň si spokojne ukusoval z dreva. Na tomto mieste mi pamäť zlyháva. Možno i preto, že ešte v ten týždeň dvoch z nás zmohli choroby a vymazali tak jednotlivé obrazy.

Prvý bol na rade Tim. Hrali sme sa ako zvyčajne v jeho izbe.

„Bolí ma hlava," oznámil mi stručne medzi rečou a ďalej nerušene staval rytiersky hrad.

„Katja, môžem si ľahnúť?" spýtal sa ma o chvíľu neskôr a to už som v jeho očiach postrehla známy sklenený výraz. Poznávací znak nastupujúcej pliagy.

„Je ti niečo, Tim? Necítiš sa dobre?" priložila som mu jemne ruku na čelo a pokúšala sa zistiť, či má zvýšenú teplotu.

„Si chorý?" pridala sa ku spovedi i starostlivá Mia.

„Neviem, ale chcem si ľahnúť."

Prezliekla som ho do pyžama a uložila do postele. V nasledujúcej sekunde spal ako zarezaný a my sme sa ďalej hrali u neho v izbe. Večer mu Philip nameral vyše 39°C.

„Zajtra som nahlásená na seminár, odtiaľ sa mi nepodarí zdúchnuť a Phil musí ísť bezpodmienečne do kancelárie. Sakra, prečo práve táto sobota! Myslíš, že to s deťmi zvládneš aj sama?" vyzvedala ustarostene Laura.

„Nejako si poradíme. Veď uvidíme, ako sa bude cítiť, keď sa zobudí, a ty mi podľa toho povieš, čo treba robiť."

Laura ihneď nasadila synátorovi homeopatické globuly, ale ráno vstával opäť s horúčkou.

„Stačí, ak mu spravíš zábaly. Ja ti nestíham pomôcť, no Philip je ešte doma," zásobila ma poslednými inštrukciami, takpovediac, medzi dverami a vzápätí utekala na seminár kdesi v meste.

„Philip, pripravím iba uteráky a vodu s octom a potom zájdeme k Timovi." Vetou oznamovacou som sa mu snažila opatrne naznačiť, že od neho očakávam podporu.

„Papa, čo chcete robiť?" spovedal chlapec najprv otca a v kútiku duše dúfal, že nič.

„Na telo ti priložíme mokré uteráky, vďaka ním ti klesne teplota," vysvetľoval mu trpezlivo. „Nič to nie je, neboj. Si predsa veľký chlap, vydržíš."

Už pri prvom dotyku chladných kusov bavlny sa *veľký chlap* hlasno rozkričal. „Katja, prestaaaaaň! Choď preeeeeč, to strašne studííí!!!"

Nejako sa nám ho spoločnými silami podarilo zabaliť, ale rev neprestával. Určite ho počuli i o tri domy ďalej a ani otcove chlácholenie a prehováranie nezaberalo. Akcia vyvrcholila tým, že sa nakoniec zo súdržnosti pridala k bratovi aj Mia a steny miestnosti sa otriasali dvojhlasným koncertom. Na Philipovi bolo vidno, že rád uteká v to nešťastné ráno do roboty. Deti pokračovali v cvičení hlasiviek a testovaní mojej trpezlivosti dobrú hodinu. Nepomáhalo nič. Stíchli, až keď vyčerpali celodennú dávku energie. Ešteže nik z blízkeho okolia nezalarmoval políciu alebo sociálku.

„Už som doma," zakričala odo dverí asi o štvrtej poobede Laura. „Tak ako sa má náš malý maród?"

Rýchlo vybehla po schodoch do detskej izby. V rukách zvierala akýsi kufrík.

„Pozrite, čo som dnes dostala. Objednala som si novú virguľu."

„A na čo je to dobré, mama?" spýtala sa zvedavo Mia.

„Zlatko, najprv sa s tým naučím narábať a neskôr mi táto hračička uľahčí prácu. Ukáže mi boľavé miesta v tele, rozumieš?"

„Hmm," s obdivom si premeriavala zakrivený drôtik s čarovnou mocou.

„Mama, mne je veľmi zle," prerušil ich nečakane Tim a s vykrivenou tvárou pokračoval ďalej, „brucho ma bolííí."

Laura ho pozorne prezrela, preklepala, položila pár doplňujúcich otázok na vyjasnenie stavu pacienta a nakoniec sa znepokojene otočila ku mne.

„Katja, obávam sa, či to nie je náhodou slepák. Odveziem ho radšej rýchlo na kliniku."

V nemocnici diagnózu našťastie nepotvrdili. Ukázalo sa, že ho prechodne zmohla iba neškodná, črevná viróza.

Na ten večer boli rodičia už dávnejšie pozvaní na nejaký slávnostný banket. (Lebo raz za čas i to šampanské dobre padne a nový kus z garderóby treba tiež prevetrať.) Deti o ňom informovali pre istotu niekoľko dní vopred, ale atmosféra chorôb a vyčíňanie vírusov urobili svoje. A tak ich ratolesti opäť a spoločne spustili koncert č.2.

Keď sme osameli, prišla mi na um spásonosná myšlienka, ako ich utíšiť. Vzala som z regála obľúbenú knižku s rozprávkami.

„Es war einmal ein...," začala som čítať. Išla som si jazyk polámať na neznámych výrazoch (uvedomujete si, koľkými archaizmami sú prešpikované príbehy o kráľoch či ježibabách pre 5-6 ročných???) a silno pochybovala, či moji malí poslucháči porozumeli kostrbatej výslovnosti s výrazným slovenským prízvukom, ale napodiv okamžite stíchli. A ja som to božské ticho nemienila rušiť zbytočnými otázkami. Chlapec zaspal asi v druhej tretine dvadsiatej štvrtej rozprávky, dievčatko sa javilo byť odolnejším a vydržalo aj nasledujúcu hru s bábkami.

„Mia, je dosť neskoro. Čas ísť spať. Tim dávno sníva sníčky z Rozprávkova."

„Ale ja nie som unavená…"

„Tak to teda neverím. Dnes si vyplakala toľko sĺz, až sa divím, že sa ti tvoje očká samé od seba nezatvárajú."

„Nie, pozri, sú otvorené a ja chcem byť aspoň chvíľu dole pri tebe," presviedčala ma, ako len vládala. Pri pohľade na jej žmurkajúce, anjelské kukadlá som kapitulovala. A tak si ešte o desiatej v noci veselo kreslila na papier u mňa v izbe.

Tima trápili horúčky ďalšie tri dni. Celý ten čas Mia vytrvalo cupitala mame za pätami a sledovala, kedy dostane jej brat lieky a sirup. Pri každej novej dávke spustila tú istú pesničku.

„Mama, dáš aj mne medicínu? Mama, prečo Tim môže a ja nie? Mama, dostanem aspoň trochu?"

Udivene som krútila hlavou nad dosiaľ nepreskúmaným a neznámym fenoménom. „Laura, nepoznám jediné dieťa, ktoré chce takto dobrovoľne stoj čo stoj užívať lieky."

„No, to je typická Mia," skonštatovala pobavene pani doktorka.

V nasledujúcu sobotu som štafetu prebrala ja. Najprv sa ohlásili bolesti žalúdka. Ako sa zjavili, tak i zmizli, ale nedeľňajší Mikuláš mi štedro nadelil horúčky. Mia opäť pozorne sledovala mamu a tentoraz žobronila o to isté, čo *„dostáva Katja"*. Laura našla doma iba detský penicilín v tekutom stave. Už pri prvej lyžičke som pochopila, prečo je princezná taká neodbytná. Chutil fantasticky. Úplne inak než hociktorý z horkastých liekov, ktoré som si pamätala z vlastného detstva. Mať tak o dvadsať rokov menej, asi by som i ja po zistení, že tabletky sú vlastne zamaskované cukríky, bola bývala Laure ustavične v pätách spolu s Miou, len čo by sa v jej rukách objavila malá, hnedá fľaštička a súperila s ňou o prvú dávku.

Večer som zničená ležala na posteli vo svojej izbe, keď na dvere potichu zaklopali deti. Prišli skontrolovať, či ešte stále neudržím v rukách rytiera na koni. Timov hrad nutne potreboval domobranu a na Katjinu armádu bolo spoľahnutie...

„Už je ti lepšie?" vyzvedal chlapec.

„Nie," odpovedala som potichu.

„Niečo sme ti s Miou priniesli… aby si rýchlo vyzdravela!" vystreli ku mne svoje drobné rúčky. Prekvapene som na nich pozrela. Podávali mi čokoládky z mikulášskych balíčkov.

„Ďakujem za sladkú medicínu," oslovila som na nasledujúci deň Lauru v domnienke, že večerná iniciatíva vyšla z jej podnetu.

„Za čo?" pozrela na mňa nechápavo.

„No predsa za mikulášsku nádielku, čo mi deti včera doniesli do izby."

„Aha, rozumiem. No ale to nebolo odo mňa. Sami sa ku tebe vybrali a ja som sa im do toho nemiešala."

Na konzuláte (8.)

„Už si zvážila, kedy si zbehneš domov vybaviť papiere?" spýtala sa ma na konci novembra Laura. „Mali by sme sa presne dohodnúť, aby si sa stihla vrátiť načas späť."

Posledné prázdniny v roku sa rodinka chystala stráviť na ostrove Mauritius a ja som si konečne chcela vybaviť na Slovensku potrebné víza. Správnejšie povedané, podať žiadosť o ich pridelenie.

„Povedz, kedy presne letíte vy, aby mi brat zistil, či a ako je vtedy otvorený konzulát. Ak áno, zdržím sa v Bratislave toľko, čo vy na dovolenke, ak nie, zvážime, aký termín mojej neprítomností by čo najmenej narušil chod domácnosti."

S predloženým návrhom súhlasila.

„Laura, ja si inak vôbec nedokážem predstaviť Vianoce pod palmami. Bezhlavo vystaviť vlastný život napospas padajúcim kokosovým orechom! A vieš, že oni z tej výšky i zabíjajú?"

„No ale my si nelíhame priamo pod stromy..."

„Tak to je fajn. Nerada by som stratila tak dobré pracovné miesto iba preto, že podceníte smrteľné nebezpečenstvo nad vašimi hlavami... no predsa len by podľa mňa mali byť vianočné sviatky v chalupe zapadnutej snehom, najlepšie niekde na horách. K tomu jedlička, na nej pár ozdôb, pod ňou dva-tri darčeky, na stole babičkin skvelý majonézový šalát – ten raz musíte bezpodmienečne ochutnať... a na záver nevynechať ani jej božské koláčiky. Na večer zasa v krbe plno dreva a pri ohníku čaj s rumom."

Takto by som v krátkosti zhrnula svoje predstavy decembrovej idylky v ranej mladosti. S pribúdajúcim vekom (nazvime ho *stredná mladosť*) som však sama okúsila, že kostiam „v rokoch" a vlastne celému organizmu predsa len prospievajú hrejivoslnečné, životodarné lúče, naordinované na dobitie energie niekde uprostred dlhej, mrazivej zimy, ktorá panuje v chladnejších stredoeurópskych končinách. A keď sa inak nedá, tak i na Vianoce. Samozrejme, pokiaľ človek vlastní dostatok financií. Lebo za teplo sa platí. (Vlastne i za zimu... v lyžiarskych strediskách. Ale to iba odľahčí peňaženku a kostiam i tak neprospeje, niekedy ich dokonca poláme.)

Pri záverečnej vete stručného opisu sviatkov som ešte netušila, že poriadnu dávku rumu, neriedenú čajom, budem potrebovať čochvíľa sama.

Zvyšné decembrové dni ubiehali v príjemnej atmosfére. Posledný piatok tohoročného pracovného nasadenia plakala Mia iba neuveriteľných päť minúť, čo som pokladala za ozajstný úspech.

Ešte pred odchodom na Slovensko som znovu zatelefonovala do agentúry a spýtala sa, či sa našla nejaká vhodná rodina pre Anku.

„Mám pre vás dobrú správu," radostne mi oznamovala jej majiteľka. „Jedna taká rodina naozaj existuje. Bývajú neďaleko Holzkirchenu. Starať sa u nich bude o dve deti. Päťročného chlapca a trojročné dievčatko. Ešte dnes vám zašlem pre kamarátku prihlasovacie formuláre. Pošlite mi ich čo najskôr naspäť a vyplnené!"

„Prepáčte," prerušila som ju. „Na konci týždňa odchádzam z Nemecka domov. Je možné, aby som ich doniesla začiatkom januára? Keď sa vrátim? Skôr to, bohužiaľ, v žiadnom prípade nestihnem."

„Pravda pravdúca. Samozrejme, to dovtedy počká. Úplne som zabudla na sviatky. Vašej kamarátke odkážte, že nástup je v polovici januára."

„Ďakujem veľmi pekne. Ani si neviete predstaviť, ako ste ma potešili. Ihneď volám Anku a papiere dostanete, len čo dorazím nazad do Mníchova."

Ďalší telefonát smeroval do Bratislavy.

„Dievča, chystaj sa. Zohnali sme rodinu! Píš výpoveď a čakaj ma vo štvrtok na stanici. Prinesiem ti nejaké lajstrá na vyplnenie."

„Kati, vážne? Nestrieľaš si zo mňa?" nechcela mi v prvom momente uveriť.

„Anka!!!" zvolala som s predstieranou výčitkou v hlase. „Chápem tvoju reakciu, lebo ma poznáš, ale tentokrát to myslím úplne seriózne vážne."

Ešte chvíľu sme sa vzrušene rozprávali. Poradila som jej, ako správne sformulovať výpoveď a narýchlo vymenovala, čo bude nevyhnutne potrebovať v Nemecku na začiatok.

V posledný pracovný deň som dobrovoľne prebrala službu za Tante Claru. Aj s varením obeda. Nech sa i ona môže nerušene zapojiť do všeobecného, predvianočného besnenia. S vysávačom v jednej ruke a s varechou v druhej som jednotlivé etapy stíhala v tom istom čase ako ona a bola som patrične hrdá na podaný výkon.

„Laura, dúfam, že vám bude chutiť i tentokrát," načrela som žufankou do hrnca, keď sme si večer spoločne zasadli ku stolu a spomínala pritom na zemiakové placky, lečo a dva-tri koláče, ktoré ochutnali v predchádzajúcich týždňoch, a na to, ako mi po každej koštovke pochválili moje kuchársko-cukrárske umenie.

„Čo je to za polievka?" skočila mi do reči Laura.

„Mliečna zemiaková," odvetila som prekvapene, pri pohľade na ťažko identifikovateľný výraz v jej tvári.

„Katja, je mi ľúto, ale my s Timom sme alergickí na mlieko!"

Škoda, lebo sa mi naozaj vydarila. Aspoň Philip ma potešil. Naložil si, tuším, za tri plné taniere. Kyslú verziu vraj dovtedy nepoznal. A ktohovie, či sa iba neobetoval v mene rodiny, pretože nechcel, aby úsilie dobrovoľníčky vyšlo nazmar v čase predvianočnom … tanier za mamičku, tanier za otecka, tanier za Katku.

Najprv balila batožinu rodina. Odlietali deň pred mojím odchodom. Od Philipa som dostala podrobné inštrukcie, ako spoľahlivo zabezpečiť opustený dom pred nevítanými návštevníkmi.

„Môžeš zísť na chvíľu dole?" zavolal ma ku sebe do pracovne. „Tieto lampy rozmiestnim na jednotlivé poschodia. Do obývačky, spálne a kuchyne.

Nedotýkaj sa ich. Budú nastavené na automatické zapínanie a vypínanie. Je to opatrenie proti zlodejom. Tmavý dom v období prázdnin a dovoleniek je pre nich neodolateľným lákadlom. Tvojou úlohou je iba poriadne zamknúť vchodové a balkónové dvere a pozatvárať pred odchodom všetky okná." Laura mi neskôr doniesla do izby zabalený vianočný darček. Malú, červenú krabičku s krásne naaranžovanou mašľou.

„Dúfam, že sa ti bude páčiť. Ak nie, odložila som pokladničný bloček, takže ho potom v januári zasa vymeníme. Sama si vyberieš."

„Ďakujem. Ja mám pre vás iba symbolický dar. Niečo pod palmy. A keď sa vrátite, dostanete pokračovanie, typické zo Slovenska. Také, čo v Nemecku nenájdete."

Ten veľký, tichý a predovšetkým ľudoprázdny dom pôsobil na mňa hlavne po zotmení akosi strašidelne. Večer som radostne za sebou zabuchla vchodové dvere, aby som s taškou plnou prekvapení vyrazila smer autobusová stanica. Našťastie som nepotrebovala žiadnu XXXL verziu. Na darčeky vystačila aj veľkosť XL a tú predurčila úradne stanovená výška au-pairskeho platu. Doma som postupne obehala rodinu a známych. Nadšeným poslucháčom som dookola rozprávala tie isté zážitky a ukazovala dookola tie isté fotografie. Už som samu seba nedokázala počúvať pri stále sa opakujúcich pasážach. Pripadala som si ako pokazený verklík.

Ako prvé som si zistila úradné hodiny na nemeckom konzuláte. Ak si správne pamätám, sídlil vtedy na Hviezdoslavovom námestí. Naposledy som skontrolovala papiere, potrebné na udelenie víza a vybrala sa vybavovať. V čakárni vládla zvláštne pochmúrna atmosféra. (*Žeby ju malo na svedomí decembrové počasie?*) Zišla sa v nej snáď polovica Bratislavy v strednom veku. Kto mal dve zdravé ruky, snažil sa odísť za zárobkami do zahraničia. Presnejšie, *na devízový západ*. Dievčatám vybavovali víza určite agentúry, asi aj preto som medzi namosúrenými tvárami nezahliadla žiadnu mladistvo optimistickú. A to mi zatiaľ nik neprezradil, že za pár sekúnd sama rozšírim rady namosúrencov. Niektorí prítomní sedeli a trpezlivo vyčkávali, kedy ich zavolajú do kancelárie, iní si zasa hundrali popod nos a nervózne vypisovali na poslednú chvíľu rôzne formuláre. V miestnosti sa prechádzal aj tamojší zamestnanec a pomáhal pri správnom vyplňovaní kolóniek. Kontroloval dokumenty, aby záujemcovia o povolenie k pobytu doplnili, čo im chýba, alebo ich upozorňoval na prípadné chyby. Hneď som vedela, že je to ten istý chlap, ktorý odpovedal na moje otázky koncom septembra, keď som si po rozhovore s Hankou prvýkrát zháňala informácie ohľadne au-pairskeho zamestnania. Na tváre som mala vždy výbornú pamäť. A i tentokrát bol odetý celý v čiernom. Po chvíli pristúpil ku mne. Vzal si do rúk moje papiere a pozorne študoval ich obsah. Zrazu mi ich podával nazad, záporne krútiac hlavou.

„Vy už vízum nedostanete."

„Ako to... nedostanem?!" zvolala som priškrteným hlasom a v kútiku duše dúfala, že sa jedná iba o nejaké nedorozumenie, lebo kamenný výraz v jeho tvári mal na hony ďaleko od žartovania.

„No nedostanete," zahlásil suverénne a zároveň s takým nepríjemným chladom, až som na mieste takmer stuhla. „Už nespĺňate hornú vekovú hranicu."

„Akože nespĺňam? Veď mám dvadsaťštyri a pobyty sú do dvadsaťpäť!" protirečila som mu, presvedčená o svojej pravde.

„Minimálny pobyt je stanovený na šesť mesiacov a DO(!) dvadsiatych piatych narodenín. No vy čochvíľa dovŕšite dvadsaťpäť a nestihnete ani ten polročný pobyt. Takže víza vám tým pádom udelené nebudú!"

Vzápätí rozhodol, že som si vyčerpala povolený počet otázok (ako jednoznačne neperspektívna uchádzačka), a tak definitívne ukončil našu krátku konverzáciu. Strčil mi formuláre do ruky, otočil sa mi chrbtom a venoval sa ďalším návštevníkom konzulátu. Zalial ma studený pot a ja som zvažovala, či najprv roztrhám bezcenné lajstrá v mojej trasúcej sa pravici alebo si radšej poriadne zgustnem na ňom.

(V kritických situáciách, kde sa jedná o bleskové eliminovanie nepriateľa, si spomeniem na zvolanie nazlosteného Dona Karnageho z „Rozprávkovej jazdy": *...najprv ťa rozšklbem na drobné kúsky a potom ťa naspäť pozošívam tupými ihlami!*) Zároveň som pochopila, že pred tromi mesiacmi ma nesprávne informoval. Vtedy sa ma iba spýtal: „Koľko máte rokov?"

S jednoslovnou odpoveďou "dvadsaťštyri" sa uspokojil a vysvetľoval ďalej, čo potrebujem na oficiálnu prácu s deťmi. Skúsený pracovník by mal pri čísle *dvadsaťštyri* okamžite zbystriť pozornosť a vysloviť doplňujúcu otázku: „A akýže je váš presný dátum narodenia?"

Mne sa na dlhej tŕnistej ceste priplietol, na nešťastie, pod nohy amatér!

„Táto odysea snáď nikdy neskončí!" sťažovala som sa doma roztrpčene mame, keď som jej podrobne opísala, čo sa práve odohralo na konzuláte.

„A čo teraz?" znepokojene sa ma spýtala.

„Neviem. Asi ma trafí šľak. A najhoršie na tom je, že rodina leží práve kdesi pod palmami a kokosové orechy na stromoch nie sú ani spolovice tak nebezpečné ako teraz ja! Veď ja ich nemôžem ani informovať," skonštatovala som bezradne.

„Orechy?" pokúsila sa mama o žart, aby nejako stlmila môj hnev.

„Áno, tie... Ale snáď je pre nich momentálna nevedomosť lepšia. Potrebujú si predovšetkým oddýchnuť a nie si zaťažovať hlavy zbytočnými starosťami. Zostávajú dve možnosti – buď budú súhlasiť, že zostanem i bez papierov, alebo balím kufre a vrátim sa domov. No čo iné mi zostáva?"

Vianoce, sviatky pokoja a mieru, som si veľmi neužila. Hlavou sa mi neustále preháňali myšlienky o neistej budúcnosti a ja som sa vďaka ich zbesilému virvaru nachádzala v stave bojovej pohotovosti. V ruke som stískala zlatú retiazku, darček od Laury a Philipa, ktorý mi v prvom momente po rozbalení vyrazil dych a rozmýšľala, aké bude ich konečné rozhodnutie. Ako zareagujú na správu? Budú ochotní riskovať prípadné nepríjemnosti či pokutu, ak pravda vyjde najavo? Budú chcieť, aby som zostala alebo ma pošlú kade ľahšie? A aké následky to bude mať pre mňa? Ťaživý pocit mi systematicky nahlodával vnútro počas celého pobytu v Bratislave. *Naozaj je tentokrát koniec všetkému? Znamená to, že som niekoľko posledných týždňov preskakovala pod nohy hodené polená úplne zbytočne?* To teda nie! Baran sa len tak ľahko nevzdáva. Horoskop mu vo zverokruhu prisúdil tvrdú hlavu. Tak vždy hľadá nejaký vhodný múr, ktorý by povolil pod jej nárazom! A mojou poslednou nádejou zostávala (nie príliš korektná) veta majiteľky agentúry. Spomenula som si na ňu okamžite: „Ak to neprekáža rodine, môže prísť aj načierno!"

Prečo teda platiť za prešľapy, chyby či nepozornosť druhých? Informovala som sa vopred priamo na konzuláte? Informovala! Dostala som správne odpovede? Nedostala! Upozornila ma agentúra (a tu zvlášť zdôrazním: zaregistrovaná a pôsobiaca priamo v Spolkovej republike!) po zaslaní formulárov, že vekom nevyhovujem podmienkam, platiacim v Nemecku? Neupozornila! Takže sa ide pekne naspäť (rozhodla som sa po krátkej porade s duchom Marca P.) a ďalej sa zariadim podľa toho, ako zareaguje rodina!

Pred návratom do Mníchova som sa stretla i s Ankou. Práve začala s predprípravami na cestu. Po zvážení všetkých *pre a proti* si podala žiadosť o neplatené voľno podľa môjho vzoru a inštrukcií. V podnájme sa dohodli, že keď po roku príde nazad, opäť sa nasťahuje do svojej izby a v ruke už, takpovediac, držala platný cestovný lístok na autobus.

„Anka, to bude zábava, keď ty dorazíš tam a ja budem pre zmenu smerovať sem," snažila som sa naoko vyžarovať optimizmus a pripraviť nás na viaceré alternatívy. „Ale v podstate je dobré, že balíš kufre do Nemecka, aspoň mi na čas prepustíš ubytko v Bratislave. Tuším si spomínala, že tvoja izba zostane voľná, či nie?"

„Kati, to mi nespravíš! Dala som sa nahovoriť iba preto, lebo tam si i ty!" odpovedala s hrôzou v hlase.

„Áno, priznávam. Bol to nepremyslený nápad a mrzí ma, čo sa stalo. Ale ak ti osud dopraje viac šťastia, prečo by si to nevyskúšala aj sama? Potom zvážime, čo ďalej... keď ma vyhodia... Prinajhoršom ma prechodne prichýliš vo svojej izbe pod Alpami!" snažila som sa po stý krát zľahčiť zamotanú situáciu.

Rodine som nakúpila darčeky, nech im na mňa zostane aspoň nejaká pamiatka, ak si ma neponechajú. Pribalila som aj prekvapenie pre Alidu, Tante Claru, čosi do extra zásoby (veď jeden nikdy nevie) a po vypršaní dovolenky nastúpila na autobus smer Mníchov. Slovensko sa lúčilo slnečným počasím. Od nemeckých hraníc nás vítala Perinbaba. Pardon, jej germánska príbuzná, *Frau Holle*. A tá svoju prácu odviedla vskutku precízne.

Zvítali sme sa srdečne. Laura, Philip i deti boli tropickým slnkom nádherne opálení. Vlasy svetlejšie aspoň o tri stupne svietili v tmavej chodbe ako ďalšia čerstvo nainštalovaná žiarovka. Ich oddýchnuté tváre navyše šírili závan exotiky, pre mňa tak netypickej v decembri. Hlavne pri spomienke na cestu v príšerných snehových závejoch, ktorú sme nakoniec úspešne a bez újmy na zdraví zvládli, hoci nás nepriaznivé počasie prinútilo ísť od Salzburgu doslovne slimačím tempom.

„Laura, neprinášam dobrú novinu," spustila som hneď odo dverí dlho pripravovaný rozhovor, aby som čo najskôr zavŕšila svoje trápenie a konečne si bola na istom.

„Je to niečo vážne?" pozrela na mňa prekvapene.

„Áno i nie... Mrzí ma to, ale žiadosť o vízum mi odmietli prijať. Som vraj stará na prácu au-pairky. Bohužiaľ mi to nik predtým nepovedal."

V krátkosti som jej vysvetlila situáciu a v závese iniciatívne pridala aj dve možné riešenia. Tie z vlastnej dielne. Niekedy je totižto vhodné nebadane nakopnúť šťastenu správnym smerom. Ale v prípade Laury to, snáď, vôbec nebolo potrebné.

„Samozrejme, že zostávaš u nás! Však sa nič nedeje... No, tak budeš bez víz. Veď kto a hlavne ako by na to prišiel?" ukončila moje muky a to s takým presvedčením, že som sa na záver osmelila vypustiť tretiu zbierku kameňov zo srdca (že by nové hobby v ďalekom svete?) … a vôbec to nebolelo!

„Má to však jeden háčik."

Taký háčik je tiež vhodné zakomponovať na správnom mieste, inak môže dosť narušiť celkový koncept.

„A to je?" zbystrila pozornosť po druhýkrát.

„Podľa dostupných informácií musím pravidelne po troch mesiacoch vycestovať z krajiny…nachvíľu ju opustiť a zasa sa vrátiť."

Presné znenie spomínaného pravidla nik z nás laikov - je jedno či Nemcov alebo cudzincov - neovládal. I ja, ako mnoho ďalších, som si ho nesprávne vysvetlila. Nebolo to zámerné, naozaj som verila práve vyslovenej vete. Ona sa vlastne už na začiatku dostala ku mne riadne skomolená a ja som si jej správnosť neoverovala.

Viem, nevedomosť neospravedlňuje, ale niekedy ochraňuje pred žalúdočnými vredmi. Basta. Nech žije flexibilita a pragmatizmus s ľudskou tvárou!!!

Ak by mal človek ovládať naozaj všetko, musel by mu Boh nielen vymodelovať hlavu vo veľkosti Kongresovej knižnice, ale ju i naplniť príslušnými materiálmi a spraviť ho navyše neomylným. (Ale zjavne sa ani *Jemu* nežiadalo vystaviť nás napospas nudne nalinajkovanému životu. I *On* rád zhora sledoval zamotané príbehy.)

Správna verzia však v tomto konkrétnom prípade znela približne nasledovne: *Turista, ktorý nepotrebuje na pobyt žiadne víza, môže na území*

Nemecka stráviť maximálne tri mesiace do roka – a to v kuse alebo s prestávkami. Na dobu dlhšiu než tri mesiace potrebuje taktiež oficiálne povolenie do pasu.

(Pri čítaní niektorých zákonov/pravidiel/nariadení sa nezbavím pocitu, že samotní ich tvorcovia sú buď tak zaľúbení do svojich odborných formulácií, a preto si ani len nevšimnú, že im zrazu vlastná mater nerozumie, alebo ich zámerne podávajú nezrozumiteľne ďalej, len aby v nich ponechali dosť priestoru na vlastnú, hoci i chybnú interpretáciu.)

V čase, keď som si odkrúcala prvý rok v Mníchove a pracovala ako au-pair v rodine, neboli ešte kontroly na hraniciach až tak prísne, takže bez konkrétneho udania nám „čiernym" nič nehrozilo.

Laura nenamietala nič ani proti môjmu druhému návrhu. Mňa samotnú prekvapilo, s akou neuveriteľnou ľahkosťou reaguje.

„V poriadku, zariadime si to tak, aby si pravidelne vycestovala z republiky. A mimochodom, keby si bola u nás oficiálne nahlásená, platili by sme za teba i zdravotné poistenie. Tak keď pôjdeš nabudúce na Slovensko, dám ti peniaze a vybavíš si nejaké poistenie u vás."

Prvýkrát po dlhom čase som zasa zaspávala s pokojným svedomím, bez zbytočných nočných strašiakov, ktoré na mňa s drzosťou podobnou tomuto druhu mávali v snoch katastrofickými scenármi o balení batožiny a neslávnom návrate domov. Teraz som im ja ukázala dlhý nos! Nočných strašiakov so scenármi o vyvodení dôsledkov z dlhodobého pobytu v zahraničí bez potrebného povolenia som vďaka mladíckej nerozvážnosti a nevedomosti jednoducho ignorovala.

„A aby som nezabudla, toto som našla vo faxe, keď sme dorazili domov," podala mi Laura nejaký papier. „Podľa dátumu prišiel koncom decembra." Stál na ňom krátky odkaz a telefónne číslo spolu s menom rodiny, kam od polovice januára nastupovala Anka.

„Super, hneď zajtra alebo pozajtra im zavolám!" ukončila som rozhovor a všetci sme sa razom pobrali do izieb, aby sme si vybalili batožinu a potom si užívali zaslúžený oddych po dlhej ceste. Ja som na tom bola v ten januárový večer lepšie než zvyšok osadenstva. Moja cestovná taška obsahovala na rozdiel od ich kufrov plno čistých, voňavých vecí a unavené telo nebojovalo s tridsaťstupňovými teplotnými rozdielmi a prípadnou pásmovou chorobou. Ešte netušilo, že čochvíľa bude odolávať nasledujúcemu infarktovému stavu.

„Dobrý deň, volám sa Katja a agentúra mi zaslala vaše telefónne číslo faxom niekedy na konci minulého roku. Oznámili mi, že kamarátka môže u vás za necelé dva týždne nastúpiť. Rada by som sa spýtala na podrobnosti, teda vašu adresu a ako sa k vám dostane, no a priniesla som so sebou aj sľúbené, vyplnené papiere od nej," začala som s vybavovaním na druhý deň.

„Ale my ju už nechceme, lepšie povedané – majiteľka agentúry nám po Vianociach zavolala a odporučila, nech ju odmietneme," ozval sa prekvapený ženský hlas z opačnej strany.

Podľa oficiálnych štatistík som bola ešte primladá, aby ma na mieste ranila mŕtvica, ale priam som cítila, ako sa po mne s úškrnom zahnala bezzubá kreatúra s naostrenou kosou v ruke.

„*Pane Bože, čo som komu urobila, že ma takto trestáš?*" spovedala som si svedomie. *Mne snáď nestačili vlastné problémy, ja som potrebovala namočiť do podobných i ďalšiu nevinnú osobu???* „Tomu akosi nerozumiem... Prepáčte, ale ja sa vám opäť ozvem, keď sa spojím s pani K. Pravdepodobne došlo k nejakému omylu," ukončila som narýchlo hovor.

V agentúre sa však nik nehlásil. Majiteľka si zaiste veselo užívala posledné dovolenkové dni a vôbec ju netrápilo, že dátum Ankinho pôvodne plánovaného príchodu sa blíži míľovými krokmi. Zmrákalo sa mi pred očami, ale nič sa nedalo robiť. Musela som obratom volať na Slovensko. „Dievča, ty ma asi zabiješ...," zhlboka som sa nadýchla, hľadajúc správne slová. „Práve sa snažím zistiť, na čom zlyhala organizácia... Dostala som faxom číslo tvojej rodiny, tak som im dnes zavolala… a oni zrazu tvrdia, že ťa nechcú... vraj na radu agentúry. Zatiaľ ničomu nerozumiem."

Na druhej strane som začula polohlasné preglgnutie stiahnutým hrdlom a cítila, ako sa nemá hrôza snaží pomaly predrať ku mne, pričom zreteľne rozťahuje úzke, telefónne káble.

„Anka, ja to vybavím, neboj ... Všetko uvediem znovu do poriadku, sľubujem. Už som si tu predsa čo-to preskákala, som profík na bojisku, mačka so siedmimi životmi. Len mám pocit, že za tú chvíľu, čo som v Nemecku, som aspoň o päť z nich prišla... no ale koniec srandičkám! Potrebujem iba trochu času. V agentúre sa zatiaľ ako na potvoru nik nehlási. Ty ale bež okamžite na stanicu a vymeň lístok za nový. A vezmi radšej najbližší možný k prvému februáru."

To bolo jediné, čo som jej v danej chvíli vedela poradiť.

„Kati, úloha splnená, lístok som úspešne vymenila," volala mi na druhý deň Anka.

„Chvalabohu!" vydýchla som si. Aspoň niečo sa podarilo. Teraz bol rad na mne, aby som dotiahla misiu do úspešného konca. V najbližších dňoch som sa nakoniec dovolala i do agentúry.

„Dobrý deň, tu je Katja. Naposledy sme spolu hovorili ešte v decembri. Pamätáte si na mňa? Hľadala som nejaké miesto au-pair pre kamarátku," vychrlila som zo seba a hneď i pokračovala. „Po návrate zo Slovenska som sa spojila s rodinou z Holzkirchenu. Kontakt na nich mi prišiel faxom niekedy na konci roka z vašej kancelárie a oni mi prezradili, že ste im poradili, aby ju neprijali. Vysvetlíte mi, prosím, prečo ste zrazu zmenili názor?"

„Áno, spomínam si... Ale ja som od vašej kamarátky nedostala späť vyplnené formuláre, tak ju predsa nemôžem odporúčať ďalej, keď o nej nemám absolútne žiadne informácie," oznámila mi pani, ktorá si zjavne do notesa nepoznačila, na čom sme sa krátko pred Vianocami dohodli. Už na začiatku som si uvedomovala, kto je tentokrát držiteľom Čierneho Petra, takže rozčuľovanie by bolo síce na mieste, ale veľmi by mi v danom momente nepomohlo. A zhoršiť situáciu som si netrúfala, veď bola v hre Ankina budúcnosť. Zhlboka som sa preto nadýchla, napočítala pomaly do troch a s predstieraným pokojom pokračovala.

„Pri našom poslednom rozhovore ste súhlasili s návrhom, že vám všetky papiere donesiem, keď sa sem vrátim po Novom roku. Svoju časť dohody som splnila. No a keďže mala Anka pôvodne o niekoľko dní nastúpiť, isto chápete, že si načas zaobstarala cestovný lístok, dala výpoveď v zamestnaní, zrušila podnájom, zbalila kufre. Preto mi, prosím, poraďte, čo teraz..."

„Pozrite, zavolajte ešte raz rodine a vysvetlite im, že došlo k nedorozumeniu. Určite to pochopia i oni, takže nevidím dôvod, prečo by vaša kamarátka nemohla nastúpiť."

„Nuž teda ďakujem za radu a idem im zavolať," zahlásila som s mierne ironickým podtónom a v duchu narýchlo zvažovala, ktorú taktiku by v nezávideniahodnej situácii poradili odborníci na krízové situácie.

„Laura, prepáč, že ťa opäť obťažujem cudzími problémami, ale budem ti nesmierne vďačná, ak mi aspoň trochu pomôžeš pri nasledujúcom telefonáte."

Už predtým som ju v skratke oboznámila s priebehom drámy a ona nielenže pomohla, ale dobrovoľne prevzala iniciatívu a celý rozhovor s neznámou holzkirchenskou famíliou. Stála som vedľa nej, a tak som sa stala svedkom priateľského dialógu, pretkaného smiechom, v ktorom ma Laura vychválila do nebies, a s najlepším svedomím im odporúčala Anku, akoby ju aspoň desať rokov osobne poznala.

„Verím, že budete tak isto spokojní, ako sme i my," ukončila debatu. Jej nadšenie očividne zanechalo na druhej strane skvelý dojem, získala jedenásť z desiatich možných bodov, a tak Ankinmu príchodu už nič nestálo v ceste.

„Ďakujem, práve si ma zachránila pred strašnou blamážou," uľahčene som si vydýchla a okamžite informovala aj jednu osôbku, netrpezlivo stepujúcu pred telefónnym aparátom na ďalekom Slovensku.

O necelé dva týždne neskôr mi vôbec neprekážalo, že si musím privstať v čase, ktorý označujeme prívlastkom *nekresťanský*. Ponáhľala som sa na mníchovskú autobusovú stanicu, kde som mala Anku osobne vyzdvihnúť. Dohodli sme sa s jej budúcimi zamestnávateľmi, že ju privediem hneď ráno do Holzkirchenu, kam po nás prídu autom a prvý deň strávime spoločne u nich. Obe sme boli zvedavé na rodinu, ktorá nešťastným nedorozumením takmer prišla o potešenie spoznať šikovnú slovenskú devu. Hoci cesta S-bahnom trvá dobrú hodinu, nestihli sme prebrať ani z polovice, čo nám ležalo na srdciach, a už sme vystupovali na konečnej.

„Kati, keby si mi neprišla oproti, v živote by som to nenašla," priznala sa Anka, spamätávajúc sa z obrovitánskeho labyrintu zvaného Hauptbahnhof a z nezrozumiteľných bavorských hlásení pre cestujúcich. „Hovorili oni vôbec po nemecky?"

„Samozrejme, len na takú výslovnosť ešte nie si zvyknutá. Zabudni na kurzy z jazykovky a ono sa to časom poddá," pokúšala som sa ju dostať z chvíľkovej depresie. Dokážem si predstaviť ten pocit frustrácie, keď niekto dva-tri roky dobrovoľne prispieva na jazykové kurzy, aby nakoniec v zahraničí zistil, že domorodcom rozumie iba spojky, častice a citoslovcia. Spontánne rozhodnutia z nočných autobusov môžu dostať ľudí do nezávideniahodných situácii, ale občas neskúseným dievčatám ušetria aj kopec peňazí... alebo *odvážnemu šťastie praje?*

Pred stanicou podupkávala premrznutá, štíhla tmavovláska. Už pri úvodnom úsmeve som vytušila, že hviezdy sú nám odteraz priaznivo naklonené. (Kým sa zasa vesmírnou rotáciou neodklonia.)

„Musíme ísť rýchlo k autu, čakajú tam deti," oznámila nám po krátkom zvítaní a vzájomnom predstavení sa.

„Odveziem najprv Stephana do škôlky a potom vás s Valentinou naspäť domov. Ja musím na niekoľko hodín do firmy a keď sa vrátim, porozprávame sa podrobnejšie," pokračovala Lucia, Ankina au-pair mama. Nato sa otočila k deťom a zopakovala im, pravdepodobne, tú istú verziu ešte raz v taliančine.

Autom sme prechádzali cez idylickú, krásne zasneženú bavorskú krajinku. Stephanovi sa očividne nechcelo do škôlky. I pre neho to bola úplne nová skúsenosť. Nakoniec sa predsa len rozlúčil s mamou a my, štyri *dievky*, sme sa pobrali na konečnú adresu nášho putovania. V malej dedinke neďaleko vlakovej zastávky sa nachádzal krásny dom, tak typický pre podalpskú oblasť. Prízemie bolo murované, poschodie obložené drevom. Správnejšie povedané, jednalo sa vlastne o dve identické, samostatné stavby vedľa seba, ktoré spájali dve garáže. Lucia s rodinou bývala napravo. K domu patrila i neveľká záhrada, aktuálne schovaná pod jednoliatou, bielou prikrývkou. Vstúpili sme dnu do predsiene, vyzliekli kabáty, vyzuli čižmy. Domáca pani nám najprv ukázala kuchyňu. Patril ku nej aj presklený výklenok, ktorý vypĺňal útulný jedálenský kút. Za ňou sme prešli priestrannou obývačkou, s podlahou vykladanou dlaždicami tehlovej farby. V priamom strede stála čierna kožená sedačka a stolík. Pri vchodových dverách nechýbalo ani tu WC pre hostí. Spálne a kúpeľňu sme si prezreli na poschodí. Zariadenie mi pripomínalo luxusnú, horskú chatu – väčšina nábytku bola zo svetlého dreva. Táto vidiecka idylka pôsobila sťa liečivý balzam na moju ťažko skúšanú dušičku. A nielen mne žiarili oči nadšením.

Lucia nás ešte narýchlo zasvätila do všetkého nevyhnutného, vysvetlila, kde nájdeme jedlo, kam jej zaváláme v prípade potreby, rozlúčila sa v rodnej reči s Valentínou a letela nazad do roboty.

„Kati, ty si vedela, že je Talianka?" spýtala sa ma prekvapene Anka.

„Kdeže. Doteraz to nik nespomenul a priezvisko získala po mužovi čisto germánske. Ale aspoň to začína zaujímavo. Po roku sa vrátiš z Nemecka a doma prekvapíš plynulou taliančinou!"

Anka sa v tých časoch v znalostiach nemčiny radila na úroveň začiatočníkov na samom začiatku. Určitú slovnú zásobu sa nadrvila v kurzoch na Slovensku, ale jednoznačne jej chýbala prax. Ešte sa nedokázala správne zorientovať v zmesi prapodivných výrazov, ktoré sa na ňu zrazu valili z každej strány. A tak vypĺňanie programu pre takmer trojročné dievčatko pripadlo na starosť mne. Lepšie povedané, Valentína si automaticky vybrala mňa ako partnerku na rozhovor a zábavu. Po dvoch mesiacoch strávených v Bavorsku som pohotovejšie reagovala na jej otázky či odpovede. S Ankou sme obe žasli nad spontánnosťou malej slečny, pre ktorú sme boli vlastne úplne neznámymi osobami, no ona nijako nejavila známky strachu, že je s nami sama. Bez mamy, bez otca, bez brata. Doobedie ubehlo priam ukážkovo. Vďaka hrám sme si ani nevšimli, ako rýchlo plynú minúty. Lucia sa vrátila so Stephanom. Najprv nám pripravila občerstvenie. V rámci drobnej výpomoci sa rozprúdil živý rozhovor a Lucia si definitívne získala naše sympatie.

„Pochádzam z Ríma, rodičia s bratmi tam žijú doteraz," prezradila nám talianska hostiteľka. „Do Nemecka som prišla pred mnohými rokmi ako mladá študentka na brigádu. V to bezstarostné leto sme často po robote zamierili s kamarátkami do Biergartenu. Raz sme si vytipovali stôl, okolo ktorého sedeli samí sympatickí mládenci. Najkrajší z nich sa volal Michael. No a ako to chodí, zaľúbila som sa, on tiež, a tak som tu zostala natrvalo."

Konečne sme si vysvetlili, ako to agentúra dopletla s nešťastnými papiermi a keď som sa zberala domov, musela som prisľúbiť, že v najbližšom možnom termíne prídem opäť na návštevu.

Nakoniec ma spoločne zaviezli na konečnú S-bahnu. Keď som vystupovala po schodíkoch do pristaveného vozňa, prekvapená Valentína sa zrazu rozplakala a zvolala: „Ona nech tu zostane, ja chcem ju!"

Prsteň (9.)

Po predchádzajúcich turbulentných týždňoch nasledovalo chvíľu pokojné obdobie. Časom som sa presvedčila, že rodina, do ktorej som sa dostala, teda lepšie povedané Philipova vetva, patrí v Mníchove naozaj medzi tie zámožnejšie. „Ja k nim nakupovať nechodím. Načo aj? Neponúkajú nič zaujímavé pre moju peňaženku," prezradila mi zhovorčivá Tante Clara, pričom živo gestikulovala rukami nad pracovnou doskou kuchynskej linky, kde práve dokrájala zeleninu do polievky. „To je niečo pre šiki-miki ľudí. Mne vystačia i obyčajné obchody."

(Kto vraví, že v šiki-miki obchodoch sa nedá objaviť nič zaujímavé, dopúšťa sa veľkej chyby. Ak si nahovárame alebo necháme nahovoriť nepravdy, sami sa ochudobňujeme o možné prekvapenia. Aspoň mňa život naučil, že motyky strieľajú pravidelne, preto mám neustále oči na stopkách. A to sa netýka iba obchodov.)

Nechápavo som na ňu hľadela, a tak mi hneď vysvetlila aj význam neznámeho slova. „Šiki-miki (Schickimicki) sú, inak povedané, všetci tí nafúkaní horenosi, ktorí sa radi vždy a všade snažia zviditeľniť dizajnovým oblečením, bezchybným mejkapom a účesom, vyblýskanými značkami najnovších modelov áut, múdrymi rečami, kde všade boli, čo všetko videli a čo všetko vedia... Preto nevynechajú žiadnu párty v Mníchove a okolí."

(Označenie pochádza z kombinácie talianskeho *sciccheria* – elegancia a židovského *schickern* – opiť sa. Podľa kamarátky Wikipédie. Niečo na spôsob *Chrobáka Truhlíka*.)

Napriek spomínanej skutočnosti som nepociťovala žiadnu nadradenosť či povýšenosť alebo hocčo podobné v jednaní mojej novej rodiny. Domnievam sa, že to bolo hlavne vďaka Laure, ktorá sa snažila nevytŕčať príliš z davu a žiť s manželom a deťmi normálny život priemerného človeka. Síce s mnohými výhodami, ku ktorým patrila aj Tante Clara, au-pair a luxusné dovolenky, ale inak navonok úplne nenápadne, hoci predpokladám, že by sa svojich získaných privilégií dobrovoľne nevzdala. Keď si spätne spomínam na ich nevýrazný dom v radovej zástavbe a na domy, ktoré som o čosi neskôr nielen zahliadla, ale naskytla sa mi aj príležitosť prekročiť ich prah a obzrieť si ich zvnútra, tak si dovolím s istotou tvrdiť, že náhodnému okoloidúcemu by ani vo sne nenapadlo, že v tom ich býva niekto z *horných desaťtisíc*.

„Samozrejme, aj my prežívame strach, či nám nejaký blázon raz neunesie deti kvôli miliónovému výkupnému, ale i napriek tomu si prajeme, aby chodili do normálnej škôlky a školy, aby zažili to, čo ich rovesníci. Preto radšej nezverejňujeme na schránke alebo na dverách naše meno, nech zbytočne neprovokuje okoloidúcich. A v žiadnom prípade si neželám, aby Tim s Miou vyrastali kdesi na internáte bez nás, rodičov," vysvetľovala Laura.

S deťmi sme tvorili od prvého dňa zohratý tím. Chlapca som si získala okamžite a čo odobril veľký brat, s tým sa uspokojila i mladšia sestra. I keď bola často tvrdohlavá, čoskoro som odhalila, aká taktika na ňu zaberá. Moje spontánne reakcie ich oboch zastihli pravidelne nepripravených. Deti vo všeobecnosti vďačne odpustia prísnosť, ak zistia, že ju vhodne kombinujete s bláznovstvami, kde sa idú popukať od smiechu a predovšetkým – čo je pre nich veľmi dôležité – dodržíte dané slovo, ste spravodliví a nikoho neuprednostňujete. Navyše som im dvom dala jasne najavo, že sa v zásadných otázkach nedám zatiahnuť do „hry" podľa ich pravidiel. Na začiatku si iba ako každý, zdravo sa vyvíjajúci jedinec testovali hranice a rovnako rýchlo zistili, že u mňa sú pevne stanovené, a tak naše spoločné fungovanie v konečnom dôsledku nevykazovalo žiadne väčšie problémy. Povedala by som, že bolo veľmi harmonické a ja som zbožňovala svojich malých zverencov.

Živo si spomínam na scénku, keď sa Mia pre niečo urazila, sadla si na schody pred bratovu izbu, rukami si podoprela tváričku, demonštratívne vyhrnula spodnú peru a tvárila sa, že nás ignoruje. Práve som jej chcela čosi povedať, ale zacítila som, ako ma Tim nečakane chytil za ruku a milým gestom, doplneným vážnosťou v hlase, zahlásil: „Katja, nechaj to na mňa, ja to vybavím!"

„Mia, pozri, ak spravíš, čo navrhla Katja, dostaneš odo mňa keksíky, ktoré mi minule darovala Oma."

Prekvapene a pobavene som sledovala situáciu, pretože Tim sa nerád delil. Hlavne čo sa sladkostí týkalo. Vtom sa sám zarazil nad vyslovenou vetou a bleskovo poopravil jej obsah.

„Nie, pomýlil som sa. Dostaneš odo mňa polovicu keksíkov, súhlasíš? Polovica je tiež veľa," a správnym zvýšením hlasu sa snažil podčiarknuť svoju veľkorysosť.

Na začiatku nášho spolunažívania som snáď dennodenne z úst jeho sestry počúvala jednu a tú istú vetu: „Mám strach."

Nechápala som, prečo ju neustále a bezdôvodne hovorí, dokonca som sa obávala, či si rodina nebude myslieť, že jej spôsobujem nejakú traumu, keď sme poobede sami s deťmi, ale keď som ju cez ktorýsi víkend pristihla, ako sedí s otcom v kuchyni a „má strach", upokojila som sa. Pravdepodobne si každý z nás v detstve obľúbi nejakú divne znejúcu frázu a omieľa ju do omrzenia. Alebo kým mu ju dospelí nezakážu.

Medzi ďalšie Miine obľúbené činnosti patrilo cmúľanie palca. Ako náhrada za cumlík.

„Ona ho od narodenia odmietala a pri únave či v ťažkých chvíľach sa ukľudňovala po svojom," potvrdila mi Laura.

„Aspoň ste ušetrili."

„No ak si tým vykriví zuby, tak to trojnásobne splatíme na strojčekoch," nesúhlasila s mojim argumentom mama. „Už by sa to mohla konečne odnaučiť! Cumlík dieťaťu schováš, ale vlastný prst?"

„Natrieš niečim štipľavým...?" zažmurkala som na ňu nevinne. Laura správne pochopila poznámku ako drobný žart. Mia nevedela ani poriadne chodiť. Ona totižto celý čas iba behala. Len čo sa jej nohy dotkli zeme, bežali, bežali a bežali. S vetrom o preteky a takmer bez prestávky. Aj celý deň. Tim sa v pohybovej zdatnosti skôr podal na otca. V porovnaní so svojou sestrou pôsobil menej ohybne, ba až ťarbavo, hoci bol štíhly ako prútik. Stavbu tela zdedil po rodičoch. V istom období sa pri každej návšteve ihriska márne snažil naučiť húpať. Bol veľmi sklamaný, že jeho kamaráti to sami hravo zvládajú a on stále nič. Pri sledovaní jeho nekoordinovaných pohybov mi skrsla v hlave spásonosná myšlienka.

„Tim, poď sem. Niečo spolu vyskúšame."

„Čo chceš robiť?" pozeral na mňa s otáznikmi v očiach.

„Poď ku mne a dozvieš sa. Pozri, ja si sadnem na hojdačku a ty si sadneš na mňa. Budeš sa držať reťazí a ja nás rozhojdám. A ty iba sleduj, čo robím a opakuj pohyby po mne."

Posadila som si ho na kolená a hodina športovej výchovy začala.

„Nahni sa dozadu… a nohy dopredu… a teraz hruď dopredu a zároveň nohy dozadu… a daj tomu švung… a znovu… dozadu… dopredu… nezabudni na nohy! Rob to presne ako ja. Úplne sa o mňa opri, aby si cítil, kam smerujem," ozývalo sa z ihriska medzi spoločnými výbuchmi smiechu.

„Katja, ja už asi tuším ako a teraz to vyskúšam sám!"

Rýchlo si presadol na prázdnu hojdačku vedľa a za niekoľko sekúnd z plného hrdla dával celému okoliu na známosť: „Ja už to vieeeem! Už sa viem húpať. Huráááá!"

Za Timovou ťarbavosťou sa zasa skrýval neskutočný cit pre malé deti. Zbožňoval bábätka a batoľatá, venoval sa im až s neuveriteľnou trpezlivosťou. Do každého kočíka okamžite strkal svoju strapatú hlávku a džavotajúcemu osadenstvu v plienkach ponúkal zábavný program, primeraný veku divákov. Žiaden iný rovesník z okolia sa mu v úlohe animátora nevyrovnal.

O niekoľko dní po návrate zo Slovenska mi ktosi hromovo o jedenástej v noci zabúchal na dvere suterénnej izby. V ten večer som sa cítila dosť unavene. Laura sa opäť prihlásila na nejaký dvojdňový seminár mimo Mníchova, takže deti s kompletnou večernou hygienou a ukladaním do postieľok pripadli na starosť mne. O hodinu neskôr som vypla svetlo a sama zaľahla do mäkučkých perín.

„Katja, okamžite vstaň!"

Nahnevaný hlas pokračoval v preslove s nezmenenou intenzitou, a tak som sa prekvapene posadila na posteli a pomaly si uvedomovala, že sa mi to asi naozaj nesníva. Začala som vnímať jednotlivé vety a identifikovala aj ich pôvodcu.

„Zabudla si dať Mii na noc plienky! Celá posteľ je mokrá, okamžite to poď dať do poriadku!!!"

Rýchlo som na seba prehodila župan, pootvorila dvere a naďalej zmätene pozerala do Philipovej tváre, pričom som už zreteľne rozpoznala aj hromy-blesky v jeho očiach.

„Nedala som jej plienku?" spýtala som sa pochybovačne a v pamäti premietala posledné minúty s deťmi. „Dobre, hneď som u nej."

O niekoľko sekúnd som sa so sklopenými ušami vytackala o tri poschodia vyššie, aby som tú pohromu odstránila. Hore ma neprivítalo hromženie, ako som pôvodne očakávala, ale od ucha k uchu vysmiaty Philip. Prvotný šok úspešne spracoval a pravdepodobne ho mrzelo, ako na mňa gánil v suteréne, čo som odvodila z jeho nasledujúcej reakcie. Zaskočil ma návrhom, akoby sa ani nechumelilo a my sme práve sedeli za kuchynským stolom po výdatnom, nedeľňajšom obede: „Katja, zajtra je sviatok a my sme si naplánovali výlet k jednému z bavorských jazier. Nechceš ísť s nami? Je tam veľmi pekne."

„A-áno, rada sa pridám," vykoktala som prekvapene a spolu s Philipom sme upratali izbu, teda mokré veci porozhadzované po zemi. Miu prezliekol dokonca už predtým a sám.

Zo spomínaného výletu dnes ani pri najlepšej vôli neposkladám názov jazera, či jeho približnú polohu. Bo v okolí Mníchova ich je na tisíce. Iba kdesi hmlisto v podvedomí sa mi vynára obraz malej drevenej chalúpky na brehu, kam sme sa vybrali občerstviť po prechádzke na mrazivom vzduchu. Tentokrát som ochutnala pravú bavorskú jablkovú štrúdľu. Utkvela mi v pamäti, lebo mi ju priniesli ponorenú do vanilkovej omáčky. Osobne nevyhľadávam nič vanilkové v stave tekutom či pudingovom (ako dieťa som neznášala dukátové buchtičky), ale to som zatiaľ nepoznala miestne zvyky. Táto nešťastne mazľavá dvojkombinácia je v Bavorsku bežná. A ak mám byť úprimná, tak i chuťovo pokrivkávala za preslávenou štrúdľou mojej babičky. Tej, ktorá ma práve zhora sledovala nebeským ďalekohľadom a nechápavo krútila hlavou, kade to tá jej vnučka behá po svete!

Krátko nato sme s Laurou maľovali kuchyňu. Iniciatíva vyšla z jej strany.

„Tuším by potrebovala vybieliť," skonštatovala pri zbežnej kontrole rohov miestnosti a silno dúfajúc v kladnú odpoveď, nasmerovala ku mne ľahko dešifrovateľnú prosbu. „Máš chuť umelecky sa realizovať? Tento týždeň ti potom, samozrejme, odpadne zvyčajné upratovanie, ak sa ku mne pridáš."

Uvítala som každú zmenu a návrh na prácu vo dvojici znamenal, že sa nemusím pasovať sama s ťažkým vysávačom a navyše získam aspoň na jeden pracovný deň „kolegyňu" a partnera na veselé trkotanie. Naďalej som považovala historky od Laury a ostatných obyvateľov blízkeho či vzdialenejšieho okolia za skvelý zdroj zaujímavých príbehov a nespočetných informácií pre nadšeného poslucháča – zberateľa, akým som ja. A trvá to dodnes. (Nestihnem si síce vypočuť každého jedného z viac ako šiestich miliárd pozemšťanov, ale uspokojím sa i s tretinou...).

V sobotu sme spoločne najprv povynášali nepotrebné predmety z kuchyne, aby nám zbytočne neprekážali v činnosti. Dôkladne sme oblepili novinovým papierom a svetlými lepiacimi páskami linku, dverové i okenné rámy a na uvoľnené miesta poznášali všetky nevyhnutné pomôcky. S deťmi som nám na ochranu dlhých vlasov vyrobila kvalitné, dizajnové *šiki-miki* čapice z posledných svetových správ a náš kreatívny tím nastúpil dokonale vyzbrojený do šichty, s krycím názvom *Picasso*.

„Ešte som ti nerozprávala, čo sme zvykli vystrájať, keď som chodila na strednú, že?" spýtala sa ma Laura, pričom pomaly ponorila maliarsky štetec do vedra s farbou. „Našou obľúbenou zábavkou bolo telefonovanie z búdky na neznáme čísla. Najprv sme si na papier poznačili jedno ľubovoľné a potom sme ho asi trikrát vytočili v rôznych intervaloch. Zakaždým sa niekto iný z nás opýtal, či je doma Heike a či jej môže nechať odkaz. Vieš si predstaviť, ako pri treťom prezvonení domáci penili a nadávali na bláznivých študákov. No a asi dve hodiny po poslednom hovore vytočilo dotyčných naposledy jedno z dievčat a zahlásilo – Dobrý deň, tu je Heike. Máte pre mňa nejaké odkazy?"

Len čo sme dokončili bojovú úlohu *biela kuchyňa*, rozhodla som sa zavolať ďalšej osobe, ktorá stála v mojom ´to do´ zozname na nasledujúcom mieste. Hneď prvý pokus sa vydaril a na opačnej strane spojenia sa ohlásila práve ona. Predstavila som sa a bez okolkov prešla rovno k veci. „Alida, môžem ťa dnes večer navštíviť? Prinesiem so sebou aj malé prekvapenie..."

„Katja, už si späť? To je výborné. Určite príď, som doma," ozval sa naradostený hlas. „A okolo siedmej budem konečne voľná."

V dohodnutú hodinu som sa odviezla autobusom o niekoľko ulíc ďalej a netrpezlivo zazvonila pri dverách bungalovu. Z nášho srdečného zvítania by isto nik nezistil, že sme sa predtým stretli iba jediný raz v živote. Z obývačky vystrčili na chvíľu hlavy aj domáci, zapriali sme si navzájom šťastný nový rok, prehodili niekoľko zdvorilých fráz a pobrali sa zasa každý po svojom.

„Koláč s kávou čakajú pripravené na stole a okrem toho sú u mňa na návšteve dvaja známi. Dostavili sa iba pred chvíľou a bez ohlásenia, takže dúfam, že ti ich prítomnosť nebude prekážať," informovala ma Alida ešte počas zostupu do suterénu.

Tak toto ma u jej rodiny naozaj neskutočne fascinovalo. U Alidy sa dvere prakticky nezatvárali. Návštevy si doslovne podávali kľučku z rúk do rúk a oni to tolerovali bez jediného slova. Jednoducho im neprekážalo, že spolu s Alidou prechádzalo ich bydliskom odrazu ďalších (aspoň) päťdesiat neznámych ľudí (ktorí sa čisto teoreticky pri zachovaní istej frekvencie predsa len neskôr stali známymi). Nechodili k nim síce každý deň a všetkých päťdesiat osôb naraz, ale častejšie než často.

Sotva sme vstúpili do jej izby, zodvihli sa z gauča ako na povel dvaja exoticky vyzerajúci junáci. Bez akéhokoľvek našepkávania som na prvý pohľad správne odhadla, že sú rozdielnych a hlavne neeurópskych národností. V takom prípade sa mi potom ťažko určuje skutočný vek. Boli približne rovnako vysokí, presnejšie povedané nízki, a obaja mali vlasy a oči čierne ako žúžoľ.

„Hej mládenci, zvítajte sa s Katjou a správajte sa k nej slušne!" spustila Alida okamžite svoj typický, teatrálny výstup a doplnila ho aj spŕškou nákazlivého smiechu.

„Honey, ten krásavec napravo je Sina z Iraku a ten naľavo Justy z Kolumbie. Premohol ich smútok za mnou, dlho ma nevideli. No čo som mala robiť? Ani ty by si ich predsa nenechala stáť v treskúcej zime pred domom." A znovu nasledoval smiech.

Sinu, lepšie povedané jeho pôvod, som odhadla takmer presne. Dodnes cítim na sebe pohľad toho štíhleho, prísne vyzerajúceho mladíka s jemnou briadkou, ktorý si ma odmerane premeriaval a jeho reakcie by som označila za mierne arogantné. Jeho rodičia emigrovali do Nemecka pred mnohými rokmi a on si svoju domovinu pamätal iba veľmi matne. Školy vychodil v Mníchove, a tak rozprával celkom slušne po nemecky, s nepatrným prízvukom. Justy bol Sinov spolužiak z triedy. Jeho nemčina bola perfektná. Bacuľatú tvár, z ktorej na mňa hľadeli šibalské a zároveň dobrácke oči, som úplne nesprávne v prvej chvíli geograficky priradila niekam do Ázie. Obom ťahalo na osemnásť a že sa zoznámili s Alidou, pripisujem predovšetkým jej nadpriemernej zhovorčivosti a schopnosti spoznať kdekoľvek, kedykoľvek a kohokoľvek. Črta, ktorá pravdepodobne charakterizuje väčšinu obyvateľov afrického kontinentu. Som si istá, že Alida by do debaty vtiahla aj kamennú sochu na námestí.

„Tiež si prišiel s rodičmi do Nemecka?" spovedala som so záujmom Justyho.

„Nie, moji rodičia sú odtiaľto. Teda moji adoptívni rodičia. Obaja sú Nemci a z Kolumbie ma adoptovali, keď som dovŕšil tri mesiace."

„Aha," odvetila som zarazene, pretože som nevedela, či som omylom nenarazila na háklivú tému, a či je v nej povolené bádať.

„Takže vlastnú rodinu nepoznáš," snažila som sa ju radšej správnou intonáciou taktne a rýchlo ukončiť, ale Justy ďalej otvorene pokračoval v poskytovaní informácií o svojom súkromí a pôvode a netváril sa, že by mu spovedanie hocako prekážalo.

„Nie, mýliš sa. Poznám svoju mamu a súrodencov. Žijú vo veľmi chudobných pomeroch, a keďže moja biologická matka nezarábala dosť peňazí na výchovu a živobytie pre nás všetkých, ponúkla ma po narodení k adopcii. Rodičia si priali, aby som s ňou zostal v kontakte, a tak k nim pravidelne každé dva roky chodíme na návštevu."

Okrem iného som sa dozvedela, že Justy má v nemeckej famílii nevlastného brata, o päť rokov staršieho než on a bývajú v bytovke o jednu ulicu ďalej.

Pôsobil na mňa dojmom bezstarostného mladíka a na rozdiel od Sinu sa takmer ustavične chichúňal.

„Alida, aby som nezabudla... Tu je sľúbené prekvapenie pre teba, niečo na pamiatku zo Slovenska," vytiahla som z tašky slamienku a háčkované papuče z dielne mojej mamy. Nie také obyčajné, čo sa natiahnu na chodidlá a prispôsobia im svoj tvar, ale vystužené vložkou do topánok a perfektne vyformované, s mašličkou navrch.

„To naozaj robila tvoja mama?" s neskrývaným obdivom si ich prezerala.

„Tak toto ja na nohy neobujem! Škoda by bolo zničiť takú krásu. Hádaj, čo ja spravím! Zoberiem ich domov do Afriky a vyložím do vitríny v obývačke! A nabudúce ju zaveláme spoločne, aby som sa jej osobne poďakovala!"

A čo si zaumienila, to i vykonala. (Ale i ja som si občas zvykla podebatovať s jej mamou po telefóne. Podobné osudy spájajú.)

Ešte riadnu chvíľu chválila dokonalú prácu šikovných, slovenských rúk, keď jej zrazu čosi napadlo. „Katja, ale ja pre teba nemám nič!"

„A prečo by si mala niečo mať? Ja som predsa cestovala na otočku do Bratislavy, a tak som ti priniesla drobnú pozornosť. Nič menej a nič viac."

„Ale to je priam umelecké dielo a určite dlho trvalo, než ich vyhotovila."

„Alida," prerušila som ju, „mamina ich robí ako na bežiacom páse, lebo je o ne veľký záujem. Za tie roky a pri tom množstve získala výbornú prax, a preto som dúfala, že sa budú páčiť i tebe."

„Honey, sú nádherné, ale ty si musíš tiež odo mňa niečo zobrať na pamiatku."

„Prosím ťa, už sa tým netráp, nič nehľadaj a sadni si zasa ku nám!" zavelila som dosť rázne, ale asi to nestačilo. Alida sa obzerala po miestnosti a tuho uvažovala, čo by mi tak... Zrazu sa otočila ku mne a z prsta niečo víťazoslávne sťahovala.

„Tento prsteň si vezmeš!" zahlásila rovnako rázne a hneď mi ho nastokla na prst.

„Preboha!" zvolala som zhrozene. „Ja som ti priniesla iba slamienku a papuče a nepripravím ťa kvôli nim o zlatý prsteň!"

„Katja, ja ťa napriek tomu prosím, aby si ho prijala ako pamiatku odo mňa."

Slová a ďalšie námietky sa zdali byť v tom momente zbytočné, a tak som ju radšej iba tuho objala.

V nasledujúcich týždňoch sme sa stretávali pravidelne, takmer každý deň. Podľa toho, ako nám to dovoľovali povinnosti au-pairiek. Ak sa inak nedalo, naplánovali sme si aspoň spoločnú poobedňajšiu prechádzku s deťmi. Alida ma najbližšie zoznámila s Angličankou Claudiou. Chodila s ňou na kurzy nemčiny. Informáciu som si nalistovala v denníku, ktorý som skôr nepravidelne, a asi iba prvých päť mesiacov zapĺňala zážitkami z cudziny, nech mám v budúcnosti do zásoby minimálne za sto strán dobrodružstiev pre vnúčatá. Od istého momentu sa však s nimi pretrhlo vrece, a ja, neznalá

71

stenografie, som si povedala, že sa asi budem musieť spoľahnúť na svoju sloniu pamäť a čas, stratený zapisovaním, si zadelím inak, rozumnejšie. Claudia nás vzala do jedného z mnohých Irish pubov v centre mesta. Bola to moja úplne prvá návšteva írskej krčmy, ale v tom období ma nijako nenadchla atmosféra v nej. Asi sme do nej nezavítali v správnom čase. Až o pár rokov neskôr a s úplne inou partiou som odhalila čaro nedeľňajších karaoke večerov v originálnom interiéri jednej z nich v priamom centre Schwabingu.

S Alidou sme zvykli zájsť aj do pizzerie, vyskúšali sme exotiku v etiópskej reštaurácii, ale najčastejšie sme i tak skončili pri káve a koláčiku – raz u nej, inokedy zasa u mňa.

Jedného chladného, januárového večera zaklopala Alida nečakane na okno v suteréne. Dohovorený signál som dokonale ovládala. V ktorúkoľvek dennú či nočnú hodinu. No teraz ma prekvapil, lebo pôvodne si naplánovala niečo iné. Z tichého klopkania mi bolo jasné, že predsa len pozmenila svoj prvotný zámer a pobrala sa radšej ku mne. Laura nás zbadala na schodoch, keď sme potichu schádzali do suterénu. Už ju dobre poznala, a tak sme sa chvíľu rozprávali a vtipkovali na chodbe v trojici.

Asi o desať minút neskôr sme pohodlne sedeli dole v izbe, keď zrazu opäť ktosi jemne zaťukal. Z okna sa tentokrát pozmenený signál presunul na dvere. Bola to Laura a v ruke držala fľašu vína a dva poháre na stopke.

„Dievčence, predpokladám, že malá pozornosť z Philipových bohatých zásob vám neuškodí a jemu chýbať nebude."

„Ďakujeme," zvolali sme prekvapene a takmer na sekundu súčasne.

„A si si istá, že si nevedie žiadne záznamy?" dodala som veselo.

„Hmm ... dúfam... a keby áno, tak ho presvedčíme, že sa pomýlil!" zasmiala sa a my s ňou.

„Nechceš si pripiť s nami?" spýtala som sa našej sponzorky, keď postavila fľašu na stôl.

„Ach nie, pokecajte si samé. Ja som dnes akosi grogy. Idem si radšej ľahnúť, aby som vám tu náhodou nezaspala. Ale vy sa nenechajte rušiť. A nech vám padne na úžitok. Dobrú noc."

Prvý pohár zmohol i Alidu. Netrvalo dlho, položila si hlavu na vankúš a o päť sekúnd sa premiestnila do ríše snov. Hľadela som na ňu a zvažovala, čo ďalej. V matematike sa inak zahanbiť nedám, ale v konkrétnom príklade mi nevychádzala utešujúca rovnica. Skôr hrôzostrašná nerovnica... Zrátala som si, že buď je v miestnosti o posteľ menej alebo o osobu naviac!

„Alida ...Honey...spíš?" oslovila som ju potichu, ale v jej pohári snáď boli primiešané prášky na spanie. Nepohlo ňou ani tretie zopakovanie otázky, ani zvýšenie hlasu. Príroda mi (na šťastie pre ňu) nadelila dobroprajné srdce, ale (na nešťastie pre mňa) neposlušné kríže. Tá noc bola tvrdá - na provizóriu z troch stoličiek (pretože spať na zemi by v preklade znamenalo spať na kocke ľadu a nápad rozložiť sedačku v tme v Timovej izbe, kde sa na koberci povaľovalo na milión drobných legodielikov, som vzdala hneď

72

v počiatkoch – bo kým by som ich prácne pozbierala, aj by sa rozvidnelo). V nasledujúce ráno som sa cítila ako bosorka zo stredoveku. Dokonale dolámaná. A Alida sa so zahanbením tisíckrát dookola ospravedlňovala mojej stuhnutej telesnej schránke.

„Katja, istá známa zamestnáva au-pairku z Čiech a pýtala sa ma, či by si sa s ňou nechcela stretnúť,“ oznámila mi začiatkom nového roku Laura.
„A prečo nie? Dáš mi na ňu číslo?“
„Napísala som ti ho sem,“ podala mi kus papiera. „Ona už vlastne čaká na tvoj telefonát.“
A tak som spoznala Kateřinu. Patrila k rovnakej krvnej skupine ako ja. Smiech a dobrú náladu tiež rozdávala na počkanie. Bohužiaľ jej do konca pobytu zostávalo iba zopár posledných týždňov. Neskôr som ju zoznámila i s Ankou a niekoľkokrát sme spoločne strávili veselé, nedeľné popoludnia v centre Mníchova.
„Ty vole, ta moje domácí se jmenuje Yo. To když já slyším Yo, hned chci říct: Ne! Já se prostě vždycky leknu, že oni na mně mluví česky… A toho jejího chlapa bych nechtěla ani zadara. Von celý den nic nedělá… a říká tomu příprava na semináře. Pak někam na dva dny odjede a ženská je z něho na prášky. No a, holky, to moje bydlení, to je vám hrůza. Já jsem v jednom pokoji s děvčaty. Oni ho předělili takovou deskou a teď tomu říkají dva pokoje. Jenomže já za tím papírem slyším všechno! Byt mají jinak docela hezký, ale moc drahý. A Yo se pak pořád stěžuje, že nemá peníze! Nu ale na mé prachy ať mi nesahá!“
Od Kateřiny som sa v skratke naučila základné pravidlá nemeckého jazyka. Predovšetkým mi vysvetlila rozdiel medzi minulým a prítomným časom, medzi *préteritom* a *perfektom,* čo bolo na správne fungovanie v rodine dosť dôležité.

Po troch mesiacoch nemčiny „pre najmenších“ som sa konečne i ja dočkala a nahlásila na prvý, oficiálny kurz vo Volkshochschule. Jedného chladného rána som sa stala súčasťou dlhočizného radu, pred ktorým ma varovala aj Laura. Nepatrila som však k tým nadšencom, čo dobrovoľne strávili noc pred Gasteigom zakuklení v deke, aby nezamrzli a vystáli pritom dieru do asfaltu už deň vopred, teda pred oficiálnym otvorením letného semestra. Ja som došla na šiestu a bez reptania zaujala pozíciu na konci hadiaceho sa kolosu ľudských tiel. Zaradila som sa za nevysoké dievča približne v mojom veku.
„Hrôza, čo?“ snažila som sa nadviazať kontakt rozhovorom v nemčine.
Čakali nás hrubým odhadom dve hodiny státia na mieste, ktoré sa pri trochu dobrej vôli dali vyplniť nejakou zaujímavou konverzáciou. Hneď pri prvej odpovedi som zbystrila pozornosť. Zdalo sa mi, že som zachytila známy prízvuk.
„Smiem sa ťa spýtať, odkiaľ pochádzaš?“ pokračovala som naďalej po nemecky.

73

„Aus der Slowakei," znela krátka odpoveď.

„Paráda, tak prejdime rovno do rodnej reči. Ja som Katarína a ty?"

„Zdenka. Z Banskej Bystrice."

„Tiež au-pair, že?"

„Čo iné…," odpovedala s úškrnom Banskobystričanka.

„A na kedy hľadáš kurz?"

„Na poobedie. Doobeda sa starám o deti."

„Škoda, ja môžem iba doobeda, deti zabávam poobede. A tuším sme sa o milimeter pohli. Chvalabohu. A kde bývaš?"

„V jednej dedinke na sever od Mníchova. S-bahnom to trvá asi dvadsaťpäť minút do centra."

„Presne na protiľahlej strane. No, čo sa dá robiť, keď aj pracovné doby máme naopak. Predpokladám, že tvoj voľný deň bude v strede týždňa, keďže mne ho stanovili na nedeľu."

„Väčšinou v sobotu," poopravila ma Zdenka.

Dostala som číslo 728, čo v preklade znamenalo prísť na zápis medzi deviatou a desiatou.

„Ak chceš, môžeme spolu zájsť na Marienplatz, trochu sa tam poprechádzame a za hodinku sa vrátime späť na zápis. Súhlasíš?" navrhla som svojej krajanke.

„Čoby nie, *ve dvou se to lépe táhne…* Domov sa nám i tak neoplatí ísť a nič iné som si na dnes nenaplánovala, takže Marienplatz mi vyhovuje."

Konečne sa i na mňa usmialo šťastie a bez problémov som získala miesto v jednom z kurzov, ktoré som si po dôkladnom zvážení zakrúžkovala. Zdenku som v tej trme-vrme nakoniec niekde stratila. Pri vchode na poschodí nás delili podľa čísiel k niektorému z viacerých prihlasovacích okienok. K takému, čo sa práve uvoľnilo. Pracovníčka za ním skontrolovala údaje na prihláške, naťukala číslo kurzu do počítača. Ak bolo miesto v ňom voľné, nahlásila záujemcu, ak nie, hľadala v nasledujúcom možnom. VHS nemčinu som začala navštevovať približne o mesiac. Vďaka slušnej zbierke fotografií v albume, ktorý som na rozdiel od denníka dopĺňala pravidelne, si i dnes spomínam na niektoré spolužiačky a spolužiakov. Japonky Saori a Yuko, Maďarky Dóra a Zsuzsa. Dve ďalšie z Južnej Ameriky. Spolužiak z Albánska, kuchár v akejsi reštaurácii a podľa neklamných indícií dosť *horúca hlava*. Druhý náš moslim, starší zdvorilý pán, otec dvoch detí. V tom čase som sa však najviac priatelila s Brazílčankou Vitóriou. I ona pochádzala z rodiny, kde jeden z rodičov bol beloch a druhý černoch. Polovica súrodencov zdedila gény svetlé, polovica tmavé. Vitória patrila do druhej skupiny. Väčšinu ľudí fascinovali jej dlhé vlasy, čierne ako smola, s drobnými „kudrlinkami" a štíhlulinká postava. Vitóriin tenký driek by určite hravo oblapili dve statné, chlapské ruky. Hovorila lámanou nemčinou so silným portugalským prízvukom a zo začiatku som sa musela pekelne sústrediť, aby som jednotlivé slová vo vetách dešifrovala a aspoň niečo z obsahu porozumela.

„Môj muž, Pedro, super kuchár a dobrá chlap. Svoja Vitória uvidieť v Brazília dovolenka a zobrať žena. Vitória potrebovať reč, prečo chodiť škola a učiť chcieť." Asi takto nejako komunikovala na začiatku. A vlastne i dlho potom. Slovnú zásobu si časom zlepšovala, silný prízvuk jej snáď zostal natrvalo. Pravdepodobne i preto, že u nich doma sa rozprávalo výlučne po portugalsky. Pedro sa tiež vo voľnom čase snažil zdokonaliť v rodnom jazyku svojej manželky.
Do kurzu nám po pár týždňoch pribudla aj istá Rimanka navyše. Ihneď ma zaujali jej výrazné okuliare, s plochým a širším, tmavým rámom. Až po stretnutí s ňou som si začala jasne uvedomovať, že nie všetky Talianky sú hlučné ako Sophia alebo rodené krásavice ako Ornella či Gina. Každopádne, jej muž získal šéfovskú stoličku v nejakej mníchovskej firme alebo talianskej pobočke a rodina sa prisťahovala za ním. Úlohou manželky bolo asi iba ticho (maximálne v taliančine) reprezentovať partnera a vlasť, pretože sa inak na ňu za celý dlhý kurz nič nenalepilo. Komunikácia s ňou prebiehala nasledovne: učiteľka nemčiny zadala úlohu, jedna španielsky hovoriaca spolužiačka alebo Vitória jej ju čiastočne pretlmočili v ich rodnej reči (fungovalo to, ako keď sa Poliak rozpráva so Slovákom). Talianka odpovedala pravidelne a neoblomne naspäť vo svojej materčine (hrdosť jej pravdepodobne nedovolovala pretlačiť cez pery ani obyčajné *und*) a tlmočníčky to zasa preložili do nemčiny pre učiteľku. U mňa by jej také čosi neprešlo. Buď sa chce reč naučiť a bude sa snažiť hovoriť alebo... *Arrivederci*! Nie, nevyhodila by som ju priamo, len by som ju vlastnými metódami doviedla na správnu cestu.
Pravdivo však priznávam, i ona potvrdila všeobecne známu skutočnosť, že Talianky väčšinou poznať už na pohľad vďaka excelentnej elegancii.
„Sabine, vy ste si vlastne vybrali veľmi zaujímavé povolanie," doberali sme si raz cez prestávku lektorku. „Spoznávate rôzne národy, ich zvyklosti, stretávate sa s ľuďmi z celého sveta a dokonca sa v rámci hodiny naučíte i cudzí jazyk."
„V podstate som spokojná s tým, čo robím. Ale nie vždy je to také jednoduché a zábavné. Hlavne keď sa v kurze objavia predstavitelia istých národností, ktorí na povolenie k trvalému pobytu potrebujú úspešne ukončenú jazykovú skúšku. A tí idú potom aj ´cez mŕtvoly´. Raz som sa i ja ocitla v nepríjemnej situácii, keď sa mi žiak vyhrážal s nožom v ruke."
(Podobné prípady sa občas odohrávajú i na iných miestach a pri tragických koncoch sa o nich dozvie i verejnosť.)
Vo VHS som absolvovala ešte ďalšie dva kurzy nemčiny, než som prešla inam. Nasledujúca učiteľka, pôvodom Polka, žila dlhé roky v Bavorsku. Podľa toho, čo nám o sebe prezradila, bola umeleckou maliarkou a kurzami si privyrábala na živobytie. Do tretice som narazila na miestneho rodáka, ktorý v mojich spomienkach figuruje úplne minimálne. Asi to bude dané tým, že príroda poskladala jeho DNA z nudných reťazcov. Aj to sa občas stáva...

Z dnešného pohľadu hodnotím VHS ako zaujímavú skúsenosť a pre au-pairky asi jedinú prijateľnú možnosť (z časového hľadiska) ako sa naučiť základy jazyka, spoznať nových ľudí a nové kultúry. Viacerí nesprávne tvrdili, že spomínané kurzy sú finančne výhodné. Nezisťovala som si, či tomu tak naozaj je, radšej som sa naďalej pridŕžala hesla: *hlavne nenápadne!* VHS bola dosť veľká na to, aby som sa v nej v tichosti stratila. Na skutočne kvalitnú jazykovku som vďaka okolnostiam narazila až o trochu neskôr.

Na začiatku roka (nielen) v Nemecku vrcholia fašiangy, označované aj ako *piate ročné obdobie*. Za tie roky som sa naučila, čo to všetko obnáša, ako sa všade oslavuje, ako sa organizujú rôzne karnevalové zábavy – preslávené je nimi hlavne okolie Kolína – a že oficiálne končia približne v polovici februára, presnejšie v utorok po Ružovom pondelku a pred Popolcovou stredou. Neodmysliteľne k nim patria aj „*Krapfen*" – šišky s náplňami a sladkou výzdobou od výmyslu sveta. Obyčajné druhy dostanete kúpiť po celý rok, tie fašiangové iba na jeho začiatku, teda v januári a februári. Osobne zbožňujem Cappuccino-Krapfen. Zohnať práve túto sortu býva ozajstným umením.

Karnevalové zábavy sa pre mňa stali okamžite najnovšou atrakciou – hneď ako som v jeden večer na zástavke autobusu stretla takmer dvojmetrového zajaca a a o čosi nižšie, ružové prasiatko. Sprevádzali ma takmer po celú dobu aj v U-bahne. Nenápadne som sledovala podarený pár, dumajúc, s čím mám práve do činenia. V meste som potom objavovala na každom kroku ďalšie masky. Dnes už je ich počet možno i päťnásobný. Kto chce zažiť aspoň trochu z fašiangovej atmosféry s prehľadom nádherných kostýmov (taktiež) od výmyslu sveta, tomu radím prísť do Mníchova na posledné utorňajšie oslavy s presláveným *Tancom trhovníčok* v strede mesta na *Viktualienmarkte*. Predtým je vhodné trénovať lakte. Kto chce zažiť výnimočný stav, musí cestovať o kus ďalej, do Kolína. Alebo Benátok.

A aby som nezabudla: ženská populácia každoročne netrpezlivo čaká na *Altweiberfasching* – je to posledný štvrtok pred koncom fašiangov a (iba) v ten deň platí nepísané pravidlo, že každému chlapovi, ktorý je prichytený s kravatou na krku, smie (musí) byť kravata odstrihnutá. Ak sa rozhodnete spomínaný zvyk otestovať, odporúčam vám, aby ste sa vopred informovali o kúpnej cene vami vyhliadnutého objektu a z reakcií majiteľa už zistíte, čo si môžete dovoliť a čo nie. Jeden súd kdesi v Nemecku už raz rozhodol v prospech poškodeného. V danom prípade sa totižto jednalo o nejaký veľmi drahý exemplár. Osobne som doteraz zažila iba odstrižky bez dohry na súde. Skončili zväčša vyvesené na firemných nástenkách... (Ak by ste však natrafili na politika, bez obáv strihajte – tí čisto teoreticky musia aspoň jednu kravatu obetovať, ak si chcú naďalej zachovať imidž, že *sú tu pre svojich voličov.*)

Mäsové blues (10.)

Predovšetkým Tante Clara blízkemu okoliu pravidelne pripomínala, ako veľmi trpím za jedným stolom s falošnými „vegetariánmi". Porušovali sme základné pravidlá opakovanou konzumáciou salám a paštét a približne raz za dva-tri mesiace i nejakého vareného kúska mäsa, ale inak sme sa mu úspešne vyhýbali.

Na môj vkus vynášala Tante Clara na verejnosť aj veľa privátnych vecí z kuchyne svojich zamestnávateľov. Ona a ktorýkoľvek držiteľ *butlerského* diplomu anglickej školy boli vlastne také isté protiklady ako deň a noc. „Chápete to? Rodičia detí sú síce solventní, ale sladkosti im potajme kupujem ja," takto a podobne oslovovala pravidelne úplne cudzie predavačky v najbližšom väčšom obchode, keď som ju sprevádzala na nákupoch a ona pri pokladni demonštratívne rozbaľovala čokoládky pre Miu a Tima. Popravde sa navyše jednalo o skreslené informácie z jej strany. Takisto som ju niekoľkokrát pristihla, ako roznáša drobné klebety medzi susedmi. Nezabudla ani na poštára. Nestarala som sa do toho, ale lojálnosť som si predstavovala trochu inak.

Čo sa jej kuchárskych zručností týkalo a ak ma pamäť neklame, chutila mi väčšina jedál, čo navarila. Medzi mojich (vegetariánskych) favoritov sa jednoznačne prebojovalo marhuľové rizoto a zapečené paradajky, plnené pomletou zmesou tmavého, koreninami dochuteného chleba so syrom navrchu a zaliate smotanou.

Laura sa snažila svoje potomstvo uchrániť pred sladkými nástrahami potravinárskeho priemyslu. Niežeby deťom nikdy nič nedopriala, veď v dnešnom svete a v našich zemepisných šírkach sa protičokoládové a podobné kampane zásadových rodičov iba horko-ťažko presadzujú. Ona im len príliš vtĺkala do hlávok, ako sú mnohé výrobky nezdravé, ako sa klame v reklamách, ako sa ničia zúbky. V podstate hlásala pravdu, ale tá deti opojené cukrom nie veľmi zaujíma, takže výsledkom bol nakoniec pravý opak toho, čo si priala dosiahnuť. Predovšetkým Tim reagoval v prítomnosti mamy ako učenlivý papagáj. Opakoval po nej takmer doslovne všetky vety, no len čo sa jej stratil z očí a dosahu, robil maximum pre to, aby sa akýmkoľvek spôsobom dopracoval k zakázanému *jablku*. Vyvrcholilo to na akejsi narodeninovej oslave kamaráta, kam som ho odviedla a kde sa nepríjemne pobil o kúsok čokolády s jedným zo svojich rovesníkov.

Inokedy ku nám zavítali na návštevu Oma a Opa, doniesli vnúčatám zákusky, a kým sa Mia hrala s Opom, zhltol Tim svoju porciu a nenásytne ju zajedal tou sestrinou, pričom presne vedel, komu dobrota na tanieri patrí a kto tým pádom príde o svoj podiel.

„Ale Tim, to sa predsa nerobí," afektovaným hlasom zaprotestovala Oma, pridŕžajúc si zlaté reťaze na hrudi namiesto toho, aby radšej zadržala vnuka, a tak on pokojne dojedol zvyšok, vyškierajúc sa jej priamo do tváre. A Mia iba anjelským hláskom dodala: „Nevadí Oma, ja by som sa s ním i tak podelila."

„Katja, zajtra si k nám pozvaná na večeru," oznámila mi ako prvá po telefóne Alida, „a objednala som ti aj nejaké mäsko..."
„Odkáž doma, že ďakujem a rada využijem vašu lákavú ponuku."
Na druhý deň večer som si potom pochutnávala v príjemnej rodinnej atmosfére na kuracích stehienkach. Ostatné prílohy nepodstatné. Zabudnuté. Neubehlo ani štyridsaťosem hodín, keď sa ako druhá ozvala Anka. „Kati, ako si na tom s časom cez víkend?"
„Prečo?" vyzvedala som so záujmom a po jej odpovedi som takmer opäť oslintala slúchadlo.
„U nás na dedine sa koná fašiangový bál, na ktorý ťa týmto oficiálne a srdečne pozývame. Pôjdeme celá partia, Lucia, jej kamošky a my dve. Aj masku sme ti už prichystali a samozrejme u mňa potom i prespíš. Domáci ti pripravujú okrem iného aj jedno mäsové prekvapenie!"
„A vy ste sa vari dohodli? Veď ja zažijem bielkovinový šok!" zareagovala som pobavene a vysvetlila, z akej návštevy som sa práve vrátila.
„Ale napriek šoku prijímam! Veeeľmi rada," dodala som nadšene.
Do nasledujúceho víkendu som zasa raz netrpezlivo odpočítavala zvyšný čas. Tentokrát v radostnom očakávaní.
K Anke som mohla ísť dvomi rôznymi S-bahnmi. Naposledy som otestovala holzkirchenský smer, a tak som si pre zmenu vybrala druhú z alternatív. Cesta neznámou trasou sa mi okamžite zapáčila. Sledovala som idylickú krajinku za oknami vlaku a v duchu sa tešila na nastávajúce zážitky.
Konečná zastávka sa nachádzala v lese. Zdalo sa mi, že široko-ďaleko nieto živej duše, teda okrem tých, čo práve vystúpili z S-bahnu a hneď sa rozpŕchli po parkovisku, ponáhľajúc sa domov k rodinám.
Lucia s Ankou ma opäť vyzdvihli autom. Nadšene sme si padli do náručia a od toho okamihu mleli naše ústa na plné obrátky. Minimálne päťsto otáčok jazykom za minútu. Preto je pochopiteľné, že som iba čiastočne vnímala okolitú, zasneženú krajinu z idúceho vozidla. Občas som zaregistrovala i nejaké usadlosti, roztrúsené pozdĺž cesty, ktoré sa pomaly ponárali do večerného šera.
„Anka, veď hovor, ako a čo... A nie, že niečo vynecháš!"
„Juj, Kati, keď ja ani neviem, kde začať."
„Nevadí, hlavne už začni! Za takmer dva dni sa zaiste vykecáme do sýtosti, ak nerátame bál. A vidíš, dobre, že ho spomíname... S čím treba vlastne rátať?"
„To ti prezradím neskôr. Ako som spomínala, ideme naň celá partia. Sú to vlastne Luciine kamarátky z dediny alebo blízkeho okolia, väčšinou však zo škôlky. Ale to fakt až zajtra..."
„No a čo domáci? Ako sa ti pozdáva on?"

„Iba pár minút ťa delí od príležitosti, aby si si na neho vytvorila svoj vlastný názor."

„A to je dobré a či zlé?"

Anka je najrýchlejšie rozprávajúca osoba, ktorú poznám, a tak podobné vodopády slov s neustálym preskakovaním z témy na tému nie sú u nás i dnes ničím výnimočné. Kedykoľvek sa dokážeme bohato zhovárať a deň by mal ponúkať aspoň päťdesiat hodín na naše siahodlhé debatšágy.

„Kati, ani si nedokážeš predstaviť, aká som tu spokojná. Mám pocit, akoby som sem odjakživa patrila. Lucia je jednoducho fantastická. Stará sa o mňa ako vlastná mama alebo moja staršia sestra. Hneď sa mi venuje, keď príde domov, všetko trpezlivo a za pomoci slovníka vysvetľuje. No a deti sú tiež božské."

Anka sa ani nadýchnuť nepotrebovala, plynulo pokračovala ďalej.

„Neuveríš, čo sa mi stalo minule! Si predstav, vykukla som von z okna a sama pre seba si povedala: porazí ma, prší! Valentína stála tesne vedľa mňa a hneď vyzvedala, čo to znamená. Naučila ma, že ak sa hnevám, môžem hovoriť po bavorsky ´saparlot´ a o tri dni, keď opäť lialo ako z krhly, zahlásila čistou slovenčinou: *porazí ma, prší!* Fakt má sluch ako netopier a učí sa neuveriteľne rýchlo."

„Výhoda dvojjazyčných detí..."

Spŕšku slov prerušili práve oni. Radostne nám vybehli v ústrety, akonáhle sme vystúpili z auta pred ich domom. Tentokrát nám Valentína jasne dala najavo, že žiadnu inú au-pair okrem Anky neakceptuje. Dokonale si získala jej malé srdiečko. Stephano bol skôr introvert, ale bez Anky už tiež neurobil ani krok. Musela byť prítomná pri všetkom a spať nešiel, kým sa s ním nerozlúčila presne ako jeho rodičia.

No a konečne som sa zoznámila aj s ich otcom. Ak by som vyhlásila súťaž o najsympatickejšieho zástupcu mužského pohlavia s označením *au-pair papa* a volila z adeptov, ktorých som spoznala osobne, jednoznačne by ju vyhral Michael. Hoci bol od prírody blonďák, získal si ma neodolateľným úsmevom (vždy mu vďaka nemu vyskočila jamka v líci) a pohľadom svojich figliarskych očí. Kedysi zaisto rozochvieval mnohé ženské srdcia v široko-ďalekom okolí. Prekypoval nákazlivým humorom *podpichovača* a rozprával čisto bavorsky. S deťmi a Luciou často i po taliansky. Zakaždým som sa u nich rada započúvala do znenia tohto melodického jazyka a vôbec mi neprekážalo, že mu vlastne nerozumiem. Stačilo mi vstrebávať upokojujúcu, rodinnú atmosféru v ich dome, z ktorej vyžarovala vzájomná láska a úcta.

Na slávnostnú večeru, čo pre mňa pripravili, nezabudnem asi nikdy. Jednak, že som spoznala niečo úplne nové a dovtedy väčšine Slovákov dobre utajené, ale i preto, že *neznámô* fantasticky chutilo. Sedeli sme za stolom, veselo sa rozprávali a ja som im z vďaky za pozvanie darovala medziiným aj malý, hlinený zvonček, ďalšiu ručnú prácu zo Slovenska. Lucia s Ankou začali na stôl pomaly znášať rôzne ochutené omáčky, kukuricu, kyslé uhorky, kečup, horčicu, chlieb, bagety. Zrazu doniesli misky so surovým mäsom, nakrájaným na kocky a postavili ich do mojej tesnej blízkosti. Bravčové i hovädzie. A nakoniec drobné guľôčky z pomletého mäsa. Predo mňa položili zaujímavý tmavomodrý tanier s priehradkami.

„Kati, poznáš to? Uhádneš, čo ťa čaká?"

„Nie… a dúfam, že nie to, čo mi napadlo ako prvé," zahlásila som neisto a naďalej so záujmom sledovala ich konanie.

Pri pomyslení, že ma prinútia jesť surové mäso, ma neviditeľne striaslo.

„Mne to pripravili hneď v ten víkend, ako som sem došla. I pre mňa to bola novinka, ale nechaj sa prekvapiť. Nič viac ti neprezradím."

Nuž keď to prežila Anka, prežijem i ja…

„Katja, na tanier si do jednotlivých priehradiek nalož z omáčok, ktoré chceš ochutnať, a ja už iba donesiem hrniec s olejom," ukončila moje trápenie Lucia.

Umiestnila ho do stredu stola. Jeho netradičná konštrukcia ma okamžite zaujala. Michael zapálil plameň pod hrncom.

„Počkáme, kým sa olej zahreje na správnu teplotu," dodal znalecky.

„Katja, teraz si vyber farbu, ktorá bude patriť v hrnci iba tebe," pristúpil ku mne Stephano a v ruke držal sadu kovových paličiek. Na drevenom konci boli zakončené rôznymi farbami. Vybrala som si modrú a červenú.

Po prvotnom šoku a krátkej kulinárskej prednáške o *fondue* som na striedačku a s maximálnym pôžitkom napichovala bravčovinku a hovädzinku na správnu stranu paličiek, kládla ich do rozpáleného oleja, následne namáčala do výborných omáčok a pochutnávala si ako na kráľovskej hostine. Aj žalúdok som mala na konci hodovania kráľovsky plný. Na prasknutie.

Po večeri sme si zasadli ku známej hre *scrabble*. S Ankou sme na začiatku vehementne protestovali proti zloženiu hráčskych dvojíc.

„My sme predsa proti vám dvom jasne bez šancí, iba ak by sme dali partičku v slovenčine! Veď to nie je fér…"

„No snáď sa nás nezľaknete!" podpichoval Michael a na líci mu naskočila povestná jamka.

V priebehu hry sa však ukázalo, že chabé znalosti nemčiny vôbec nemusia byť na prekážku, práve naopak. Rozmýšľali sme s Ankou v hraniciach najjednoduchšej možnej matrice a naši súperi sa zaplietli do príliš zložitých kombinácií. Predovšetkým Michael sa snažil za každú cenu vyhrať a jeho prehnaná ctižiadosť ho automaticky nastavila do modusu prehry. Podarilo sa nám poskladať tie najnenápadnejšie slová, o akých sa im ani len nesnívalo. Chlapská márnomyseľnosť tak zasa raz dostala na frak, a my sme to patrične okomentovali: „Juj, veď sme vás hneď a čestne vyzvali na súboj v slovenčine…"

Dlho do noci sme potom ešte kvákali s Ankou, zababušené v perinách, až kým nás nepremohol spánok. Ráno nás budili deti. Predbehli i dedinských kohútov.

„Vstávať, vstávať!" vykrikovala nadšene Valentína a do taktu slov vyzváňala hlineným darčekom odo mňa, kým jej nakoniec nespadol na zem. „Ach Katja, tvoj zvonček," pozrela na mňa so slzami v očiach. „Nebuď smutná, pokúsime sa ho po raňajkách opraviť. Zlepíme ho dokopy, dobre?" chlácholila ju Anka.

Počas rannej hygieny sme si v kúpeľni nad umývadlami so záujmom prezerali Luciinu zbierku mini flakónikov rôznych značiek parfumov. Vďaka zrkadlám po celej dĺžke priestrannej miestnosti sa toto neskutočné množstvo opticky zdvojnásobilo a vytváralo nádherný efekt. Zbožňujem miniatúry.

Na fašiangový bál, kam na nasledujúci deň pozvali i mňa, mali vstup iba predstaviteľky nežnejšieho pohlavia. Každá partia nacvičovala niekoľko týždňov vopred ľubovoľný príspevok do spoločného programu a Anku tiež zapojili do účinkovania. Pred vystúpením prišli ku Lucii jej kamarátky, aby sa spoločne a hlavne narovnako našminkovali. Vhodne ku kostýmom. V pamäti mi zostala iba hmlistá spomienka na zelené vlasy a výzor lesných žienok alebo čohosi podobného. Mňa prezliekli za horára s veľkým širákom a dlhými fúziskami. Akciu sprevádzala výborná nálada a patričná porcia neutíchajúceho smiechu, ktorý sa šíril miestnosťou rýchlejšie než nákaza.

Na nádherný víkend divožienok pod Alpami spomíname s Ankou v podstate dodnes. Jej au-pairsku rodinu jej v tých časoch naozaj každý v dobrom závidel.

„Laura, ochutnala som fondue, hmmm," –kala som nahlas a s privretými očami, vťahujúc do nosa imaginárnu vôňu spomienok, som jej nadšene opísala priebeh oboch dní.

„Fondue?" spýtala sa prekvapene. „Nuž ono sa tu robí iba pri významných udalostiach alebo na sviatky. Napríklad na Štedrý večer či Silvestra, alebo pre vzácne návštevy."

Neskôr mi to isté potvrdila i Tante Clara, keď som jej ako druhej podrobne ospievala svoj nezabudnuteľný zážitok.

„Naozaj? No ja som ho vlastne jedla prvýkrát v živote, dovtedy som nič o fondue nechyrovala a podľa toho som sa i tvárila, keď predo mňa postavili surové mäso. Ale o to viac ma teší, že ho pripravili kvôli mne. Cítim sa ako nefalšovaný a vzácny Silvester," zavtipkovala som. „A vieš, čo bolo najlepšie? Ja, do víkendu neskutočne hrdá na nadobudnuté vedomosti z nemeckého jazyka, som sa tam medzi domácimi cítila ako v ďalekej cudzine. Na bále sa hovorilo iba nárečím. Však ja som im nič nerozumela!!! Na to ani doobedňajšie hodiny s Tante Clarou nestačia! Preto by ste ho mali i vy občas používať, nech sa naučím aspoň pár základných viet. Inak sa na čisto bavorskom území stratím."

Laura sa zabávala na mojich „sťažnostiach". Pochádzala z Düsseldorfu a ako mi už dávnejšie vysvetlila, v jeho okolí sa hovorí tzv. *Hochdeutsch*, čo značí spisovne. V rodine Philipa som tiež nezachytila náznaky nárečia, ale v ten večer sme si vyplňali spoločný program tým, že otec učil deti na môj podnet niekoľko bavorských zvratov. Tim si takmer jazyk polámal. Víkend sa takto postaral o pokračovanie zábavy aj u nás. A nielen to. „Katja, povedz mi pravdu. Cítiš sa u nás dobre? Nechýba ti nič?" prekvapila ma zrazu Laura nečakanou otázkou. Nadšenie, ktoré mi vyžarovalo z očí, ju podľa všetkého doviedlo k zamysleniu sa nad niektorými vecami.

Bez dlhého rozmýšľania, vlastne takmer okamžite zo mňa vyrazilo: „Aspoň raz do týždňa mäso, prosím!"

„Keď len to. Ihneď zajtra sa porozprávam s Tante Clarou. Odteraz jej smieš sama povedať, čo si želáš. A to sa vzťahuje na kompletný sortiment, len sladkosti nekupujte pred deťmi. Nie je predsa potrebné, aby si sa podriaďovala našim pravidlám v stravovaní."

„Ďakujem, Laura."

Rozhovor musela večer prebrať i s Philipom, pretože hneď na nasledujúci deň, keď sme sa stretli pri raňajkách, zahlásil: „Katja, dnes choď s Tante Clarou do obchodu a ukáž jej, čo si praješ do hrnca alebo na panvicu. A pri tej príležitosti si kúp aj poriadny rezeň!"

Zostala som zaskočená jeho reakciou, keďže do vedenia chodu domácnosti sa inokedy absolútne nestaral. Toto žezlo prenechal svojej manželke. Jemu stačilo, že riadi obchody. Natoľko ma prekvapil, že som sa zmohla iba na krátke: „Áno, pôjdem."

Mala som však pocit, že sa ozval, lebo mu konečne niekto prehovoril z duše. Konečne sa niekto v rodine nahlas vzoprel bezmäsovej politike jeho ženy. On o nej vôbec nebol presvedčený a všetci si i tak verejne pošuškávali, že si počas obedňajších prestávok v zamestnaní nakladá na tanier čisto z protestu samé *antivegetariánske* zložky. Aj Laura to vedela.

Zo začiatku mi Tante Clara pripravovala podľa šéfkinho najnovšieho nariadenia aj stravu navyše. Rezne, fašírky a iné špecialitky, ale zistila som, že to nerobí dobrotu pred deťmi. Samozrejme, že chceli vždy to, čo videli na tanieri u mňa, a tak som neskôr isté (odlišné) potraviny konzumovala radšej potajme, keď už boli Tim s Miou naobedovaní a mimo kuchyne. Ale hra na skrývačku sa mi nie veľmi pozdávala. Trápilo ma svedomie pri pomyslení na mojich zverencov o poschodie vyššie.

„Anka," zavolala som o niekoľko dní do dedinky pri Holzkirchene, „neuveríš mi, ale vďaka vášmu pozvaniu nastali u nás veľké zmeny. Lauru som natoľko ohúrila opisom *fondue* hodovania, že od posledného víkendu u vás mi musí Tante Clara chystať extra jedlo na želanie. Snáď ma teraz zato nepreklíííina," zatiahla som nevinne.

„Moja, aspoň sme odhalili, aká taktika na nich platí. Ak budeš zasa niečo potrebovať, daj vedieť a my ťa pozveme."

„No ale kvôli inému volám. S Alidou sa zberáme cez víkend na diskotéku do Mníchova. Pôjdeš s nami? Môžeš potom u mňa prespať."

„Ak si domáci nenaplánujú žiaden program, tak prečo nie? Pridám sa. Ale predstav si, čo sa stalo...," z jej vzrušeného hlasu som vycítila, že sa mám pripraviť na nejakú nečakanú správu. „Pamätáš si na tú novú Luciinu kolegyňu, o ktorej som ti rozprávala, keď si bola u nás?"

„Áno, spomínam si. A čo je s ňou?"

„Bože, keď si predstavím, že sa to vlastne mohlo prihodiť Lucii, tak ma i teraz striasa. Pôvodne mala ísť totižto ona do roboty, teda na colnicu prebrať firemnú zásielku z Indie. Ale krátko predtým zavolali zo škôlky, že Stephano ochorel, aby si prišla po neho. Tak sa spýtala kolegyne, či by výnimočne balík neprebrala namiesto nej."

„No a?... Vrav ďalej!" nabádala som ju pokračovať, lebo práve v tom najnapínavejšom momente sa predsa len potrebovala nadýchnuť.

„Keď otvorila krabicu a kontrolovala rad za radom obsah, vliezol jej do výstrihu za blúzku akýsi veľký pavúk. Musel byť skrytý niekde vovnútri medzi vecami. Asi sa do nej nakvartíroval ešte v Indii a prežil cestu. Snažila sa ho rýchlo vytriasť von, ale poštípal ju na hrudi."

„Preboha," zvolala som zhrozene. V sekunde som sa rozpomenula na príhodu spred asi troch rokov, keď ma nejaká neškodná slovenská (?) háveď poštípala v spánku na lýtko. Doktor neskôr v nemocnici zahlásil, že to mohol byť i pavúk, hoci jeho tézu s istotou nik nepotvrdil. (Tým pádom sa mohlo tiež jednať o ilegálny import z exotiky alebo individuálny výmenný pobyt, zameraný na štúdium neznámych techník spriadania pavučín v „cudzine", to jest na Slovensku.)

Ja som vzniknutý červený fľak sprvu odignorovala, považujúc ho za obyčajnú alergickú reakciu. Až keď sa ma viacerí známi s otvorenými ústami a hrôzou rozšírenými očami pýtali, ako sa mi podarilo dopracovať ku dvojitej fraktúre, tušila som, že je zle. Bola nedeľa, noha ma nesmierne bolela, no nechcelo sa mi ísť po lieky ďaleko do mesta, do jedinej otvorenej lekárne na Mýtnej v Bratislave. Presvedčila som samu seba, že do pondelka vydržím. V podstate som bojovník, ale organizmus sa rozhodol inak a v pondelok ma už brala sanitka. Lekár v nemocnici pri pohľade na zeleno-červeno-modro-žltú nohu nahnevane skonštatoval: „Modlite sa, nech zaberú antibiotiká. V opačnom prípade vám hrozí otrava krvi a nohu vám budeme nútení odrezať!"

Modlitby našťastie zabrali, takže ťažko skúšaná končatina je dodnes na svojom mieste a získala dokonca naspäť aj pôvodnú farbu, ale spomienky na neskutočne (naozaj neskutočne) príšernú bolesť zostali zakódované v pamäťových bunkách naveky. Odvtedy reagujem na slovné spojenie „alergická reakcia" veľmi citlivo. Hlavne, ak sa vzťahuje k uštipnutiu hmyzom alebo článkonožcami. A dúfam, že v živote neokúsim účinok jedu kobry kráľovskej, medúzy štvorhranky či synanceje bradavičnatej a že sa mi podobne jedovaté tvory budú úspešne vyhýbať. Alebo ja im, ako sa to vezme.

83

„Do pol hodiny vraj zmodrela na celej hrudi," pokračovala Anka. „Okamžite ju brali do nemocnice a už je i po operácii. Na mieste poštipnutia jej vyrezali niekoľko centimetrov odumretého mäsa!"
„A čo teraz?"
„Nik nevie. Našťastie sa im podarilo nájsť toho zabitého pavúka a obratom ho poslali do nejakého inštitútu tropickej medicíny na identifikáciu. A teraz čakáme, čo povedia..."
Pravdupovediac, vedeckí pracovníci toho veľa nepovedali. Druh sa im nepodarilo určiť, ale kolegyni sa, chvalabohu, stav nezhoršil a po piatich dňoch ju prepustili z nemocnice.

Na začiatku týždňa sme sa s Alidou zašli pozrieť na kurz stepu. Hľadali sme hocičo vyhovujúce na pravidelné a spoločné vyplnenie večerného programu. Hala miestneho športového strediska nás obe očarila hneď pri vstupe. Pri zbežnej prehliadke sme objavili aj perfektnú posilňovňu, horolezeckú cvičnú stenu a plaváreň s veľkým bazénom. Učiteľa stepu, sympatického mladého muža, sme chvíľu pozorovali pri tréningu.
„Počuj, Alida, ty mu aj niečo rozumieš?"
„Áno, každé piate slovo, ale výsledná veta po ich spojení mi i tak nedáva žiaden význam," zabávala sa na vlastnom zistení.
„Tak to som rada, pretože sme na tom približne rovnako, čo značí, že v prvom rade potrebujeme zlepšiť našu chabú, tanečnú nemčinu. Inak nikdy nezvládneme správne vyklepkávať do taktu a podľa jeho pokynov."
Nemčinu sme si síce zdokonalili, ale vývoj ďalších udalostí nepripustil nejaký ten pohybový kurz na parkete. Hviezdy si pre nás pripravili iný, vzrušujúcejší program na voľné chvíle.
Neskôr sme sa zviezli ešte do Irish pubu, aby sme zapili náš drobný neúspech. Po prvýkrát som ochutnala *Radler-a*. Pivo miešané pol na pol s citrónovou limonádou. Chutilo prekvapivo dobre. Po chvíľke si k nám prisadli traja Taliani. Nemala som chuť na spoločnosť, a tak som pohotovo zahlásila: „Ja nerozumieť nemecky."
Ukázalo sa, že jeden z nich, Tony, ovláda angličtinu. Síce lámane, ale stačila mu na nenáročný rozhovor s Alidou. Ja som väčšinu času čušala ako voš pod chrastou.
„Ideme dnes na diskotéku do klubu o dve ulice ďalej. Nepridáte sa?" spýtal sa Tony.
Mládenci z juhu ma ničím nezaujali, no predsa nás nejako presvedčili, aby sme zašli aspoň na chvíľu do Sunsetu. (Tak skončí každý/-á, kto sa rozhodne nerozprávať, čím sa dobrovoľne vzdá práva veta... alebo *kto mlčí, ten svedčí.*) Keď sme sa lúčili, vypýtal si Tony telefónne číslo od Alidy.
„Ale samozrejme, zlatko. Máš papier a pero?" zahlásila suverénne veselá kopa vedľa mňa.
Prekvapene som na ňu pozrela, ale naďalej som mlčala. Hľadela som na číslice, ktoré postupne jedna za druhou zapĺňali voľný riadok v notese.

84

Pomaly sa mi začalo vyjasnievať a zároveň mi nebadane pošklbávalo kútikmi úst. Nechcela som ju omylom prezradiť, pretože to číslo si jednoducho vymyslela.

„Tony, ale nezabudni sa zajtra ozvať, áno? Okolo piatej poobede mám voľno a budem čakať pri telefóne. Určite mi zavolaj! Dobre?" prízvukovala so zdvihnutým ukazovákom a natoľko presvedčivo, že som jej takmer sama naletela.

Tony nadšene pritakal. Nikdy viac sme ho nestretli, a tak sme sa nedozvedeli, ku komu sa nakoniec dovolal. (Asi k Heike.) No i napriek tomu sme sa cestou v S-bahne zadúšali smiechom ako mechom praštené. Keď sme sa konečne upokojili, prešla Alida na vážnejšiu tému.

„Katja, ja ti tak závidím Tima s Miou. Ale v dobrom. Ja si hlavne so Susann absolútne nerozumiem, je odporne protivná. Veď ju poznáš. Privádza ma do zúfalstva. Ja vlastne vôbec neviem, ako na ňu. Asi to tu nadobro vzdám a vrátim sa nazad domov."

„Preboha, neblázni!" zareagovala som zmätene.

Alex (11.)

Ukázalo sa, že Alida má problémy i s mamou dievčat. Našťastie sa nejednalo o žiadne vážnejšie nezhody, iba jej jednoducho povahovo nesedela. Nie je to ľahké, žiť odrazu s niekym úplne neznámym, navyše pod *jeho* strechou, nepoznať jazyk, kultúru, zvyklosti, stravovacie návyky. Byť na niekom šesť až dvanásť mesiacov absolútne závislý a nemôcť sa večer vyplakať na ramene mamy, otca či inej blízkej duše. Tu je potrebná riadna dávka pochopenia a tolerancie z oboch strán. Nie vždy sa to však podarí. Nie vždy sa navzájom nájdu tie správne dvojice.

Dnes, keď s odstupom času spomínam na jednotlivé ženské postavy z prvého roku v cudzine, priznávam, že Alidinu domácu by som s pokojným svedomím označila za tú najvýraznejšiu osobu, akú som spoznala medzi miestnymi. Nielen výzorom, ale i povahovo. Neviem, ako u nich fungovala domácnosť a aká v nej vládla atmosféra, keď som tam práve nebola ja, ale v mojej prítomnosti sa správala vrcholne korektne a priateľsky. No i napriek tomu som sa nezbavila pocitu, že je ovládaná skôr rozumom, než srdcom. Chýbala jej akákoľvek spontánnosť. Našťastie sa vydala za muža, ktorý bol v otázke srdca a rozumu jej vhodným doplnkom. Obidve, teda ja aj Alida, sme ho zbožňovali. Bol to nielen pohľadný, ale i príjemný, dobrosrdečný a vtipný chlap. V jeho spoločnosti sme sa ustavične smiali. Pracoval na vedúcej pozícii v jednej z mníchovských bánk, trénoval s nadšením volejbal a napísal o tomto športe i humoristickú knihu. Dodnes ju mám aj s jeho venovaním odloženú na pamiatku.

Raz k nám Alida prišla na návštevu a s úžasom pozerala, ako sa práve zabávame s deťmi. Dovolila som im vyniesť všetky plyšové hračky a vankúše z izieb a zhadzovať ich z posledného poschodia na prízemie. „Tebe neprekáža, čo robia?" spýtala sa ma prekvapene.

„A prečo by mi to prekážalo? O zábavu je postarané, nič tu nie je, čo by zničili, stanovili sme si pravidlá a obaja sa už naučili, že ich pri mne musia dodržať. Sú mi po celú dobu na očiach a na začiatku mi sľúbili, že v dohodnutom čase všetko zasa poukladáme na pôvodné miesto. Keď dodržím slovo ja, dodržia ho i oni. Už to máme výborne nacvičené a niekoľkokrát odskúšané. No veď uznaj, nedopriať im trochu radosti?"

A tak to aj u nás vždy perfektne fungovalo. S pevnými mantinelmi pri každej hre a akcii.

„Nuž, klobúk dolu... Vieš, mňa už vlastne nič nebaví. Najlepšie urobím, ak to tu zabalím!"

„Nevymýšľaj znovu!" zvolala som pobúrene.

Za ten čas, čo sme sa pravidelne stretávali, mi natoľko prirástla k srdcu, že som si jej predčasný odchod vôbec nedokázala a vlastne ani nechcela predstaviť. „Alida, pozri, tvoja malá je naozaj potvora," musela som i ja pravdivo priznať, pričom som si spomenula na pár príhod s ňou, ale hlavne na tú, keď sa snažila nahovoriť Tima s Miou na spoločnej prechádzke lesom, aby nám utiekli. Z jej tváre až príliš často vyžaroval vzdor a škodoradosť a pri každej príležitosti sa snažila robiť Alide napriek. Bilo to do očí i mne.

„Nejako s ňou už len vydržíš," pokračovala som ďalej. „Veď jej sestra Olívia je zlatučké dieťa. Tú predsa zbožňuješ. A že ti nesedí domáca? Nuž i ja si lepšie rozumiem s Laurou. Máme to na výmenu. Ja som si s Philipom ešte nikdy tak výborne nepokecala, ako ty s tvojim domácim! Ak teraz zdupkáš, sem sa znovu ako au-pair vrátiť nemôžeš. Nezabúdaj, vízum sa udeľuje iba raz!"

„Och, Honey... Mne chýba priateľ, rodina, kamošky. Ty chodievaš na dovolenku domov aspoň každé tri mesiace, no ja tu budem trčať celý rok... a pozri na mňa, ako som pribrala. Však to nie som ja, kto na mňa hľadí zo zrkadla!!! A to mi ani tunajšia strava nechutí… Navyše je tu príšerná zima! U nás je práve leto, samé party… Ja chcem ísť naspäääääť."

Nejednalo sa iba o chvíľkovú záležitosť. Jej pocit nespokojnosti sa každým týždňom prehlboval a ja som sa stále viac obávala, že ju v najbližšom období pôjdem odprevadiť ku lietadlu smer JAR.

Alida sa okrem iného sťažovala na svoj hmlistý plán služieb. U nich vlastne žiadny neexistoval. Jej domáca pravdepodobne dávno zabudla, čo presne stálo uvedené v zmluve. No Alida spoznala náš systém s presným rozpisom a poctivé dodržiavanie dohodnutých pravidiel. Asi aj preto narastala jej nespokojnosť.

„Ale chybu robíš i ty. Porozprávaj sa s ňou otvorene. Ako má niečo zmeniť, keď jej ani len slovkom nenaznačíš, čo sa ti nepáči? To by ti ani vlastná mater nerozumela, ak zaťato mlčíš. Navyše si ich prvá au-pair, tiež si zvykajú na novú situáciu. Niečo podobné som zažívala u Filiz. Takisto som hútala, čo odo mňa očakávajú a čo nie. Čo smiem robiť a čoho sa radšej strániť. Ak ťa znervózňuje množstvo odpracovaných hodín, tak si ich presne zapisuj a keď prekročíš hodnotu tridsať, choď do svojej izby a do nasledujúceho pondelka sa im úspešne vyhýbaj a ničoho sa nechytaj. Veď keď ti nikdy priamo nepovie, čo treba vykonať, tak zaujmi vyčkávaciu taktiku a nerob nič. Vyrieš to jednoducho týmto spôsobom za ňu! Snáď sa potom dohodnete na nejakých pevných hraniciach."

„Tebe sa to ľahko vraví! Lenže ona mi za posledný mesiac dala iba 375 mariek a tých 25 mi vraj stiahla za električenku."

„Prečo sa nespýtaš priamo v agentúre, či je to v poriadku? U mňa v papieroch stála mesačná výplata 400 a električenka ku tomu."

Pri najbližšej návšteve u nich doma som ihneď vyzvedala, či niečo podnikla na vyjasnenie pracovného pomeru v rodine. Alida ešte stále nenabrala odvahu na rozhovor, ale aspoň ma prekvapila niečím iným.

„Katja... ja som niekoho spoznala," vyrukovala s novinkou, len čo sa za nami zatvorili dvere do suterénu.

„Ako spoznala?" prekvapene som zareagovala.

„Volá sa Alex. Prihovoril sa mi v U-bahne a v podstate vôbec nie je môj typ. Je až príliš chudý, ale bol milý a na zajtra sme si dohodli stretnutie."

„A čo Jusuf?" spýtala som sa zmätene. Deň totižto neskončil bez toho, aby Alida aspoň raz neospevovala svojho priateľa z Juhoafrickej republiky a nesmútila nad skutočnosťou, ako veľmi jej chýba.

„Ach, Honey, v poslednom čase si nejako nerozumieme. Iba sa hádame po telefóne."

Hmm, odlúčenie na diaľku cez dva kontinenty a v ich veku vzťahom nie veľmi prospieva, keď všade na svete rastie toľko hriešnych jabloní a trhanie ich šťavnatých plodov nám bolo dané do vienka... a kto neodtrhne jablko, riskuje vari, že mu ho vyfúkne Adamov (prapra)[15]vnuk?

Rozhodnutie je na každom z nás, ktorému pokušeniu neodoláme a ktoré radšej ponecháme zemskej príťažlivosti...

Priznávam, bola som mimoriadne zvedavá, čo zaujímavého prinesie nečakané zauzlenie deja v jej celkovom rozpoložení.

Na dohovorenú diskotéku sme sa vybrali o niekoľko dní spoločne s Ankou. Zaviedli sme ju do Sunsetu – baru, ktorý sme spoznali vďaka Tonymu a jeho priateľom. U-bahnom sme sa odviezli na Münchner Freiheit a kúsok od východu z metra sme zastali pred dverami vysvieteného podniku. Svalovci, stojaci pred vchodom, nám ich ako na povel otvorili a my sme pomaly zostúpili po schodoch do suterénu. Prostredie ju na prvý pohľad príjemne prekvapilo.

„To tu ste sa zabávali minule? Paráda. Aj hudba sa dá počúvať."

„Myslela som si, že sa ti v Sunsete bude páčiť. Naposledy sme sa síce dlho nezdržali, ale tiež sa mi tunajšie priestory pozdávali. Dnes si snáď interiér dôkladnejšie a v pokoji prehliadnem. Dúfam, že si aj poriadne zakrepčíme!" Miestnosť bola terasovite upravená. Na jednotlivých plošinkách stáli pohodlné kreslá so stolíkmi. V porovnaní s inými podnikmi rovnakého typu ma – ako sa zvykne vravieť – niečím oslovila. Stred tvorila neveľká tanečná plocha a všade navôkol viseli do taktu blikajúce dekorácie, aby vizuálne sprevádzali typickú diskotékovú muziku. V tomto lokáli sa schádzali predovšetkým cudzinci. A práve tu sa o niekoľko týždňov začal odvíjať príbeh, ktorý mi neskôr riadne skomplikoval život. Dá sa povedať, že ho katapultoval na koľaj skutočných dobrodruhov.

„Aj minule ste tu zažili také ľudoprázdno?" zaujímalo Anku.

„Kdeže, neboj. Je pravda, že to momentálne vyzerá na čisto dievčenskú party, ale vydrž takú dobrú polhodinku, maximálne hodinu a pomer pohlaví sa isto vyrovná. Nateraz je dobré, že si z toľkých voľných miest na sedenie vyberieme to najlepšie pre nás."

Nežné pohlavie, čo do počtu, ešte stále vyhrávalo na body, ale nepriaznivý výsledok nás neodradil od rozhodnutia ísť tancovať.

„Kati, aha," oslovila ma zrazu Anka a hlavou mi naznačila, aby som sa pozrela k nášmu stolu. Priplichtil sa k nemu postarší chlap a pohodlne sa usalašil v kresle. V ruke zvieral pohár s nejakým nápojom a z času na čas si z neho uchlipol.

„No to snáď nie! Veď vidí, že tam je už obsadené. Keby stál aspoň zato. Iba nám odplaší nápadníkov. Musíme sledovať, čo bude robiť!"

Chvíľu sme ho pozorovali, či sa nám nesnaží spolu s niekým vyfúknuť pľac. Keď pesničky stíchli, pobrali sme sa ku nemu. Naďalej zotrvával pri stole úplne sám. Takže si asi hľadal vhodnú spoločnosť.

„Ahoj, máte tu voľné?" informoval sa dodatočne.

Iniciatívu prebrala (ako inak) Alida. Snáď aj preto, že ako jediná z nás už prakticky od kolísky prichádzala do styku s príslušníkmi mnohých národov. V jej multi-kulti krajine nebolo nič neobvyklé, keď na jednej ulici žilo vedľa seba dvadsať rôznych národností. Ja a Anka sme si na čosi podobné iba zvykali.

„Čo pijete, dievčatá? Môžem vám niečo objednať?"

My, devy slovenské, sme sa okúňali, netúžili sme s ním rozvíjať hlbší dialóg, ani upevňovať medzinárodné vzťahy. Mne osobne ten chlapík vôbec nesedel, ale naša spontánna Afričanka prostoreko zahlásila: „A ty to zaplatíš?"

Alide sa vďaka úspešnej ofenzíve ušlo červeného vína, my sme sa uspokojili s colou. A nevítaný hosť sa neskôr pravdepodobne zlostil, že trojitá investícia vyšla nakoniec úplne nazmar.

„Katja, ja som s Alexom strávila včerajšiu noc," priznala sa mi Alida pár dní po diskotéke a bolo vidno, že sa jej uľavilo. Potrebovala zo seba dostať tajomstvo a z nestranných osôb si za spovedníka zvolila práve mňa. „Dúfam, že si teraz o mne nemyslíš nič zlé... Jednoducho sa to stalo." „Honey, si už dospelá a rozhoduješ iba sama za seba, čo s kým, kedy a ako... A navyše, ja ho predsa vôbec nepoznám, takže čo k tomu teraz dodať?" na chvíľu som zmĺkla. „A znamená to, že s Jusufom je koniec?" „Asi áno... Ja vlastne neviem...," hlboko si vzdychla a pokračovala, „po tom, čo sa to stalo, ako tam zrazu Alex behal predo mnou nahý po byte a ani mu to neprekážalo... zato mne áno... ach, dočerta!" Rozprávala prerušovane, ochkajúc hľadala vhodné slová. „Bože, ja neviem, my sa tak u nás nechováme. Nedokážem ti to presne vysvetliť, ale ja som sa zrazu pred ním príšerne hanbila... Ach, asi som spravila chybu... On nie je zlý, istým spôsobom ho mám rada, ale na vzťah to jednoducho nestačí. Prečo som len včera k nemu musela ísť? Tak mi treba. Som hlúpa hus... Dofrasa!"

Z jej rozpoloženia som vycítila, ako ju príhoda s Alexom trápi. Znamenala premenu dievčaťa na ženu, prebudenie z ružových snov o princoch na bielych koňoch do sveta dospelákov, kde pre princov nieto miesta.

Krátko nato s ním úplne prerušila kontakt, takže som ho vlastne nikdy nespoznala, ale bola som mu napriek tomu nesmierne vďačná, pretože od spoločne stráveného večera už Alida nikdy nespomenula predčasný návrat domov a zmierila sa s ročným pobytom ďaleko od rodiny a priateľov. Zároveň sa rozišla s Jusufom.

Multi-kulti alebo vrana k vrane sadá...

Našinec to nemal ľahké v ďalekom svete, keď ho po štyridsiatich rokoch izolácie v hermeticky uzavretom spoločenstve nečakane vypustili z klietky. O multikultúrnej výchove v tých časoch a v našich končinách nik nechyroval a nedokážem sa zbaviť pocitu, že sa to nezmenilo k lepšiemu ani dnes. Aspoň ja som neobjavila žiadne lastovičky na Slovensku, ktoré by mi čo i len náznakovo pripomenuli niekdajšie semináre z mníchovskej univerzity na tému *Multikultúrna komunikácia*. A ak sa predsa len nejaké vyskytujú vo vzdušnom priestore SR, tak sú dosť neúspešné v šírení svojho posolstva.

Aj preto sme po revolúcii vylietali do sveta bez akejkoľvek predprípravy. Hnala nás túžba spoznať nepoznané, dobyť nedobyté, zažiť dobrodružstvo, ale nik nás nepripravil na odlišnosti akéhokoľvek druhu či nástrahy, číhajúce na greenhornov. Oficiálne sa stavu po ich odhalení vraví *kultúrny šok*. Predošlá úvaha sa netýka dvoch predplatených, dovolenkových týždňov na jadranskej pláži so zásobou konzerv a polievok v prášku, ani troch či štyroch v Karibiku v uzavretom a dobre stráženom hotelovom komplexe s *all inclusive* navrch (hoci šok môžu čiastočne zažiť i výletníci, len ten dovolenkový nie je natoľko intenzívny a rýchlo vyprchá z pamäti), ale dlhodobého pobytu kdekoľvek v zahraničí, kde jedlo chutí ináč a lekvárové buchty, bryndzáky či klobásu miestni ani za extra bakšiš neponúknu, kde doprava jazdí akosi pomýlene alebo vôbec nie, kde je pojem času relatívny, lebo minúty plynú inak a takmer všetko sa z princípu odkladá na *zajtra*. Kde človek zistí, že i na tamojšiu faunu a flóru si treba dávať pozor, lebo je voči neskúseným zelenáčom jedovato naladená, kde neznáme koreniny v jedle rozleptávajú žalúdok a počas rozhovoru je lepšie nerozhadzovať rukami, bo i známe gestá majú zrazu úplne iný význam. Kde ste ako cudzinec náhle priamo konfrontovaný s neznámymi, inak zmýšľajúcimi bytosťami. Ak sa ku konfrontácii navyše pridajú zlé skúsenosti s *domorodcami*, nemáte pocit, že ste boli hodený do vody, v ktorej je nutné okamžite zaberať končatinami. Skôr sa vám zdá, že vás niekto schválne vopchal do mlynčeka na mäso... a rúk či nôh zrazu nieto.

Mimochodom, Slovák na dovolenke v zahraničí – to je kapitola sama osebe. Ale nie o nej som chcela...

Ktorási múdra osoba raz povedala: *Nevidíme veci také, aké v skutočnosti sú, vidíme ich také, akí sme my sami. Lenže neexistuje iba jedna pravda, jedna perspektíva...* Ak ste sa rozhodli ísť na skusy do sveta, nik vás nenúti prispôsobiť sa miestnym zvykom, ale život si o dosť spríjemníte, ak sa naučíte akceptovať iný spôsob bytia a zmýšľania. Akceptovať bez zbytočných pripomienok. A práve toto býva u mnohých Slovákov veľkým problémom.

Čo sa spoznávania cudzích kultúr týka, príroda ma vybavila tolerantnosťou a zdravou zvedavosťou. A tak som ju v neznámom prostredí okamžite zaktivovala. Na začiatku jej však chýbala správna kalibrácia. I preto som šírila mnohé novonadobudnuté poznatky do (slovenského) sveta spontánne a v *neobrúsenej* forme. Bez pochopenia akýchkoľvek súvislostí. Na ospravedlnenie použijem známu formulku, že *nik učený z neba nespadol... a keď spadol, tak sa zabil.* Ak by som sa podľa pôvodného plánu po roku vrátila domov, nikdy by som sa nenaučila vidieť svet očami, akými ho vidím dnes. Dokonca ani po piatich rokoch. Pretože som si ich užívala po svojom, obklopená rovnako zmýšľajúcimi jedincami a ani vo sne by nám v tých časoch nenapadlo, dôkladne sa zaoberať študovaním cudzích kultúr. Veď nás v mladosti ku tomu ani nik kompetentný systematicky neviedol a ja som si chybne myslela, že k spoznávaniu dochádza i tak akosi automaticky. Každý z nás je občas trochu naivný. Navyše ma zamestnávali ešte celkom iné problémy, z ktorých plynuli aj iné záujmy.

Je tisíc spôsobov, ako sa môžete znenazdajky ocitnúť v zahraničí. Rozdiel však určuje skutočnosť, či niekam mierite pracovne alebo na vlastnú päsť. Či ovládate jazyk na dostatočnej úrovni alebo sa spoliehate na ruky, nohy a svoj neodolateľný úsmev. Či máte zabezpečené ubytovanie a zamestnanie alebo vlastníte kvalitný spacák a stan a spoliehate sa na sezónne výpomoci na vidieku. Či oplývate na začiatok nejakými extra finančnými prostriedkami na nepredvídateľné katastrofy alebo vás trápia vreckové suchoty. Záleží i na tom, s kým sa dáte po príchode dokopy. S niekym, kto vyžaruje optimizmus a dodáva svojmu okoliu, teda i vám, pozitívnu energiu a zásobuje vás dobrými radami alebo naopak s tým, čo vidí všetko čierne. Či dovolíte, aby vás prípadné nepriaznivé okolnosti ťahali ku dnu alebo sa s nimi popasujete. A ako silno vás zmáha túžba po domove, rodine a priateľoch. Toto sú iba niektoré body z dlhej listiny neznámych a konečnú odpoveď na ne nezískate nikde inde, iba priamo na mieste. Veď i ja som mierila do Nemecka s predstavou, že na rok mám zabezpečené ubytovanie, stravu a vreckové. A v priebehu necelých dvoch dní sa zo mňa stal *takmer* bezdomovec. Navyše bez znalosti reči, s prázdnymi vreckami a jedným neznámym známym v zálohe...

Akonáhle sa teda ocitnete v zahraničí, automaticky vás na začiatku ťahá k jedincom s podobným osudom alebo rovnakou národnosťou. A spolu s nimi začnete porovnávať odlišnosti v novom prostredí. Častokrát to býva poučné a zábavné zároveň a nad vodou vás drží rovnaký osud. Prvé dojmy sa však nemusia bezpodmienečne zhodovať s tými nasledujúcimi, neskoršími. Čím dlhšie sa zdržujete mimo domova, tým viac času získavate na pochopenie zvykov iných národov. Samozrejme, iba za predpokladu, že máte snahu a možnosti spoznať ich. Najlepšie je, ak sa aktívne zapojíte do diania okolo seba, aby ste sa stali časťou spoločnosti, kam vás osud zavial. Nie vždy je to ľahké a nie každému sa to podarí. Ak sa však tvrdohlavo zdržujete na okraji, riskujete doživotnú zatrpknutosť. Ani mňa nik nenúti súhlasiť so všetkým naokolo, ale už dávno som zistila, ako si mnohé uľahčím a nadobudnuté znalosti sa snažím využiť vo svoj prospech. A aj ja som podstatnú časť názorov rokmi prehodnotila, zmenila, poopravila.

Naozaj prvé, čo mi v Spolkovej republike bilo do očí, bola veľkosť mačiek. (Keďže som neovládala jazyk, sústredila som sa na pozorovanie okolia a to sa prvé dni nachádzalo na vidieku.) Germánsky pradúce exempláre levími rozmermi o dosť presahovali svoje chudobné slovenské príbuzné. (Na druhej strane i Nemci boli a sú oproti Slovákom v priemere aspoň o pol hlavy vyšší, vychádzajúc z výsledkov vlastnej, súkromnej štatistiky.) Druhá novota, ktorá ma dosť zarážala a vlastne i stále zaráža, je reakcia prevažnej väčšiny na arómu z varenia. Rada spomínam na časy, keď mama niečo kuchtila na nedeľňajší obed. S bratom sme jej s radosťou asistovali, alebo sa len tak prizerali a suseda z bytu nad nami zakaždým s pokrčeným nosom a uznaním skonštatovala: „Hmm, u vás to dnes zasa fantasticky rozvoniavalo...“
V Dojčlande vety s rovnakou tematikou často zneli a znejú úplne inak, priam zarážajúco. „Pch, čo tu zasa *smrdí*? Rýchlo otvorte okná dokorán!“
Vtedy mám chuť z plného hrdla zakričať: „Hlad na vás, nevďačníci! Je toľko miest na zemeguli, ktoré by vás *snáď* naučili inak rozprávať a vážiť si plný hrniec, kedykoľvek sa vám zažiada!!!“

91

Keď porovnávam varenie /stravovanie/stolovanie s inými národmi, tak pre mňa osobne sú gurmánskymi majstrami *par excellence* Francúzi a Taliani. Aj Nemci sú sčasti expertami. Ale v inej kategórii. Oni radšej počítajú kalórie a iné neznáme. Prvá skupina sa nechá viesť srdcom a chuťovými pohárikmi, druhá hlavou (so zabudovanou kalkulačkou). Prví sú uvoľnení, vychutnávajú si život a dary na tanieri, druhých večne trápi zlé svedomie z akýchsi nezdravých zložiek, závratných percent škodlivého tuku a kilečka naviac. (Záver vety sa netýka kvality dnešných potravín, ktoré sú – len čo uzrú svetlo sveta - hnojené svinstvami či dopované antibiotikami a é-čkami, cestujú po zemeguli krížom krážom a na svoje konto nazbierajú viac kilometrov než sťahovavé vtáky za celý svoj život, kým sa dostanú do konečného cieľa ku spotrebiteľom a nik presne nezistí, koľko týždňov sú už po záruke, lebo sprievodný *papier znesie všetko* a é-tovar, *našťastie*, mlčí.) Najviac však domácich iritovala a irituje cesnaková vôňa. Preložené do ich reči: *zápach*. Samozrejme, že sa to netýka mňa, Turkov, Grékov a ďalších iných národností, žijúcich v ich krajine, ktoré sú s cesnakom zadobre. (Reakciu na cesnak by som im ale dokázala odpustiť.)

V živote by som neuverila, čo dokáže narobiť s ľudskou bytosťou taká obyčajná zmena stravovania, keby som to nezažila viackrát a v rôznych regiónoch sveta na vlastnej koži. Z krajín, ktoré som doteraz navštívila, som ju najviac pocítila v Číne a na Novom Zélande. A hoci je Nemecko iba *za rohom*, po pár týždňoch ma ubíjala predstava, jesť celý nasledujúci rok každý boží deň na večeru polievku a po nej chlieb s nátierkami a prílohami dľa vlastného výberu. Tak to aspoň fungovalo v rodine u Laury. Alternatíva *nejesť nič* nebola pre mňa dostatočne náhradnou alternatívou. Na večeru som mala právo. Pokiaľ mladý organizmus nenasýti obed (a mňa teda nenasýtil), tak je to naozaj trápenie, hraničiace s týraním blížneho, podriadiť ho na takú dlhú dobu cudzím návykom v stravovaní. Ja som vlastne i na Slovensku polievkam príliš neholdovala. Mala som pár obľúbených, ale ku šťastiu mi nechýbali. Dnes ich naopak jedávam veľmi rada a pre zmenu nemusím zasa toľko mäsa. Doma sme zvykli chrumkať len tak surovú zeleninu, ovocie – u Laury sa zelenina na stôl dostala iba ako šalát. Ale s inými, mne neznámymi zálievkami. Aj na ne som si musela najprv zvyknúť. Keď mi prvýkrát naservírovali zemiakové placky s jablkovým pretlakom, neverila som, že to myslia vážne. Dodnes som tejto kombinácii neprišla na chuť... Nemecké koláče mi pripadali príliš fádne, im sa naopak slovenské zdajú dosť presladené. O čosi neskôr som ochutnala turecké a mala nepríjemný pocit, že hryziem do zvláštnej kocky cukru ... a zrazu som pochopila i tých Nemcov. Všetko je relatívne a závisí od nášho prvotného nastavenia. Postrádala som i praobyčajné rožky či makové dobroty. Doma som ich tiež nekonzumovala v prehnanom množstve, ale keď sa zo dňa na deň úplne vytratili z obzoru, začali mi chýbať. Mne prekážalo dokonca i to, že žiadna z uhoriek zrazu nebola horká a medzi paprikami som neobjavila jedinú štipľavú.

Úprimne povedané, za *almužnu*, ktorú au-pair dostávajú v rodine (a je jedno, kde sa ocitli, či v dobrej a či v zlej famílii), by sa ich patrilo aspoň poriadne nakŕmiť. Poriadne značí – hneď na začiatku s nimi prediskutovať jedálny lístok, porovnať odlišnosti a dohodnúť sa na kompromisoch.

Väčšina turistov, ktorí zavítajú do krajiny *básnikov a filozofov*, si pochvaľujú čistotu v krajine. Ja som si už kedysi vytvorila dva rôzne názory na fenomén, popísaný nižšie. Na úplnom začiatku som neznámy úkaz vnímala tak, že v krajine je dostatok peňazí, a tak nie je problém zaplatiť lacné pracovné sily, ktoré upracú bordel naokolo. Dovtedy mi bolo cudzie zmýšľanie: *čo mi z ruky vypadne, to ma netrápi*. U nás kontroloval podobné jednanie kolektív. Ukŕkal jednotlivca, ak vypustil na zem čo i len smietku. Najväčší šok som zažila po prvej návšteve kina. V tých časoch sa v našich končinách pred predstavením ešte nepredávali popcorny, tyčinky, nanuky, cukríky, čokoládky či sladké malinovky. Privítala som ich ako milé, inovatívne spestrenie. Lenže keď sa po skončení filmu rozsvietili svetlá v sále, skoro mi oči vypadli! Ja som ju nespoznala. Hľadela som na smetisko z obalov, roztrúsených, rozdupaných popcornov a prázdnych pohárov a v šoku nahlas vyjachtala: „To sa mi snáď iba sníva. Týchto tu celý svet označuje za čistotný národ??? Hanba im!!!" A presne tak to bolo i na uliciach. Čo sa v Mníchove nazbieralo za deň, by kedysi Bratislava zvládla možno za pol roka. Aj tu sme sa po otvorení hraníc nechali inšpirovať nesprávnymi príkladmi. Kolektívne zmýšľanie vymrelo, vystriedali ho ľahostajnosť a s ňou odpadky na zemi. A nielen na nej.

Kdesi z diaľky už počujem hlasy rozčúlených odporcov, ktorí krútia hlavou a zdvihnutým prstom sa snažia pripomenúť zanedbané, ošarpané domy z čias socializmu. Lenže si neuvedomujú, že tiež asi nikdy v živote nevenujú zo svojho vrecka a vlastných úspor nič na rozsiahle opravy fasád viacerých domov na niektorom z hlavných námestí. O podobné veci sa stará štát, mesto, rôzne príspevkové organizácie a občas i sponzori so zbytočnými miliónmi na konte. V ideálnom prípade. Socializmus sa prezentoval presne naopak. Macošsky sa choval ku svojim pamiatkam, čo sa odzrkadlilo na ich neslávnom vzhľade. Nebolo ani príliš z čoho čerpať peniaze. Napriek tomu sa kedysi každý priemerný odchovanec systému naučil, k čomu je dobrý odpadkový kôš na ulici. Pochopil, že odhodeným papierikom nenarastú nohy, aby sa samé ku nemu premiestnili. Asi to bolo dané i tým, že sa ku nám ani veľmi nehrnuli cudzinci z ekonomicky slabších krajín, ktorí by nám (ne-) dobrovoľne behali za zadkami s portvišom.

Trvalo mi chvíľu, než som pochopila, ako silno sa kapitalizmus spája so slovíčkom *jednotlivec* a socializmus so slovíčkom *kolektív*. Najintenzívnejšie som to pocítila na odovzdávaní diplomov jednej nadstavbovej školy s celoeurópskou, ak nie dokonca celosvetovou pôsobnosťou. Zhodou okolností ju úspešne ukončila i moja švagriná a diplomy sa absolventom odovzdávali toho roku na Slovensku. A ďalšou

93

zhodou okolností vedenie vybralo práve ju na slávnostný, záverečný príhovor za zahraničných študentov. Akýsi mládenec s dievčinou ho predniesli ako prví za slovenskú skupinu. Z ich prejavu som cítila súdržnosť, dozvedela som sa mnohé zaujímavosti z ich štúdia. Nielen o nich dvoch, ale o celom ročníku. Na chvíľu ma vtiahli do svojich spomienok. Vymenovali zážitky z lavíc, ale i úsmevné príbehy mimo nich. Hrial ma príjemný pocit na duši. Potom prišla na rad moja švagriná. A ja som nadobudla zrazu pocit, že bola v ročníku úplne, ale úplne sama... príjemný pocit vystriedal smútok. Jej príspevku nepopierateľne chýbalo predošlé čaro. Aspoň tak som to vnímala ja, lebo som mala možnosť odskúšať si oba systémy.

Ďalšia skutočnosť, ktorá ma ubíjala, bol pohľad na miestne záhrady. Hoci som sama mestské dieťa, mala som to šťastie, že som častokrát trávila voľný čas na slovenskom či maďarskom vidieku. A kým iných nadchýnali krásne upravené trávniky na nemeckých pozemkoch, ja som nezdieľala podobne nadšené reakcie. Ničila ma nudná, na zeleno podchytená *sterilita* navôkol. Pýtala som sa, *načo im je krásne pristrihnutá tuja, keď chuťovo nerozoznajú paradajku od čerešne?* Chýbala mi pestrosť, farebnosť, rozmanitosť, divokosť. Vôňa kvetov, božská chuť zrelých plodov, bzukot spokojných včiel a iného, otravného hmyzu. Obávala som sa, že všetko divoko žijúce vyhubili. Postrádala som spätosť s prírodou. Chýbali mi lastovičky, podľa letu ktorých sme v detstve vždy tipovali, aké bude počasie, nechápala som, že deti nedokážu z púpav upliesť vence a mešťanom robí problém pomenovať stromy, kvety, zvieratá.

Niekedy mi tá sterilná čistota liezla na nervy. Pre mňa predstavuje život i skutočnosť, keď sú v úzkych uličkách v centre mesta natiahnuté medzi oproti stojacimi domami šnúry a na nich visia čerstvo opraté háby. Zbožňujem mestské kulisy (talianske či chorvátske), ktorými sa šíri prenikavá aróma pracieho prášku. Stretla som dosť Nemcov, ktorých neskutočne rozčuľoval aj obyčajný vešiak na prádlo s jednou osamelou ponožkou na krytom balkóne.

Na uliciach som si musela rýchlo zvyknúť na cyklistické chodníky, ktoré sme kedysi poznali iba ak z časopisov, a prispôsobiť sa šarkanom na nich premávajúcich, lebo kým sa vodiči motorových vozidiel správali a správajú vcelku slušne, zaraďujem mnohých cyklistov (presne ako fajčiarov) k bezohľadným tvorom. A tých spoznáte už z diaľky. Väčšinou sú nahodení v najnovších módnych kolekciách dresov zo vzdušných, funkčných materiálov a snažia sa prekročiť rýchlosť svetla. A chráň ťa Boh, ak sa im omylom postavíš do cesty!!!

Zaujímavosťou pre mňa bolo i zistenie, že nemecký národ sa bez reptania dokáže podriadiť *červenému panáčikovi* na semafóri, aj keby semafór stál na mieste, kde auto prejde iba raz za rok. Keby sa semafór zasekol na červenej farbe, asi by museli pri ňom založiť cintorín. Bo polovica z čakajúcich by sa nepohla ďalej. Teda tak som si ich vyčkávanie vysvetľovala ja.

Ale uvoľniť miesto staršiemu v električke, či pomôcť mladej mamičke s kočiarom na schodoch ...hmm, kde sú, prosím, značky s návodom, čo robiť? nie sú? ehm, tak idem ďalej! ... kým u nás *kedysi* vy-/priskočilo automaticky na pomoc z desiatich aspoň deväť neznámych prítomných, v Mníchove dvaja-traja. Menšie mestá skončili v celkovom hodnotení lepšie než bavorská metropola, ale ešte vždy horšie než Slovensko. Na druhej strane, pokiaľ ma niekto spoznal bližšie, bol mi vždy ochotný nezištne pomôcť. Len to *bližšie spoznať* nie je až tak ľahké v Nemecku.

Tým, že som nezískala au-pairské víza, bolo pre mňa výhodou bývať priamo v rodine doktorky. Poistila som sa síce na Slovensku, ale v prípade ochorenia som nemohla len tak precestovať stovky kilometrov sem a tam, a tak stačila krátka obhliadka u Laury, ani nos som z domu nevystrčila a potrebné tabletky či homeopatické globuly som mala okamžite k dispozícii. Choroba, pri ktorej je naozaj potrebná rada odborníka, ma našťastie postihla iba jeden či dvakrát.

Na oplátku som i ja raz liečila Lauru. Vtedy dosť prechladla, trápila ju horúčka, preto som jej naordinovala niečo z kuchyne našich babičiek – riadnu dávku horúceho, citrónového čaju s následným skokom do postele, paplónom až po uši a heslom: *aspoň dvakrát poctivo vypotiť!*

„A to pomôže?" neveriacky si ma premeriavala.

„U nás to najprv kurírujeme tak a až keď potenie nezaberie, cpeme do seba chémiu," tvárila som sa presvedčivo. Zarážala ma bohatá výbava umelých vitamínov v miestnych domácich lekárničkách a ich pravidelný príjem snáď za každým jedlom na doplnenie céčok, béčok, posilnenie imunity, rastu vlasov a podobne. Aj Philip sa nimi každé ráno nadžgával. Asi nám v tých časoch ešte chýbal porovnateľný a dostupný výber tabletiek vo fantastických farebných odtieňoch, veľkostiach a tvaroch a každú prkotinu. Spoliehali sme sa na múdrosť predkov, ktorá nevykazovala žiadne vedľajšie účinky. Vystačili sme si bylinkovými čajíkmi, medíkom a preventívne sme si radšej pochutnávali na cibuľových či cesnakových chleboch. (Každý štvrtý Nemec by radšej umrel, než by mal do neho zahryznúť.) Zdá sa však, že dnes sme západnú Európu úspešne dobehli v každej hlúposti. Zdravý rozum je dávno na ústupe. Vytlačili ho nadnárodné farmaceutické spoločnosti.

Nepríjemný pocit, že tunajší doktori už zabudli na klasické liečenie bez pomoci zložitých prístrojov, ma sprevádzal dosť dlho. Naša bývalá obvoďáčka z Bratislavy na mňa iba pozrela, trochu ma poklepkala, popočúvala, nazrela do hrdla a vzápätí ma informovala, čo mi je a čo na to zaberá. Keby v Mníchove vypadol elektrický prúd, tak by sa asi nejeden lekár riadne zapotil, pretože jeho zázračný stroj s diagnózou vytlačenou na papieri by tým pádom nefungoval a on by v rýchlosti tápal v tme (a to hneď dvojmo), čo a ako ďalej... No, trochu teraz asi preháňam, ale približne tak by som zhrnula výsledky svojho nezávislého pozorovania na konci dvadsiateho storočia. Na druhej strane je tiež pravda, že ma dovtedy nikdy netrápila vážnejšia choroba, takže môj skreslený názor o bielych plášťoch z detských čias naozaj nemusí byť smerodajný.

Prístup k pacientovi je zasa o inom. To by mnohí slovenskí doktori a ich sestričky mali povinne chodiť do Nemecka na pravidelné školenia, aby sa priučili, ako sa *slušne a úctivo* správať ku svojim chlebodárcom. A nielen oni. Na školenia by som nahnala i predavačky z obchodov, čašníkov z reštaurácií a úradníkov z kancelárií, určených na styk s verejnosťou ... vlastne každého, kto mal pracovne do činenia so zákazníkom. Ani po sto rokoch nik nezapláta medzery v týchto sektoroch.

S Laurou sme sa hneď na začiatku dohodli, ako sa (ne)prezentovať na verejnosti, aby som zbytočne na seba neupozorňovala. Spoznala som totižto jednu au-pair, ktorá žila v akejsi mníchovskej rodine tiež bez víz. V jej prípade však nasledujúca príhoda nemala nič spoločné s vekom, ona si jednoducho z pohodlnosti nevybavila papiere. No a raz spravila nejaký smiešny priestupok na bicykli, práve keď ho vmanévrovala pred zrak služBukonajúcich policajtov. Automaticky nasledovala kontrola. Nevzala si so sebou žiadne doklady. Muži zákona ju preto odprevadili domov a pri prehliadke pasu zistili, že potrebné povolenie k pobytu chýba. Rodina zaplatila pokutu, síce zanedbateľnú čiastku, ale dievča muselo okamžite odcestovať do Čiech a dodatočne na konzuláte podať žiadosť o vízum.

I napriek zvýšenej ostražitosti číhali na mňa nástrahy rôzneho druhu dennodenne a na každom kroku. Ako rýchlo môže dôjsť k nešťastiu, som sa presvedčila krátko pred Vianocami.

Práve mi skončili pracovné povinnosti a ja som schádzala dolu do svojej izby, keď z kuchyne vyšla Laura a svižným krokom si to namierila do spálne.

„Mama, počkaj na mňa," zvolala Mia a snažila sa ju rýchlo dobehnúť. Zamotali sa jej popri tom drobné nôžky, alebo sa nešťastne pošmykla a ja som zahliadla v priamom prenose trojité salto dolu schodmi. Laura vybehla do chodby, prekvapená ťažko identifikovateľným zvukom, ale zazrela už iba preľaknutú dcéru po výslednom dopade a mňa s vytreštenými očami.

„Preboha, to čo bol za buchot?" zisťovala vzrušene.

„Ani sa nepýtaj," tri slová plné hrôzy mi vykĺzli z pootvorených úst a následne som jej v krátkosti opísala, čoho očitým svedkom som sa stala. Anjel strážny, ktorý si práve u nich odkrúcal službu, ponechal vzlykajúce dievčatko utišujúcemu objatiu mamy a sám sa potichu a nebadane vytratil. Plne som si uvedomovala, že niečo podobné sa môže prihodiť aj počas mojej služby a skončiť oveľa tragickejšie, preto som sa mu z času na čas prihovárala, aby naďalej svedomite opatroval (nielen) mojich zverencov.

Ďalšou zvláštnosťou bolo pre mňa zistenie, že aj po niekoľkých týždňoch som ani raz nezaregistrovala, kto z rodiny sa vlastne stará o pravidelnú hygienu detí. Vysvetlením by bola iba ak sprcha, patriaca ku spálni, ktorej zvuk som nemusela zachytiť.

„Laura, nebudeš nič namietať, keď raz do týždňa okúpem Tima a Miu?"
prebrala som teda sama iniciatívu.
„Nie, pokojne ich vydrhni, budú sa isto tešiť, pretože vodu zbožňujú."
A tak som od toho momentu každý pondelok napúšťala vaňu, posadila do
nej radostne výskajúcich súrodencov a nastavila im správny mydlový
program.
Ich mama by pravdepodobne nedokázala odpovedať na otázku, čo jej deti
práve nosia oblečené. V našej kultúre kedysi neznámy fenomén. Je síce
pravda, že odchádzala pred príchodom Tante Clary a o výber šatstva sa
starala v prvom rade ona, ale i tak som radšej vždy večer skontrolovala, či
nejdú do perín v špinavých pančucháčoch, v ktorých sa hrali pár hodín
predtým na ihrisku v pieskovisku. Navyše sa divím, že sa v tých svojich
postieľkach počas dlhej noci neroztopili alebo neuvarili, ako cibuľovito ich
mama naobliekala v riadne vykúrených izbách.

Na prechádzkach po nádherných, nekonečných mníchovských parkoch som
na začiatku pravidelne registrovala dve interesantné novinky z ríše ľudí
a zvierat.
Prvou boli zmiešané páry a ich rozkošné potomstvo. Stretávala som ich na
každom kroku. Černoch s beloškou. Ázijčan s černoškou. Arab s Indiánkou.
Láska si proste nevyberá. Farbu a národnosť má v paži… Problémy
prichádzajú až neskôr, keď prvotný ošiaľ kdesi-kamsi vyprchá a zrazu
dochádza k nedorozumeniam a roztržkám medzi rozdielnymi kultúrami.
Častokrát práve pre rozdielne názory na výchovu detí.
Ako správna milovníčka všetkých psích rás som hádzala očkom aj po
miestnych štvornohých chlpáčoch. Dlho som nechápala zaujímavosť číslo
dva: ako zvládnu celý čas medzi sebou udržovať takú mierumilovnú
atmosféru? Naháňali sa priam ukážkovo priateľsky. Ak aj zaštekali, tak iba
v tej najlepšej tónine. Nenachádzala som žiadne spoločné črty s ich
slovenskými príbuznými, ktorí si na lúke vždy najprv vydiskutovali svoje
postavenie vo svorke. Vycerenými tesákmi, zastrašujúcim vrčaním
a v extrémnych prípadoch i bitkou. Pochopila som, až keď mi niekto
prezradil, že deväťdesiatpäť percent miestnych havkáčov je vykastrovaných.
Pri téme zvierat mi napadá ďalšia zábavka s deťmi, ale i dospelými.
Vzájomné porovnávanie zvieracích zvukov. Prečo napríklad nemecký pes
„hovorí" *wau-wau* (ale vždy lepšie, než katalánsky s *bup bup)* a slovenský
hav-hav. Alebo mačky: miau a mňau… Najveselšie diskusie sme viedli
práve s Ankinou rodinou. Lebo jamka v líci sa opäť raz potrebovala
prevetrať.

V Anglickej záhrade som s prvými hrejivými slnečnými lúčmi objavila
i ďalší fenomén – NUDA pláž! V priamom centre mesta, v najcentrálnejšej
časti záhrady, na brehu jedného z ramien Isaru! A žiadne výnimky
roztrúsené kde-tu v priestore, ale hlava na hlave, čo sa množstva týka – čiže
stovky nahých tiel bez ohľadu na vek alebo pohlavie. V prvom momente

som onemela, lebo ma nik vopred nevystríhal, koľko *bezbožnosti* odhalím v katolíckom Bavorsku. Končatiny mi opäť raz stuhli a vypovedali funkciu, no nakoniec som ich silou vôle prinútila nenápadne opustiť pole *zvrhlíkov*. (Až doma mi Laura vysvetlila, že tamojšia nudapláž nie je nič nezvyčajného a má tradíciu pekných pár rokov. Hoci pri svojom vzniku tiež rozvírila pokojné vody mníchovské. Časom sa rozšírila i do iných končín mesta. Bratislavčania mojej mladosti chodili zhadzovať šaty do Rusoviec, ale ja som dodnes nezistila, kam presne.) Keď ku vyzlečeným jedincom prirátam i zvyšné (odeté) masy, čo si vychutnávali a vychutnávajú odpočinok na slnkom vyhriatych lúkach a podľa vlastných predstáv, tak si dokážete predstaviť, koľko národa sa v Anglickej záhrade pravidelne za pekného počasia stretne. Nikde žiaden zákaz behania po tráve, ako som dovtedy poznala z domova. V rámci obedňajšej prestávky schmatnú zamestnanci okolitých firiem pod pazuchu deku s knihou alebo novinami a idú si do parku čítať, prípadne posedieť do Biergarten-u alebo chytať bronz. Iní sa zasa spoločne dohodnú na futbalovom alebo volejbalovom zápase. Spoja príjemné s užitočným, natankujú nové sily, odbúrajú stres. V súčasnosti jeho ponuku využívam *pracovne* i ja.

O niekoľko rokov neskôr ma návštívil manželský pár zo Slovenska, zhodou okolností architekti, v tom čase činní aj na úrade v Bratislave. Povláčila som ich po známych, ale i utajených kútoch Mníchova. Nohy si pri mne zodrali do krvi a každý večer na prahu bytu padali od únavy na nos. Zhodnotenie týždenného pobytu v bavorskej metropole za mužskú polovicu znelo približne nasledovne: „Bývaš v najkrajšom meste, ktoré som doposiaľ navštívil. Jednoducho ho postavili na oddych a relax pre ľudí… Kto tu žije, musí mať stále pocit, že je na dovolenke!" (A to nestihol spoznať jeho blízke či vzdialenejšie okolie. S množstvom jazier a impozantných vrchov.) Presne tak isto pôsobilo Oktoberfestom preslávené veľkomesto od začiatku na mňa. Kým som ho nezmapovala dôkladnejšie, myslela som si za každým tretím rohom, že na konci ulice, na ktorej sa práve nachádzam, začína les, aby som sa po pár (kilo)metroch presvedčila, že to nie je les, ale ďalší prenádherný mestský park. Mníchov ich má požehnane.

Na prechádzkach naším mestečkom som v pravidelne sa opakujúcich intervaloch pozorovala, ako jeho obyvatelia vyložia predo dvere na chodník tú časť svojho majetku, s ktorou sa rozhodli natrvalo rozlúčiť. V stave poľutovaniahodnom, zachovalom, až bezchybnom. Škála od hlbokého mínus do žasnúceho plus. S údivom som hľadela na kompletnú sedačkovú súpravu, zbierku kníh a platní, funkčné televízory, lustre, lampy, porcelánovú sadu tanierov a šálok, hračky, rádiá… no jednoducho všetko možné i nemožné.

„To máš tak, v každej obytnej štvrti je raz za čas stanovený termín na odvoz nepotrebných predmetov z domácností. Deň vopred ľudia vynesú vyradené veci na ulicu a hocikto, kto niečo zháňa a nevlastní dostatok financií, si z nich smie vybrať, čo sa mu páči. A čo zostane ležať pred domom, zoberie na druhý deň mestská služba do zberu a tam to zlikvidujú," vysvetlila mi Laura. Takto vychádzali zberné suroviny v ústrety obyvateľom menších mestečiek. V Mníchove som sa s niečím podobným veľmi nestretla, sami odnášame do zberu vyslúžilé predmety a nemám ani žiadne zaručené informácie, či sa táto zvyklosť z jeho blízkeho okolia udržala až po súčasnosť.

Bavorská metropola sa zvykne označovať aj za najsevernejšie mesto Talianska a najväčšiu dedinu Nemecka. Prvé označenie úzko súvisí s blízkosťou talianskych hraníc a odvekým putovaním južných susedov za prácou do nej, či už sa jednalo o umelcov, gastronómov, architektov, zmrzlinárov alebo tehliarov. Preto nikoho neprekvapí, že dnes sa podľa oficiálnych štatistík v Mníchove nachádza asi tristo talianskych reštaurácii, kaviarní a krčiem – približne toľko, čo bavorských.

Ako to súvisí so spomínanou dedinou? (Až po návšteve Londýna som sa nadobro stotožnila s touto tézou a som vďačná osudu, že ma kedysi zavial práve sem.) Na tomto mieste by som čisto teoreticky mohla, napríklad, zakomponovať informáciu, že mesto je jedným z najbezpečnejších na svete, a preto v ňom má človek pokoj ako na dedine... A hoci je veta vcelku pravdivá, nie je hľadanou odpoveďou na vyššie položenú otázku.

Mníchov a jeho obyvatelia majú totižto šťastie, že tunajšia výstavba je regulovaná istými pravidlami, ktoré sa aj dodržiavajú (aspoň zatiaľ). Jedno z nich nariaďuje, že nová budova nesmie nikdy presahovať výšku existujúcich stavieb v okolí a musí zároveň zachovať jeho pôvodný charakter. Ak si prejdete mnohými mestskými štvrťami, nerátajúc teraz priame centrum, a z hlavnej cesty zabočíte do postranných uličiek, zistíte, že sa zrazu nachádzate medzi samými rodinnými domčekami so zelenými záhradkami. V roku 2004 som i ja svojim hlasom prispela do rozhodnutia nás, Mníchovčanov, že žiadna nová stavba nesmie svojou výškou presahovať veže najznámejšieho mestského kostola Frauenkirche o výške 98,57 m.

Otázka financií a výška platu bola, je a bude v Nemecku TABU témou. Začať rozhovor o nej ani len neskúšajte! Pridržajte sa známeho výroku: *O peniazoch sa nehovorí, peniaze človek má alebo nie...* Práve prednedávnom som sa dočítala v nejakom časopise, že väčšina dospelých jedincov nedokáže zodpovedať otázku, čo zarábajú ich vlastní rodičia.

Takisto spôsob platenia účtu v reštaurácii ma kedysi dosť prekvapil. Každý si totižto financoval svoj skonzumovaný podiel sám. Na Slovensku sa dovtedy preferovalo pravidlo „raz zaplatí on, nabudúce zasa ja". Časom som predsa len docenila nemecký systém. Chráni pred zbytočnými nedorozumeniami typu „ja som ho minule pozval na obed a on mi dnes zaplatil iba obyčajnú kávu!", ktoré som tiež poznala iba z rodnej hrudy. Ak sa nemýlim, v súčasnosti je to všeobecne zaužívané aj *u nás doma pod*

Tatrami. Neznamená to ale, že vás v Nemecku nik nepozve na zákusok s kávou alebo na raňajky/obed/večeru.

Micky nie je Micky (12.)

„Pomaly začíname plánovať dovolenku na májové prázdniny. Rozhodli sme sa pre týždenný pobyt vo Francúzsku. A ty si rozmysli, či zbehneš v tom čase na Slovensko, alebo sa pridáš ku nám,“ oznámila mi v polovici marca Laura.

„No, keď ma zoberiete so sebou, tak si jednoznačne volím druhú z možností,“ zanôtila som nadšene a tvár mi rozžiaril úsmev od ucha k uchu. Veď iba lenivý domased by neprijal takú lákavú ponuku!

„Fajn. Z katalógu sme vybrali destináciu v St. Aygulfe, neďaleko St. Tropez. Určite sa ti tam bude páčiť.“

Zreničky sa mi radosťou najmenej zdvojnásobili. V hlave mi paralelne bežali útržky z filmov s Luisom de Funes a ja by som v tom momente a v danej lokalite brala aj ubytovanie v kempingu (za ďalší krížik v dobývaní Európy).

„Mimochodom, zajtra sa chystáme na oslavy 90-tín Philipovho starého otca, tým pádom si odteraz až do pondelka oslobodená od zvyčajných povinností,“ dodala Laura.

„Wau, krásny vek... a že ďakujem narodeninovému deduškovi!“

„A za čo?“

„No predsa za voľno... Takže to je pradedo vašim deťom? A je stále fit na oslavy?“ spýtala som sa zvedavo.

„Keby si ho videla...,“ mávla rukou Laura a z výrazu jej tváre som pochopila, že on ešte jedle preskakuje a k tomu snáď i dvojhlasne pesničku pohvizduje.

„Si predstav,“ uškŕňajúc sa pokračovala, „v tridsiatke nastúpil do jednej z najväčších nemeckých automobilových spoločností, tridsať rokov tam odsedel na šéfovskej stoličke a teraz mu už tridsať rokov musia vyplácať patričný dôchodok. Ale je to veľmi milý deduško. Jeho som si obľúbila od prvého stretnutia.“

Vtom zazvonil telefón. Stála som iba kúsok od neho. Načiahla som sa za slúchadlom. Ako vždy som sa predstavila telefónnym číslom a menom rodiny a čakala na odpoveď z druhej strany.

„Ahoj Katja, na zajtra som dostala voľno. Nezájdeme dnes do Sunsetu?“ ozval sa spevavý hlas Alidy.

„Zajtra mám voľno i ja, be-be-be,“ odpovedala som obľúbenou frázou z au-pairskej praxe – teda tak, ako sme roztopašne zvykli opakovať po našich škôlkarských deťoch, „a preto pôjdeme.“

Dohodli sme sa na presnej hodine. Vo zvyšnom čase som ešte usilovne žehlila Philipove košele.

Cestou v U-bahne sme si s Alidou krátili čas po svojom. Rad za radom sme prebrali krásavcov z poslednej návštevy diskotéky. Mne sa páčili tmavé typy. S čiernymi vlasmi a aspoň o stupeň černejšími očami. A práve tu sa ich pravidelne schádzalo neúrekom. Ako mravce v mravenisku. Južania od Španielska až po Arábiu. Vždy sme sa smiali, že Sunset pripomína *trh s bielym mäsom*. Do klubu sme dorazili, keď sa pomaly začal napĺňať. Sadli sme si do pohodlných kresiel, objednali ten správny drink a popri jeho decentnom uchlipkávaní (to aby sme, nebodaj, nevyčerpali celovečerne povolený limit hneď na začiatku) nenápadne pozorovali osadenstvo. Prví odvážlivci sa osmelili na tanečnú plochu. A medzi nimi ma okamžite upútal mladík s čarovným úsmevom, krátkymi havraními vlasmi a očami ako dva uhlíky. Presne podľa mojich predstáv. Košeľa bledomodrej farby a krémové sako mu veľmi svedčali. Možno i vďaka tejto farebnej kombinácii žiaril v šere diskotéky dvojnásobne. Zaujal ma nielen jeho príjemný vzhľad, ale aj tanečný prejav a zmysel pre rytmus. V nasledujúcej chvíli som zaregistrovala ďalšieho mládenca – pravý opak toho prvého. Síce s dlhými čiernymi vlasmi, jemne zvlnenými, ale jeho tvár s fúzami mi pripomínala čerta z ktorejsi rozprávky. V zásade nesúdim neznámych ľudí podľa vzhľadu, ale nejako musím vysvetliť, prečo si práve on vyslúžil moju pozornosť. (To sudičky doplietli Andersenovu verziu, a tak sa tentokrát labutí príbeh odvíjal naopak.) Tancoval kúsok od prvého mládenca a jeho pohyby by som označila... hm... za menej rytmické. Išiel skôr proti hudbe než s ňou. Bol muzikálne nahluchlý. Pravdepodobne celkový dojem ovplyvnil aj nevhodný výber oblečenia. Tmavý oblek, ktorý si zvolil, sa skôr hodil na prvé sväté prijímanie, ale určite nie na uvoľnenú víkendovú zábavu, a zároveň absolútne nepasoval k jeho naturelu. *Zaujímavé, aké rozdielne typy tancujú vedľa seba na tú istú melódiu*, napadlo mi pri pohľade na nich dvoch. Z premýšľania ma prebrala Alidina otázka.

„Nezatancujeme si? Alebo chceš zvyšok večera iba presedieť?"

„Si myslíš, že by som to vydržala?" zámerne som zvýšila hlas a krútila akoby nechápavo hlavou. Vzápätí sme spoločne vykročili ku tanečnej ploche. Hudba ma vždy dokázala odpútať od pozemských starostí a radostí, preto som ju nechala voľne pretekať celým svojim telom, do každého nervového zakončenia v rukách i nohách. Chvíľu som sa tvárila ako hlavná hrdinka Shakespearovej drámy, aby som sa za dvadsať sekúnd mentálne preniesla do cirkusovej manéže. Popri týchto mini predstaveniach vo vlastnej réžii sa náhle odkiaľsi vedľa mňa vynoril môj objav číslo jeden. Iba sa na mňa milo usmial a povedal: „Ahoj". Zareagovala som takisto ukážkovým úsmevom a motýle v bruchu ako na povel zbystrili pozornosť. Chvíľu sme sa doberali tancom, keď zrazu načal rozhovor. „Ako sa voláš?"

„Katarína. Alebo Katja. A ty?"

„Micky."

'Hmm, Micky... že by Talian?' nesprávne som spracovala prvú informáciu. Vtedy som ešte nevedela identifikovať rôzne národnosti, ako to často a relatívne presne dokáže moje vyškolené oko dnes.

Ďalej sme pokračovali v tanci a naše pohľady sa pravidelne stretali. Micky sa snažil pohybovať v mojej tesnej blízkosti. Po určitej dobe hudba stíchla, čo značilo niekoľkominútovú pauzu.

„Nepridáte sa ku nám? Som tu s priateľmi," oslovil ma cestou ku stolom a rukou naznačil, kde presne sedia.

„Možno neskôr," odvetila som neurčito. Samozrejme, že mi lichotil práve jeho záujem, ale kdesi vo vnútri zablikala červená kontrolka: *Trh s bielym mäsom, pozor!!!*

„Honey!!!" začula som vedľa seba romanticky znejúce tóny a zachytila Alidine veľavýznamné pohľady. Hlava sa jej pri tom rytmicky kývala zo strany na stranu a ďalej si ma doberala so smiechom. „Čože to tu máme? Nebodaj nejakú začínajúcu love story?"

„Ale, prosím ťa!" zagánila som na ňu. Nechcela som, aby svojvoľne čítala moje najtajnejšie, najskrytejšie myšlienky. S nápojom v ruke, schované za slamku s trblietajúcou sa napodobeninou karibskej palmy sme nenápadne sledovali, kto všetko sa zhromaždí pri jeho stole. Okrem neho kreslá zaplnil akýsi mladý, zaľúbený pár a … a prisadol si aj objav číslo dva. (Jing a jang sa skompletizoval.)

Po nasledujúcom tanečnom kole sme opakované pozvanie prijali. Premiestnili sme sa aj s pohármi k štvorčlennej skupinke. Micky nám zaradom predstavil svojho mladšieho brata Ayhana, ktorý na mňa pôsobil dosť arogantným dojmom, jeho priateľku a nakoniec najlepšieho kamaráta Hamida. Tie mená nezneli príliš taliansky, a tak som sa zo zvedavosti spýtala: „A odkiaľ pochádzaš?"

„Z Turecka."

„O-h-m-e-i-n-G-o-t-t!" spontánne som z úst vypustila všeobecne známu formulku zdesenia.

„Prečo *'Oh, mein Gott'*?" pozrel na mňa pobavene.

„Aaale, len tak," snažila som sa nenápadne odviesť pozornosť od drobného faux pas, pričom mi v hlave tentokrát útržkovite a nekontrolovateľne vírili spomienky na knihu Betty Mahmoody *„Bez dcéry neodídem"*.

„A všetci ste z Turecka?"

„Nie, bratova priateľka je pôvodom zo Srbska."

„A ty si odkiaľ?" vyzvedal pre zmenu on.

„Zo Slovenska, teda z Československa a Alida je z Afriky."

Pohľad mi pritom padol na jeho ruku, ktorú si pohodlne uložil na rám kresla, pretože na nej priam zasvietil hrubý pečatný prsteň.

„Aaa, takže ty si ženatý, máš tri manželky a päť detí..."

„Čožeeee? To ti ako napadlo?" odpovedal pobavene.

„Odhadujem podľa hrúbky tvojho prsteňa," pokračovala som a tvárila sa ako on.

„Myslíš, že by som tu potom sedel s tebou?"
„Odkiaľ to mám vedieť? Ale Micky nie je turecké meno, všakže?" rýchlo som pozmenila tému.
„Micky? Ach nie, ja sa volám Rahmi. To priatelia ma prezývajú *Meky*, lebo rád a často chodím do McDonaldu."
Pokračovali sme striedavo v družnom rozhovore alebo tanci po celý zvyšný večer. V Sunsete sme zostali do záverečnej. Späť sme totižto mohli ísť už iba prvým ranným spojom.
„Prídete aj nabudúce?" vyzvedal Rahmi, podávajúc mi kabát pred šatňou.
„To je, pravdupovediac, zatiaľ tajomstvom i pre mňa. Záleží, či budeme mať voľno a náladu na zábavu..."
Nemusela som mu predsa vešať na nos, že náladu na tancovanie mám vždy.
„Dáš mi aspoň svoje telefónne číslo?"
„Je mi ľúto, ale nie. Bez súhlasu rodiny neposkytujem ich číslo cudzím osobám."
„A mohli by sme sa stretnúť? Napríklad teraz v nedeľu?" nevzdával sa Rahmi.
„Neviem...," zahlásila som neisto.
„Smiem vás aspoň niekam odviezť autom?"
„Nie, ďakujem. Zvezieme sa U-bahnom a S-bahnom a asi i autobusom. Nebývame v Mníchove. Je to dosť ďaleko odtiaľto," naďalej som tvrdohlavo odmietala.
„Tak vás aspoň odprevadím po zastávku," zakončil Rahmi sklamane rozhovor.
Vyšli sme spoločne po schodoch hore a keď sa pred nami otvorili dvere, ovanul nás chlad z čerstvej, bohatej nádielky od sesternice Perinbabky. (To vlastne ona bola všetkému na vine…)
„Ach nie...," zvolala zdesene Alida, ktorá v decembri zažila krst vločkami a hoci to bol pre ňu stále zážitok, veď z Afriky tuhý, biely dážď nepoznala, predsa nás obe striaslo pri pomyslení na dlhú cestu domov po prebdenej noci.
„Naozaj ani teraz nechcete, aby sme vás vzali so sebou?" zavetril novú šancu náš spoločník.
„Nie, to je v poriadku."
„Katja," zapojila sa nečakane do rozhovoru Alida, hovorila však po anglicky. „To si vyriekla úplne vážne? Čo keď nebude na zástavke žiaden autobus? V tom prípade si odšliapeme dobrú hodinu pešo v nepríjemnej zime! Pozri koľko snehu je všade…"
„Veď ich vôbec nepoznáme," snažila som sa zostať neoblomnou.
„Ach Honey, zabudni na strašidelné predstavy a uvoľni sa! Podľa mňa sú v pohode a zabezpečia nám pohodlný a rýchly odvoz domov! Pozri, obe sme riadne unavené a iba z toho snehu ochorieme!"
Zvažovala som v rýchlosti všetky pre a proti, aby ma nakoniec i tak prehovorila. Spomínam si, že pri rozhodovaní dosť zavážila práve

103

prítomnosť bratovej srbskej priateľky. Nič mi síce nezaručovala, ale mala som lepší pocit.

„V poriadku, navigovať ich budem ja a ty nebudeš protestovať. Nechcem, aby videli, kde presne bývame. Necháme sa odviezť iba po HL-obchod a stratíme sa skratkou medzi domami. Tade autom neprejdú a zvyšný kúsok zbehneme i pešo," odpovedala som tiež v angličtine.

A tak sme sa vopchali všetci šiesti do auta, ktoré Rahmi zaparkoval za rohom. Bolo to krásne BMW. Strieborná metalíza. Kedysi si práve južania potrpeli na imidž, prezentovaný karosami veľkosti lodnej dopravy. Nielen kvôli objemnej batožine na celé letné prázdniny a darčekom početnej rodine, ale hlavne aby vydržala tisícky kilometrov a zapôsobila na príbuzných a známych svojimi rozmermi a počtom koní. Aby vytvorila dojem, že rozhodnutie opustiť domov a vybrať sa za zárobkami do ďalekej cudziny sa naozaj vyplatilo.

Spoločnými silami sa nám podarilo nájsť správnu cestu a zastali sme priamo na mieste, na ktorom som sa predtým dohodla s Alidou.

„A stretneme sa v nedeľu?" zopakoval Rahmi nanovo a priam prosebne ma hypnotizoval svojimi čiernymi očami.

„Rahmi, snaž sa, nech si i ty konečne nájdeš priateľku," zamiešala sa nečakane medzi nás bratova spoločníčka. Jej veta mi dodnes znie v ušiach.

„V poriadku, stretneme sa pri fontáne na Marienplatzi o druhej," ukončila som rozhovor, poďakovala sa za odvoz a s Alidou sme narýchlo zmizli v úzkej uličke pre chodcov. Pred dverami bungalovu som sa ešte raz pootočila a pohľadom skontrolovala okolie. Chcela som si byť stopercentne istá, že nás nik nesleduje. Riadne unavené sme sa osprchovali, natiahli pyžamá na utancované telá a vhupli do postelí.

„A čo spravíš s tou nedeľou?" vyzvedala Alida.

„Do nedele ďaleko," zívla som. „Spýtaj sa ma zajtra... A teraz dobrú noc!"

Vstali sme okolo obeda a keďže nik okrem nás nebol doma, presťahovali sme sa do obývačky. Alida pripravila občerstvenie, vraví sa mu neskorý *brunch* a pri káve sme preberali zážitky predošlej noci.

„Bože, na čo som sa to dala nahovoriť?" lamentovala som unaveným hlasom, uchopiac si hlavu do dlaní.

„Honey, come on!" ešte i po rokoch počujem jej káravý hlas. „Veď nechceš stále iba doma sedieť! A Micky predsa nekúše, ako si si stihla všimnúť!!! Stretneš sa s ním a keď sa ti nebude pozdávať, pošleš ho zasa kade ľahšie."

„Alida... Ja neviem. Je Turek a moslim..."

„Och, bože! Ty s tými tvojimi obavami. Aj u nás žijú moslimovia a dokonca veľa. Polovica mojich priateľov k ním patrí. Aj Jusufova rodina, hoci oni pôvodne prišli odniekiaľ z Indie. Na tom predsa nie je nič zlé, všade sú ľudia takí či onakí!"

„Veď hej, ja sa s tebou ani nehádam! Nemám nič proti nemu ako takému, ale nejaký vzťah neprichádza jednoducho do úvahy. Nepotrebujem si zbytočne komplikovať život."

„Kto hovorí o vzťahu? Jedno priateľské stretnutie v nedeľu poobede ti život neskomplikuje!" myslela si (chybne) Alida.

„Dobre, ale pôjdeme spolu," ukončila som rozhovor okolo sobotňajšej kapitoly a ďalej sme si pohodlne lebedili na gauči, pozerali televízny program a popritom vystriedali niekoľko najaktuálnejších tém.

Neskoro poobede som sa vrátila domov. Rodinka už bola tiež naspäť z oslavy. Laura mi vyrozprávala svoje zážitky a ja som sa jej priznala s mojimi.

„Máme sa zajtra stretnúť na Marienplatzi, ale ja stále akosi váham," zdôverila som sa Laure, čakajúc na jej reakciu. Potrebovala som počuť nestranný názor rozumného tvora, nech by bol akýkoľvek.

„Keď ti je sympatický, tak choď a po stretnutí zajtra uvidíš," zahlásila s povzbudzujúcim úsmevom. Typická Laura.

Na nasledujúci deň som sa teda opäť stretla s Alidou a S-bahnom sme sa zaviezli do stredu Mníchova. Marienplatz sa veru na nedostatok návštevníkov sťažovať nemôže, je plný za každého počasia. Aj teraz sa po ňom premávali stovky turistov i domácich. Tí prví zvierali v rukách fotoaparáty, pózovali pred radnicou, alebo práve listovali papierovým sprievodcom mesta. K tým druhým sme sa hrdo rátali už aj my dve s Alidou. Prišli sme asi s päťminútovým meškaním a na dohovorenom mieste sme nikoho nenašli.

„Ale s nami vybabrali!" zhodnotila som rozčarovane situáciu po pätnástich minútach čakania v zime. Nie preto, že by mi chýbali, skôr kvôli premárnenému času a drkotajúcim zubom.

„Akademická štvrťhodinka je za nami, ideme preč!" oznámila som energicky mrznúcej Alide.

„Naozaj chceš odísť?" overovala si pre istotu správnosť počutého.

„No snáď tu nemieniš čakať dlhšie! Odchádzame!" zavelila som rezolútne.

„Keď sme sa už zbytočne vytrepali do mesta, sadneme si aspoň niekam do teplúčka a objednáme niečo na zahriatie," rozhodla som sa spontánne a ona neprotestovala.

Vybrali sme sa pešo smerom na Karlsplatz, ku Stachusu, čo je pôvodná, historická západná mestská brána. Boli sme približne v polovičke cesty a myšlienkami úplne kdesi inde, keď ma zrazu niekto chytil za rameno. Prekvapene som sa otočila. Za mnou stál zadychčaný Hamid.

„Ahojte, dievčatá. Super, že som vás zastihol. Nepodarilo sa nám nájsť miesto na parkovanie. Micky ešte stále hľadá a poslal ma napred, aby som vás zatiaľ zaviedol do Marché."

Hamid si tentokrát obliekol čiernu koženú bundu a rifle, čo okamžite vylepšilo môj prvý dojem zo Sunsetu. Zmena štýlu dokáže narobiť divy!

Marché bola útulná, samoobslužná reštaurácia s bohatým a zaujímavým výberom na Kaufingerstrasse, ktorá uspokojila nielen oko, ale i chuťové poháriky svojich návštevníkov a o niekoľko zím sa mi stala obľúbeným miestom stretávok s neskoršími kamarátkami – teda do času, kým ju nezrušili.

Nachádzala sa na mieste, kde by som ju sama nikdy nehľadala – v suteréne komplexu obchodných domov. Schádzalo sa do nej po viacerých schodoch. Pred pokladňou asi v ich polovici sa rozdeľovali do polkruhu ďalej napravo a naľavo. Charakterizoval ju zaujímavo riešený interiér. Niečo na spôsob filmových kulís z minulých storočí s použitím predovšetkým drevených doplnkov, s fingovanými oknami bavorských chalúp na stenách a mnohými fotkami. Aspoň tak sa mi hmlisto vynára v pamäti. Miesta na sedenie boli nerovnomerne rozhodené po celom priestore a tématicky upravené k nejakému motívu. Niektoré úseky vyzerali ako útulné izby, do ktorých môžete tajne nahliadnuť vďaka väčším či menším oknám.

Výber jedál v priamom strede reštaurácie zahŕňal kuchyne dvoch-troch európskych národov. Pri pokladni na schodoch obdržal každý návštevník kartu. Ak si vybral jedlo, nechal si ju v príslušnom stánku pri jeho výdaji opečiatkovať. Kombinovať sa dalo ľubovoľne a všetko z ponuky. Ak by niekto svoju kartu stratil, spoznal by aj skryté priestory kuchyne. Podľa písomného upozornenia na nej by šiel umývať riady.

Hneď, ako som zbadala Hamida, premohol ma zvláštny pocit mrzutosti. *Prečo sa tu zrazu objavil?* Víkendovú nočnú epizódu z diskotéky som pred pár minútami spokojne zaradila do priečinku „vybavené" a zrazu ma zastihla nanovo nepripravenú a ja som nemala najmenšiu chuť sedieť v nejakom podniku s niekým iným než s Alidou. Zahryzla som si do pery a nie príliš nadšene povedala: „Dobre, veď nás."

Alida sa tvárila omnoho uvoľnenejšie. Pustila sa s Hamidom do rozhovoru a jej smiech sa zasa raz ozýval celou ulicou. Za krátku chvíľu sa dostavil i Micky. V ruke držal krásnu červenú ružu. „Tá je pre teba."

Podal mi ju ako hanblivý žiačik svojej učiteľke na konci školského roka.

„Ďakujem," odvetila som trochu privetivejšie.

Strávili sme celkom príjemné popoludnie. A tak som sa nakoniec zmierila s vývojom udalostí onoho dňa.

„Prepáč to meškanie. Bývam asi šesťdesiat kilometrov na sever od Mníchova a cesty dnes boli veľmi zlé. Musel som ísť pomaly a teraz som sa navyše zdržal hľadaním parkoviska. Nechodievam až tak často sem do centra, a preto sa príliš nevyznám v tunajších jednosmerkách. Dúfam, že ste nečakali dlho."

„My sme vlastne už ani nečakali, práve sme odchádzali preč. Hamid nás dobehol a objavil asi iba náhodou."

„Tak to som rád. Mrzelo by ma, keby sme sa minuli. Môžem to meškanie nejako odčiniť?"

Medzi rečou som sa dozvedela i to, že vlastní nejakú firmu s autami a so svojím mníchovským a zároveň i najlepším kamarátom ju plánovali rozšíriť o autodielňu, keďže Hamid sa vyučil a pracoval ako automechanik.

Asi o dve-tri hodiny neskôr sme sa rozlúčili. Po predchádzajúcej dohode s Alidou sme tentokrát odmietli odvoz domov.

„Smiem ti zajtra zavolať?" spýtal sa Micky nesmelo.

„Ak chceš, daj mi svoje číslo a ja sa ti ozvem," ešte stále som mu nemienila poskytnúť telefónny kontakt na mňa do rodiny.

Micky ho teda narýchlo napísal na servítku z Marché a vložil mi ju do ruky. Pohľadom svojich uhlíkovo čiernych očí sa snažil preniknúť do mojich najskrytejších myšlienok a zistiť, či má vôbec nejakú šancu. Keby sa tam aj niečo dočítal, asi by ho výsledok nepotešil. Bola som pevne presvedčená, že naša krátka známosť nikdy nedostane zelenú na akýkoľvek hlbší vzťah.

No way!

Keď vtáčka lapajú,... (13.)

V nasledujúcom týždni sa mi opäť ozvala Filiz.

„Ahoj Katarína, ako sa ti darí?"

„Filiz!" zvolala som radostne a zároveň prekvapene. „Dobre, ďakujem za opýtanie. A u vás ako?"

„Žijeme, žijeme. Luisa už behá po dome, ani by si ju nespoznala, ako sa zmenila... A predstav si, zobrali sme si novú au-pairku. Pochádza opäť zo Slovenska a volá sa Veronika. Je u nás od minulej soboty, no zatiaľ tu nikoho nepozná. Preto mi napadlo spýtať sa teba, či by si nebola ochotná sa s ňou stretnúť v Mníchove a trochu jej poradiť ... napríklad s výberom kurzov nemčiny. Rada by sa do nejakého čo najskôr prihlásila."

„Samozrejme, ak je teraz v tvojej blízkosti, daj mi ju k telefónu a ja s ňou dohodnem ostatné."

A tak som po prvýkrát hovorila s Veronikou. Hneď sme si naplánovali stretnutie na blížiaci sa víkend.

Medzitým som sa dozvedela od Anky, že tiež natrafila vo svojom blízkom okolí na sympatickú au-pair z Čiech – Barboru, a keďže si od prvého momentu výborne rozumeli, mohla sa aj ona cez pracovný týždeň s niekým stretávať a nemusela už netrpezlivo čakať na naše spoločné pravidelno - nepravidelné víkendy v Mníchove.

Od pondelka do soboty ma zamestnávali povinnosti v rodine, občas sa mi ušiel večer babysitting. Naďalej som poctivo po službe drala športovú obuv na vytýčených piatich kilometroch. V hustej tme, za každého počasia. I jazykovo som sa zo dňa na deň zlepšovala. S Laurou sme komunikovali už väčšinou v jej materinskej reči, iba v prípade potreby sme prechádzali do angličtiny, v ktorej som zasa výborne napredovala hlavne vďaka Alide. Na opakovanie slovenčiny som mala po ruke (takej asi tridsaťkilometrovej) Anku a v kategórii nárečia som sa kedykoľvek mohla obrátiť na Tante Claru. Aj malá Mia - teraz vlastne *veľká* škôlkarka, keďže v januári dovŕšila tri roky, čím sa jej automaticky otvorili brány vysnívaného zariadenia - ma začala akceptovať ako právoplatného člena rodiny. Prestala sa riadiť výsadne podľa nálad a odporúčaní ´veľkého brata´ a začala častejšie počúvať i svoju au-pair, teda mňa. Myslím tým bez spätnej väzby na Tima. V podstate som si užívala krásneho a spokojného života. Ale ja som i napriek tomu musela (nevedomky) pokúšať čerta... *alebo si čert vytipoval mňa?*

Servítka s kontaktom na sympatického tanečníka ležala voľne pohodená na stolíku v mojej izbe. Chodila som okolo nej a tuho zvažovala, či mu zavolať. Neplánovala som sa s ním stretávať, ale pripadalo mi hlúpe, neozvať sa vôbec. Veď som mu to viac-menej sľúbila. Navyše nás odviezol autom v tú zasneženú, studenú noc domov a trval na zaplatení celého účtu v Marché. V jeho správaní som neobjavila nič, čo by ma doviedlo k radikálnemu rozhodnutiu, zahodiť servítku bez mihnutia oka do koša. A tak som asi po troch dňoch vytočila desať osudných číslic.

„Haló, Micky?... To som ja, Katja.“

„Ahooooj,“ zaznelo radostne z opačnej strany. „Pomaly som sa obával, že sa viac neozveš.“

„No, pravdupovediac, zvažovala som, či áno alebo nie, ale keďže je úplne jasné, že ma mamička slušne vychovala, tak ma taký jeden telefonát nezabije,“ reagovala som uvoľnene, pevne presvedčená o pravdivosti svojich slov.

„Takže nemám u teba žiadnu šancu?“

„Bingo, uhádol si bez našepkávania hneď na prvý pokus. Ale vešať sa kvôli tomu nemusíš. Lebo prídeš o život ako piati nerozvážni mladící pred tebou a i tak to ku ničomu nepovedie... iba červíčky sa potešia,“ snažila som sa humorne naznačiť stav veci, uviesť ju bezbolestne na správnu mieru, aby nedochádzalo zbytočne k nedorozumeniam. Určiť na začiatku hranice a smer, ktorým sa naša krátka známosť má a bude uberať. Ak sa vôbec bude niekam uberať...

„A stretneme sa aspoň ako kamaráti?“ vyzvedal Micky.

„Tak až taká dobrá kamarátka nie som, aby si kvôli mne prevozil na litre benzínu. Dobre zváž svoje konanie a radšej peniaze venuj na dobročinné účely. Z nich ti aspoň zostane dobrý pocit.“

Zo slúchadla sa ozval smiech. „Ty si zvykneš z každého uťahovať, že?“

„Správne sa tomu hovorí: ´bezpečnostné opatrenia´. No čo mi iné zostáva v cudzom svete bez maminky. Keď sa nenaučím šikovne obracať, predajú ma do otroctva. A čo potom? Ale starším ľuďom a tým, čo si to zaslúžia, pravidelne prejavujem patričnú úctu.“

„Tak si predstav, že mám sto rokov a sľúb mi, že sa čoskoro uvidíme.“

„Nikdy som neletela na starších mužov. Ani táto taktika ti nevyšla.“

Ešte chvíľu sme sa navzájom doberali, až sme sa nakoniec predsa len dohodli na ďalšom stretnutí o niekoľko dní. Tentokrát vo dvojici.

Na mojom zmýšľaní a predsavzatí sa od zoznámenia s ním nič nezmenilo. Od Mickyho som sa snažila udržiavať patričný odstup, i keď som s ním neprerušila kontakt. Začali sme sa schádzať pravidelne a v prvých týždňoch za mnou jazdil takmer každý večer plus víkendy. Neprekážala mu ani sedemdesiatkilometrová vzdialenosť, ktorá nás delila, len aby mi mohol priniesť aspoň ružu alebo Mon Chéri, moju niekdajšiu obľúbenú čokoládovo-čerešňovú značku. Okrem toho som s ním začala spoznávať i inú, dosiaľ neznámu tvár Mníchova. Na prvých spoločných záberoch stojíme na pol metra od seba. Micky s pohľadom priamo do kamery, ja vytočená von z kompozície fotografa, akoby som sa snažila naznačiť, že tam vlastne nepatrím. Určite nie tak, ako by si to v kútiku duše želal on. Rahmi bol napriek bohatej zbierke košov príjemným, nevtieravým spoločníkom. Vždy dobre naladený a trpezlivo čakajúci na svoju príležitosť.

Jedného dňa však prišiel na stretnutie s uplakanými očami.

„Stalo sa niečo?" spýtala som sa opatrne.

„Katja, dnes prišlo otcovi zle a záchranka ho pred pár hodinami odviezla do nemocnice," zahlásil potichu a oči mu opäť zvlhli.

„A čo vám v nej povedali?" pokúšala som sa zistiť viac.

„Zatiaľ nič konkrétne. Robili mu vyšetrenia a zajtra sa dozvieme výsledky. Nechcela by si ísť so mnou navštíviť ho?" prekvapil ma priamou otázkou.

„Ehm... pravdupovediac, nie. Nemyslím si, že je vhodné, aby som úplne neznámu osobu, zaodetú v župane, prekvapila v nemocnici. Ja tam nemám jednoducho čo hľadať. To neznamená, že keď som súhlasila stretnúť sa s tebou, zákonite spoznám i tvoju rodinu. Bohužiaľ... to odo mňa, prosím, nežiadaj!" prezentovala som svoje rozhodnutie dosť rázne.

Možno pod tlakom udalostí, možno vďaka mojej chladnej reakcii sa Micky rozplakal. Prišlo mi ho ľúto, ale i napriek tomu som sa nedala obmäkčiť prúdom sĺz. Trvala som na svojom.

Na druhý deň bol Micky opäť naladený na bezstarostnú nôtu. Otcov stav sa zlepšil a lekári neobjavili nič važnejšie. Výsledky sa zdali byť v poriadku, ponechali si ho však istú dobu u seba na pozorovanie.

„Rozprával som sa dnes s otcom a zmienil som sa aj o tebe," znovu načal uzavretú tému. „Povedal, že by ťa rád spoznal."

„A prečo by ma mal spoznávať?" odvrkla som mierne podráždene.

„Prečo sa hneváš? Chcel by vidieť dievča, ktoré pomútilo hlavu jeho synovi," odvetil zmierlivo Micky.

„Rahmi, ešte raz a naposledy ťa prosím, aby si akceptoval isté rozhodnutia. Ak to nechápeš, tak sa od zajtra prestaneme stretávať. Ja ne-pôj-dem do žiadnej nemocnice! A ty si nenechaj mútiť hlavu, keď som ti vysvetlila, ako to medzi nami je a bude!"

Už vtedy som mala prerušiť kontakt, ale on presne vytušil, kedy treba vhodne zmeniť taktiku. Prestal ma prehovárať, či nútiť k niečomu, čo som zásadne odmietala. S odstupom času som sa sama seba pýtala, čo by asi spravil, keby som s návštevou súhlasila...

Nasledujúci víkend som sa stretla v Mníchove aj s Veronikou. Jej popis v skratke: nenápadná, tichá osôbka, tá s pečiatkou šedej myšky. S rovnými, tmavými vlasmi, ostrihanými na páža a nevýraznou tvárou. Vysoká približne ako ja, štíhlej postavy a pôvodom taktiež z Bratislavy. K Filiz sa dostala cez agentúru.

Už počas rozhovoru som zistila, že Veronika nepatrí medzi ľudí, ktorí sa dokážu o seba sami postarať, pokiaľ to nie je naozaj nevyhnutné. Radšej sa prispôsobujú rozhodnutiam iných.

Krátko a bezbolestne zhrnuté – chýbalo jej vlastné myslenie. Fungovala cez kopirák. Chcela mať a robiť všetko podľa vzoru svojho najbližšieho okolia. Zo začiatku som to ignorovala. Každý si predsa žije život, aký mu najviac vyhovuje, ale po pár mesiacoch sa náš vzťah dosť vyhrotil. Spôsobila mi hneď niekoľko nepríjemností naraz, a tak som s ňou z minúty na minútu a bez mihnutia oka úplne prerušila kontakt.

Pri zoznámení ma okrem iného požiadala o pomoc pri výbere jazykového kurzu. V skratke som jej zreferovala všetko podstatné, čo som si vypočula o VHS od Laury, o systéme letného a zimného semestra, o masách pred Gasteigom.

„Myslíš, že existuje nejaká, hoci i mizivá šanca dostať sa do triedy, kde si ty?" spovedala ma ďalej.

„Veronika, nahlasovanie prebehlo prednedávnom. Spýtať sa môžeš kedykoľvek, či je ešte u nás voľné miesto a snáď budeš mať šťastie, ale podľa mňa je to chybná voľba. Kým sa z vašej dediny dostaneš do Neuperlachu, stratíš tým minimálne hodinu na cestovanie. Ak nie dokonca viac. A potom ťa čaká cestovanie naspäť. Lepšie by si spravila, keby si sa informovala najprv u seba v blízkom okolí. Aj kvôli kontaktom s inými dievčatami. Uvidíš, bude sa ti ľahšie dýchať, keď budeš mať po ruke niekoho nestranného na pokec. Navyše sú tvoje znalosti nemčiny na oveľa vyššej úrovni než moje. Prečo nevyskúšaš niečo pre pokročilejších?"

Veronika sa nedala presvedčiť. Odmietla dobre mienenú radu a trvala naďalej neoblomne na svojom pôvodnom rozhodnutí.

„V poriadku. Zajtra ti nadiktujem číslo kurzu s telefónnym kontaktom na VHS a ostatné si pozisťuj sama."

Miesto sa nakoniec našlo, a tak sme sa odvtedy stretávali pravidelne každý týždeň a ja som tým pádom naďalej, i keď nepriamo, zostávala v kontakte s Filiz a jej rodinou.

Barbora bola sympatická Pražanda. Nie príliš vysoká, skôr plnoštíhla, s dlhými vlasmi a mierumilovnou povahou. Keďže bývala ako Anka na bavorskom vidieku, stretávali sme sa my dve iba zriedkavo. Patrila do tej skupiny au-pairiek, ktoré som zo srdca ľutovala a pri ktorých som si jasne uvedomovala, aké šťastie ma po počiatočnom virvare nakoniec postretlo. Skončila som v rodine, kde sme si navzájom výborne rozumeli, nielen s rodičmi, ale i s deťmi, kde sa rešpektovali stanovené pravidlá, kde som bola naozaj au-pairkou a nie lacnou slúžkou, takže som si vychutnávala každý okamih svojho pobytu ďaleko od domova. Na druhej strane – moja rodina nikdy nezabudla zdôrazniť svoju spokojnosť so mnou. Pretože ako sa hovorí v Nemecku: chémia musí súhlasiť obojstranne.

Barbora zlizla presný opak ideálnej famílie. Predovšetkým jej dávali zabrať jej traja zverenci, všetko chlapci. Zažila zlého viac než dosť, ja si však živo spomínam iba na nasledujúce príhody, o ktoré sa s nami podelila.

„Dievčatá, dnes som takmer zahlušila jedného zo sopliakov! Vydrhla som celú halu. On práve sedel za stolom a jedol a kým som ja odniesla vedro so špinavou vodou, vytiahol odniekiaľ vlašské orechy a začal ich blatovými topánkami lúskať krížom naprieč miestnosťou. Keď som sa vrátila, vyzeralo to tam horšie ako pred umývaním. Všade navôkol sa povaľovali škrupiny a hrudky zeminy. A ten zasran sa na mňa iba škodoradostne vyškľaboval. A to nie je prvýkrát, čo mi takéto čosi urobil."

„Asi by som ho namieste roztrhla!" vyhŕkla zo mňa prvá necenzúrovaná veta, čo mi spontánne napadla v stave rozčúlenia. Nie preto, žeby som vyslovené myslela vážne (veď bez platného víza som si to nemohla dovoliť), ale preto, že som všeobecne neznášala akúkoľvek zlomyseľnosť.

„Prečo nejdeš za jeho mamou?" vyzvedali sme spoločne s Ankou, pretože príbehy, ktoré nám opisovala, naozaj hraničili so šikanovaním.

„Pre jeho mamu som iba slúžka, upratovačka... Popoluša! Neuveríte, čo mi spravila minule! Prišla ma v nedeľu ráno zobudiť rovno do izby, že prečo ešte drichmem v posteli, keď je dávno desať hodín. V sobotu som s dievčatami zašla na disku, a tak som si, samozrejme, trochu dlhšie pospala. A ona to nedokázala predýchať. Ale veď je to môj voľný deň! Nemá právo mi doň zasahovať! Zato ona, milostivá pani, že jej vydajom v priezvisku pribudol titul *von* a muž právnik ku tomu, vstáva každý deň po desiatej a potom sa ide poprechádzať v župane do svojej ´*záhradky*´. To sa oplatí vidieť! Maximálne rozmery päť krát päť metrov, taký väčší kvetináč, a ona sa stadiaľ vráti príííííšerne unavená," čo Barbora patrične naznačila afektovaným pohybom ruky. „A tak ďalšiu polhodinu oddychuje, chúďa vyčerpané.... Pritom od rána do večera nič nerobí!"

Zhlboka sa nadýchla a trpko pokračovala ďalej.

„A presne tak sa ku mne správajú i jej synovia. Tipnite si, čo mi minule jeden z nich zahlásil! Že vraj au-pair je iba Anka," pritom pozrela priamo na ňu. „Ja som naopak obyčajná upratovačka. Určite to pochytili od mamy. Chcete si vypočuť ďalšiu perličku? Pred mesiacom som vyniesla smeti do kontajnerov a Fritzi, stredný z nich, ma naschvál vymkol. Stála som na ulici za dverami a prosíkala, aby ma vpustil dnu. No on sa na mňa iba vyškieral. Cez okno v hale som videla, ako podišiel ku peci v kuchyni, vytiahol z nej horiace poleno, teda také, čo sa dalo z jednej strany chytiť do rúk a provokačne s ním začal chodiť po dome."

„No, dievča, obdivujem ťa, ja by som stade dávno zdúchla!" s hrôzou som skonštatovala.

„Hm, to sa ľahko povie, no ťažšie realizuje... A čo ak sa dostanem do ešte horšej rodiny? Sestra domácej získala po mužovi vyšší, grófsky titul a asi preto sa k ľuďom správa príšerne povýšenecky. Tak napríklad svoju au-pair - mimochodom, cez agentúru si takisto vybrala Češku - privoláva iba zvončekom a v bielych rukavičkách kontroluje, či dôkladne poutierala prach... Ak rozumne volím menšie zlo, tak radšej zostávam u svojej rodiny. Naozaj sa mi nežiada vystriedať jednu hrôzu za druhú! To by som asi psychicky nezvládla..."

Nahlas som vydýchla. Naprázdno. Márne som hľadala vhodné slová.

Barbora nepoznala pracovnú dobu maximálne tridsať hodín týždenne a ľahké pomocné práce počas nej. Barbora na vlastnej koži okúsila slovné spojenia „mať smolu" a „byť otrokom". A nebola jediná. Takýchto a podobných príbehov som si vypočula požehnane. Aj od iných dievčat, ktoré som spoznala na niektorom z kurzov, v au-pairskom klube či ako kamarátku kamarátkinej kamarátky. Krátku dobu navštevovala so mnou nemčinárske hodiny aj ďalšia Češka, ktorá sa dostala do rodiny rozvedeného chlapíka, a kým od neho *neutiekla*, pravidelne sa navečer pre istotu zamykala v izbe, pretože on si omylom nárokoval vrámci au-pairskej výpomoci aj rozšírenie poskytovaných služieb, zamerané na zbližovanie východu so západom vo vlastnej spálni.

Anke som prezradila hneď na začiatku, že som spoznala Mickyho. Zoznámila som ju s ním krátko nato, počas našej víkendovej stretávky, a od prvého okamihu sa jej pozdával.

„Kati, ja ti neviem, on vyzerá veľmi sympaticky. Síce mi chýbajú akékoľvek skúsenosti s Turkami, ale Micky sa stále iba smeje. A tak zbožne na teba pozerá! Je milý, pozorný, aj ku mne sa správal od začiatku priateľsky...," snažila sa o čo najobjektívnejšie hodnotenie.

„Chce na teba zapôsobiť... Volí správnu taktiku, najprv si získa na svoju stranu kamarátku vyvolenej a potom...," zhrnula som v krátkosti. „Ale, pravdupovediac, ani ja s nimi nemám absolútne žiadne skúsenosti, no keď si spomeniem na jeho arogantného brata, tak je pravda, že Micky vyžaruje čosi neskutočne pozitívne."

Spoločne sme sa vybrali do Olympiaparku. Ja som ho zmapovala minimálne dvakrát predtým, no parádne útvary jednotlivých športových hál v areáli ma fascinovali stále nanovo. Počas zimného obdobia viseli na strechách výstražné tabuľky: *Nebezpečenstvo lavíny!*, čo sa výborne hodilo k navodeniu atmosféry z oblasti zimných športov. V rozsiahlom Olympiaparku často pofukuje nepríjemný, chladný vietor, a tak som sa zakaždým aspoň na chvíľu schovala v útrobách plaveckej haly. Od vchodu smerom naľavo je vyčlenená časť tribúny pre návštevníkov, ktorým sa nežiada ponoriť do päťdesiatmetrového bazéna s „*najrýchlejšou vodou na svete"*, ako sa mu hovorí v odborných kruhoch, či využiť ďalšie poskytované služby ako sauna, aerobik, cvičenia a masáže. Chcú si iba chvíľu v pokoji posedieť a vychutnať miestnu atmosféru, plnú vlhkosti. Vyviezli sme sa výťahom aj na Olympijskú vežu do výšky 190 m, odkiaľ je v prípade pekného počasia nádherný výhľad na celé mesto a Alpy v jeho pozadí. Až taký, že si netrúfate natiahnuť ruku pred seba, aby ste ňou náhodou nevrazili do špicatých štítov. Micky sa prezentoval ako ozajstný gavalier na jednotku. Staral sa o blaho nás oboch, vysvetľoval, zabával nás a po výlete ešte zaviezol do centra, kde sme si v trojici zahrali biliard a air hockey.

Aj Alida vyzvedala, ako to s nami pokračuje a keď som jej odvrkla, že nemá čo s nami pokračovať, iba nechápavo pokrútila hlavou a skonštatovala: „Dievča, ty si tak blbé, veď on by ťa na rukách nosil, keby si mu dovolila."

Ťažko povedať, čo nakoniec zlomilo moje hlboké presvedčenie. Ono sa vlastne lámalo nebadane a postupne, ako ľadovce na póloch. Navyše bolo v značnej nevýhode, keďže ho zdolával niekto, kto ma už pri prvom stretnutí zaujal. Takže po asi šiestich týždňoch takmer každodenných návštev so zbierkou ruží a obalov od Mon Chéri, jemného dvorenia a takmer psieho, oddaného pohľadu, som sa jedného neskorého večera, keď ma Micky doviezol domov, nebránila viac bozku na rozlúčku. Keby som v tom nešťastnom okamihu iba spolovice tušila, čo ma čaká, kopala by som dookola hlava-nehlava ako besná kobyla.

Mickyho rodičia patrili k vlne imigrantov, naverbovaných Nemeckom po druhej svetovej vojne na znovuvybudovanie krajiny. Hovorilo a hovorí sa im *Gastarbeiter*. Pochádzali z malej, chudobnej dedinky niekde na severovýchode Turecka. Boli nevzdelaní, neovládali jazyk, a tak ako mnohí iní ich rodáci robili rôzne pomocné práce a žili svoj moslimský život v uzavretých komunitách ďaleko od domova. Prví tureckí Gastarbeiteri prišli do Nemecka v októbri 1961.

Micky sa narodil v Bavorsku, v tom istom roku ako ja. Ako ďalšia v poradí nasledovala sestra a nakoniec brat. Patrili do *stratenej generácie*, ktorá sa nevedela nikam *zaradiť*, pretože ju príslušníci oboch národností automaticky vyčlenili na kraj spoločnosti (pre jedných neboli Nemcami, čo bola i pravda, pre druhých sa odchodom nimi stali), a tak sa necítila doma ani v Nemecku, ani v Turecku.

Niečo podobné postihne deti všetkých vysťahovalcov. Určite minimálne prvú generáciu potomkov.

„Otec mal v rodine jedného bratranca. Žena mu zomrela pri pôrode. Keď neskôr nešťastnou náhodou prišiel o život aj on, zostal po nich malý syn. Ujali sa ho moji rodičia. U nich na dedine sa to považovalo za povinnosť, aby sa príbuzní postarali o siroty. A tak mám vlastne dvoch vlastných a jedného nevlastného súrodenca."

„Ten zo Sunsetu je ktorý?"

„To je môj vlastný brat. Je to taký pochábeľ. Chodí ešte do školy. Dozerám na neho, aby nevystrájal nejaké somariny. Ja, ako najstarší, som zodpovedný za svojich súrodencov. Nevlastný brat sa pred štyrmi rokmi oženil, má dve dcéry a jeho žena čaká o pár mesiacov ďalšie bábo."

„A tvoja sestra?"

„Pracuje ako sekretárka v advokátskej kancelárii v našom mestečku. O tri mesiace sa ale vydá a potom bude na ňu dávať pozor jej muž."

„Prečo by mal na ňu dávať pozor jej muž? Veď je dospelá žena, žijúca a zarábajúca v Nemecku...!"

„Aby nespravila rodine hanbu. Tak to vyžadujú naše zvyky. Ale muž, ktorého jej vybrali rodičia...," nedokončil, lebo – hoci som slušne vychovaná, musela som tentokrát porušiť pravidlá - a skočila mu do reči.

„Ako vybrali? Chceš mi seriózne tvrdiť, že roky žijete v tejto krajine, a oni jej vyberú manžela?"

„Veď sa nerozčuľuj. Pochádza z ich dediny v Turecku a sestre sa na fotografii hneď zapáčil. Mama i otec dobre poznajú jeho rodinu. Pri poslednej návšteve som sa s ním rozprával aj ja a zistil som, že je to veľmi seriózny mládenec. Tichý a pracovitý. Povedal som mu, že dostane dobrú ženu, a preto nedopustím, aby jej po príchode do Nemecka hocijako ubližoval. Nato ju mám veľmi rád."

„Micky, prosím, uzavrime na dnes tento rozhovor, inak nám hrozí, že sa pohádame. Ja proste takéto manipulovanie s ľudskými osudmi v dnešnej dobe asi nikdy nepochopím! Ako môžu rodičia svojvoľne rozhodovať o budúcom živote svojich dospelých detí? Veď žijete, preboha, v srdci Európy! A ona ho predsa vôbec nepozná!!!"

„Ale rodičia najlepšie vedia, čo je pre ich deti správne."

„Prosím ťa, nepreháňaj! Ich partnerský život predsa nedokážu predpovedať dopredu, ani keby ho poznali od plienok. Alebo vyčítali jeho povahové vlastnosti z fotografie???"

Na samom začiatku som mala všeobecne dosť skreslené predstavy o živote akýchkoľvek vysťahovalcov v ďalekej cudzine. Svet bol gombička, dokým ma nepostihol podobný osud a na vlastnej koži som neokúsila, čo so sebou prináša vysťahovalectvo v praxi. Dokým mi život nezrazil z nosa ružové okuliare. Netýkalo sa to iba predstáv o tom, ako ťažko sa musia novousadlíci prebíjať v neznámom prostredí, ako musia vynaložiť *minimálne* dvojnásobnú energiu, aby sa presadili a prežili, ale i o tom, čo si zachovajú z pôvodných tradícií. Ako úzkostlivo si ich strážia a v nezmenenej podobe sa snažia *vnútiť* aj svojim potomkom. Bez ohľadu na to, akým smerom napreduje vývoj v ich pôvodnej domovine. Bez akéhokoľvek prispôsobenia sa podmienkam a obyčajom v novej krajine. Vysťahovalci (vrátane mňa) často podcenia svoju vlastnú telesnú i duševnú *schránku*. Koľko toho unesie, čo sa do nej *zmestí*... Netušia, že ich čaká nekonečný boj. V krajine, kde za každým rohom striehne pravidelne nejaké, často i nepríjemné prekvapenie. Lenže to zistia až priamo na mieste a priamo v akcii. Nie každý pritom dokáže podobnému tlaku (bez ujmy na zdraví) odolávať. No ak niekto neovláda jazyk a oduševnene tvrdí, že v cudzine sa dá dlhodobo a zároveň plnohodnotne prežiť aj bez neho, tak priam cítim, ako mi z toľkej naivnosti stúpa tlak.

Postupne som sa o Rahmim a jeho rodine dozvedala viac a viac. Ako som sa najprv zubami-nechtami bránila prípadnému vzťahu, tak som teraz bola zaľúbená až po uši, hoci semienko nedôvery vo mne naďalej zostávalo kdesi skryte zakorenené a pri podobných rozhovoroch dostávalo nepatrnú zásobu živín na vzklíčenie do budúcnosti. Pochybností o správnosti svojho rozhodnutia som sa vlastne nikdy nezbavila. Podľa okolností sa ozývali pravidelno-nepravidelne a s rôznou intenzitou.

Zakrátko som zistila, že nás dvoch spája aj záľuba v ázijských bojových umeniach. Kedysi som na Slovensku trénovala karate, Micky získal dokonca titul juniorského majstra Horného Bavorska v džude a občas ešte zvykol trénovať deti v domovskom klube.

Teraz som mu už musela prezradiť, ako je to v skutočnosti so mnou a s neexistujúcimi vízami a oboznámila ho so základnými pravidlami, ako sa správať v prípade nečakanej kontroly.

Keďže som onedlho chystala oslavu narodenín, rozhodol sa, že mi v ich deň okrem darčeka pripraví aj menšie prekvapenie.

„Obleč si niečo veľmi elegantné a čakaj ma o deviatej večer pred domom," oznámil mi záhadne po telefóne a ja som zvyšok poobedia zvažovala, čo na seba, keďže *niečo elegantné* môže u chlapa znamenať všeličo a on rozhovor ukončil skôr, než som stihla sformulovať doplňujúce otázky.

Rozhodla som sa pre kombináciu bielej blúzky s čiernou sukňou. K tomu som si vybrala nádherný červený kabát, ktorý som kúpila takmer „za babku" v Hertie na Karlsplatzi počas posledných zimných výpredajov, a čakala v dohodnutú hodinu na určenom mieste.

Z jeho rozžiarených očí a intenzity bozku som pochopila, že je s mojou voľbou nadmieru spokojný. Sám sa vyobliekal ako biznismen a ja som sa zasa kochala pohľadom na neho. Usadil ma do auta a tajnostkársky si to zamieril na diaľnicu. Príliš málo som sa vyznala v okolí Mníchova, aby som uhádla, kam ma to vlastne unáša.

„Prezradíš mi konečne, čo si na dnes večer naplánoval?"

„Nebuď taká nedočkavá. Je to prekvapenie, tak vydrž ešte chvíľu," zahlásil s tajuplným úsmevom.

Keď som si na tabuli pri ceste prečítala názov mestečka, naďalej som tápala v tme. Až keď sme vystúpili z auta a vykročili k vysvietenej budove za rohom, zistila som, že ma vzal do kasína. Po schodoch vystupovali ďalší záujemcovia o hazardnú hru, odetí ako na bál či inú slávnostnú udalosť. Ženy i muži, mladí i tí postarší. Trochu mi stiahlo hrdlo, keď som pozerala na prepych okolo seba a dúfala, že mnou zvolená čierno-biela kombinácia nebije nikomu príliš do očí. Tu sme sa ocitli vo vyššej kategórii. Pri

115

sledovaní vstupnej prehliadky som si priala byť niekde úplne inde. Presné poradie jednotlivých úkonov som takmer nevnímala. Každopádne som musela odovzdať pas k nahliadnutiu a vzápätí vyplnila nejaký formulár s menom a adresou, kde bývam. Od nedefinovateľného strachu by som sa najradšej bola prepadla pod zem. Nik ma vopred nepripravil na takú dôkladnú procedúru odhaľovania záškodníkov. Nahovárala som si, že na mne spočíva aspoň desať párov očí zamestnancov ochranky a zavŕtavajú sa mi cielene pod kožu, aby o mne získali čo najviac informácií. A ja som sa snažila zakryť pred ich sliediacim zrakom svoje trasúce sa ruky.

„Prečo si ma sem zobral?" precedila som potichu pomedzi zuby, aby nás nik nepočul. „Vari si zabudol, že si nemôžem dovoliť žiadne nepríjemnosti?!"

„Dž-nem," tak ma často oslovoval Micky a znamenalo to (ževraj) *miláčik*. „Nič sa neboj, si tu so mnou a všetko bude ok!"

S veľkými obavami som vyplnila papiere, zadala Laurinu adresu s poznámkou ´na návšteve´ a rozmýšľala, čo asi bude nasledovať. Pracovník kasína si ma mlčky a pozorne premeriaval. Nakoniec ma bezo slov vpustil dnu. Naďalej som nevnímala nič naokolo a čakala, kedy ma odhalia a následne zdrapnú ruky zákona. V pokladni Micky zamenil peniaze za žetóny a až vo vnútri v žiari krištáľových lustrov som sa ako-tak upokojila. Alebo sa iba vo mne prebudila hráčska vášeň, ktorá zatlačila do úzadia ostatné nepríjemné pocity?

Pri pohľade na obrovský stôl s ruletou som sa okamžite preniesla do iného sveta. Boli sme časťou spoločnosti, kde sa zrazu ruky trasú viacerým, i keď z úplne iného dôvodu než mne. Krupiér nahlas vyvolával naučené repliky, prítomní sústredene ukladali žetóny na hraciu plochu a tajne dúfali, že ešte v ten večer sa vrátia domov ako novopečení milionári. Dajú zbohom minulosti a budú hľadieť v ústrety bezstarostnej budúcnosti.

„Tak na čo vsadíme my?" vytrhol ma z premýšľania Micky.

„Hmm... v živote som v kasíne nebola a nepoznám žiadnu osvedčenú taktiku. Iba tú metódu ´z brucha´. Ale moje šťastné číslo je trojka!"

„V poriadku, tak trojka!" zopakoval po mne a vzápätí ukladal prvý žetón na zvolené políčko.

Šťastné číslo ma tentokrát zradilo. Zapracovalo ukážkovo v prospech svojho nadriadeného, teda kasína a nenásytne žetón zhltlo.

Štipla som sa jemne do líca, či nesnívam, či sa náhodou nenachádzam vo filme. Presne v takom, aké sme kedysi doma s obľubou sledovali počas víkendových večerov, keď ešte ostnaté drôty pozdĺž štátnych hraníc tuho objímali naše malé Slovensko, vlastne vtedy Československo, a tak sme s povolením vrchnosti cestovali svetom aspoň cez čiernobielu obrazovku (alebo ako babička radila: *prstom na mape*). Zažiť niečo podobné vo farbách a naživo bolo jednoducho čosi famózne.

Plne sme si s Mickym uvedomovali, že dvaja zaľúbenci by si nárokovaním na šťastie v hre privodili nešťastie v láske, a tak sme si vopred stanovili hornú hranicu, ktorou sme boli ochotní podporiť pokladňu kasína. Poker a podobné radovánky ma nelákali, keďže som neovládala pravidlá, ale hádzať na farby či čísla v rulete ma bavilo. Keď sme si vyčerpali dohodnutý limit, zišli sme o poschodie nižšie, kde ma prekvapila veľká, podlhovastá miestnosť s desiatkami blikajúcich automatov pre jednotlivcov.

„Ak chceš, zahráme si trochu i tu," navrhol Micky.

„A môžeme si to vôbec dovoliť?" položila som mu pre istotu kontrolnú otázku.

„Pár mincí mi zostalo, poď...," chytil ma s úsmevom za ruku a viedol ďalej. Presúvali sme sa od automatu k automatu a všade, kde nás ponuka zaujala, vyskúšali aspoň jednu novú hru. Občas sme do prístroja niečo vhodili, aby sa divoko rozkrútili slivky a čerešne na displeji, občas sa nad nami niektorý zľutoval a vrátil nám vklad, ale inak sme sa pohybovali v rovine smiešnych súm. Systémom *„čo dal, to zasa vzal"*. (Nepozná náhodou niekto kasíno, spoľahlivo fungujúce na systéme *„Jánošík"*?)

Práve sme sa chystali na odchod, ručičky na hodinách dávno prekročili polnočnú hranicu a nás zmáhala únava miešaná s *hazardérskymi* zážitkami, keď zrazu pani pred automatom po mojej pravici začala priam neskutočne jačať. Až mnou trhlo pri tom nečakanom zvuku, ktorý pomaly prechádzal do nemého úžasu, pretože ho vystriedal zvonivý zvuk padajúcich mincí. Stáli sme tesne vedľa nej, a tak sme ako prví zbadali blikajúcu výhru.

„Micky, vidíš, čo ja?" spýtala som sa, hľadiac s úžasom na svetielkujúce päťmiestne číslo.

„Wau... 10 000 DM," odvetil s naširoko rozšírenými zreničkami.

Naklonila som sa k nemu a do ucha mu nenápadne zašepkala: „Mať tak jej šťastie..."

„Čo vravíš?"

„Aale nič, hlavne že sme zdraví. Podobné zázraky zažívam pravidelne. I keď doteraz na úplne iných miestach. Kedysi dávno som, napríklad, prišla do banky u nás v Bratislave, keď pani v rade predo mnou pristúpila ku okienku, chvíľu počúvala, čo jej tam oznamujú, zrazu sa otočila a vyzerala akoby nadobro onemela. S otvorenými ústami vybehla na ulicu. Darmo za ňou pracovníčka banky kričala, aby sa vrátila, že práve vyhrala veľkú sumu peňazí. No a pred rokom zinkasoval môj spolužiak milión a pol v bingu (ďalší o pár rokov neskôr v televíznom Milionárovi). Neviem, či poznáš bingo, ale to nie je teraz podstatné. Takže vážení a milí, ktorí túžite rozšíriť rady boháčov, priateľte sa so mnou alebo sa postavte predo mňa, vedľa mňa, za mňa a už iba čakajte...," smiala som sa, mávajúc prázdnymi rukami okolo seba. „Stačí byť v správnom čase na správnom mieste. Čo sa mňa týka, som síce vždy v správnom čase, ale na nesprávnom mieste – dnes asi tak meter naľavo od neho..."

A tak som znovu iba sklamane skonštatovala: „Čo nás nečaká, to nás minie!"

Narodeninové prekvapenie sa Rahmimu vydarilo a návšteva v kasíne skončila bezproblémovo. I preto sme sa o pár mesiacov rozhodli, opäť si ju zopakovať. Po druhom pokuse som sa niekoľko dní strhávala od strachu pri každom podozrivom šramotení za dverami nášho domu.

Mulderovci a „Osterhase" pozývajú (14.)

Mulderovci ma pozvali na návštevu celkovo iba dvakrát. Presnejšie povedané prvý a onedlho aj posledný raz.

Na začiatku roka sme sa náhodne stretli na ulici, práve keď som so svojim drobizgom mierila na ihrisko.

„Tak už si sa vrátila späť?" spýtala sa ma pani Mulderová po krátkom zvítaní. Rozprávali sme sa po anglicky a v tejto reči, ako je všeobecne známe, si osoby automaticky potykajú.

„Som tu čosi vyše týždňa," prisvedčila som, „no a vidím, že aj vy ste naspäť z Holandska."

„Áno, prišli sme predvčerom aj so svokrom. Zostane u nás do konca mesiaca. Ak máš čas, príď ku nám zajtra poobede na kávu, rada ťa s ním zoznámim."

„Ďakujem za pozvanie, ale poobede som s malými, takže..."

„Nevadí," prerušila ma, „vezmi ich so sebou. Tim a Mia sa radi zahrajú s Petrom a my sa zatiaľ v kľude porozprávame."

Dohodli sme sa na presnej hodine a ja som s deťmi pokračovala v ceste za našim pôvodným cieľom. Miestne detské ihriská patrili tiež k tým divom sveta, ktoré ma v Nemecku od začiatku fascinovali. (Kto si pamätá na strohý, socialistický dizajn železných konštrukcií, poznačených koróznymi procesmi, zaiste ma pochopí.) Boli takmer na každom kroku. Mohli sme ísť na sever, na juh, na východ či na západ a vždy sme na nejaké po chvíli narazili. A o pár metrov hneď zasa na nasledujúce. Väčšina vyzerala ako nová a bohatý výber pestrofarebných, predovšetkým drevených a krásne tvarovaných preliezok, hojdačiek, šmykľaviek som krpcom v kútiku duše závidela. Z času na čas som využila štatút au-pairky, tvárila sa pritom patrične obetavo a preliezala, húpala a šmýkala sa ostošesť s nimi. V našom okolí mnohé z nich pokrývala na zemi mäkučká, gumená podlahovina červenej farby, ktorá drobcov chránila pred možnými úrazmi pri páde. Nohy sa mi do nej príjemne zabárali. Mala som pocit, akoby som kráčala vo vate.

Na druhý deň som načrela do svojich suvenírových (extra) zásob zo Slovenska. Rozhodla som sa tentokrát pre jednu zo slamienok a spolu s deťmi, ktoré ma takmer od rána spovedali, kedy konečne vyrazíme, sme sa vybrali o ulicu ďalej.

Pani Mulderovej som pri dverách odovzdala darček a vysvetlila, z čoho je vlastne zhotovený.

„Ďakujem," pozerala naň v miernych rozpakoch. Z jej reakcie som usúdila, že niečo podobné vôbec neočakávala. Uviedla nás do obývačky, kde sedel jej svokor. Bol to príjemný, starší pán. Kým sme sa my dvaja uvoľnene zhovárali v angličtine, vytratila sa jeho nevesta na chvíľu z dohľadu. Peter s Timom a Miou sa zatiaľ nerušene hrali v našej blízkosti.

„Ja som si pre teba neprichystala žiaden darček, ale aspoň toto si vezmi na oplátku," vchádzajúc naspäť do izby, držala vo vystretých rukách čokoládu a farebné pohľadnice. Pár sekúnd sme sa dohadovali, čo muselo a čo nemuselo byť, ako to pri drobných pozornostiach býva zvykom.

Návštevu som zaradila do kategórie *príjemných*, a preto som súhlasila aj s pozvaním na večeru o niekoľko týždňov neskôr. Medzitým sa nahlásila aj jedna nečakaná, ale vítaná návšteva ku nám. *Marie-José.*

„Marie-José je pôvodom Francúzka a robila u nás au-pairku, keď ešte Mia nebola na svete. Vlastne ani Tante Clara u nás ešte nepracovala. No a práve je v Mníchove a príde na *vizitu* zajtra. Ja prinesiem niečo z cukrárne a ty priprav na tretiu kávu a stôl... Veď mi rozumieš. Servítky, príbor, taniere a poháre," oznámila mi jedného dňa pri večeri Laura.

„Marie-José?" spýtal sa prekvapene Tim. „A ja už som bol na svete? Lebo na niekoho takého si vôbec nespomínam."

„Veru áno, zlatko. Veď kvôli tebe u nás bola. Ale po toľkých rokoch si ju nepamätáš. To je úplne normálne, že malé deti zabúdajú."

Bývalá francúzska au-pair sa dostavila na minútu presne. Dochvíľnosť musela pochytiť počas svojho pôsobenia v Nemecku, pretože Francúzi chodia inak pravidelne neskoro (súdim na základe chýrov o nich a podľa pár známych). Bola to sympatická, usmievavá dievčina v okuliaroch, s dlhými tmavými vlasmi a miernym prízvukom. Mia si ju hneď obľúbila a celý čas chcela sedieť iba pri nej. Tomu sa vraví *pocta*, keďže inokedy sa cudzích, neznámych ľudí stránila.

„Koľko sme sa to vlastne nevideli?" spýtala sa Laura.

„No, pracovala som u vás, keď mal Tim dva roky, takže to sú približne ďalšie tri, čo som odišla. Bože, ako odvtedy vyrástol! Ale ty si sa vôbec nezmenila! Prezraď, ako to robíš?" zalichotila svojej bývalej au-pair mame Marie-José. Chvíľu spolu oprašovali zážitky zo starých, dobrých čias a prebrali pritom aj osudy niekoľkých bývalých priateľov z onej doby.

„A čo zaujímavé si odvtedy podnikla ty? Išla si na cestu okolo sveta, ako si pôvodne plánovala?" vyzvedala Laura.

„Áno. Približne rok som brázdila krížom-krážom zemeguľu. V Argentíne som spoznala môjho terajšieho partnera, pár mesiacov sme potom cestovali vo dvojici. Minulý rok v septembri sme sa rozhodli konečne usadiť. Predtým sme dôkladne prečesali celé Francúzsko a v Bretónsku našli jedno nádherné menšie gazdovstvo a teraz by sme sa radi dali na chov zvierat."

Marie-José sa u nás nezdržala príliš dlho. Na ďalšie plánované stretnutia so známymi z mníchovskej éry sa presúvala podľa presne vyrátaného časového harmonogramu. Pred odchodom sme sa spoločne na pamiatku odfotili.

Po jej návšteve som sa opäť utvrdila, že problém s Tanjou a jej tvrdenia mali pravdepodobne čisto subjektívny charakter. Zo všetkého, čo spomenula

Marie–José, by ani slepý neprehliadol, že sa v rodine cítila výborne a rada spomína na časy, strávené u nich a v Mníchove.

Na večeru ku Mulderovcom som bola pozvaná na piatu poobede. *Trochu priskoro*, pomyslela som si, ale v podstate mi to vyhovovalo, pretože neskôr som chcela ísť ešte s Alidou a Mickym do mesta. V predsienke za vchodovými dverami ma srdečne vítali obaja domáci. Už ich úvodná veta znela akosi podozrivo. „Ak ti to nebude prekážať, pozvali sme i manželovho kolegu. Je tiež Holanďan a volá sa Peter, ako náš syn." No čo k tomu dodať? Nech ho pošlú nazad, skade prišiel? Niekomu, koho vlastne ani poriadne nepoznám? Tak som sa podľa pravidiel slušného správania sa dobre vychovaných mladých dám milo usmiala a zašvindľovala, že je všetko v najlepšom poriadku. Lebo *dobre vychované* mladé dámy vycítia, čo je v danej situácii vhodné odpovedať.

Ibaže o pár krokov ďalej pri vstupe do obývačky som začala čosi šípiť. Obraz kolegu po rokoch stratil na ostrosti, v spomienkach sa mi vynára len veľmi matne. Tuším bol na prvý pohľad aj celkom sympatický, ale čo sa spontánnej konverzácie týka, pôsobil na mňa dojmom neskutočného nemehla. On snáď úplne onemel, akonáhle sme sa zjavili v miestnosti. V tichosti ma hltal svojimi *„single"* očami. Pred trápnym mlčaním ho našťastie zachránil jeho malý menovec, keď ho vyzval k účasti na nejakej spoločenskej hre. Vďaka tomu som zistila, že okrem pozdravu zvládne mladý muž dokonca poskladať ucelené, zrozumiteľné vety a že sa počas hrania dokáže aj uvoľniť a z chuti zasmiať.

Ja som medzitým pochopila, o čo Mulderovcom vlastne šlo. Jednoducho zorganizovali zoznamovací večierok s cieľom dať nás dvoch dokopy. A zdalo sa, že kolega Peter bol vopred zasvätený do pravidiel hry *„o mne, bezo mňa"* a vďačne asistoval.

„Tak toto teda nie! Rýchlo sa najem a prchám!" zaumienila som si na začiatku večera. Nuž ale dovtedy mi chýbali akékoľvek skúsenosti, ako sa taká francúzska večera odvíja a koľko chodov vlastne zahŕňa.

Dnes prezieravo počítam aspoň s piatimi (hoci v tú chvíľu som mala pocit, že ich je tisíc), a preto i vám radím: naberajte si primerane malé porcie a vhodne ich kombinujte s hovoreným slovom. Konverzácia s príjemnými ľuďmi mi nikdy nerobila problémy, ale v ten večer som u nich sedela ako na ihlách, i keď navonok asi nič nezaregistrovali. Plne ich zamestnávala ich dôležitá misia.

„Katja, daj si ešte trochu zo šalátu, zober si aj bagetu a nezabudni si nabrať i zemiaky... Z tých syrov si už mala? A tie chlebíky si ešte nevyskúšala... Ochutnaj hrozno, chutí fantasticky," takto a podobne ma chytali na udicu a verili, že im ju zhltnem i s navijakom. Pri prvých dvoch chodoch som si, nič netušiac, vzala i ponúkané repete, veď všetko chutilo fantasticky (to len v ich očiach som musela vyzerať ako riadny nenážranec), ale keď sme sa o ôsmej večer ešte stále nachádzali v plnom konzumnom prúde a vôbec to nevyzeralo na blízky koniec hodov, začala som sa mrviť na stoličke. (Zostávala mi hodina a pol času do stretnutia s Rahmim a Alidou.)

„Katja, ponúkni sa ešte vínkom," naliali mi opäť za pohár červeného a hoci tento nápoj nepatrí medzi moje obľúbené, neprotestovala som, pretože k francúzskej hostiteľke patrí i čaša poriadneho vína a ono sa neodmieta, ak nepatríte ku zarytým odporcom alkoholu. Aspoň symbolicky jeden glg prejde každému dolu hrdlom. Mulderovcom však nekontrolované množstvo OH-skupín dosť rozviazalo jazyk. Dokonca do stupňa, keď mi ich bujaré správanie začalo byť pomaly nepríjemné. (To je tak, keď človek nedrží krok so zvyškom osadenstva. Jeden zriedený glg nikoho triezveho neuchráni pred *táraninami* popíjajúcich.) Inokedy by mi niečo podobné neprekážalo, no teraz som si pripadala ako lovná zver, zahnaná do kúta. Podobná taktika lapania do pasce bola u mňa – vždy a bez pardónu - odsúdená na totálne fiasko.

„A čo by si povedala na to, keby ťa Peter pri najbližšej príležitosti odviezol domov na Slovensko?"

„Prečo, on sa tam, nebodaj, chystá?" spýtala som sa prekvapene, ba priam naivne.

„Nie, on priamo nie. Ale mohli by ste si ten výlet naplánovať spoločne. Peter má čas a rád ťa odvezie."

„Aha..."

Potenciálny šofér iba mlčky pritakal a Mulderovci pokračovali v ofenzíve. Kulinárskej a kupliarskej. Hodiny práve odbili desiatu, keď sa domáca pani (a neoficiálna tlačová hovorkyňa nádejného ženícha) vrátila z kuchyne s nasledujúcim chodom a ďalším chválospevom na ich rodinného kamaráta, ktorý by ma isto rád na ďalší týždeň pozval do kina. Nezvládla som situáciu. Prudko som vstala od stola. „Prepáčte, ale ja som mala byť práve niekde inde. Ďakujem za pozvanie na večeru. Chutila výborne."

Pridala som ešte krátke vysvetlenie o stretávke s kamarátmi v meste (tušiac, že Alida s Rahmim už asi vyhlásili pátranie po nezvestnej priateľke) a trielila kade ľahšie. Mickymu som neskôr zatajila, prečo som meškala. Aby náhodou nevyzval málovravného Holanďana na nerovný súboj sokov... nerada totižto hľadím na krv.

Mulderovci ma nikdy viac k sebe na návštevu nepozvali (určite sklamane skonštatovali, že sa mi predsa len neušlo slušného vychovania) a ja som sa im od toho nešťastného večera – keď som spoznala ťažký osud štopaných husí, keď som po treťom chode odfukovala ako pytón, ktorý prehltol zebru a v ušiach mi paralelne znela ária z Predanej nevesty – na hony vyhýbala.

Takže *záverečné zhrnutie*: ak vás pozvú na hodovanie francúzski hostitelia, počítajte s tým, že menej je niekedy viac! Zobkajte radšej decentne, vychutnávajte každý hlt a myslite na to, ako ďalší chod netrpezlivo podupkáva na tácni v kuchyni, aby potešil i ten najmlsnejší jazyk, a preto sa od vás očakáva, že mu tiež ponecháte kúsok miesta v tráviacom trakte.

Čo sa potenciálnych nápadníkov týka, rozhodnutie ponechávam na vás...

„Znám jednu dívku, tá ma dukáty, má dukáty a chalupu a chalupu dostane od táty..." *(Predaná nevesta)*

Pomaly sa schyľovalo k Veľkej Noci. Laura sa s deťmi a Philipom chystala na návštevu ku svojim rodičom a ja som opäť dostala pozvanie k Ankinej rodine.

„Kati, včera sme spolu s Luciou robili lasagne. Zabudni teraz na obyčajné lasagne a predstav si tie s veľkým L. Také, pri ktorých sa cítiš, akoby si práve objavila minimálne Ameriku... Hmmm, Lucia je proste fantastická kuchárka! No, ale je pravda, že je rodená Talianka, tak ich kuchyňu zvláda bravúrne ľavou zadnou. Ach, ani sa radšej nepostavím na váhu... Ale nevadí. Už si si zisťovala, či dobehneš na sviatky k nám? Že prídeeeš?" prosebným hlasom ukončila príval slov Anka.

„Anka, k vám vždy... Veď to ti snáď ani nepotrebujem hovoriť! A neuveríš, ale v Nemecku si hravo podstatné mená predstavujem s veľkým písmenom na začiatku a na kuchárske umenie Lucie sa teším už dnes," doberala som si ju tak po našom a tešila sa nielen na ňu, ale i na každého jedného člena jej rodiny. „A čo mám vziať so sebou? Počula si, že tu nosia vajíčka zajace a ukryjú ich v záhrade?"

„Áno, Lucia mi predvčerom vysvetľovala miestne zvyklosti... a deti ich potom hľadajú. Šibačku i tak neobľubujem, takže ich obyčaje mi vlastne vyhovujú. No a priniesť môžeš nejaké čokoládky, vlastne hocičo... vajíčka či zajace. Deťom je to úplne jedno, oni sa tešia hlavne na teba. Vyzdvihneme ťa na konečnej. Ktorý smer zvolíš teraz?"

„Ten istý ako minule. A aj ja som rada, že sa vyhneme šibačke."

„Keď som im objasnila jej podstatu, tak sa divili, aké barbarské zvyky vládnu u nás." Zasmiali sme sa.

Po ukončení rozhovoru s Ankou som okamžite volala Mickymu. „Dž-nem, cez víkend so mnou nerátaj, som pozvaná do Holzkirchenu. Uvidíme sa, až keď sa stade vrátim."

„Katja, ale prečo? Dúfal som, že keď odcestuje tvoja rodina preč, urobíme si pekný, predĺžený víkend vo dvojici," zareagoval vyčítavo, takmer urazene.

„Micky, s Ankou som iba raz za sto rokov, lebo býva tam, kde býva, a okrem iného zbožňujem aj jej rodinu. My sme spolu takmer každý večer, sobotu i nedeľu, tak nám pár dní oddychu nezaškodí."

„A nevrátiš sa od nich aspoň o deň skôr?" nevzdával sa.

„Nie. Musíš sa s tým zmieriť. Ktohovie, kedy sa k nim dostanem nabudúce."

„Tak ťa prídem aspoň vyzdvihnúť."

„Ak ti nevadí, že je to ďaleko, tak príď. Ale ešte ti zavolám, kam a kedy," ukončila som rozhovor na tému *Veľká Noc*. Šťastná, že sme sa nakoniec dohodli.

V piatok som sa najprv rozlúčila so svojou rodinou, zapriala im šťastnú cestu a príjemné sviatky. Potom som si zbalila tašku a vybrala sa na stanicu. Neuvedomila som si, že je sviatok a autobusy jazdia podľa nedeľňajšieho cestovného poriadku. Údaj, ktorý som tým pádom poskytla Anke o príchode S-bahnu, bol nesprávny. S-ko síce premávalo podľa plánu, ale ja som ho kvôli zmenenému odjazdu autobusu nestihla.

„Porazí ma... prší," spomenula som si na repliku malej Valentíny, ktorú sme s Ankou začali používať pravidelne v katastrofických situáciách, i keď na oblohe nebolo vidno ani mráčika. Ďalší S-bahn na konečnú odchádzal až za dlhých štyridsať minút.

„Kde je tu telefón? Treba im oznámiť, nech nikam nejdú!" napadlo mi bleskovo. Zo spomínanej stanice som jazdila iba k Anke, takže som sa na okolí vôbec, ale skutočne vôbec nevyznala. Kráčala som po nástupišti sťa opustená sirota Podhradských a trvalo mi istú chvíľu, než som objavila telefónnu búdku, dobre schovanú za staničnou budovou. Vrhla som sa na ňu ako hladný vlk na svoju korisť, ale ako vlk som sa neosvedčila. Lov sa nevydaril. S hrôzou som pozerala na automat, ktorý prijímal iba telefónne karty. Nervózne som si prehadzovala v ruke mince a zvažovala iné možnosti.

„Taaakže... teraz asi nasadajú do auta, aby sa zbytočne previezli. Potom z rozpisu zistia, že nasledujúci S-bahn príde až o dlhých štyridsať minút. Chvíľu budú zvažovať, čo teraz, ale nakoniec uznajú, že nadarmo mrznúť sa neoplatí, pretože ich istotne na odkazovači čaká nejaká správa odo mňa. A tak sa radšej rýchlo vrátia domov. Správa na odkazovači síce nebude, ale to už zazvoní telefón a ja im so smutným hlasom z konečnej vysvetlím situáciu a poprosím ich, či by ešte raz a výnimočne nezbehli po jednu zatúlanú ovečku."

Tak takýto scenár som si vymyslela na zástavke za štvortaktného podupkávania v chlade, ktorý sa pomaly a zákerne prediera jednotlivými vrstvami oblečenia až do špiku mojich kostí.

Avšak scenár sa tentokrát nenaplnil! Ak by bol zachytený na nejakom papieri, mohla by som sa pokúsiť založiť ním aspoň ohník na chvíľkové zahriatie. S-bahn síce dorazil načas na konečnú, ale na zastávke v lese, ani nikde na okolí som žiadnu telefónnu búdku neobjavila. Kým som ju márne hľadala, zmizli z parkoviska i tí dvaja cestujúci, čo vystúpili so mnou, a ktorých som prípadne mohla požiadať o zvezenie. Aj obyčajné tri-štyri kilometre by ma nesmierne potešili.

„V poriadku, dnes ma niekto tam hore nemá rád... A hádže mi studené snehové záveje pod nohy, ale ja sa nenechám zastrašiť!" zahundrala som si popod nos. S pevným odhodlaním nevzdať sa len tak ľahko a bez boja, pozerajúc pritom na bielu a hlavne bohatú nádielku okolo seba. Priamo pod Alpami je počasie v každom ročnom období drsnejšie než u nás, Mníchovčanov. Jednohlasne som však zamietla cestu naspäť. Patrím ku sorte dobrodruhov, ktorí sa neradi a iba vo výnimočných prípadoch vracajú rovnakou trasou nazad. A tak som sa vybrala, naverímboha, po asfaltke cez polia a lúky a dúfala, že sa nestratím v neznámej pustatine, alebo niekde cestou v kope snehu nezamrznem.

Šla som, takpovediac, rovno za nosom a chrbtom ku vlaku. Občas som múdro hľadela na nemé orientačné tabule, ale o správnosti svojich krokov som nebola stopercentne presvedčená, pretože v skutočnosti som názvy okolitých usadlostí vlastne vôbec neovládala. Nestretla som ani žiadnu živú dušu, ktorá by sa pri pohľade na cencúľ pred sebou zľutovala a hocijako mi poradila či pomohla. Veď kto by sa okrem mňa v tej zime dobrovoľne táral po vonku? Niekoľko domov na okolitých kopcoch sa mi zdalo povedomých, ale človek si v núdzi veľa vecí nahovára a prispôsobuje okolnosti vlastným želaniam. Veru dlho som šliapala bielym, bavorským vidiekom, ale keď som v diaľke zbadala známu železničnú stanicu a bola si naozaj istá, že neblúznim, rýchlo som zabudla na všetky omrzliny a pridala sviežo do kroku.

„Kati, preboha, čo sa stalo a ako si sa dostala až sem?" prehovorila ako prvá s hrôzou, ale aj s obdivom v hlase Anka. Hneď, ako otvorila vchodové dvere.

„Ahoj Katja, prečo si neprišla s mamou, keď išli po teba autom?" docupitala tesne za ňou malá Valentína a už ma aj ťahala za ruku do predsiene. Zároveň z obývačky vystrčili hlavy i ostatní členovia domácnosti, neveriac, že ma v ten piatok ešte uvidia, a tak som im podrobne vyrozprávala príbeh o čiernom dni na bielom pozadí.

„Katja, poď najskôr do izby a sadni si ku kozubu. My ti zatiaľ pripravíme čaj a niečo pod zub," zahlásila ustarostene Lucia. „Dúfam, že si si cestou sem neuhnala nejakú chorobu!"

Teplý čaj a blízkosť hrejivých plameňov boli tou správnou kombináciou na skrehnuté údy po toľkých štrapáciách.

„A zostaneš u nás zasa spať?" vyzvedal Stephano.

„Ak mi to mama a papa dovolia, veru zostanem," odvetila som s úsmevom.

„Oni predsa dovolili," potešil sa chlapček. „V nedeľu po raňajkách začneme hľadať veľkonočné vajíčka. *Osterhase* ich skoro ráno poschováva v našej záhrade a my ich musíme spoločne nájsť."

„Každý si smie ponechať všetky, ktoré objaví," pridala sa k vysvetľovaniu miestnych zvykov Valentína.

„Ach deti, Kataríne asi nebude stačiť naša malá záhradka, ona si isto rada obehá celý chotár," doberal si ma so smiechom najstarší člen rodiny.

„Ale potom sa ľahko môže stať, že vyhrám ďalšiu súťaž – tentokrát v zbere čokoládok," kontrovala som, zámerne mu pripomínajúc poslednú porážku v Scrabble.

„Anka, myslíš, že by Lucii a Michaelovi prekážalo, keby ma Micky v pondelok u vás vyzdvihol autom?" spýtala som sa, keď sme po večeri spoločne odkladali riady do umývačky.

„Nie, moja, nemyslím. Ale spýtame sa Lucie, keď uloží deti spať."

Víkend ubehol veľmi rýchlo, v skvelej a uvoľnenej atmosfére, ktorá sa, bohužiaľ, nikdy viac nezopakovala. No zatiaľ som si ešte stále užívala ich pohostinnosti.

Dozvedela som sa, že v Taliansku je zvykom na Veľkú Noc dávať blízkym okrem sladkostí aj drobné darčeky, a tak som si i ja v prútenom košíčku, pridelenom mne, medzi čokoládami od hostiteľov našla malú pozornosť na pamiatku – brošňu v tvare motýľa. Deti dostali niekoľko postavičiek z bábkového divadla a ihneď ich aj vyskúšali. Pozreli sme si improvizované predstavenie „*Principessa*" v podaní otca a dcéry.

Zažili sme i trochu 'ekšn´ na nedeľňajšej prechádzke krížom cez miestne lúky a polia. Michael chcel deťom vytvoriť luk a šípy z tenkých konárov a pritom si nepríjemne zarezal vreckovým nožíkom do ruky. Pri pohľade na krvácajúcu ranu sa nepatrilo veľmi vtipkovať o uzatváraní pokrvného bratstva dvoch Sloveniek s Nemcom, alebo porekadlovať o zlej burine... Ale i napriek tomu sme vtipkovali. S Michaelom sa ani inak nedalo.

Tri dni po mojom príchode zaklopal na vchodové dvere Micky. Rodina ho priateľsky privítala, trochu vyspovedala (rozhovor sa krútil okolo jeho firmy s autami a Rahmi sa ako každý *ausländer* snažil prezentovať ako úspešný podnikateľ), trochu sme si spoločne zažartovali, aby sme na záver nasadli do auta smer Mníchov.

Prvé nezhody (15.)

Koncom marca alebo začiatkom apríla som opäť cestovala domov. Presne podľa pôvodnej dohody s Laurou. Šla som si po pečiatku do pasu, ktorá by v prípade potreby strážcom zákona potvrdila, že som naozaj opustila aspoň na chvíľu Spolkovú republiku Nemecko a zároveň mi zabezpečila predpokladaný a bezproblémový návrat späť. V tých dobách som netušila, že podobné úvahy sú chybné a plynú z nesprávne interpretovaného paragrafu. Započala som úvodnú stránku osobnej „*Príručky trikov pre ausländrov v ilegalite*" kapitolou, ktorá by mohla niesť názov: *Vyšla dverami, aby sa vrátila oknom*. Postupne som zisťovala, že nielen ja, ale aspoň polovica spolucestujúcich v každom z nasledujúcich autobusov vlastní rovnaké tajné príručky. Keby krátko po revolúcii existovali prísne kontroly na hraniciach, aké úrady zaviedli asi o dva roky neskôr, pravdepodobne by mi už v ranom veku urýchlili tvorbu šedín a pravidelne zvyšovali hodnoty tepu, tlaku, cholesterolu a ostatných merateľných stresových faktorov.

Keď som sa mame prvýkrát zdôverila o svojej novej známosti, reagovala podľa vzoru: *Aká Katka, taká matka*. Čiže približne ako ja. S úsmevom a istou dávkou nedôvery zároveň.

„Oh, mein Gott! A to budeme mať v rodine Turka?"

„Ale on už sa narodil v Nemecku," rýchlo som doplnila vstupnú informáciu, čím som sa vlastne nám obom snažila chybne vsugerovať, že sa jedná o poľahčujúcu okolnosť.

V podstate bola veľmi tolerantná a odkedy som sa osamostatnila, nemiešala sa mi do srdcových a iných záležitostí a rozhodnutí. Pochopila, že baran je baran! To po mame som zdedila dušu nebojácneho cestovateľa a presne ako ona som rada spoznávala cudzie kraje a kultúry. S nečakanou správou o účinku Amorovho šípu, ktorý opäť raz zasiahol jej dcéru, sa v podstate zmierila bez akýchkoľvek väčších problémov a prípadné pochybnosti neprenášala zbytočne na mňa. Vedela, že mi môže dôverovať, že nie som žiaden vetroplach a hlavu používam z prevažnej časti na rozmýšľanie. (Ale s prílišným premýšľaním to tiež netreba preháňať. Lebo sa tisíckrát potvrdilo, že tí, čo nemyslia, to majú v živote podstatne ľahšie...)

„Mami, Micky by ma rád prišiel vyzdvihnúť autom na Slovensko. Prekážalo by ti to?" spýtala som sa jej opatrne po telefóne, keď bol stopercentne istý termín plánovanej cesty.

„Ale čo už, veď nech príde ten môj nový zaťko... niečím ho len pohostíme."

„Jemu bude úplne stačiť, ak ho neprivítaš s flintou v ruke," zavtipkovala som.

Pobyt na rodnom Slovensku ubehol neuveriteľne rýchlo a v deň návratu do Nemecka sedela kompletná rodina plus pes v obývačke, taška stála zbalená v predsieni a my sme čakali na telefonát od Mickyho. Rozhodol sa ísť na otočku *Mníchov – Bratislava* a späť. Po prechode hraníc sa mal ozvať, aby som ho cez mobil navigovala do Starého Mesta.

„Dž-nem, máme problém," zahlásil ustarostene z druhej strany linky v dohodnutom čase.

„Čo za problém?" nerozumela som jeho poznámke.

„Spravil som neodpustiteľnú chybu. Zobral som si turecký pas a zabudol sa vopred informovať... Ja potrebujem na vstup ku vám víza a tie mi dnes nik nevystaví. Môžeš sa doviezť taxíkom na hranice? Počkám tu na teba. Je mi to naozaj veľmi ľúto. Rád by som spoznal tvojich blízkych, ale nedá sa. Ospravedlň ma pred mamou a odkáž jej, že ju srdečne pozdravujem a určite prídem nabudúce."

„Ach jo... S tým už asi nič nenarobím, tak čakaj na mňa. Do pol hodiny som pri tebe," zahlásila som sklamane. Do hrobového ticha v izbe, ktoré v pravidelných intervaloch prerušovalo iba dychčanie psa, som pretlmočila obsah nášho krátkeho rozhovoru.

„Zmena plánu, zaťka si tentokrát neuvidíš a ja sa vydám s batohom na chrbte do ďalekého sveta sama... Teda aspoň po susedné Rakúsko. Rodino, nabaľte mi buchty na cestu a pošlite ma ta het!" zatrúbila som si smutne na odchod. (Moment rozlúčky dodnes zle znášam.)

„To vážne?" zareagovala mama podobne ako ja. „Preboha, dávaj si pozor. Dúfam, že ťa tam bude naozaj čakať. Nemáme ísť radšej s tebou?"

„Len to nie! Som ti vravela, že nechcem zbytočne na seba upozorňovať. Ešte by si ujovia hraničiari mysleli, že ma snáď prepožičiavate do bordelu."

Tak sme sa rozlúčili na ďalšie tri mesiace. Netušiac, že nasledujúca návšteva s Mickym dopadne ešte katastrofálnejšie, pričom nechcene ohrozím i zdravie mojej mamy.

Pôvodný hraničný prechod do Rakúska bol iba na skok od nás. Presnejšie jednu alebo dve autobusové zástavky a pár peších krokov, takže som sa za krátku chvíľu a pod skúmavým pohľadom službukonajúcich colníkov ocitla v Rahmiho náručí. Roztúžene si ma privinul k sebe a tvár mi posial bozkami. Obliekol si presne to isté, čo v deň nášho zoznámenia.

„Mám prc teba prekvapenie," oznámil mi s rozžiarenými očami, len čo som získala pečiatku do pasu a spoločne sme nasadli do auta. Bratislava sa mi pomaly strácala za chrbtom a ja som zvedavo čakala, čo za novinku si pre mňa nachystal.

„Rodičia sa rozhodli odsťahovať z nášho bytu a celý ho prenechajú mne. Chápeš, čo to znamená?"

Pozrela som na neho a záporne pokrútila hlavou.

„Nemusíš pracovať u Laury. Zbalíš si kufre a nasťahuješ sa ku mne!"

„Micky, a to si ako predstavuješ? Vieš predsa, že bez papierov to nejde. Čo by som u teba robila? Prečo by som mala odísť od svojej rodiny? Vari si zabudol, ako mi pomohli? To im ja v žiadnom prípade nespravím! Pekne si u nich odkrútim sľúbený rok."

„Prečo stále berieš ohľad iba na nich? Skús občas myslieť i na nás dvoch. Alebo ti na mne vôbec nezáleží?"

Naozaj si bol tak istý mojou reakciou k predloženému návrhu???

„Pozri, ja sa nemienim s tebou zbytočne hádať. Momentálne je dobre tak, ako je a ja pekne zotrvám tam, kde som!"

Chvíľu sa tváril, akoby mu niekto práve neskutočne krivdil. Našťastie naň jazda autom pôsobila upokojujúco, priam terapeuticky, a tak mal na zvyšných päťsto kilometroch, ktoré nám zostávali do cieľa, šancu na znormalizovanie nálady.

Jeho návrh ma zaskočil. Opäť ma zahnal do slepej uličky a prinútil uvažovať o veciach, ktoré som sa inak snažila radšej odignorovať. Uvedomovala som si rozdiely v našich kultúrach a na mnohé otázky stále nenachádzala žiadnu uspokojivú odpoveď. Žila som tu a teraz, chcela som si vychutnávať prítomnosť a radšej sa nezaoberať budúcnosťou. Systémom *zatvorím oči a problémy sa rozplynú samé od seba...* No asi by viac ľudí chodilo svetom poslepiačky, keby to aspoň spolovice fungovalo.

Do Mníchova sme dorazili v poriadku. Prvú noc si ma Rahmi chcel ukradnúť iba pre seba. Proti jeho želaniu som nič nenamietala. Tešila som sa únosu do neznáma.

„Kam mierime tentokrát?" spýtala som sa zvedavo, keď autom odbočil z diaľnice do mesta.

„Prekvapenie," pozrel na mňa s neodolateľným úsmevom. V tom okamihu som sa premenila na bezbranný ľadovec, roztápajúci sa v žiari slnka. Mestskú časť, ktorou sme prechádzali, som veľmi nepoznala. Ale názov hotela, pred ktorým sme zastali, áno. Arabella Sheraton, štyri hviezdičky a tristo mariek za izbu. V hrdle mi vyschlo v priebehu necelej sekundy. „Micky, veď to je celý majetok, čo si práve oplieskal!" zhrozene som zašepkala cestou k výťahu. Ešte stále som automaticky prerátavala každú sumu na slovenské koruny a posledný výsledok bol vyšší než moja niekdajšia mesačná výplata. Nesúhlasila som s jeho jednaním, či lepšie povedané *rozhadzovaním*.

"Ach, Katja, chýbala si mi…," náruživo ma pritlačil na zrkadlo vo výťahu a bozkami mi zapečatil ústa. Viac som neprotestovala. Dych mi však vzápätí vyrazila hotelová izba, akonáhle sme do nej vstúpili. Zdravil nás luxus v najlepšom prevedení. V súčasnosti človek natoľko nevníma rozdiely medzi dostatkom a nedostatkom. Nie v tom zmysle, ako sme ich vnímali a zažívali my, pár (až tridsať) rokov po otvorení hraníc. Televízia, tlač a internet dnes takmer každému zabezpečujú bohatý prísun informácií, no v tých časoch práve nám, deťom socializmu, ešte mnohé veru naširoko otváralo oči. (Ale oči zväčšuje všetko neznáme. A to v oboch smeroch. Z horšieho do lepšieho, ale aj z lepšieho do horšieho. Lebo hľadieť na niečo v televízii či časopise alebo stáť zoči-voči tomu sú dve rôzne veci.) Naraňajkovali sme sa na poslednú chvíľu (nenávratných tristo mariek bolo načim vychutnať do poslednej sekundy) a zvyšok dňa strávili v Mníchove. Večer ma Micky zaviezol k rodine.

„Dž-nem, kedy ťa zasa uvidím?" vyzvedal pri lúčení.

„Zavolám ti, len čo sa mi do rúk dostane rozvrh služieb."

„Mimochodom, poznáš Frühlingsfest?"

„Nie. Čo je to?"

„Taký menší Oktoberfest. Dokonca na rovnakom mieste, na Theresienwiese. Trvá dva týždne. Kolotoče, strelnice, stánky s jedlom a suvenírmi, veď sama uvidíš. Spýtaj sa Alidy, prípadne Anky, či by mali chuť ísť s nami, a ja zavolám Hamidovi."

„Fajn. Dohodnuté."

Chvíľu nám trvalo, než sme sa konečne dokázali odtrhnúť od seba.

V chladnom období sme voľný čas trávili pravidelne v tureckých reštauráciách alebo pri šípkach, biliarde či air hokeji. Spoznávala som kulinárske špecialitky z Mickyho domoviny. Nielen kebab, ktorý spontánne vymenuje snáď každý opýtaný, ale i falafel, baklavu, pide, köfte… Ak človek pozná dobrú reštauráciu alebo šikovnú gazdinku, určite si ich orientálnu kuchyňu obľúbi presne ako ja. Jediné, čo som odmietala, ak sa dalo, bol čierny čaj. Dodnes som mu neprišla na chuť, je na mňa jednoducho príliš silný. Z toho dôvodu ani nechápem, ako dokáže mať niekto pôžitok z jeho pravidelného popíjania.

Rozsiahla turecká štvrť sa v Mníchove nachádza predovšetkým v okolí hlavnej vlakovej stanice, inak povedané Hauptbahnhofu. Menšie základne sú roztrúsené aj inde. Keď sa pešo prejdete uličkami v jej bezprostrednej blízkosti a ponecháte voľnosť fantázii, pravdepodobne nadobudnete pocit, že ste na bazáre v niektorom z väčších moslimských miest. Nielen ponúkaný tovar a voňajúce dobrôtky prispievajú k zaujímavej atmosfére. Na uliciach sa to hemží ženami, či už so šatkami na hlavách alebo úplne zahalenými a mužmi s čiernymi bradami v typických hnedých alebo šedých oblekoch, na materiáli a strihu ktorých školené oko zistí, že ich nešili na zákazku západoeurópskej firmy. Občas sa mihnú aj osoby v bielych kaftanoch a deti, ktoré nahlas po sebe pokrikujú v neznámej reči.

Keď nebadane nahliadnete do malých kaviarničiek, kde platí zákaz vstupu pre (moslimské) ženy, uvidíte sedieť za stolom živo gestikulujúcich mužov. Popíjajú čaj z úzkych, sklenených pohárikov alebo fajčia vodnú fajku. Pri zvítaní sa okrem klasického podávania rúk zdravia aj ľahkým bozkom na líca – presne trikrát, zo strany na stranu.

Okrem príjemných zážitkov som bola v tom čase pravidelne konfrontovaná aj s tureckou hudbou a spoznala som Hamidovo početné príbuzenstvo, žijúce priamo v Mníchove.

A práve hudba z krajiny Ataturka sa zdala byť pre mňa ťažkým sústom. Mickymu vyhrávala v aute takmer neprestajne. Nie tá diskotéková, ale tradičná, ktorú my, Európania, príliš nepoznáme. Snažila som sa rešpektovať jeho kultúru a dopriať mu potešenia z počúvania piesní, veď ich zbožňoval, ale tie ťahavé a slovenskému uchu na hony vzdialené melódie na mňa pôsobili veľmi skľučujúco. Raz nás Micky s Hamidom vzali do jednej krásnej reštaurácie. Mňa a Alidu. Nachádzala sa ukrytá v suteréne nenápadnej budovy. Vzhľadovo sa dosť odlišovala od tých zvyčajných *prievanových* z okolia Hauptbahnhofu. Patrila do kategórie „Z tisíc a jednej *noci*" a ja som si vďaka jej tajomnej žiari predstavovala, že nás každú chvíľu začne obsluhovať sultán osobne. Steny miestnosti boli potiahnuté červeným zamatom. Naokolo viseli pozlátené zrkadlá a iné rekvizity z Osmanskej ríše. Večera chutila fantasticky. Priniesli nám ju na veľkých strieborných táčňach. Výber pre štyri osoby, zostavený z viacerých jedál, by isto očaril a uspokojil naozaj i toho najnáročnejšieho zákazníka. Grilované mäsko spolu so zeleninou bolo napríklad napichnuté na veľkých špízoch v tvare šablí. O dobrú náladu hostí sa v ten večer starala aj krásna brušná tanečnica v sprievode troch hudobníkov. Keď klarinetista spustil na svojom nástroji ďalšie z kvílivých tónov, vybehla som po pár sekundách na WC, pričom som jemným pohybom hlavy Alide naznačila, nech ma nasleduje.

„Čo sa deje?" spýtala sa prekvapene. Našťastie si iba ona všimla, že niečo nie je v poriadku.

„Honey, zachráň ma! Inak to nezvládnem počúvať. Z tej hudby sa raz zbláznim! Na každom kroku ma prenasledujú rovnaké ubíjajúce tóny a už ich z hĺbky duše neznášam. V aute mu vyhrávajú bez prestávky, len čo ho naštartuje a teraz i tu... Ja zbesnieeem! Alebo v nestráženej chvíli zaškrtím klarinetistu!"

„Pokoj, Katja. Skús na to nemyslieť. Zhlboka dýchaj. Come on, uvoľni sa. Pravdupovediac, aj mne sa zdá riadne na hovno. Dnes to v reštaurácii ešte so zaťatými zubmi prežiješ a od zajtra ju všade inde vypínaj," snažila sa mi priamo na mieste dodať pozitívnej energie tak správne od srdca.

„No ale so zaťatými zubmi sa nenajem!" zahundrala som.

„Nefrfli a poď! Pekne sa vrátime ku stolu, budeme sa milo usmievať a tváriť, že je všetko v najlepšom poriadku."

Vzápätí demonštratívne otvorila dvere a v rytme hudby sa knísavým krokom pobrala k mládencom. Pri pohľade na jej vrtiaci sa zadok som sa musela smiať, aj keby som nechcela, a tak nik zo zvyšných prítomných nezbadal, čo sa naozaj odohráva v mojom vnútri.

Podobne negatívne na mňa pôsobil Hamidov rodinný klan. Na rozdiel od neho a Mickyho, ktorí boli od prvého momentu zhovorčiví a priateľskí, vyvolávali vo mne Hamidoví súrodenci zvláštny, ba až nepríjemný pocit. Sťa členovia nejakej mafie a là *Chobotnica*. Večne zachmúrení, akoby som im svojou prítomnosťou prekážala. Málokedy sa usmiali a málokedy ma obdarili vľúdnym slovom. Pri jednom stretnutí v kaviarni som spoznala najskôr Hasana a Mustafu s jeho ženou. Mustafa a jeho atraktívna tmavovlasá manželka, vzhľadovo najkrajší členovia rodiny, boli asi rok zosobášení a mladá pani navyše v pokročilom štádiu tehotenstva.

„Preboha, prečo sem išla s nami? Veď je tu zadymené, že sa ani dýchať poriadne nedá," obrátila som sa k Mickymu.

„Hm, je strašne žiarlivá a ustavične je mužovi v pätách. Na druhej strane sa jej vôbec nedivím. Neustále ju podvádza, len čo sa mu naskytne vhodná príležitosť," zašepkal mi do ucha.

Pozrela som na neho prekvapene. Priečilo sa mi pochopiť, ako môže niekto podvádzať tak atraktívnu dievčinu ešte pred dovŕšením prvého spoločného roku. (Z uvedeného príkladu jasne vyplýva, že hormóny sú slepé ako patrón.) Za prvé štvrťstoročie svojej pozemskej púti som sa stretla so všeličím, ale každé opakované potvrdenie životnej múdrosti, že ľudia sa nikdy v partnerstve nebudú správať podľa vzoru „labuť", ma nanovo sklamalo. Zdôrazním ešte raz: sklamanie z podvádzania, nie z rozchodu. Ak je partnerstvo nefunkčné, musí sa každý sám za seba rozhodnúť, či a ako v ňom mieni pokračovať.

„Nuž, my sme vyrastali pod vplyvom našich otcov, ktorí nás učili, že muž môže mať mileniek, koľko chce, vždy sa však musí vrátiť domov ku žene a postarať sa o deti. Nesúhlasím s filozofiou, ktorú hlása, ale je to každého osobná vec, čo si pre seba zvolí do budúcnosti. A ja si ju plánujem inak," vysvetľoval mi Rahmi o niekoľko týždňov neskôr, keď sme sa opäť vrátili k téme manželskej vernosti.

Podobné zistenia a skladanie mozaiky z ich života ma čoraz viac zaťažovalo. *Bola som ochotná pokračovať naďalej vo vzťahu, kde som si uvedomovala možnosť vzniku nepredvídateľných, konfliktných situácii, ktoré pramenili z nášho odlišného ponímania sveta? Čo konkrétne absorboval Micky z fantastických rád svojho otca a ako sa to prejaví neskôr?* Nepoznala som odpoveď a nenachádzala ani žiadne uspokojivé riešenie. Zmietala som sa medzi dvoma kultúrami a túžila uveriť, že náš vzťah zvládne aj v budúcnosti tie z ťažších životných skúšok, alebo že sa to nejako inak vyrieši... Ale ako?
Hamidov brat Hasan mi bol podobne nesympatický ako ten Mickyho. Premeriaval si ma s nedôverou a ja som sa neubránila pocitu, že hľadím do chladných očí kriminálnika.
„Hej, často má problémy so zákonom," potvrdil moju predtuchu Rahmi. „Je to čierna ovca rodiny. Drogy a drobné krádeže. Hamid sa ho snaží držať pod kontrolou, nech nevyvedie niečo horšie, ale... hmm..."
Mávol rukou, akoby pohybom naznačoval, že na zázraky neverí.
Do úplnej zostavy v kaviarni už chýbala iba sestra s manželom a najmladší brat, ktorého som ako jediného nikdy nespoznala.

V nedeľu doobeda ma Micky zvykol brávať so sebou na Leopoldstrasse. Je to jedna z najznámejších mníchovských ulíc, hlavná tepna Schwabingu. Na jej začiatku sa pravidelne stretávali záujemcovia o kúpu alebo predaj áut a Rahmi práve tamojšími modelmi dopĺňal svoju firemnú zbierku. Dohadovania na cenách prebiehali priamo na ulici a známym bazárovým systémom. Každý, kto bol rečovo zdatný a uchoval si pevné nervy pri zjednávaní, sa na konci dňa tešil z dobrých obchodov.
Osobne ma spomínaný spôsob uzatvárania kúpnopredajných zmlúv nedokázal nadchnúť. Práve naopak. Nežiadalo sa mi počúvať handrkovanie a prázdne reči pneumatikových bájkarov naokolo. (Predavači ojazdených áut tvoria zvláštnu fajtu. Zavádzajú, zatajujú, tachometre pretáčajú, až sa im z kečky parí. Česť výnimkám.)
V socializme vrchnosť nariadila jednotnú cenu pre daný výrobok vo všetkých obchodoch v regióne a basta. Pravidlo homogenity som ešte stále mala silno zakódované vo svojej mozgovej hmote a tá sa nevedela stotožniť s bazárovou alternatívou, kde vlastne samotný predávajúci od začiatku túži ísť pod cenu, ktorú SÁM pôvodne stanovil. A to mi prekážalo – že si nestojí za svojim slovom a navyše sa tvári nespokojne, ba až urazene, ak naozaj dostane, čo zažiadal. (Ešte donedávna som si myslela, že som *socialisticky netolerantná*, ale minule ma potešil známy nemecký herec *Heiner Lauterbach,* keď v priamom prenose vysielania ZDF zahlásil, že akonáhle jeho žena s libanonskými koreňmi začne kdesi-čosi zjednávať, radšej sa vzdiali, lebo spomínaná charakteristická črta istých národov a národností mu nie je po vôli. Nejednalo sa o ohováranie. Viktoria sedela

vedľa neho a nijako zvlášť sa nebránila, neprotestovala. Práve naopak, pobavene sa usmievala. A podotýkam, nemecky rozumie perfektne...)
Ale na druhej strane – na Leopoldstrasse sa zo mňa stal aspoň celkom dobrý profík pri určovaní jednotlivých značiek automobilov.

Na Frühlingsfest sme sa nakoniec vybrali v kompletnej zostave – Micky, Hamid, Alida, Anka a ja. Od raného detstva som zbožňovala kolotoče. V materskej škole som sa túžila pripojiť ku cirkusu alebo kolotočiarom a chápala to ako jednu z možností, ako rafinovane okabátiť strážcov poriadku a prekročiť hranice všedných dní, spoznať svet, čím som zasa, nechtiac, vpúšťala nočnú moru do snov mojej mamy. (Či veríte alebo nie, ja som už v škôlke nahovorila pár detí, že sa cez pieskovisko stopercentne dopracujeme do Ameriky. Len treba usilovne kopať lopatkami. Nadšenie komplicom dlho nevydržalo. V piesku sme vyhrabali ježka a oni sa rozhodli, že sa radšej budú hrať s ním. Dobrodružnú výpravu stredom zemegule odložili na neurčito.)
Stáť pred gigantmi na Theresienwiese bolo teda sviatkom pre to malé dievčatko, prebývajúce vo mne. Nikdy som netrpela závratom, zbožňovala som i rýchlu jazdu. Čím divokejšia, tým lepšia. Spestrená minimálne troma loopingami tesne za sebou.
Prvé skúsenosti som nazbierala kedysi vo Vidámparku v Budapešti a vo viedenskom Prátri. Zo všetkých prítomných som najviac prejavovala záujem rozmixovať si vnútornosti na princípe divokej centrifúgy. Brala som rad za radom jednotlivé stanoviská. Občas sme sa pre zmenu pristavili i pri strelniciach a môj podiel výsledného plyšového úlovku vďaka nadmieru uspokojujúcej kolektívnej muške v sebe zahŕňal veľkého šedého slona s červenými ušami, medveďa Balú so srdcom na hrudi, krásnu ružovofialovú kozu, zeleného papagája, troch psov v rôznych veľkostiach a malého disneyovského trpaslíka. (Neskôr som si bohatú zostavu odfotila doma na posteli a záber použila pri knižnom zverejnení jednotlivých členov družstva.) Dievčatám sa tiež ušli na pamiatku podobné trofeje.
„Kati, je ti niečo?" zahľadela sa Anka po niekoľkých jazdách pozorne na moju kriedovobielu tvár a tým upozornila i ostatných, že čosi nie je v poriadku.
„Neviem, ale prišlo mi akosi zle. Je mi na zvracanie."
„A nebudeš ty náhodou tehotná?" neuvážene zahlásil Hamid na plné ústa a so smiechom dodal, „budeme mať malého Rahmiho!"
Pritom rukou uznanlivo potľapkal Mickyho po chrbte. Najradšej by som ho roztrhala za to gesto v kombinácii s prihlúplou vetou, ktorej obsah na mňa nasmeroval prekvapené pohľady dievčat a o niekoľko hodín neskôr spustil dlho zadržiavanú lavínu pochybností. Ozvali sa nanovo, lenže tentokrát s takou nečakanou intenzitou, že som po prvý raz bola smrteľne vážne presvedčená o okamžitom ukončení nášho vzťahu.

Žiadne spoločné dieťa a žiadna turecká hudba, žiadne handrkovanie sa na trhoch, žiadne ženy so šatkami na hlavách, žiadne dohodnuté manželstvá a podvádzajúci manželia... Nič z toho a podobného!!! Koniec! (Snáď ešte tak baklave by som udelila menšiu výnimku.)
Krátko nato som sa neuveriteľne pohádala s Mickym. Všetko sa zo mňa valilo von. Ako horúca, všeničiaca láva po výbuchu sopky, pred ktorou, ak sa dá, treba utekať ozlomkrky. Hlava nehlava som šermovala okolo seba súvetiami, ktoré mi zaťažovali myseľ už niekoľko týždňov. Srdce a jazyk sa spojili. A nebrali ohľad na nič a nikoho. Zrazu som sa cítila spokojne. Uvoľnene. Ako po dobrej búrke, ktorá prečistí ovzdušie. Alebo o ďalší batoh kameňov ľahšia...

„Môžeme sa stretnúť dnes večer?" zavolala som o niekoľko dní Hamidovi.
„Potrebujem sa s tebou pozhovárať medzi štyrmi očami. Bola by som ti vďačná, keby si si informáciu nechal naozaj iba pre seba."
Okamžite súhlasil. Pravdepodobne sa dozvedel od Rahmiho, že medzi nami vládne doba ľadová. Vyzdvihol ma po skončení služby priamo nad oknom mojej izby. Cestou v aute sme svorne mlčali. Vo vedľajšom mestečku bol útulný bar, kam sme pravidelne chodievali hrávať šípky. V ten deň sme miesto mierenia na terč rozoberali náš vzťah s Mickym. Lepšie povedané, iba to, čo som uznala za vhodné a potrebné. Chcela som mu oznámiť svoje konečné rozhodnutie a poprosiť ho o menšiu pomoc.
Hamid bol vhodným a chápavým poslucháčom. (Aspoň pôsobil tým dojmom.)
„On už je viac Nemec než Turek. Najmenej z nás dodržuje naše zvyky a tradície. V podniku si objedná bez akýchkoľvek zábran alkohol, bravčové mäso jedáva pravidelne, ani do mešity na modlitby nechodieva," takto mi kedysi v skratke opísal Micky svojho najlepšieho kamaráta.
„Ak ti mám pravdu povedať, nevidím žiadnu budúcnosť pre mňa s Rahmim," začala som rozhovor. „Neviem, či mi rozumieš. Ja ho ľúbim, ale naše rozdielne kultúry budú vždy stáť medzi nami. Uvedomovala som si zložitosť vzťahu od jeho samého začiatku a doteraz sa ju snažila ignorovať. Ale už nevládzem. Skôr či neskôr by došlo k nejakému nešťastnému vyvrcholeniu."
Odpila som si zo *spezi*, nápoja, ktorý som si obľúbila práve vďaka Mickymu a pokračovala ďalej. „Momentálne sa nedokážeme rozumne a pokojne porozprávať. Reagujeme obaja dosť emocionálne a podráždene, ale moje obavy sú pre neho jednoducho niečím nepochopiteľným. Lenže ja nie som Turkyňa a nikdy ňou ani nebudem. Ak mám chuť na bravčové mäso, chcem si ho dať bez strachu, že poruším nejaké pravidlá alebo niekoho rozhnevám či urazím svojim jednaním. V rádiu chcem počúvať európsku hudbu a nie jeho kazety, ktoré ma privádzajú do depresií... Teda prepáč, ale vaše piesne sa naozaj ničím nepodobajú slovenským. Keď pozorujem tvoju švagrinú, ako poslušne cupitá za mužom a rozpráva, iba ak sa jej niekto spýta... to je

133

pre mňa hrôzostrašná predstava! Ja reagujem spontánne a nie iba vtedy, ak je to vhodné či povolené. Tým nechcem povedať, že mi Micky doteraz niečo zakazoval či prikazoval, ale zatiaľ na mňa nemá papier, takže sa možno fantasticky ovláda. Čo ja viem? Kto mi zaručí, že sa to neskôr nezmení o trikrát stoosemdesiat stupňov?" „Katja, upokoj sa. Micky ťa zbožňuje a navyše žije od narodenia v Nemecku. Ja osobne považujem tvoje obavy za úplne zbytočné." „Vôbec nie sú zbytočné. Prezradím ti, prečo sme sa minule tak strašne pohádali. Medzi iným som totižto vyhlásila, že si neprajem, aby moje deti raz mali turecké mená. Proste to zo mňa vyletelo, ani neviem ako. A spustila to práve tvoja poznámka na Frühlingsfeste. Ani netušíš, ako sa rozčúlil a kričal, že naše deti budú mať turecké mená! Ale ukončime to. Chcela som ťa vlastne iba poprosiť, aby si mu neskôr vysvetlil, v čom bol vlastne problém. Teba si vypočuje bez zbytočného zvyšovania hlasu a určite mu jednotlivé dôvody podáš stokrát lepšie než ja. Keď som rozčúlená, je mi jedno, čo a ako hovorím!"

Hamid ma ubezpečil, že sa s Mickym pri najbližšej vhodnej príležitosti porozpráva a zvyšok večera sme potom trávili pri príjemnejších témach. Dokonca som na chvíľu dokázala hodiť starosti za hlavu a z chuti sa zasmiať nad jeho komentármi.

Napokon to bol práve on, kto nás s Mickym dal opäť dokopy, hoci nie o to som stála. Naďalej som podvedome považovala rozchod za najrozumnejšie riešenie. Neprezradil mi, čím a ako sa pričinil o uzmierenie, ale predpokladám, že mu zázračne prehovoril do duše, pretože po príhode z Frühlingsfestu a následnej megahádke sa mi Rahmi nakoniec ospravedlnil, s čím som absolútne nerátala. Nikdy viac už nepúšťal v aute turecké melódie. V reštauráciách si navyše sám od seba začal demonštratívne objednávať bravčové mäso, hoci ja sama som mu dohovárala, nech zbytočne nepreháňa. Asi sa mi snažil dokázať, že pristúpi na akékoľvek kompromisy, len aby si ma udržal. Celkovo sa nejako zmenil v chovaní a ja som znovu neodolala jeho čaru a pokračovala vo vzťahu, kde na mňa čakali ešte oveľa ťažšie skúšky.

Asi o dva týždne neskôr sme sa opäť spoločne vybrali do spomínaného baru na šípky.

„Hamid príde s dcérou svojho šéfa. Nadbieha jej dosť dlho, ale podľa mňa ho ona vodí iba za nos. Je to Nemka a nemám ju moc rád. Však ani ona mňa. Isto ju veľmi škrie, že sa Hamid so mnou priatelí."

Bola som zvedavá na vyvolenú nášho kamaráta, ktorého akosi obchádzalo šťastie na partnerky. Dievčina na prvý pohľad pôsobila veľmi nevýrazným dojmom. Veľa toho nenarozprávala. Asi o rok neskôr som zmenila názor na jej málovravnosť a pochopila dôvod, prečo väčšinou zaťato mlčala v našej prítomnosti. Stretla som ju iba dvakrát a vtedy som jej zvláštnemu správaniu neprikladala žiadny hlbší význam.

Pred druhým stretnutím mi Micky akoby medzi rečou oznámil: „Dnes ju Hamid znovu dovedie so sebou do baru. Minule som sa s ňou škaredo pohádal. Povedal som jej do očí, čo si o nej a jej zahrávaní sa s Hamidom myslím, a ona sa preto teraz na mňa dosť hnevá. Ak ma bude pred tebou ohovárať, nevšímaj si ju, hovorí z nej iba zlosť a nenávisť!"

Úplne zbytočne sa obával zlých rečí. Nespomenula jediným slovkom hádku, ani nič iné, ale od onoho dňa sa odrazu prestala schádzať s tureckým zamestnancom svojho otca. Zo vstupných a hlavne zavádzajúcich informácií som vlastne ani príliš nemohla zaregistrovať, čo sa vlastne odohralo. Taktne som sa na ňu viac radšej nepýtala, aby som nejatrila boľavé rany. Až oveľa oveľa neskôr som si spätne poskladala obraz možných udalostí. Predpokladám, že po tom, ako ma spoznala, dala Hamidovi ultimátum. (Nik mi však už nepotvrdí, že tipujem správne.)

Niekedy v tom období prišiel za mnou Micky celý vytešený a mával mi pred nosom čiernobielou fotografiou.

„Včera som sa stal do tretice strýkom. Bratovi a jeho žene sa narodilo zdravé dievčatko. Pozri, tu je šťastná mama s dcérkou krátko po pôrode."

Ďalej nadšene rozprával o návšteve v nemocnici a o živom batôžku, ktorý smel držať aspoň na chvíľu v náručí. Deti vo všeobecnosti veľmi zbožňoval. Rozplýval sa nad neterkiným malým, guľatým noštekom, nad krehkými prstíkmi, ktoré pevne uchopili jeho palec, nad hustými, čiernymi kučerami a pritom mi do ruky vložil obrázok.

„Raz i my budeme mať takú krásnu dcérku," zasnene dodal nakoniec.

Z fotky na mňa hľadela nevýrazná žena s rozpustenými, dlhými vlasmi. Sedela v pyžame na nemocničnej posteli a v rukách zvierala bábätko. Výraz *šťastná* som si ja ale predstavovala trochu inak. Navyše bolo na nej jasne vidno, že je ešte riadne zničená z nedávneho pôrodu.

Takže spoznávam ďalšie členky Mickyho rodiny, pomyslela som si a zároveň zagratulovala k novému prírastku.

„Keď si minule odmietla nasťahovať sa ku mne do bytu, rozmýšľal som nad tým trochu. Pre mňa samotného sú štyri izby zbytočným luxusom, ale len tak sa ho vzdať by som tiež nechcel. Preto som sa dnes spýtal brata so švagrinou, či by sa oni nenasťahovali ku mne. Ich byt je dosť malý a s tromi deťmi potrebujú aj viac miesta. Brat často jazdí kamiónom na dlhšiu dobu preč a jeho manželka potrebuje pomoc. Hlavne teraz, keď treba chodiť s najmladšou na kontroly po doktoroch a ona veľmi neovláda nemčinu. Povedali, že nad návrhom pouvažujú. Čo naň vravíš ty?"

„Pozri, je to tvoj byt. Ty si musíš utriediť v hlave, čo presne chceš. A švagriná nemá nikoho iného, kto by jej s tlmočením či dcérkami pomohol?" položila som mu poslednú otázku skôr zo zvedavosti.

„Jej pokrvná rodina žije v Turecku."

„A ako sa potom zoznámila s tvojim bratom? Počkaj... nehovor mi, že mu ju tiež vybrali vaši rodičia!"

„Vlastne áno, ale iba a len s jeho súhlasom."

„A ona? Spýtal sa niekto na jej názor?" krútila som nechápavo hlavou, spracovávajúc informáciu. Kým som si práve hlboko povzdychla, pokračoval Micky príbehom svojho nevlastného brata. „Pred pár rokmi odcestoval na návštevu do Istanbulu. Počas dovolenky sa zoznámil s akousi miestnou krásavicou a na prvý pohľad sa do nej zaľúbil. Bolo to vlastne obojstranné a po návrate do Nemecka zostali naďalej v kontakte. Písali si takmer každý týždeň a brat pevne dúfal, že si ju raz vezme za ženu. O ničom inom vtedy nerozprával. Trvalo to asi rok. Jedného dňa však od nej obdržal list, v ktorom mu stručne oznámila, že spoznala niekoho iného a onedlho sa za neho vydá."

„A akú úlohu v príbehu zohrala tvoja terajšia švagriná?"

„Brat správu o svadbe veľmi ťažko znášal. Rodičia mu preto navrhli, že v dedine, odkiaľ pochádzajú, má ich dobrý kamarát dcéru na vydaj a nemá nič proti sobášu s ich synom. On chcel čo najrýchlejšie zabudnúť na posledné sklamanie, preto vyhlásil, že sa najprv stretne s vyvolenou a potom sa rozhodne. Požiadal ma, aby som ho sprevádzal na pytačkách v Turecku."

„Takýmto spôsobom vy zabúdate na sklamania? Doživotne si zavesíte na krk niekoho neznámeho? Iba preto, že otcovia sa kedysi v detstve spolu hrávali na pieskovisku?... A to je jeho terajšia manželka?"

„Mhm. Pamätám si, ako sme sedeli uprostred leta v dome jej rodičov spolu so súrodencami. Nevesta ma nejako extra nezaujala, ale ona presne vedela, čo robí. Tvárila sa, že si nie je stopercentne istá vydajom a nemá ani záujem o potenciálneho ženícha. Iné na jej mieste by sa mu najradšej vrhli okolo krku, len aby sa čo najrýchlejšie presťahovali do Nemecka. Ona nie. A práve svojim odmietavým jednaním si ho nakoniec získala. Rafinovane omotala okolo prsta... A o pár mesiacov sa nakoniec vzali."

„A čo keď to nehrala? Čo ak ho naozaj nechcela?"

„Aaale chcela. Každá sa stade snaží dostať na lepšie! O to viac, ak sa jedná o Nemecko. To je ako výhra v lotérii."

„No ďakujem pekne za takú výhru!"

Už niekoľko dní po narodení netere mi Micky oznámil, že jej mama a otec súhlasili a sťahujú sa aj s trojčlennou perepúťou ku nemu.

136

Dovolenka vo Francúzsku (16.)

Pomaly sa blížil máj a s ním vytúžená dovolenka v St. Aygulfe. Tešila som sa na ňu minimálne ako *Amundsen* či *Scott* na svoje polárne výpravy. „Katja, chcem využiť nasledujúci týždeň na dôkladnú prípravu na nadchádzajúcu skúšku z Komory lekárov. Philip si so sebou berie taktiež za batoh pracovných materiálov, ktoré inak nestíha kontrolovať v kancelárii. Preto plánujeme pobyt nasledovne: po raňajkách sa doobeda budeš venovať deťom a my svojim povinnostiam, potom sa spoločne najeme – mimochodom, variť bude prevažne Philip - a po obede vyrazíme na výlety do okolia," oznámila mi krátko pred odchodom Laura.

„No problem! My sa budeme hrať a vy nám pri práci budete závidieť, že sa nemôžete pripojiť ku našej skvelej zábave," odpovedala som nadšene a zároveň dosť naivne, neznalá toho, čo ma čaká. Nevediac, aký bič na mňa uplietli… Ale to netušili asi ani oni.

Do sveta sme sa vydali v piatok 21. mája o šiestej večer. Čakalo na nás približne deväťsto kilometrov po cestách a diaľniciach štyroch európskych krajín. Trochu som sa obávala prechodu hraníc a prehliadky pasov, ale colníci pri pohľade na nemeckú značku iba ospanlivo mávli rukou a tým sa pre nich kontrola posádky skončila. Rodina s dvoma malými deťmi, našťastie, nevzbudzovala u strážcov poriadku nijaké podozrenie. Ja som ale zároveň prišla o potvrdenie v tvare pečiatky, že som zasa raz na istý čas opustila republiku (to na iných spojniciach sa odušu pečiatkovalo). Z prvých troch dovolenkových dní som si dokonca spravila zápisky do prachom zapadnutého denníka. (Vravela som si *Iný kraj, iný mrav – v preklade znamená nové, cenné informácie pre vnúčatá!*)

Philip naložil auto po okraj batožinou a potrebnou výstrojou. Celou cestou nám vytrvalo pršalo, v rakúskych Alpách dokonca pri 2°C snežilo. Laura sedela vpredu vedľa svojho manžela, ktorý šoféroval. Mne sa ušlo neveľké miesto vzadu, v strede medzi dvoma sedačkami s deťmi. Do cieľa prvej etapy našej výpravy sme dorazili dosť neskoro. Nezachytila som meno talianskeho mestečka, ani krásneho penziónu, kde Laura objednala dve izby na prenocovanie. Muselo sa však nachádzať v tesnej blízkosti Milána, ako som sa dozvedela o pár hodín.

Ešte stále čertovsky lialo, takže kým Philip ponosil niektoré tašky z auta do izby, premokol do nitky. Konečne vošiel dnu a dážď mu naďalej cícerkom stekal po zmordovanej tvári. Nik z nás poriadne nezaregistroval, ako sa Mia otočila na opätku a rýchlo vbehla do kúpeľne.

„Papa, nech sa páči, to je pre teba," vystrela k nemu malú rúčku, v ktorej zvierala veľký uterák z hotelovej výbavy.

Ako šibnutím čarovného prútika opadla z otca naakumulovaná únava z posledných hodín a so smiechom a tvárou vyutieranou do sucha vybozkával svoju princeznú.

„Ďakujem ti, srdiečko moje."

„Zlatko, to bol výborný nápad," pochválila ju aj hrdá mamina. Nasledujúce doobedie začalo podľa plánu návštevou Milána a prehliadkou stredu mesta. Do centra sme sa zviezli taxíkom a ďalej pokračovali po vlastných. Neobjavili sme síce La Scalu, ale Miláno ma i napriek tomu fascinovalo. Dodnes sa mi pred očami zjavujú momentky z hlavného námestia, po ktorom sa okrem uponáhľaných ľudí špacírovali aj stovky krotkých holubov. Mia v károvanej sukničke ich s radosťou naháňala. Odfotili sme sa na pamiatku pred hlavnou katedrálou. Najprv rodičia s deťmi a potom deti so mnou. Pod arkádami na protiľahlej strane ma za vyblýskanými výkladmi nadpriemerných rozmerov zaujala rozprávková ponuka obchodov všakovakého druhu. Prechádzku sme nakoniec zakončili, predovšetkým na želanie Tima, v talianskej odrode reštaurácie rýchleho občerstvenia. Chuťové poháriky jedincov v ich (nezrelom) veku, bohužiaľ, ešte nerozoznajú, čo je skutočne dobré a kvalitné zároveň. Ale je pravdou, že do podobných stravovacích zariadení nechodievali príliš často, vlastne takmer vôbec, takže pre nich znamenala aj jej návšteva menší sviatok.

Po prehliadke sme sa odviezli naspäť k Philipovmu autu a pobrali sa ďalej smerom na juh. Začiatok cesty som prespala, chodenie mestom ma zjavne unavilo. Prebudila som sa na neskutočne mrazivý pocit. Sedela som v priamom prúde vydychujúcej mercedesovskej klimatizácie. Rýchlo som sa zamotala do svetra a so záujmom začala sledovať okolie. Bolo fascinujúce pozorovať zelené kopce a vrchy z jednej strany a nekonečné, trblietajúce sa more zo strany druhej. Práve v tom čase doň muselo totižto spadnúť slnko. Tunely mi razom pripomenuli dovolenku vo Švajčiarsku. Teplota ovzdušia dosiahla sľubných 25°C.

Do konečného cieľa sme dorazili večer, čosi po siedmej. Trochu sme sa zamotali na miestnych kruhových objazdoch, ktoré sa tu vyskytovali takmer na každom rohu. V tých dobách ešte v Nemecku neexistovali. Počas pomalej jazdy som s nadšením sledovala miestny ruch. Prešli sme okolo niekoľkých veľkých nákupných centier. Ľudia s plnými vozíkmi sa ponáhľali ku svojim dopravným prostriedkom, aby si ešte stihli vychutnať príjemnú večernú atmosféru pri dobrom jedle (s viacerými chodmi) a pohári vínka.

Miesto, kde sme mali tráviť nasledujúci týždeň, by sa dalo charakterizovať ako zhluk prázdninových víl, ktoré majitelia buď prenajímali turistom alebo v nich dovolenkovali sami. Popri mori sa vinula úzka asfaltka, za ňou sa nachádzala kopcovitá krajina. Po určitých úsekoch sa potom smerom dohora odpájali ďalšie cesty. Jednalo sa o slepé uličky, zabezpečujúce iba prístup k jednotlivým pozemkom. Široko-ďaleko som nezaregistrovala žiadne chodníky, žiaden obchod, nič, čo by nasvedčovalo blízkosť ľudskej civilizácie v podobe pulzujúceho mestečka. Okrem neveľkej pláže dole pri mori neposkytovalo okolie inak žiadnu možnosť na potulky po vlastných.

Ktosi nám priniesol kľúče od vstupnej brány a od domu. Nachádzal sa v miernom kopci, v obrovskej, terasovite usporiadanej záhrade. Rástli v nej predovšetkým vysoké borovice. Ich príjemnú, osviežujúcu vôňu bolo cítiť všade navôkol.

Rozsiahlej budove vo vrchnej časti pozemku, skladajúcej sa z troch rôznych základní – dvoch prízemných a jednej poschodovej - by sa hodilo skôr pomenovanie „Útulný demi-pension du terroir". Stála ukrytá v tieni stromov a okamžite ma na nej upútali veľké, biele okenice. V prvej, presklenej časti bola spoločenská miestnosť v tvare obdĺžnika. Rozmerovo som ju odhadovala na dobrých štyridsať (a viac) metrov štvorcových. Druhá, poschodová, ukrývala v sebe štyri spálne. No a na samom konci, teda v tej tretej, sa nachádzala obrovská kuchyňa s kompletnou výbavou a menšia predsieň s hlavným vchodom. Dom mal dve kúpeľne, jednu sprchu a WC extra. Oficiálne v ňom mohlo prenocovať desať dospelých, ja by som tam isto našla pľac minimálne pre dvadsiatich. Nehovoriac o tých, ktorí by so špeciálnym povolením stanovali v záhrade.

Vnútorné priestory zariadili majitelia jednoducho a vkusne. Podlahu pokrývali všade dlaždice tehlovej farby. V hale ma z ponuky najviac potešil nádherný, veľký krb, v ktorom sme si ešte v ten večer zakúrili, pretože hoci vonku slniečko vyhrievalo vzduch na prijateľnú teplotu, v spoločenskej miestnosti sme to akosi nepociťovali. Nenadarmo ju domáci ukryli pod mohutné koruny stromov.

Ako prvé sme si však narýchlo vybalili obsah kufrov a zašli na večeru do najbližšej reštaurácie. O zážitku z nej stojí v mojom denníku nasledujúca veta: To sa nedá opísať, to musí človek jednoducho zažiť!

„Katja, na čo máš chuť?" spýtal sa ma Philip, len čo sa pri stole zjavil čašník s jedálnym lístkom. „Ak ti smiem poradiť, objednaj si niečo z darov mora a určite neoľutuješ."

„Daj na jeho slová," pridala sa i Laura. „Hocičo, čo si tu vyberieš, je chuťovo neporovnateľné s tým, čo zoženieme v obchodoch u nás v Mníchove. Tu zásobujú reštaurácie priamo rybári, preto je miestna ponuka čerstvá, lahodná. Najčerstvejšia, aká môže byť."

„Zjem všetko, čo nezhltne mňa, ale okrem čísel ničomu inému na papieri nerozumiem."

Laura i jej muž ovládali jazyk domácich, a tak mi trpezlivo bod za bodom prekladali neznáme výrazy.

„Vyskúšala si niekedy mušle?" zisťoval Philip.

„No, boli sme kedysi na dovolenke v Juhoslávii a Grécku, aj sme tam ochutnali nejaké potvorky, ale konkrétne na mušle si nespomínam. Iba na moment, keď kolegyňa vybehla z jedálne, lebo nestrávila moju science-fiction story o záhadne vyzerajúcich tvoroch, ktoré nám práve naservírovali na tanier."

„V tom prípade ich navrhujem ako predjedlo," raz-dva určil obsah prvého chodu.

„Súhlasím, ak ma budete nenápadne navigovať, ako tie čudá správne konzumovať, aby som nám zbytočne nenarobila hanbu."

„To zvládneme, neboj…," ubezpečoval ma so smiechom a ďalej pokračoval v zaúčaní do tajov prímorskej kuchyne. „No a ako hlavný chod odporúčam rybí špíz."

Moje chuťové poháriky sa toho večera vznášali v siedmom nebi. Bodku za výborným jedlom spravila skvelá, zmrzlinová pochúťka. Lízanku na rozlúčku nepriniesol zhovorčivý čašník iba deťom, ale i mne.

„Asi sa mu páčiš," poznamenala veľavravne Laura.

Nasledujúci deň sme začali raňajkami v kreslách pred domom. Kto raz okúsil bagety a croissanty priamo vo Francúzsku, asi iba s povzdychom a zasnene spomína na ich božskú chuť naspäť vo svojej domovine. Musí to byť miestnou klímou, že sa bagetám a croissantom tak chrumkavo a voňavo darí práve v krajine *La Grande Nation*. (Označenie pochádza z napoleónskych čias.)

Po raňajkách trochu sprchlo. Dážď príjemne osviežil vzduch a hneď sa zasa pobral ďalej, do susedného regiónu.

„Dnes sme si nenaplánovali žiadne učenie, ani žiadnu robotu. Po dlhej ceste si zaslúžime oddych. Navrhujem preto krátku prechádzku na pláž a potom výlet do Cannes," oznámila nám Laura, len čo sme zo stola spoločne spratali zvyšky jedla. Pritom sa spýtavo pozrela na Philipa.

„Výborný nápad!" odobril jej rozhodnutie nadšeným pritakaním. „Nemám absolútne nič proti."

„A môžeme sa kúpať v mori?" zaujímalo deti asi najviac.

„Ak sa nemýlim, voda je veľmi studená," odpovedal na otázku otec a veru sa nemýlil. Katalógová pláž s jemným pieskom, patriaca k zhluku letovísk, vytvárala tú najlepšiu dovolenkovú kulisu, ale chlad vĺn, dorážajúcich v pravidelných intervaloch na pevninu (a otestovaný bosými chodidlami), nás obral o akúkoľvek odvahu skočiť do spenenej vody. Symbolicky sme ju aspoň zakomponovali do záberov, keď sme na striedačku zapózovali pred našimi dvoma fotoaparátmi.

Asi po polhodine nasávania zdravého morského vzduchu a naháňania roztopašných vlniek sme sa autom vydali do Cannes. Kým sme hľadali nejaké vhodné miesto na parkovanie, neuniklo ani jednému z nás neskutočné množstvo ľudských tiel v uliciach mesta. Hmýrili sa naokolo ako nepokojné včely v úli.

„To čo je?" spýtala som sa prekvapene zvyšnej posádky vozidla. „Stalo sa tu niečo?"

„Na mňa sa nepozeraj, ja som nič nevyviedla," záporne pokrútila hlavou Laura.

Predpokladám, že sme boli jediné osoby v regióne Côte d´Azur, ktoré naozaj nik neinformoval, že sa nachádzajú v priamom prenose známeho filmového festivalu. Ale iba do okamihu, kým sme sa neocitli na preplnenej, miestnej promenáde. Starí, mladí, pekní, ba i tí múdri chceli byť aspoň raz v bezprostrednej blízkosti filmových hviezd. Fanúšikovia držali v rukách fotoaparáty s pohotovosťou najvyššieho možného stupňa. Nad hlavným vchodom impozantného hotela Carlton sa týčila veľkoplošná reklama z práve prezentovaného filmu *"Basic Instinct"* s pikantnými scénami, o ktorých sa ešte dlho potom všade živo diskutovalo a ktoré preslávili Sharon Stone. A možno trochu i Michaela Douglasa. Zrazu sa kdesi z davu nečakane vynoril mimozemšťan E.T. Pravdepodobne sa dostavil na pracovnú návštevu (*žeby bol čestným členom poroty?*) a o dve hlavy prevyšoval už i tak dosť vysokého Philipa.

„Papa," zakvílila prestrašeným hláskom Mia a prosebne vystrela drobné rúčky k svojmu záchrancovi. Až v jeho bezpečnom objatí sa ako tak upokojila a s neskrývaným záujmom ďalej sledovala podozrivého, dlhokrkého návštevníka, odetého do bielej plachty.

„Neboj sa, on ti nič nespraví," chlácholil ju starostlivý otec.

„Že ja som si neobliekla svoje najlepšie šaty! Opäť ma žiaden agent neobjaví a plátna kín spolu s ich návštevníkmi jednoznačne prídu o skvelú herečku!" zahlásila som teatrálne, čím som rozosmiala Lauru.

„Keď rozkážete, mademoiselle, okamžite sa vrátime po vašu diamantovú róbu," pridala sa ku rozohratej partii.

„Netreba, asi to tak má byť a ja zostanem naveky neobjavená," vzdala som sa pomerne rýchlo a dobrovoľne tajných ambícii na kariéru svetoznámej filmovej hviezdy. Bo anonymita býva častokrát cennejšia. (A aspoň ma uchránila pred botoxovými injekciami a drahými návštevami plastických chirurgov.)

Nezahliadli sme ani žiadneho z mojich „takmer kolegov", no i napriek drobnému neúspechu sme sa vrátili do prenajatej vily s celou kopou príjemných zážitkov.

Už ďalší deň po raňajkách som si začala pomaly uvedomovať, čo ma počas dovolenkového týždňa asi tak očakáva.

„Katja, ja už sa nechcem hrať tú hru, idem za mamou… Katja, prečo nemôžem ísť teraz k papovi? ... Katja, toto, Katja tamto… Nie, hra na skrývačku ma už nebaví… Daj mi pokoj… Mám hlad… mám smäd... to už sme sa predsa hrali stokrát..."

Presvedčila som sa, že je preukrutne ťažké zaujať deti, keď ich rodičia sedia iba o pár metrov ďalej v záhrade, pričom ich vidno i z jej najskrytejšieho kúta a oni ich nesmú vyrušovať. Zároveň je nesmierne vyčerpávajúce vymýšľať každú chvíľu nový program, ktorý by drobcov dokázal nadchnúť a odviesť tak pozornosť od túžby zahrať sa raz doobeda i s mamou alebo papom. Deti vnímali, že sme na dovolenke a na nej sa trávi čas spoločne.

A keď nie leňošením, prípadne hrami, tak aspoň športovo-rekreačne. Každé doobedie som odratúvala minúty, ktoré ma delili od konca šichty v uzavretej klietke, rozumej záhrade, keďže výlety po okolí sa nedali zorganizovať, nech by som sa snažila akokoľvek. Iba ak by som vyhlásila „Zbojnícke dni alias hľadaj diamant..." a so zbojníkmi juniormi by sme presnorili zvyšné pozemky a vily. Snáď by potom obaja zabudli na rodičov, či? Hlavne, ak by sa do následnej divokej naháňačky zapojili i miestni žandári s húkačkou. Vrámci týždenného pobytu sme stihli navštíviť ešte St. Tropez, Grimaud a Port Grimaud (ktoré som ja svojvoľne premenovala na malé Benátky) a kúsok ďalej historicky významné mesto Aix-en-Provence.

Cestu naspäť do Nemecka sa šofér rozhodol zvládnuť za jediný deň a bez striedačky za volantom. Bol to dosť riskantný čin, keď beriem do úvahy tú diaľku a dve malé deti v aute. Philip bol vtedy veľmi nervózny a pohádal sa dokonca i s Laurou. Tentokrát sme si spravili prestávku v Bolzane a na hlavnom námestí sme náhodou vystihli nejaké miestne oslavy s historickým trhom a prehliadkou starých remesiel. Dlho sme sa nezdržali, pretože zamračené nebo nad hlavami zúčastnených, vrátane nás, sa nakoniec predsa len rozhodlo pre dážď. A sedieť zvyšných tristo kilometrov v mokrom oblečení nie je vôbec príjemné.

Po návrate z Francúzska rodina začala s organizáciou blížiacich sa Timových narodenín.

„Pozveme asi desať detí," oznámila mi zavčasu Laura. „Potom si všimni dvojičky, čo prídu. Ich mama je moja dlhoročná kamarátka. Roky sa snažili s mužom o potomstvo, ale nedarilo sa jej otehotnieť. Vyskúšala všetko možné i nemožné, až nakoniec prišla ku mne do ordinácie a dala sa nahovoriť na akupunktúru. No a ako sama uvidíš, zabrala hneď dvojnásobne."

Pousmiala sa a pokračovala ďalej trochu vážnejšie.

„Asi pred rokom jej lekári objavili zhubný nádor. Dokonca bola v štádiu, keď jej predpovedali už iba niekoľko týždňov života. V podstate nemala čo stratiť, a tak vyskúšala aj nejakú alternatívnu medicínu. Veľmi lipla na chlapcoch a asi práve vďaka nim svoj boj s rakovinou nakoniec zázračne vyhrala. Doslovne utiekla hrobárovi z lopaty. Nik z odborníkov to nechápal. Momentálne sa zdá byť v poriadku... Tak dúfame, že jej aktuálny stav sa nezmení a choroba sa už nevráti."

V Nemecku sú detské oslavy narodenín zorganizované do poslednej bodky. Najprv sa rozposielajú pozvánky. Teraz trochu odbočím, pretože mi pripadá celkom vhodné spomenúť osvedčený systém v našej štvrti. Malý oslávenec zájde (väčšinou) s mamou do miestneho hračkárstva, kde na neho pri pokladni čaká červený alebo modrý košík. Od suterénu až po prvé poschodie si doň vyberá pod dohľadom sprievodu vhodné darčeky v prijateľnej/rozumnej cenovej skupine. Keď je výber ukončený, spolu odnesú naplnený košík naspäť ku pokladni, napíšu na kartičku meno dieťaťa a dátum oslavy. O pár dní zájdu do obchodu pozvaní hostia a z označeného košíka vyberú ten „svoj" dar. Takýmto spôsobom sa predchádza kupovaniu zbytočností, duplikátov či sklamaniam z nesprávne zvolených „prekvapení". Všetky deti, ktoré poznám, sa vždy tešia na deň, kedy si smú ísť naplniť svoj darčekový košík.

Na samotnej párty sa hrajú rôzne hry a súťaže. Za splnenie úloh dostávajú ich účastníci drobné výhry, takže aj hostia odchádzajú domov s malými igelitkami, v ktorých si hrdo nesú čokoládky, cukríky, lízanky alebo centové drobnosti z hračkárstva.

Oslava Timových narodenín sa konala v čase služby Tante Clary. I ja som sa zapojila do veselého programu, ešte aj počasie bolo ako na objednávku. Na stole ležali tácky s obloženými chlebíkmi, šaláty, koláče a džúsy. Pre prítomných rodičov aj káva a sekt.

Jedna z fotiek zachytáva súťaž vo fúrikovaní dvojíc. Zúčastnila sa jej i Tante Clara. S Philipom - rameno pri ramene – s povzbudzujúcimi výkrikmi manévrovali svojich detských partnerov do cieľa, pridŕžajúc ich za nohy.

V to nádherné, slnečné odpoludnie nik z nás nepredpokladal, že to bude jej posledná oslava narodenín v rodine.

Oma a Opa zagratulovali vnukovi o deň či dva neskôr. Timovi odovzdali darčeky a v kuchyni sa im ušiel tanier s koláčom. A snáď i káva… Mala som zvláštny pocit z ich návštevy. A možno sa sami rozhodli, že ich veku lepšie prospieva ticho a kľud.

Osudná cesta (17.)

„Takže o dva týždne vyrazíte spolu s Mickym?" ubezpečovala sa mama telefonicky začiatkom júna o správnosti záznamu vo svojom kalendári, kde už dlhšiu dobu stála poznačená nasledujúca otočka na Slovensko.

„Keď nás prichýlite, tak áno, radi by sme…," zanôtila som a cielene pritom predlžovala vybrané slabiky. Túžila som dať jasne najavo, že bez súhlasu rodinnej rady nikoho cudzieho domov neprivediem.

„Však príďte, nejako sa pomestíme. A ako budete vlastne cestovať?"

„Autom."

„Kačena, neblázni! Prečo nevyužiť radšej autobus? Predsa len je to istejšie."

„Mami, ale čo narobím? Micky sa rozhodol v neprospech vlastného dopravného prostriedku a už ho nijako nepresvedčím o opaku."

„Hmm. Rob, ako uznáte za vhodné, ale mne sa to i tak nepozdáva. A mimochodom, aby som nezabudla, predĺžili ti neplatené voľno v robote."

„Čože??? To nevravíš vážne! Ako je to možné?" zvolala som zhrozene.

Pri poslednej návšteve som totižto nechala doma čistý hárok papiera so svojim podpisom v pravom dolnom rohu a poprosila mamu, aby mi s vedúcou smeny sformulovali vhodnú výpoveď. Netrúfla som si ju zoštylizovať sama, aby som náhodou niečo nepoplietla či nevynechala. (Namiesto mňa to *zámerne* poplietli oni dve!!!)

„Pozri, Ľubka ma presvedčila, aby sme namiesto výpovede požiadali o predĺženie neplateného voľna."

„Ale mami," skočila som jej do reči, „zasa raz jedna zbytočná akcia. Teraz ma bude hrýzť svedomie, že ich ťahám za nos. Prečo ste tam radšej nenapísali pôvodne dohodnutú verziu? Veď som ti vravela, že sa na bývalé pracovisko v žiadnom prípade nemienim vrátiť."

„Tak už sa tým prestaň trápiť, žiadosť je odsúhlasená, na tom sa momentálne nič nezmení a radšej mi prezraď, čo vám dvom prichystám k jedlu? Čo ten tvoj Micky môže a čo nie... Spravím na privítanie grilované kura s ryžou?"

„Grilovaným kuraťom isto nič nepokazíš. On v poslednej dobe jedáva i bravčové, takže navar, čo sama uznáš za vhodné."

Základný stravovací plán sme odsúhlasili spoločne ešte vrámci rozhovoru, no teoretická predpríprava zlyhala, len čo sme dorazili do Bratislavy alebo: *všetci sme razom stratili chuť do jedla, lebo...*

Cestu sme si naplánovali na posledný júnový týždeň. Došlo však k menšej zmene v organizácii.

„Katja, BMW-čko je v oprave, ale ty sa nič nestrachuj, na Slovensko pôjdeme. Hamid mi sľúbil požičať svoje auto," oznámil mi Micky krátko pred termínom odchodu.

„Och nie! Už aj tým tvojim som sa bála ísť na Slovensko. Veď som ti tisíckrát rozprávala, ako sa u nás kradnú zahraničné vozidlá... A teraz toto. Niesť zodpovednosť za cudzí stroj! Čo keď sa niečo stane?"

„Nemaľuj čerta na stenu. Nič sa nestane, uvidíš. Hamid mi na papieri potvrdí, že mi ho požičal, a všetko bude v poriadku."

Prevrátila som iba v tichosti oči. Ďalšie rozumné argumentovanie nemalo v danom okamihu i tak žiaden význam. Znamenalo by iba čerpať energiu nesprávnym smerom.

Konečne prišiel dlho očakávaný deň D. Nepodarilo sa nám vyraziť zavčasu. Micky súrne potreboval dokončiť nejakú robotu, a tak sme vyštartovali asi až o piatej poobede. Na trase do Bratislavy nás sprevádzalo nádherné, slnečné počasie, až kým *Oskar* nezapadol. Cesta ubiehala tiež podľa plánu. Našich doma som informovala telefonicky krátko pred výjazdom, že prídeme približne o polnoci. V tých časoch ešte neexistovala diaľnica medzi Viedňou a Bratislavou, a preto nás najnáročnejší úsek cesty čakal práve kúsok pred koncom. Poriadne vyšťavení aspoň dvestokilometrovou tmou sme nakoniec šťastne dorazili do cieľa.

„Najprv vynesieme všetky odnímateľné, cenné či *istých* okoloidúcich inak dráždiace veci ku nám do bytu a prázdne auto - zdôrazňujem *prázdne* - poriadne zamkni!"

„Áno, Dž-nem. Vykonám!" doberal si ma Rahmi zrazením opätkov.

V tú neskorú nočnú hodinu sme sa v krátkosti zvítali s celou rodinou a potom hajde do postelí. Nekontrolovala som, či „*neveriaci Tomáš*" konal podľa zadaných pokynov a bezpečnostných opatrení. (Hoci – ruku na srdce - to by sme asi potrebovali sekundové lepidlo na zvyšok, čo zostal dole, a dnu navyše posadiť špeciálne vycvičenú, argentínsku dogu, ktorej pri štekaní šľahajú z pysku ohnivé plamene.) Bola som neskutočne unavená a zaspávala som so zmiešanými pocitmi.

„Neboj sa, nič sa nestane," upokojoval ma naposledy Rahmi, než som nadobro zatvorila oči. „Nik neukradne tú mašinu. Motor by ho prezradil. Začujem ho aj v najhlbšom spánku. Okno necháme otvorené a auto stojí priamo pod ním."

Hamid vlastnil čiernu VW Jettu. To vozidlo sa mi nikdy nepáčilo. Lenže na rozdiel odo mňa, srdcia motoristických fanúšikov tíkli na plné obrátky, len čo zachytili prvé zvuky jeho štvortaktného motora. Hamid, ako správny automechanik, si ho vylepšil po svojom. Spravil z neho sen všetkých „veľkých chlapcov". V odborných kruhoch sa tomu vraví tuning. Plus všetky možné i nemožné extra doplnky. (Hlas ľudu rodu ženského to zjednodušene označí za číru kompenzáciu *komplexov*. Prehliadali ho pravidelne – spoločnosť ako cudzinca, ženy ako chlapa – tak sa potreboval zviditeľniť po svojom.)

Zobudila som sa na desivý zvuk. Hrmot otvárajúcich sa dverí premiešaný so zvukom vŕzgajúcich parkiet a prenikavý hlas navrch. Cítila som v kostiach, že sme nevyhrievali postele príliš dlho.

„Katarína, vstávajte, auto vám ukradli!" budila nás mama a priamo za ňou stál i môj mladší brat.

Keďže som sa narodila do celkom vtipnej rodiny, reagovala som priamoúmerne únave, tušiac, že je ešte príliš skoro, že ešte ani ranné vtáčatá nezačali skákať.

„Prosím ťa, obaja sme strašne zničení, prečo nás nenecháte ďalej odpočívať? Takéto srandičky si naozaj nechajte pre niekoho iného!"

„Preboha vstávaj, je šesť hodín. Musela som ísť na WC, a tak som vykukla na ulicu a auto tam nie je! Zmizlo! Keby som si ihneď nevzala tabletku, asi by ma na mieste porazilo!"

Po jej poslednej vete som svižne vyskočila z perín a bežala ku oknu. Začala som zhlboka dýchať a s nemým úžasom pozerala na prázdne miesto. Presne na to, kam sme pred polnocou zaparkovali Hamidovu Jettu. (Neprilepenú a bez dogy.)

„Micky, voz je preč!" zvolala som po nemecky, aby konečne i on pochopil, o čom tak vzrušene tri minúty diskutujeme, namiesto aby sme spali spánkom spravodlivých.

Zamrmlal niečo potichu po turecky a tiež vyzrel na ulicu.

„Prečo si ma nepočúval, keď som navrhovala, aby sme išli radšej autobusom? Tuhľa je iba výsledok tvojej tvrdohlavosti. Teraz už veríš, že sa u nás kradnú zahraničné značky skôr než napočítaš do troch? Ani ten skvelý motor ti nepomohol!" smerovala som k nemu jednotlivé výčitky a cítila, ako mnou lomcuje triaška. Snažila som sa ovládať a zbytočne nezvyšovať hlas. Rýchlo som zrealizovala, že negatívne emócie sa automaticky prenášajú na mamu (v cudzej reči, ktorej nerozumie, dokonca mnohonásobne viac), a to posledné, čo som chcela, bolo, aby sme s ňou leteli do nemocnice s podozrením na infarkt.

„Čo budete teraz robiť?" spýtala sa ma zničene.

„V prvom rade sa rýchlo oblečieme a vyrazíme okamžite na políciu. Kde je tu najbližšia stanica?"

„Predpokladám, že viem, kto v tom má prsty," zapojil sa nečakane do rozhovoru Richard. „Pamätáš si na Olivera zo základnej? Bol od teba o rok alebo dva starší."

„Ten, čo sa s ním kamarátil Ondrejov brat?"

„Presne ten. Už vtedy to bol riadny grázel. V bratislavskom podsvetí je dobre známy a patrí mu práve Staré Mesto. Určite to má na svedomí jeho partia. Oblečiem sa a pôjdem s vami. Viem, na koho sa obrátiť, aby sme získali pár dôležitých informácii. Bývalý spolužiak pozná niekoho z tej čvargy."

Z domu sme vyšli zarovno s ním. Policajná stanica sa nachádzala asi o dve ulice ďalej za Palisádami. Kúsok pred ňou sa od nás oddelil Rišo. Vstúpili sme do budovy a po úvodných nahlasovacích procedúrach na vrátnici alebo v prijímacej kancelárii nás nasmerovali o poschodie vyššie. Pamätám si iba niektoré pasáže z úvodného rozhovoru, bola som príliš rozrušená, aby som vnímala okolie a presný sled udalostí.

„Dobrý deň, tak čo máme za problém?" spýtal sa nás službukonajúci policajt. Sedel v neveľkej miestnosti, kam nás poslali a práve listoval spismi na stole.

Zrazu sa otvorili dvere a dnu vstúpil o čosi starší kolega, oblečený do civilu.

„Servus, Jožko... Dobrý, tak to vám ukradli auto?" zdal sa byť vopred informovaný.

„Áno. Včera o polnoci sme na ňom dorazili do Bratislavy a dnes ráno ho nebolo."

„Jednalo sa o zahraničnú mašinu, že? Kto je vlastne jej majiteľom?"

„Majiteľ je v Nemecku. Požičal nám ho. Máme o tom i písomné potvrdenie. Priateľ ma prišiel navštíviť na Slovensko. Vozidlo patrí jeho najlepšiemu kamarátovi."

„Tak kamarát sa mu asi pekne poďakuje... Mimochodom: *krásna* vizitka pre Slovensko!" dodal policajt v civile, krútiac znechutene hlavou.

„Povedzte svojmu priateľovi, že sem sa na zahraničných limuzínach neoplatí chodiť. Mafiáni vám ich ukradnú spod zadku ešte za jazdy! A dobré bolo to auto?"

„Pýtate sa tej pravej! Mne sa nikdy nepáčilo. Hlavne som nechcela, aby s ním išiel až sem. Veď to sama dobre poznám. Ale neveril mi, keď som ho odhovárala."

„Nuž, chybu spravil... A rozumie váš priateľ po slovensky?"
„Nie, iba po nemecky a po turecky."
„To je potom horšie. Momentálne tu nie je nik na tlmočenie."
„Ak vám to neprekáža, prekladanie zvládnem i ja."
A tak moje meno vystupovalo v spisoch hneď dvakrát – bola som poškodená a zároveň i tlmočníčka. Začali sme personáliami. Kým jeden z policajtov vypisoval podrobné údaje z našich dokladov, naklonil sa Micky nenápadne ku mne a ticho mi zašepkal do ucha: „Nebuď prekvapená, keď sa ťa spýtajú na dátum môjho narodenia. V pase stojí iný údaj."
Prekvapene a nechápavo som na neho pozrela.
„Dž-nem, neskôr ti vysvetlím dôvod."
Vyčerpaná dlhou cestou a udalosťami turbulentného rána som sa nezmohla na žiadnu reakciu. Moja inak vždy blikajúca vnútorná kontrolka mlela tentokrát z posledného.
Podľa údajov v pase bol Micky zrazu o dva a pol roka odo mňa mladší!
Nasledoval podrobný popis Jetty. Zrazu sa i špeciálne úpravy na nej stali nápomocnými pri hľadaní. Zabudované repráky vzadu, ktorých decibely som tak strašne neznášala (lebo mi drásali ušné bubienky a nervy zároveň). Rádio a markantný obrázok paliem v strede volantu. Pneumatiky najlepšej kvality.
„Zostali nejaké cennosti v aute?" spýtal sa nakoniec policajt.
Preložila som záverečnú otázku a takmer svojvoľne vyslovila *nie*, keď zrazu Micky zahlásil, že v kufri nechal väčšinu svojho oblečenia.
„Prosím?" zagánila som naň vyčítavo. „Veď si mi včera v noci tvrdil, že si všetko vyniesol hore!?"
„Prepáč, ale zmohla ma únava a nechcelo sa mi ísť znovu dole. Zobral som si iba pyžamo a zubnú kefku."
„Ach, Micky," vzdychla som sklamane a pretlmočila jeho slová do zápisnice.
Keď sme podpisom potvrdili spoločnú výpoveď, položila som mužom zákona poslednú dôležitú otázku: „A čo bude nasledovať ďalej?"
„Okamžite vyhlásime pátranie po odcudzenom vozidle a keď hocčo podstatné zistíme, budeme vás obratom informovať."
„Ďakujem. Pýtať sa na úspešnosť je asi zbytočné, či?"
„Pozrite, nebudem vám zbytočne nič nahovárať. Prevažná väčšina podobných krádeží zostáva nevyriešená..."
Len čo sme vyšli pred budovu policajnej stanice, pokračoval výsluch ďalej. Tentokrát som sa pýtala ja. K ostrému hlasu chýbali do páru iba veľké lampy s ostrým svetlom, namiereným priamo do očí. „Vysvetlíš mi teraz, čo to znamenalo s tým dátumom narodenia? Prečo si mi doteraz tvrdil, že si sa narodil v tom istom roku ako ja???"
„Katja, ja som sa naozaj narodil v tom roku ako ty. Lenže keď som začal podnikať, bral som si z banky výhodnú pôžičku, ale poskytovali ju záujemcom len do určitého veku, ktorý som už nespĺňal. Takže som si

v Turecku za úplatok nechal pozmeniť dátum narodenia a peniaze nakoniec získal. Spýtaj sa, koho chceš. Pravdu vravím."

Mlčala som. Jeho slová mi naďalej zneli v ušiach a ja som ešte nevedela, kam informáciu zaradím. Na ďalšie konfrontácie mi chýbala potrebná energia a na Slovensku by som i tak nič konkrétne nezistila. A v krízových situáciách človek reaguje tak, že zo zlých správ si narýchlo vytvorí stupnicu dôležitosti a rieši ako prvé tie, čo ho pália najviac. Zvyšok odsunie dočasne na vedľajšiu koľaj. Nebolo to inak ani u mňa. Správa zostala riadne uložená v pamäťových bunkách. (Čakala, kedy sa dostane na koľaj hlavnú.)

„A po druhé: ty vlastne nemáš nič iné na oblečenie? Iba to, v čom chodíš teraz?" preverovala som si správnosť údajov.

„Hej. Ale isto sa u vás nájde aj pár obchodov, kde zoženieme vhodné šatstvo. Priznávam, spravil som chybu, možno hneď niekoľko, ale to teraz nezmením, tak sa už nehnevaj."

Naše ďalšie kroky viedli preto do bratislavských predajní. Domov sme sa vrátili s plnými nákupnými taškami.

„Oni mu ukradli aj oblečenie?" zalapala mama po dychu pri pohľade na nás.

„Áno mami, ale to vyhoď jednoducho z hlavy. Bola a je to Mickyho chyba, že vôbec niečo nechal v aute, pretože som ho vyslovene prosila, aby si svoje veci vzal so sebou do bytu. Keď som sa naposledy pýtala, tvrdil, že už je všetko hore."

„Bože môj, no to mu zostanú *pekné* spomienky na Slovensko. Druhýkrát sem určite nepríde, že Micky?" pozrela pritom na neho a zalamovala rukami, čím sa mu snažila naznačiť účasť na jeho nešťastí.

„Mama, keine Sorgen," schytil ju do náručia. „Alles wird gut!"

„Ja, ja… nicht gut… A čo povedali policajti? Ja už som zhltla aj druhú tabletku, inak by ma asi porazilo," pokračovala ďalej.

V krátkosti som jej opísala náš pobyt na stanici. Potom volal Micky Hamidovi. Vzrušene sa spolu rozprávali dlhšiu dobu a po turecky. Z ich rozhovoru som nerozumela ani slovo.

Zrazu sa otvorili vchodové dvere a do bytu vošiel Richard.

„Tak ako? Dopracoval si sa k nejakým informáciám?" vrhla som sa na neho s nedočkavosťou v hlase.

„Hm, ako som predpokladal… má v tom prsty Oliverova banda. Spolužiak teraz niečo zisťuje a večer sa stretneme pred naším domom."

Zvyšok dňa sme sa prechádzali po meste. Ukazovala som Mickymu stred Bratislavy – Michalskú vežu, Starú radnicu, Primaciálny palác, ale ani mnou tak obľúbené pamiatky nedokázali otupiť nervozitu, ktorá mi zákonite nahlodávala nervovú sústavu. Paradoxne najpokojnejší z nás bol práve Rahmi. Aspoň sa tak tváril.

Konečne sme sa dočkali večera. Keď zazvonil vchodový zvonček, zbehli sme dolu schodmi. Do poslednej minúty som netušila, kto vlastne na dohodnuté stretnutie príde. Skoro mi oči vypadli, keď som ho tam zbadala. Na jeho tvár by som nikdy nezabudla. Jeden z najväčších grázlov

148

na škole, ktorý to o desať rokov neskôr ževraj *dotiahol* na jedného z obávaných šéfov podsvetia. Oliver.
(Na druhej strane – niekam to dotiahnuť musel, avšak určite nie na riaditeľa Slovnaftu. Tie časy krátko po revolúcii boli liahňou perspektívnych mafiánov alebo policajtov. Pre obe skupiny dokážem z fleku vymenovať aspoň tri príklady.)
„Ahoj, pamätáš si ešte na mňa?" usmieval sa tým svojim krivým úškľabkom do šera chodby. Jeho priama otázka ma prekvapila. Znamenala, že i on si pamätá mňa. (Dokým ju nevyslovil, pevne som dúfala v opak.)
„Samozrejme, ahoj," prisvedčila som chladne a rozmýšľala, kam rozhovor povedie.
Vravela som si, *reaguj pokojne.* A hoci by som mu na jednej strane s radosťou natrhla jeho odporný úsmev, na druhej som brala ohľad predovšetkým na svoju rodinu. Pred mafiou si človek nikdy nie je istý a ja som nikoho z nás nepotrebovala zbytočne zapliesť do jej slizkých chápadiel. Okrem mňa, Mickyho a Olivera sa stretnutia zúčastnili aj Richard a jeho spolužiak. Opäť som robila tlmočníčku.
„Toto poznáš?" vytiahol zrazu Oliver niečo z vrecka svojich nohavíc.
Vyjavene som pozerala na kruh s palmami. Ten zo stredu volantu Hamidovej Jetty. Nepredpokladala som, že sa dá vcelku vymontovať či vypáčiť. Okamžite ho spoznal i Micky. Rozhovor som mu prekladala priebežne a iba to, čo som pokladala za dôležité. Dovtedy stál ticho vedľa mňa a takmer nič nehovoril. V danej chvíli bol akýkoľvek preklad zbytočný. Hneď som zaregistrovala, že Mickyho trpezlivosť sa zrazu vytratila, pohár pretiekol, len čo zbadal dôkazový materiál v nesprávnych rukách.
„Odkiaľ to má?" priam zakričal a ozvena jeho vety sa niesla chodbou nášho štvorpodlažného domu.
„Je to z vášho auta?" spýtal sa arogantným hlasom Oliver.
„Áno, odkiaľ to máš?" zopakovala som zlostne Rahmiho otázku v slovenčine.
„To nech ťa nezaujíma, otázky tu kladiem ja. Dopočul som sa, kto to auto zobral a môžem zistiť, ako by ste ho zasa dostali naspäť. Bude to však čosi stáť!"
Snažila som sa ovládať, ale všetko tekuté vo mne vrelo. Preložila som Oliverovu správu do nemčiny.
Micky sa tiež už iba veľmi ťažko ovládal. Z očí mu sršal spravodlivý hnev a vôbec sa ním netajil. „Tak mu povedz, že ak nám Jettu dozajtra nevrátia, zavolám si ja z Nemecka svoju mafiu. Príde celá Hamidova rodina a obaja bratia! Však my ich zlodejskej bande ukážeme, čo je to rodinná súdržnosť medzi Turkami! A nech zabudne na nejaký úplatok, smrad akýsi!"
„Prestaň... neštvi ma ešte i ty! Nepočúval si ma prvýkrát, ale teraz ti nedovolím, aby si sa tu vyhrážal. S nimi sa nepotrebujeme zapliesť. Ani teraz, ani neskôr. Keď nebereš ohľad na nič iné, tak mysli aspoň na moju

149

mamu," použila som zámerne toto slovíčko, ktoré má u moslimov čarovnú moc.

„V žiadnom prípade nedopustím, aby si ju alebo niekoho iného z mojej rodiny do niečoho zatiahol iba preto, že si pár kohútov bude riešiť svoje spory či vyrovnávanie účtov! V Nemecku si rob, čo chceš, ale tu sa budeš odteraz riadiť podľa mojich pokynov! Keby si dal na moje slová, nemuseli sme sa ocitnúť v tejto situácii!" doslovne som po ňom štekala. Únava, nervozita, hnev a strach zároveň ma mali úplne vo svojej moci.

„Za toto mi ešte zaplatia. Oko za oko... Ale ako myslíš. Tak to vybav ty," zamrmlal podráždene Micky.

Nakoniec sme sa dohodli, že sa Oliver každopádne ozve do dvadsiatich štyroch hodín a oznámi nám, čo ďalej. Micky aj po jeho odchode niekoľkokrát vyskloňoval vo viacerých pádoch slovíčko *pomsta*. Našťastie sa situácia vyvinula úplne inak ... poučenie z toho vyplývajúce: nikdy neverte mafiánskemu bossovi!

Skoro ráno zvonil telefón.

„Dobrý deň, slečna Dérová?" ozval sa mlado znejúci hlas z druhého konca.

„Áno. Kto volá?"

„Polícia," odvetil neznámy a zároveň doplnil i svoje meno a hodnosť.

„Pravdepodobne sme našli vaše auto. Môžete sa okamžite dostaviť ku nám na revír?"

„Áno, samozrejme, ďakujem. A kde je?"

„Podrobnosti sa dozviete priamo u nás."

Narýchlo sme sa prezliekli a do polhodiny naklusali na miesto určenia. Privítala nás známa tvár – Jožkov kolega, policajt v civile.

„Dobrý deň. Tak sa opäť vidíme. Zdá sa, že máte šťastie v nešťastí. Dnes ráno sme dostali hlásenie od jednej našej hliadky. Privolal ich náhodný chodec. Bol venčiť psa na akejsi odľahlej stavbe na Kramároch, kde objavil čierny VW s nemeckou poznávacou značkou. Popis sa zhoduje. Odvezieme vás tam a na jeho aktuálny stav si vytvoríte vlastný názor."

„Čo to znamená?" spýtala som sa opatrne.

„Podľa hlásenia mu veľa vecí chýba, ale pôjdem s vami a uvidíme..."

Vyviezli nás služobným vozidlom na Kramáre, na spomínanú stavbu. Pred očami sa mi dodnes vynára obraz s dvoma veľkými haldami odpadového materiálu alebo kamenia.

„Stojí tam za nimi," ukázal prstom na násypy jeden z prítomných policajtov.

„Páchateľ sa, pravdepodobne, rozhodol iba povoziť, pokiaľ mu vystačí benzín. Tento typ vozidla nebýva na zozname pre záujemcov z východnej Európy a navyše je dosť markantný svojimi úpravami, takže by pri transporte iba zbytočne bil do očí."

Vykročili sme zadaným smerom a už za pár sekúnd som hľadela na Hamidovho čierneho miláčika. Teda torzo, čo z neho zostalo. Zvažovala som, či sa tešiť, alebo plakať.

„Noo… pekne ho vyrabovali!" ozvalo sa mi spoza chrbta. Zaprášené vozidlo sa pražilo na doobedňajšom slnku. Chýbali mu všetky štyri kolesá, volant, rádio i repráky. Dvere na strane šoféra boli otvorené. „To snáď nie!" zvolala som zhrozene. Takmer súčasne hodnotil situáciu aj Micky. „Super, hlavne že sa zasa našlo a chýbajúce veci dokúpime!" Pozrela som udivene na neho a nechápala, skadiaľ čerpá ten neuveriteľný optimizmus.

Presný obraz toho, ako sme nakoniec auto pozliepali dohromady, mi akosi chýba v pamäti. Po toľkých rokoch zjavne vybledol, okrem nižšie uvedenej scénky. Nasmerovaním na správne adresy nám dosť pomohol práve *policajt v civile*. Ešte cestou na Kramáre nás totižto systematicky spovedal a medzi iným ho zaujímalo, čo robí Micky v Nemecku. Len čo sa dozvedel, že predáva ojazdené automobily, vyslovil nasledujúcu prosbu: „Počujte, zháňam lacnú Mazdu 323F. Nemohli by ste mi náhodou jednu zadovážiť?" Dodnes si automaticky spomeniem práve na neho, keď sa znenazdajky na ceste predo mnou zjaví model 323F.

„Ak viete, čo presne chcete a približne za akú cenu, nie je problém," preložila som mu Mickyho bleskovú odpoveď. K spomínanému obchodu však nikdy nedošlo. Záujemca si to nakoniec rozmyslel. Až príliš často ho zamestnávali prípady krádeží áut a pochopil, že raz bude pravdepodobne nútený vyhlásiť pátranie i po vlastnom vozidle, a tak si radšej kúpil električenku...

V autoopravovni (alebo autobazáre?) na Pasienkoch sme zháňali ojazdené pneumatiky. Tu sa opäť prejavila Mickyho turecká nátura. Dohadoval so zamestnancami ceny ako na bazáre. Čo on zbožňoval a ja z hĺbky duše nenávidela, nebolo u nás dovtedy príliš zaužívané. Nemiešala som sa však do jeho zjednávania. Niečo sme zohnať museli, a tak som si v prvom rade snažila vsugerovať heslo: *Účel svätí prostriedky. Zavrieť oči a vpred!* (nielen) Miestny mladý zamestnanec s rukami špinavými od motorového oleja bol už z neho dosť nervózny. Micky ho práve so smiechom nabádal na ďalšie zníženie ceny, pričom vymenoval aspoň tri dôvody *prečo*, a pridal i inak neviditeľné chyby tovaru.

„Asi sme vás málo hnali odtiaľto v tom štyridsiatom štvrtom," zavrčal podráždene muž v montérkach a vôbec mu neprekážalo, že stojím vedľa neho, a tým pádom ho i zreteľne počujem.

„No tak to asi ťažko…pred ich nájazdami sa triaslo Slovensko inokedy," zasmiala som sa. Bolo mi jasné, že mu chýbajú skúsenosti s predstaviteľmi cudzích národov a národností, a preto poslednej poznámke nerozumel.

Auto sa našlo. *Jupí!* Pneumatiky sme zohnali, volant tiež. *Hurá!* Dokonca i nejaké lacné rádio. *Oh, yeah!*

Zostávalo iba doriešiť naliehavú otázku, čo ďalej. Cítila som sa príšerne, keď auto zmizlo, ale nebolo mi do spevu, ani keď sme ho získali nazad.

Akoby mi niekto vložil do ruky žeravý uhlík. (Lebo ženám proste jeden nikdy nevyhovie, že?)
Vzápätí ako na zavolanie prišiel nečakaný návrh maminej známej.

Skryjeme sa na Liptove (18.)

„Katka, dnes volala Evka z Liptova. Prezradila som jej, čo sa stalo, a ona okamžite navrhla, aby ste prišli k nim na návštevu. Aspoň kým sa to tu nejako neutrasie," oznámila mi mama.

Evka bola jej dlhoročná kamarátka. Spoznali sa v osemnástke na zväzáckej dovolenke na strednom Slovensku. Odvtedy si na striedačku písali. Kým boli slobodné a bez záväzkov, navštevovali sa navzájom. Neskôr prešli aspoň na občasné telefonáty. Pohľadnice a listy pendlovali medzi Bratislavou a Liptovom naďalej pravidelne. Evkin brat Peter u nás pred niekoľkými rokmi prespal na svojej ceste z Budapešti a jej synovec k nám často chodil na návštevy počas štúdia v Bratislave a zásoboval *Prešporákov* bezkonkurenčnou liptovskou slaninkou a syrmi.
„To vážne?" radostne som zvolala. „Mohli by sme k nim zájsť?"
„Áno, sama to navrhla. Spali by ste v dome u Petra. Asi by bolo dobré, keby ste naozaj na čas vypadli z Bratislavy."

Mickymu sa ponuka zo srdca Slovenska zapáčila, a tak sme narýchlo zbalili, čo nám zostalo a čo sme dokúpili, a vydali sa na ďalekú cestu do neznáma. Diaľnica v tých časoch končila kdesi pri Považskej Bystrici, takže od nej sme sa pomaly vliekli smerom na Žilinu. Pri Ružomberku sme zliezli na nenápadnú asfaltku, ktorá sa kľukatila sýtou, zelenou nádherou. Netušili sme, či pokračujeme správnym smerom, ale osobne mi to vôbec neprekážalo. Očami som sa pásla na okolitých hustých, listnatých porastoch. Liptov je prekrásny kút našej vlasti. Tam by som sa celkom rada stratila. Ani hľadať by ma nemuseli...
Konečne sme dorazili do cieľa cesty. Mama mi vysvetlila, kde presne dom nájdeme. Za miestnym potokom. Už nás netrpezlivo vyčkávali.
Zo záhrady vybehol Peter a veselo nám mával rukami, vysoko zdvihnutými nad hlavou. Nikdy som nezabudla na jeho krátku zastávku v Bratislave. Veľmi sme si ho vtedy s bratom obľúbili. Z Budapešti nám ako darček priniesol najväčší hit tej doby – svetoznáme *Rubikove kocky*. Škoda, že sa nikdy neoženil. Narodil sa so srdcom dobráka a druhému by daroval snáď i svoje posledné gate. Aspoň tak na mňa v detstve pôsobil.
Zvítal sa s nami veľmi srdečne. Dokonca tak, že Mickymu v prvom momente vyrazil dych. „Všimla si si to?" takmer začal koktať od prekvapenia.
„Čo či som si všimla?"
„No ako sa so mnou zvítal? Ty si to naozaj nevidela?"

152

„Nie. Tak čo spravil?"

„Teda zažil som už mnohé… ale no toto…," ešte stále sa z čohosi spamätával a zároveň sa zadúšal smiechom.

„Povieš už konečne, čo sa stalo?" pozerala som naň nechápavo.

„On ti mi dal bozk priamo na ústa. Chlap chlapovi. My sa tiež u nás vítame bozkami, ale vždy iba na líca. Takéto čosi som ešte nikdy nezažil!" „Nepochádzam stadeto a neovládam tunajšie obyčaje. Možno sa tak zvyknú zdraviť a možno to bola iba náhoda, že sa vám ústa zrazili. Každopádne si zažil zasa niečo nové a aspoň si zistil, že srdečnosť liptovskému ľudu nechýba."

Peter nám najprv poukazoval dom a potom nás zaviedol do izby, kde nám pripravili nocľah. Z postele na mňa vykúkali pravé páperové duchny. Ak ma chce niekto potrápiť, stačí, keď ma do nich na noc uloží. Neznášam saunovanie v perí. Neznášam vopred prehratý boj za hlbokej tmy pod beztvarou masou, ktorá sa nekontrolovateľne prevaľuje zo strany na stranu a pod ňou som ja, zmáčaná vo vlastnom pote. Ale tak nemôžem mať vždy všetko… no tretina dňa, ktorú cielene využívame na regeneráciu tela a ducha, by sa naozaj nemala zmeniť na nekonečné utrpenie. Lebo *tma* je vzdialená príbuzná *nekonečna*.

„Škoda, že ste neprišli včera. Na kopcoch nad dedinou zapaľovali Jánske vatry a mládež sa zabávala do neskorej noci. Práve sú u nás na návšteve aj Zuzka s Paľkom, len sú teraz na futbalovom zápase. Zavediem vás o chvíľu na ihrisko a jesť budeme potom všetci spolu."

Evka mala okrem brata Petra ešte sestru Mariku, ktorá bývala v Ružomberku. Zuzka s Paľkom boli jej deti a Palino ten synovec, čo študoval v Bratislave. Tešila som sa na stretnutie s ním po toľkých mesiacoch.

Zuzkin priateľ naháňal loptu za miestny oddiel, a tak ho šli obaja súrodenci povzbudzovať pri hre. Najprv som sa vystískala s Palinom. Zuzka sa mi zapáčila okamžite. Vyžarovala z nej anjelská dobrota, presne ako zo strýka. Po zápase nás ujo Peter vzal na krátku návštevu k svojim rodičom.

„Mamo, tato, pozrite koho som vám priviedol. Máme tu vzácnych hostí z Bratislavy, dokonca až z Nemecka! Tuhľa Katka je Betkina dcéra, veď znáte… to tá z Bratislavy, čo sa s ňou už roky priatelí naša Evuľa."

Starkí nás milo prijali. Boli ako z rozprávky. Usmievaví, bielovlasí, srdeční. Obaja mali čosi vyše osemdesiatky a bývali v menšej, bezbariérovej prístavbe pri dome, keďže jeden z nich už nevládal poriadne chodiť. Chvíľu sme sa s nimi rozprávali, kým nás ujo Peter nezavolal na večeru.

Na Liptove sme pobudli niekoľko dní. Zašli sme aj k Evke. Zhromaždili sa u nej viacerí dospelí. V malej dedinke na konci sveta bývajú návštevy z cudziny zriedkavosťou a priťahujú tým pádom pozornosť.

„Veď sa nehanbite a ochutnajte," núkali nás domáci dookola a najmä alkoholom.

153

„Preboha, to musím naozaj vypiť? Však ma tým zabijú!" skonštatoval Micky s hrôzou pri pohľade na stôl.

„Samozrejme, že nie. Trochu si odpi, inak nás asi nepustia preč, ale naozaj iba s mierou. Na takéto čosi nie si zvyknutý, takže pozor."

„Žalúdok ti to prečistí, tak sa neokúňaj toľko… bacily vykántriš, no poď, šupni to tam… a teraz do druhej nohy…," smiali sa a Micky sa smial tiež. (Nalievali mu, akoby bol stonožka.)

U Evky sa nepilo zo štamperlíkov. Na stole stálo pre nás oboch dokopy štrnásť veľkých, čajových hrnčekov. Sedem pre mňa, sedem pre neho. Vodka, slivovica, také pálenô, onaké pálenô, vínko…

Keďže veriaci moslimovia oficiálne nesmú piť alkohol (neoficiálne údaje mi nie sú známe), chýbal mu akýkoľvek tréning. Aj obyčajné pričuchnutie k okraju pohára bolo pre neho fatálnym.

Večer som ho ukladala do postele v tej najlepšej nálade. Iba sa po celý čas priblblo vychechtával a čosi nezrozumiteľne bľabotal. A mne bolo smutno pri srdci, keď som si opäť raz uvedomila, do akej miery je *idylický* obraz slovenskej dediny nasiaknutý alkoholom. Ako sa závislosť zámerne zamieňa za pohostinnosť.

Z liptovského výletu mi v pamäti zostala aj návšteva dreveného kostolíka vo Svätom Kríži. Mama ho často spomínala v rozhovoroch, a preto som už ako dieťa vedela, že patrí medzi najväčšie drevené stavby v Strednej Európe. No teraz som sa naživo kochala precíznou a nádhernou prácou našich predkov, vdychovala kúzlo časov dávno minulých a s hrdosťou som prekladala Mickymu základné informácie z dostupných materiálov. V tom období práve nebol oficiálne prístupný verejnosti ako národná pamiatka. Ku kľúčom sme sa dostali po známosti.

Na konci týždňa, krátko pred návratom domov, nás zavolala mamina. „Katka, hovorila som s Vierkou. Keď prídete do Bratislavy, hneď z diaľnice zamierte ku nim. Povedala, že si auto môžete schovať v ich záhrade."

Sesternica Vierka bývala s mužom a svokrou v rodinnom dome v Prievoze. Pri dome v prerobenej garáži spojenej s ďalšou menšou stavbou si zriadili vlastnú firmu s niekoľkými zamestnancami.

„Super, odkáž jej, že ďakujeme a že mi svojou ponukou určite ušetrí kopec nervov."

Tak sme sa rozlúčili s pohostinnými Liptákmi a vydali sa nazad do hlavného mesta. S plánovanou zastávkou v Prievoze.

„Kačena, to čo ste zasa vystrájali?" vyšla nám v ústrety Vierka, akonáhle sme zabočili do ich ulice. „Vaši mi už referovali o krádeži. Chvalabohu, že to takto dopadlo. S tebou sa človek nikdy nenudí."

„Ani mi nevrav. Skoro som skolabovala, ale tú *story* ti prerozprávam neskôr… A teraz ťa zoznámim s Mickym."

„Dobre, ale najprv nech zaparkuje auto v záhrade. Martin vyjde s naším na ulicu a keď bude vnútri, odstaví ho za ním. Aspoň nebude tak na očiach."

Z firemného sídla práve vychádzal jej muž a jeden zo zamestnancov. Ani sme sa nestihli poriadne pozdraviť, pretože sluchové orgány prítomných *Adamov* im okamžite nasmerovali oči k hlavnému hrdinovi predošlých, turbulentných udalostí.

„Wau, tak tomu sa vraví MAŠINA… pri jej zvuku mi srdce bije na plné obrátky," začal rozhovor Tomáš, ktorého som kedysi dávnejšie u nich zaregistrovala za počítačom, ale nestála som mu za pozornosť, keďže vtedy som si so sebou nepriviedla dvesto erdžiacich koní.

V nasledujúcom kole rozhovorov dokonca *Adamovia* zabudli na svoje krásne *Evy* a s neskrývaným nadšením rozoberali veličiny, o existencii ktorých sa v kuchárskych knihách nič nepíše. Veď i štatistiky tvrdia, že pri kúpe motorového vozidla ženy určujú farbu a muži ten podstatný zvyšok.

Martin ovládal perfektne nemčinu, takže moja tlmočnícka prítomnosť nebola vlastne vôbec potrebná.

„O takomto aute snívam roky! Spýtaj sa svojho priateľa, či ho nepredá," otočil sa ku mne Tomáš. S prekladom ma predbehol Martin. Chcela som ku nemu ešte dodať, že Jetta nám nepatrí, že nám ju iba požičal kamarát, keď som v tom istom okamihu zachytila citoslovce súhlasu s udaním kúpnopredajnej ceny.

„Micky, to čo znamená? Ako môžeš ponúkať niečo, čo ti nepatrí? V prvom rade by sa patrilo najprv spýtať Hamida na jeho názor…"

„Dž-nem, nerobím nič proti jeho vôli. Pred odchodom na Slovensko ma poveril úlohou, že ak nájdem záujemcu o kúpu, nech s ním dohodnem podrobnosti."

„Aha… a ako si to predstavujete? Ja nemôžem chodiť do Bratislavy, kedy sa mi zapáči!"

„S tým si nelám hlavu. Ak sa na niečom dohodneme, priveziem mu auto o dva-tri týždne ja sám."

„Takže tebe ešte nestačili doterajšie problémy? Jedna krádež ti je málo? Mimochodom, nabudúce by som prijala, keby si ma informoval, aké plány kujete poza môj chrbát!" odpovedala som znechutene, nedávne udalosti ma naďalej mátožili v spánku.

„Neboj sa, ak bude treba, v aute aj prenocujem, kým ho neodovzdám novému majiteľovi. V Bratislave sa už celkom dobre orientujem, pôjdem na otočku a domov sa vrátim vlakom."

„Rob, ako myslíš, ja som ťa varovala. Na polícii sa vlastne tiež vyznáš. Stačí, keď pri ďalšej krádeži automaticky zájdeš za naším známym v civile. Adresu a číslo dverí ovládaš predsa spamäti!" ukončila som háklivú tému mierne ironicky.

Na cene sa chlapi dohodli veľmi rýchlo a bez dlhších naťahovačiek. Za sedemtisíc mariek zmenilo vozidlo majiteľa a štátnu príslušnosť. Samozrejme nie okamžite. Najprv sa muselo v Nemecku vybaviť odhlásenie a zvyšné formality okolo predaja do zahraničia. Za dva týždne cestoval

Micky nanovo na *východ* s červenou ŠPZ - tkou. Jettu odovzdal v poriadku, o čom ma vzápätí telefonicky informoval.

„Katja, auto je preč. Tomáš mi doniesol peniaze, potom sme si zašli niekam sadnúť a zapili obchod. A že neuhádneš, kde som teraz?"

„Veru nie, ale mal by si byť na stanici alebo vo vlaku."

„Kdeže, na bratislavskom letisku. Kúpil som si za štyristo mariek letenku a za hodinu odlietam do Mníchova."

„To nemyslíš vážne! Čo si sa zbláznil? Oplieskať toľko peňazí? Veď nie si žiadny manažér, ktorému zahraničné cesty prepláca firma. Ako ti niečo také vôbec prišlo na um?!" vychrlila som zo seba dosť nahnevane.

„Dž-nem, nerozčuľuj sa. Letenku som zaplatil z peňazí, ktoré som dostal za auto."

„Nooo… ešte lepšie! Z peňazí, ktoré patria Hamidovi. Super."

„No a. Ja som mu vybavil výhodný kšeft a dopravil som aj Jettu priamo ku kupcovi. V Nemecku by v živote nedostal toľko peňazí za tú kraksňu. Je rád, že sa jej zbavil. Tam je dosť podobných a lepších modelov. Takže som si vzal iba svoju províziu."

„Ahaa! Máš pravdu, sú to vaše jednania. Robte, čo vy dvaja uznáte za vhodné. Sám najlepšie vieš, ako rozumne zaobchádzať s vlastnými financiami. Keď si myslíš, že si to môžeš bez mihnutia oka dovoliť, tak si pre mňa za mňa lietaj aj každý deň... koniec prednášky!"

Jetta sa u nového majiteľa príliš dlho neohriala. Po niekoľkých mesiacoch sme z Bratislavy obdržali správu, že ju opäť ukradli. Tentokrát sa však nenašla. Ani celá, ani po súčiastkach.

Dokonca Mickyho krásnu, striebornú limuzínu som nikdy viac nezazrela. Predpokladám, že súrne potreboval peniaze, a tak ju predal prvému záujemcovi, ktorý vyplatil požadovanú sumu. (A ak sa nemýlim, BMW-čko by nám ukradli priamo spod zadku, len čo by prekročilo hranice Kittsee // Petržalka a skončilo by niekde v tramtárii.)

O pár rokov neskôr stála vo večerníku aj krátka správa o Oliverovi. Z Dunaja vytiahli jeho mŕtve telo. Našli ho s balvanom, priviazaným okolo krku. Vraj vyrovnávanie účtov v bratislavskom podsvetí. (*Žeby chodieval s džbánom po vodu priamo ku Dunaju?*)

Svadba (19.)

Jar s črtami leta bola v plnom prúde. Nové zážitky sa ku mne hrnuli zo všetkých svetových strán. Pomaly sa blížil koniec prvého jazykového kurzu vo VHS. Okrem Veroniky som sa naďalej a pravidelne stretávala s Brazílčankou Vitóriou. Jej muž - ako každý kuchár, ktorý neskončil v závodnej kuchyni - mal nezávideniahodnú pracovnú dobu a ona sa často doma nudila, keďže v Mníchove takmer nikoho nepoznala. Zvykla za ním potom zájsť do reštaurácie a trávila v nej voľný čas.

„Stále viac myslieť o tom, že po koniec kurzu nastúpiť robota. Mohla robiť čašník u Pedro. Čo myslieť ty o môj plán? Dobrá, nie?" Ešte stále rozprávala dosť kostrbato.

„A čo si robila u vás doma?" zaujímalo ma.

„V Brazília Vitória pracovať v detská škola s malá deti do šesť roky, ale v Nemecku nedovoliť. Ešte zle hovoriť reč a musieť robiť aj skúška. Ono ťažký vec pre ňu. Ale najradšej dostať svoje deti… no nie zatiaľ dariť mne a Pedro. Smola mať."

Z našich dvoch Maďariek si moje sympatie okamžite získala Zsuzsa. Zvykli sme spolu zájsť v trojici do cukrárne. Veronika sa občas pridala, ak sa práve neponáhľala domov. Niekedy v polovici kurzu ma nečakane pozvala ku sebe na návštevu Dóra.

Rodinný dom, kde bývala spolu s manželom, stál učupený vo dvore niekoľkých viacposchodových, obytných budov. Malá stavba vyžarovala i napriek svojej „veľkosti" isté čaro. Lilipután medzi obrami. Nedokázala som sa zbaviť pocitu, že ju omylom zabudli zbúrať, keď stavali bytovky na okolí. Práve som chcela zaklopať, keď sa ako na povel otvorili vchodové dvere a von vyšiel nevysoký muž s dlhými, zvlnenými vlasmi, zopnutými do chvosta. Akoby ho vystrihli z rokov osemdesiatych. Tušila som, kto stojí predo mnou a výzorom mi tiež stopercentne zapadol do obrazu. Štýl účesu, dĺžka a farba vlasov, výška, kožená čierna bunda… ako by ich jedna mater mala. Niektoré manželské páry mi jednoducho vzhľadovo pripomínajú vlastných súrodencov.

„Vitaj a vojdi pokojne dnu, Dóra ťa už čaká," zahlásil bez zbytočných, doplňujúcich otázok a bolo na ňom vidno, že má naponáhlo.

„Ahoj Katja, to je môj muž, čo práve vybehol z dverí. Letí do roboty," zjavila sa na prahu jeho žena a moja spolužiačka.

„Teraz? O takomto čase?"

„Áno. Je kuchárom v bavorskej reštaurácii kúsok odtiaľto. Čiže, keď sa väčšina ľudí pomaly chystá z roboty domov, odchádza on opäť do práce. Na druhú šichtu. No poď ďalej."

Aha, takže ďalší kandidát s nanič pracovnou dobou a manželkou, čo tým (asi) trpí. Kto si raz zvolil nevďačné a stresujúce povolanie, veľa si nenavyberá.

Vnútrajšok ich domčúrika pôsobil na mňa takisto miniatúrnym dojmom. Pripomínal mi skôr nejaký motorkársky klub než domácnosť mladého manželského páru. Steny boli obložené drevom. Na policiach stáli rôzne pokály a zarámované fotografie zo súťaží. Jeden detail v jeho útrobách ma zaujal okamžite. Architekt (či už profík alebo amatér) vhodne využil voľný priestor pod strechou a navrhol tam otvorené poschodie. Mini galériu. Dóra s mužom si na ňom vrámci možností zriadili spálňu spolu s pracovňou.

„Jééé, to sa mi páči,“ zatiahla som nadšene začiatočné citoslovce. „Zbožňujem byty, ktoré nie sú na jednej úrovni a u vás je to veľmi zaujímavo vyriešené.“

„Ja som tu tiež nadmieru spokojná... ale povedz mi radšej, čo si dáš na pitie?“ spýtala sa pozorná hostiteľka, pričom vymenovala kompletný obsah domácej chladničky. Z ponuky ma potešili predovšetkým známe nápoje z Maďarska.

Počas rozhovoru sme sa dostali i k téme, ako spoznala svojho manžela.

„Takisto som pracovala v Mníchove na začiatku ako au-pair v rodine. Po polroku som na oslave u priateľov stretla Wernera a odvtedy sme spolu. A po roku od zoznámenia sme sa vzali, aby som tu smela zostať oficiálne. Ale aj ty máš nejakého priateľa, že? Aspoň si ho minule spomínala.“

„Áno, lenže on je Turek. To znamená, že keď skončím u rodiny ako au-pairka, asi sa vrátim domov, pretože svadbu... hmm... nuž, nepovažujem ju za najvhodnejšie riešenie a iné možnosti zatiaľ nepoznám.“

„Plne ťa chápem, i mňa by trápili obavy. Najlepšia kamarátka sa vydala za Iránca a nedopadla veľmi dobre.“

„Prečo?“ spýtala som sa až príliš zvedavo.

„Narodilo sa im dieťa a on jej ho neskôr vzal. Chcel sa vrátiť naspäť k rodine do Iránu a ona odmietla.“

„Presne! To sú skutočnosti, ktoré znepokojujú i mňa. Rozum mi vraví, prídu problémy, ruky preč od neho, kým je čas! Ale srdce... no srdce zatiaľ vyhráva. Lenže nejako to vyriešiť musím. Skôr či neskôr. A ako sa to skončilo s tvojou kamoškou?“

„Nahovoril ju, aby išli aspoň na krátku návštevu k rodičom. Keď ich jeho mama so sestrami vyzdvihli na letisku v čiernych čadoroch – poznáš predsa tie ich...“

Dóra pokračovala v načatom príbehu s plným nasadením, až som po chvíli nadobudla pocit, že sama svojej story uverila, no i tak sa jej nepodarilo obalamutiť ma. Začalo mi pomaly svitať. Pred očami sa mi zjavili známe scény z Teheránu. Nevynechala ani jednu. Neuvedomila si, že až príliš precízne opisuje sled udalostí, o ktorých by sa bez priamej účasti v deji nikdy nedozvedela. Tie scény totižto pochádzali z filmu „Bez dcéry neodídem“ a na jednom z nemeckých kanálov ho vysielali asi týždeň predtým. Takže jej najlepšia kamarátka musela byť Betty Mahmoodyová. Nevadí. Zvyšok príbehu som iba odhmkala. Rozhodla som sa nevyhodiť jej na oči, že jej najlepšiu kamarátku poznám aspoň tak dobre ako ona...

S energiou treba zaobchádzať rozumne, nemíňať ju zbytočne len tak na hockoho! Nik ma predsa nenútil stretávať sa s ňou pravidelne.

Na konci každého kurzu (je jedno, aký kurz a v ktorej ustanovizni) bolo zvykom, že posledná hodina mala čisto rozlúčkový charakter. Už sa nič nepísalo na tabuľu, už sa nič nepísalo do zošitov, knihy zostali doma v regáli a miesto nich priniesol každý nejakú dobrôtku z kuchyne svojho národa. A ku tomu ľubovoľný nápoj na zahnanie smädu. Na nemčinárske *švédske stoly* som sa vždy tešila. (Rada by som spoznala osobu, ktorá si vymyslela a medzi pospolitý ľud rozšírila spomínané pomenovanie. Aby som sa spýtala na pohnútky, ktoré ju ku tomu viedli. Prečo práve *švédske?* Špeciálne som si naštudovala informáciu ohľadne pôvodu slova a zdá sa, akoby do našich končín opakovane prenikali nepravdivé/neúplné informácie z mnohých oblastí. Správne by sa však mali označovať ako *francúzske stoly* alebo *buffet.* Aspoň podľa zdroja, ktorý sa do rúk dostal mne.) Takže *stoly* zahŕňali ponuku minimálne troch – štyroch kontinentov. Účastníci kurzov si pritom dali záležať, aby seba a svoju krajinu prezentovali niečim zaujímavým, priam exotickým. Na poslednej hodine sme si potom navzájom narýchlo vymieňali najlepšie recepty.

Alida chodila do jazykovky v susednom mestečku. To značilo, že na zástavke kúsok od domu nasadla na autobus, previezla sa niekoľko sto metrov ďalej a vystupovala na nasledujúcej zastávke pred miestnou VHS. Tam, kde sme bývali, sme sa vlastne neustále pohybovali na hranici štyroch menších mestečiek, teda v ich množinovom zhluku.

„Katja,“ oznámila mi začiatkom leta, „tento týždeň mi končí nemčina v škole a ja som sa rozhodla zvolať grilovaciu párty so spolužiakmi u nás na záhrade. Že prídeš? Malinovky a pivo platí moja rodina, pozvaní si musia so sebou doniesť iba to, čo venujú do spoločného bufetu a dobrú náladu k tomu.“

S mnohými jej spolužiakmi som sa spoznala na viacerých akciách priamo v Mníchove, kam ma Alida pravidelne brávala so sebou. Partiu tvorili samé veselé kopy, väčšinou Angličania s presláveným ostrovným humorom, a tak som pozvanie s radosťou prijala.

Počasie nám prialo a my sme mohli nerušene grilovať prinesené dobrôtky. Ich prenikavá vôňa pomaly prekryla vôňu pôvodnú, kvetinovú. Do spomínanej nemeckej triedy patrila i jedna Češka. Stretla som ju asi dvakrát predtým v meste. Na prvý pohľad celkom milé žieňa, aj pekné, ale stačilo, aby otvorilo ústa... a dostalo odo mňa automaticky pečiatku: *preafektované.*

„Zbožňujem angličtinu a potrebujem sa v nej zdokonaliť, pretože len čo skončím tu v Nemecku, plánujem odísť do Ameriky,“ dávala dosť hlasno na známosť všetkým a naozaj pri každej príležitosti. „Som neskutočne rada, že v kurze sú okolo mňa samí Angličania, s ktorými sa môžem kedykoľvek rozprávať v ich rodnom jazyku. Je to pre mňa výborná rečová predpríprava.“

Svoje rozhodnutie ohľadne ďalšieho pôsobiska skúšala prifarbiť aj tentokrát (ne)falšovaným americkým prízvukom a pri toľkej snahe si nevšimla, ako prítomní na seba veľavýznamne žmurkajú a vymieňajú si pobavené úsmevy. „Prosím ťa, poď mi pomôcť do kuchyne, pretože ja ju už neznesiem počúvať. To je taká ťava. Som si istá, že o chvíľu opäť začne rýpať do mňa."

Alida z predošlých skúseností s ňou správne vycítila blížiace sa hromobitie. Než sme stihli vojsť do domu, začala Kamila presne podľa predpovede zasa raz do nej zabŕdať. „Alida, tá africká angličtina, ktorú používaš ty, to čo je za divnú odrodu? Vôbec to neznie tak lahodne ako pravá americká alebo anglická verzia…"

„Je to úplne normálna angličtina a je zaujímavé, že ostatní mi perfektne rozumejú, iba ty jediná sa ustavične sťažuješ na nejaké problémy!"

Všetci sme postrehli, ako našej milej Afričanke zovrela krv, ba priam ju ide rozhodiť od zlosti, a tak som ju radšej rýchlo zatiahla do kuchyne.

„Prosím ťa, vykašli sa na ňu, veď je trápna!" snažila som sa ju utíšiť.

„Ale povedz, prečo dookola do mňa takto a podobne rýpe? Čo som jej spravila, že ma stále provokuje?"

„Nič. Ona sa proste potrebuje robiť zaujímavou! Chce sa ukázať pred chlapcami. Alebo na teba iba žiarli. Čo ti ja viem? Honey, come on, nedáme si predsa len tak niekým pokaziť tvoju party! … A ty sa radšej nauč lepšie vyslovovať po anglicky, " dodala som po chvíli a vyplazila jej dlhokánsky jazyk. Na oplátku po mne hodila utierkou a obe sme sa od srdca zasmiali. Ešte som ju chvíľu upokojovala, keď ma zrazu z čista-jasna prekvapila novým tajomstvom.

„Katja, spomínaš si na Justyho? Toho, čo bol kedysi u mňa na návšteve so Sinom, pamätáš?"

„Jasné. Ten veselý mladík, ktorého adoptovala nejaká tunajšia rodina z Kolumbie."

„Áno, ten."

„Prečo sa ma pýtaš? Čo je s ním?"

„Nooo… my sme sa dali dokopy. Nepozeraj tak udivene na mňa, nič som ti nezatajovala. Netrvá to zatiaľ dlho, iba pár dní. Nevidela som ho od januára celú tú dobu, iba prednedávnom sme sa náhodou stretli na autobusovej zástavke. Pozval ma na colu a potom na ďalšiu a znova a opäť… a nejako medzi nami preskočila iskra a ja som sa zaľúbila."

„Wau, tak to mi je novinka!" zareagovala som prekvapene. Alida si s obľubou zaflirtovala s kadekým, ale od skúsenosti s Alexom sa akémukoľvek vážnejšiemu vzťahu bránila.

„Ale vlastne som tomu celkom rada. Aspoň sa už s Mickym prestaneme hádať kvôli tebe!"

Odkedy sa totižto skončil prapodivný vzťah Hamida s dcérou jeho šéfa, za čo sa Micky (zaiste) cítil byť zodpovedným a od momentu, keď sa dozvedel, že Alida je opäť voľná, snažil sa ich dvoch dať za každú cenu

160

dokopy. Bol tou myšlienkou priam posadnutý. Jeho najlepší kamarát vôbec nič nenamietal proti kupliarčeniu daným smerom, práve naopak, ale i keby sa bol pokrájal na drobné kúsky do tvaru rovnostranných trojuholníkov, s Alidou by to ani trochu nepohlo. Ako muž ju Hamid ničím nepriťahoval, jej záujem o neho sa v tomto smere rovnal nule. Veľkej, neprehliadnuteľnej nule! Vedela som to, vlastne všetci sme to vedeli, a preto ma strašne rozčuľovalo, keď mu Micky pri každej príležitosti nasadzoval chrobáka do hlavy a presviedčal ho, aby sa nevzdával, že Alida si to isto raz rozmyslí, že musí byť trpezlivý, že nech ešte vyskúša tamto alebo ono. A to i napriek mojim prosbám a hrozbám, aby s tým konečne a navždy prestal.

Videla som, ako sa Hamid trápi, a bolo mi ho naozaj ľúto. Zároveň ma hnevalo, že si nechá mútiť hlavu Rahmiho táraninami. Ale mnohým chlapom jednoducho nejde do palice, že ženská sa s nimi dokáže schuti zasmiať aj bez akýchkoľvek postranných úmyslov. Takisto som musela párkrát proti rovnakej nechápavosti, priam zadubenosti bojovať. *Saparlot!*

Záhradnú grilovaciu párty som opúšťala s hlbokým presvedčením, že odteraz nastane svätý pokoj a Mickyho sprostredkovacia agentúra vďaka najnovšiemu vývoju udalostí práve definitívne zakončila svoju neúspešnú činnosť.

Už čoskoro sme s Alidou dohodli zoznamovacie stretnutie s našimi polovičkami. Napriek mojim počiatočným obavám, ako jej priateľa prijme Micky, prebehla schôdzka v absolútne mierovej atmosfére. Rahmi spoznal Justyho a takmer okamžite si obľúbil jeho veselú, bezstarostnú povahu. Od spomínaného momentu už nič nebránilo tomu, aby sme sa v novej zostave stretávali pravidelne.

V tom čase vlastnil Micky kabriolet a naša veselá štvorka sa nadšene premávala s otvorenou strechou ulicami Mníchova a jeho blízkym okolím. Užívali sme si slnečných lúčov plnými priehrštiami a nechali si strapatiť hrivy veternou fúkanou úplne zadarmo. Niekoľkokrát nás Justy pozval aj ku sebe domov. Jeho rodičia boli práve na jednej zo svojich ciest okolo sveta a mne sa tým pádom naskytol pohľad do života ďalšej nemeckej rodiny. Bývali v zaujímavej bytovke s veľkými terasami, iba na pár minút pešej chôdze od Alidy. Pri pohľade na zariadenie ich obrovského domicilu mi pravidelne padala sánka. Hoci nie som zástancom príliš tmavého nábytku, priznávam, že v ich prípade mi voľba takmer čierneho odtieňa vôbec neprekážala. Niekto s nesmierne vycibreným vkusom k nemu povyberal nádherné doplnky. Byt s fascinujúcim nádychom exotiky prezrádzal, že jeho majitelia toho naozaj veľa videli a pochodili. Spolu s Alidou sme obdivovali aj obrovitánsku vaňu v kúpeľni, ktorá mala zabudovanú masážnu vírivku, v tých časoch pre mňa takmer science-fiction alebo filmová kulisa v reáli. Alida opäť raz luskla jazykom, zažmurkala ľavým okom a potvrdila, že funguje fantasticky.

Onedlho odchádzal do sveta i Rahmi. Lepšie povedané, chystal sa na svadbu svojej sestry do Turecka.

„Pýtať sa ťa, či pôjdeš so mnou, je asi zbytočné, že?"

„Ja? Na svadbu tvojej sestry? Čo by som tam robila? Veď ju vôbec nepoznám."

„Však najvyšší čas, aby si ju spoznala! Aj ona je na teba veľmi zvedavá. No a okrem zábavy, jedenia a tanca by si navyše navštívila dedinu, odkiaľ pochádzajú moji rodičia. Z peňazí zarobených v Nemecku si v nej postavili veľký murovaný dom a každé letné prázdniny sme tam chodievali na dovolenku. Môj dedo, kým žil, bol imámom a dodnes na neho miestni ľudia s úctou spomínajú. Vždy, keď zavítame do dediny, pozývajú nás všade na návštevu. Mal som ho neskutočne rád. Dokázal som pri ňom hodiny presedieť a takmer bez dychu počúvať hociktorý z jeho skvelých príbehov. Bol to veľmi múdry muž. Škoda, že už nie je medzi nami, určite by sa ti na prvý pohľad zapáčil. A my dvaja by sme si spravili aj menší výlet do Istanbulu."

Mala som zvláštny pocit po vypočutí jeho návrhu. Fantázia pracovala na plné obrátky. Moslimskú krajinu som dovtedy ani raz nenavštívila a moje predstavy boli ešte dosť skreslené, ovplyvnené nesprávnymi knižnými príbehmi. Preto ich radšej ani nezverejním.

„Micky, prosím ťa… choď pekne na svadbu, zabav sa so svojimi, popraj mladomanželom všetko najlepšie aj za mňa a ja na teba počkám tu v Mníchove. Voľno si teraz vziať nemôžem a peniaze na cestu nevyčarujem len tak z klobúka."

„Aké peniaze? Stačí, ak povieš, že chceš ísť a o iné sa nestaraj!"

Micky nakoniec cestoval sám. Teda s celou rodinou, ale bezo mňa. Keď bola sestra pod čepcom a hostinu pripomínali už iba zvyšky posledných koláčov, zazvonil telefón a na druhom konci sa ozval jeho naradostený hlas: „Dž-nem, kde si? Veľmi mi chýbaš! Svadba bola výborná. Nohy si necítim ešte teraz, koľko som sa na nich v tú noc odtancoval! A hádaj, kde som momentálne. Sedím na promenáde v Istanbule. Och, raz sem pocestujeme spolu, je to nádherné mesto! Predstav si, že som tu stretol známeho, a ten mi ponúkol na predaj nádhernú, motorovú jachtu. Čo povieš, kúpiť ju pre nás dvoch?"

„Micky, som rada, že si živý a zdravý a že sa dostanem aj ku slovu. Ale prezrať mi, načo nám dvom bude jachta???"

„Nuž, zvažoval som, že by sme ju nechali zakotvenú v doku priamo v Istanbule a keby sme sem prišli na dovolenku…"

„Micky, prosím ťa, spamätaj sa! Koľkokrát sme boli doteraz v Istanbule a koľkokrát sa tam dostaneme najbližšie? Kto sa bude o ňu starať? Ty si niekde vyhral toľko peňazí, že si ju dovolíš celý čas len tak niekde parkovať?"

„No ale…"

„Micky! Ja nechcem žiadnu loď!"

„Veď dobre, už sa, prosím, nerozčuľuj. Stavil som sa s ním, že budeš proti... Ale poslal som ti aspoň pohľadnicu. Je na nej vidno Bosporský prieplav a v ľavom dolnom rohu sa plaví loď, podobná tej, čo som chcel kúpiť... keby si si to náhodou rozmyslela."

„Fajn, taká na obrázku mi úplne stačí a rozmyslené to mám už nadobro!"

Zakrátko nato som si prezerala aj hotové fotografie zo svadby. Nevesta bola neskutočne krásna. Vyzerala, akoby z oka vypadla Libuši Šafránkovej v záverečnej scéne mojej najobľúbenejšej verzie rozprávky o Popoluške. Pozorne som skúmala jednotlivé zábery, na ktorých neznámy autor zachytil veselé svadobčanky. Prekvapilo ma, že iba jedna jediná z prítomných si schovala vlasy pod šatku. Žiadna z dedinčaniek nezahaľovala ani náznakom svoju tvár. Práve naopak. Bolo síce vidno, že pochádzajú z iného a hlavne chudobného kraja, ale navonok sa ich obraz vôbec nezhodoval s mojimi predstavami o utláčaných moslimských ženách z malej zapadnutej dedinky niekde na prašnom konci sveta. Dokonca mi ničím nepripomínali ani svoje približne vekovo rovnako staré krajanky, žijúce roky rokúce v Nemecku. Tie kedysi premiestnili v priestore, len im zabudli nastaviť správny čas. Pre ne sa presunom vlastne zastavil. Živili ich spomienky spred tridsiatich rokov. Na druhej strane, fotky z radostnej udalosti môžu isté skutočnosti skreslovať...

(Ale ženích vyzeral naozaj sympaticky. Aspoň teda na svadobných záberoch. Čímsi mi pripomínal Mickyho. Iba vlasy mal svetlejšie.)

Pohľad do „zákulisia" (20.)

„Ahoj Laura, čože to tu stváraš?" hľadela som na ňu prekvapene z predsiene. Práve som sa vrátila domov z mesta a objavila ju stratenú medzi kusmi potrhaného kartónu a baliacej bublinkovej fólie v strede dolnej časti obývačky. Zdvihla hlavu na pozdrav a ťažko zavzdychala: „Ach, ani sa nepýtaj! Objednala som si vitrínu do pracovne, dnes mi ju doviezli a takmer hodinu tu nad ňou maturujem a niečo mi v zostave stále nesedí."

„Potrebuješ nebodaj pomoc?"

„Ja ti, veru, ani neviem. Veď som išla presne podľa návodu!"

„To je on?" vzala som zo zeme kus papiera a pozorne sa sústredila na jednotlivé kresby. Očami som porovnávala schémy z obrázkov s konštrukciou, ktorá stála smutne vykrivená predo mnou.

„Aha, už som našla, čo som hľadala," zatvárila som sa ako víťaz krajského kola matematickej olympiády a prstom ukázala na chybné miesto. „Pozri, hneď na začiatku si sa zmýlila. Takže nezostáva nič iné, iba nepodarok rozmontovať a začať odznova!"

„Ukáž," zobrala mi návod z ruky a očami prebehla prvé tri riadky. „Hm, zdá sa, že máš pravdu. Ako mi niečo také jednoduché uniklo? No čo narobím... takže začínam s demontážou! Snáď budem úspešná aspoň pri nej."

S elánom sme sa spoločne pustili do majstrovania, a kým sme skrutkovali, rozpájali, prekladali, porovnávali, primeriavali a zasa spájali, oboznámila ma Laura s najaktuálnejšími novinkami. „Cez víkend nás poctia svojou návštevou moji rodičia a budúci týždeň ich vystrieda môj mladší brat Tobias. Na neho sa veľmi teším. Dávno sme neboli spolu. "

„Fajn, takže tentokrát spoznám časť tvojej rodiny, ale na druhej strane, Philipova sestra býva s manželom a deťmi priamo tu v Mníchove a doteraz som ich zahliadla iba na jednej spoločnej fotografii v obývačke. "

„Vidíš, keď skončíme s vitrínou, prezrieme si rodinný album, nech aspoň približne vieš, kto ku nám príde!"

„A je to!" zvolala som na konci, tak ako to zvykne robiť polovica republiky, odchovaná na *Matovi a Patovi* a preložila nechápajúcej Laure čarovnú, animovanú formulku.

A potom sme za stolom v kuchyni listovali minulosťou. Laura mi rozprávala o svojej rodine, o vysokoškolskom štúdiu, ktoré ukončila ako najlepšia z ročníka, o tom, ako sa zoznámila s Philipom, ako išli krátko po svadbe na cestu okolo sveta s ruksakmi na chrbtoch a hneď z nej pridala aj niekoľko dobrodružných zážitkov. Vzápätí sme sa prepracovali ku jej tehotenstvu. Dozvedela som sa, že pri Timovi pribrala statných tridsať kíl. Nechcelo sa mi uveriť jej slovám pri pohľade na jej aktuálne štíhlu postavičku. Ukázala mi fotky predčasne narodeného syna v inkubátore a mne sa pri pohľade na všetky tie hadičky, ktoré ústili do jeho malého, bezbranného telíčka, zarosili oči.

„So švagrinou sa vzájomne takmer vôbec nenavštevujeme. Stretávame sa spoločne u jej a Philipových rodičov a s tým si úplne vystačíme. Nejako sa s ňou nemusíme... Isto to čiastočne súvisí i s minulosťou a jej vypočítavosťou a možno aj Philovou hlúposťou..., ale ja sa im do ich záležitostí nemienim miešať. Môj drahý manžel sa, pred rokmi, keď sa delil majetok, rozhodol, že si radšej vezme obchody. Sestra bola rafinovanejšia. Zhrabla majetky a pozemky. Takže starosti prenechala bratovi a ona si užíva. Občas zájde do firmy, niečo tam porobí, zhrabne plat a zasa ide tahet. A Phil drie ako kôň, a i tak sa stále obáva, či ho nepostihne nejaká nečakaná kríza. Veď vidíš, ako neskoro teraz chodieva domov. Nuž ale sám si je na vine, ako si vybral, tak má... Obchod v Mníchove nám robí starosti. Jeho rodičia sa dopustili veľkej chyby, že ho kedysi, keď sa im naskytla tá možnosť, neodkúpili do osobného vlastníctva. Vtedy sa rozhodli radšej pre kúpu pozemkov a za firemné priestory platili ďalej nájomné. Lenže v súčasnosti je priamy stred mesta najdrahší v Nemecku, takže i ceny za meter štvorcový sa vyšplhali do neskutočných výšok. Mesiac nájomného zaň vychádza na viac ako stotisíc mariek a ľudia kupujú stále menej... Ak to takto pôjde ďalej, neudržíme si ho. Ešteže ja mám svoje zamestnanie, ktoré ma baví a nemá absolútne nič spoločné s rodinným podnikom. V najhoršom by sme vyžili i z neho."

„Ale tiež si svojim spôsobom *súkromníčka* a teda závislá od množstva pacientov. Ty si vlastne musíš želať, aby boli ľudia stále chorí," mudrovala som s pohľadom upretým do neurčita. „To nie je vôbec potrebné. Oni budú pravidelne chodiť ku mne. Niektorí už len preto, aby si aspoň cestou po vonku prevetrali hlavy a s niekým sa porozprávali, prišli na iné myšlienky. Bývame v metropole, kde je tretina domácností obývaná singlami. Smutná štatistika, ale čo narobíš? U mňa v ordinácii je presne stanovený pracovný čas, bez nočných služieb a viem, že si plním svoj dávny sen. Kým som zarezávala v nemocnici, žila som v ustavičnom zhone a strese. Mnohí si vôbec nedokážu predstaviť, čo to znamená, odkrútiť si dvanásťhodinovú šichtu a po nej ťahať ešte dvadsaťštyrihodinovú pohotovosť. Ak je kľud, vyspíš sa aj v nočnej, ale ak vystihneš pernú službu, tak posledné hodiny nevládzeš stáť na nohách a od únavy už ani poriadne nevidíš. Chápeš, čo je to potom za riziko niekoho ošetrovať alebo nebodaj operovať? Nemocnici chýba školený personál, práca sestričiek je tak zle ocenená, že pokiaľ nežijú v rodine s dobre zarábajúcim partnerom, nezvládajú si z platu samé financovať v Mníchove byt, a tak si prenajímajú izby v nemocničnej ubytovni. Ja som sa po pár rokoch rozhodla so známym otvoriť si vlastnú ordináciu a vôbec nič neľutujem. Je pravda, že sme si zvolili miesto, ktorého okolie nám zaručuje prísun solventných pacientov a aj moje *známe* priezvisko či Philipove postavenie v spoločnosti boli v značnej miere nápomocné v úplných začiatkoch, ale dnes chodia ľudia do ordinácie hlavne kvôli mne a to človeka poteší. Šťastím je i skutočnosť, že väčšina mojich pacientov je privátnych."

„A to čo znamená?"

„V Nemecku existujú dva druhy zdravotného postenia. Štátne a privátne. Na to prvé má zo zákona právo každý, druhé si môžu dovoliť iba tí lepšie zarábajúci. Sú stanovené presné hranice, čiže minimálna výška zárobku na výplatnom dekréte. Pre nás lekárov je to výhodné z toho dôvodu, že privátnym pacientom okamžite vystavíme účet a peniaze dostaneme obratom priamo od nich. S poisťovňou potom musia komunikovať sami. Za pacientov zo štátnej poisťovne vyjednávam zaplatenie úkonu priamo s ňou, čo vďaka papierovačkám trvá trojnásobne dlhšie a niekedy dokonca ohrozí aj fungovanie celej ordinácie. Môj spolužiak z výšky a zároveň najlepší kamarát – mimochodom je Iránec – si otvoril ordináciu v Berlíne, ale na nešťastie sa ku nemu nahlásili zväčša pacienti zo štátnej poisťovne. Nakúpil si potrebné vybavenie, základné prístroje a vyzerá to, že skrachuje, pretože prevod peňazí z poisťovne trvá večnosť, on tým pádom nespláca dlhy a pri svojich pacientoch si nemôže ani toľko zaúčtovať, ako pri privátnych. Práve teraz sa mu pokúšame s kolegom nejako vypomôcť, tak dúfam, že sa nám ho podarí udržať nad vodou, lebo je to veľmi šikovný chalanisko a škoda by ho bolo…"

„A mimochodom, ty si neuvažovala o priestoroch niekde tu v blízkosti? Aby si nemusela každý deň toľko pendlovať?"

„Kdeže, v žiadnom prípade! Byť doktorkou v mieste bydliska znamená, automaticky prísť o súkromie. Nie, nie. Nemienim na nedeľňajšej prechádzke s deťmi alebo pri nákupe v obchode riešiť zdravotné problémy susedov. Vieš, ľudia pri mojom povolaní neakceptujú hranice medzi pracovnou dobou a voľným časom, pre nich by som bola i o polnoci ich domácou lekárkou. Z tohto hľadiska mi pendlovanie stojí zato. Jediné, čo by som prijala, keby sa mi cesta skrátila aspoň na polovicu."

Pri jednom z ďalších podobných rozhovorov som sa zasa dozvedela, ako fungujú vzťahy medzi farmaceutickými firmami a lekármi. Laura si prezerala v kuchyni poštu a, neveriac vlastným očiam, sa znovu a opäť zadívala na odosielateľa. So záujmom roztvorila list, ktorý predtým vytiahla z obálky.

„Wau, tak s takýmto pozvaním som naozaj nerátala. Žeby ma naposledy zabudli vyškrtnúť zo zoznamu?"

„To sa rozprávaš so mnou?" hľadela som na ňu nechápavo, pretože som vôbec nerozumela jej poznámke.

„Ale nie, zhováram sa sama so sebou. Lepšie povedané, bola to automatická reakcia na tuhľa tento pozdrav."

„Prečo, čo v ňom stojí?"

„Aaale ... iba ďalšia ponuka od kamarátov," zaškerila sa a pokračovala. „Ono je vlastne úplne jedno, ktorá z farmaceutických firiem stojí v hlavičke, celá ich banda pracuje tým istým zvráteným systémom. Kupujú si nás, doktorov, aby sme propagovali práve *ich* tabletky. Robia to rafinovane. Lákajú nás na takzvané *vzdelávacie semináre*. Je to skôr luxusná dovolenka, kde máš zapredať dušu čertovi za podpis, ktorý ťa odsúdi byť ich otrokom. Že o tých liekoch a hlavne ich skrytých vedľajších účinkoch nič konkrétneho nevieš? Veď načo aj, keď ich cpeš do svojich pacientov podľa nariadenia tvojich bossov? Podstatné je, aby si nekládla zbytočné otázky a predpisovala ich výrobky na tony, čím im vlastne pomáhaš umelo budovať širokú základňu doživotných, ťažko závislých konzumentov... A keď práve neorganizujú semináre, rozposielajú všelijaké lákavé dary. Bohužiaľ, všade okolo nás nájdeš pár zle zarábajúcich lekárov a tí vďačne pristúpia na podobné pravidlá hry, aby si vylepšili príjem. Ďalší sa pridajú, lebo sa nevedia rozhodnúť, kam chcú vlastne patriť. Ja som na nich, našťastie, nikdy nebola odkázaná a zdalo sa mi, že dávno stojím na čiernej listine. Už ma ani nikam nepozývajú, preto ma dnešná pošta prekvapila."

„Dúfajú, že časom snáď zmeníš názor."

„Vidíš, to mi nenapadlo," znovu sa zaškerila a odhodila list tam, kam patril. Do smetí.

Do ordinácie som občas zašla vypomôcť aj Laurinej zamestnankyni, veľmi zdvorilej päťdesiatničke, keď bola na pláne štvrť- alebo polročná kontrola kartotéky. Rada som si spestrila program niečím novým, hlavne ak si človek výborne rozumie s *kolegynkou.* Rýchlo som sa priučila potrebným úkonom. Odpracované hodiny mi *šéfka* zaplatila zvlášť a nezarátala ich do týždenného rozpisu služieb v rodine. Nemecké ordinácie sa aj svojou štruktúrou líšili od slovenských. Zamestnanci lekárov vykonávajú skôr kancelársku prácu. Zvyknú vypomôcť pri drobných, nenáročných úkonoch, ako meranie teploty, tlaku, pri deťoch napríklad meranie obvodu hlavy, váženie, ale vôbec to nie je porovnateľné so vzdelaním našich zdravotných sestričiek.

Odborné sily pracujú v Nemecku vo väčších centrách alebo v nemocniciach. U zubárov to vyzerá zasa inak, ich laborantky sú vyškolené.

Ohlásené rodinné návštevy sa u nás striedali presne podľa plánu. Laurina mama, štíhla to žienka s vlasmi prefarbenými na tmavo a vždy elegantne oblečená, bola veľmi sympatická a zhovorčivá pani. Otec, povolaním architekt, a inak veľký podivín. Ale to mi už prezradila jeho dcéra. Patril do skupiny ľudí, ktorých stačí iba raz stretnúť a zapamätáte si ich na celý život. V jeho prípade boli poznávacím znamením do biela svietiace vlasy v kombinácii s červenou pokožkou v tvári. Najradšej sa usadil do kresla pred televízor a jeho zapnutím automaticky vypol príjem okolitého, reálneho sveta. Počas môjho ročného pôsobenia u rodiny nás navštívili dvakrát. Druhý raz iba prechádzali Mníchovom na ceste do Talianska.

Brat Tobias si ma svojim správaním získal okamžite. Vyznačoval sa presne tou istou, veselou a priateľskou povahou ako jeho sestra. Sršal z neho rovnaký životný optimizmus. Určite si i preto tak veľmi dobre rozumeli. Blázili sme sa spolu s deťmi na záhrade, špliechali roztopašne vodou z nafukovacieho bazéna, grilovali Bratwurst a Laura už iba s povzdychom zahlásila: „Škoda, že si zadaná, teba by som brala hneď za švagrinú…Tobias žije síce s priateľkou, ale nemyslím si, že ich vzťah ho napĺňa, skôr naopak...“

Philipove problémy s obchodom stále častejšie vháňali mračná do sektoru s označením ´bezstarostná budúcnosť´. Ťažko posúdiť, nakoľko sa zhoršili bilancie jeho podnikateľskej činnosti oproti rokom minulým alebo z čoho presne pramenila jeho nespokojnosť, ale prvé náznaky zmien sa začali prejavovať už počas môjho au-pairskeho pôsobenia u nich. „V posledných týždňoch stále viac uvažujeme o vysťahovaní z Nemecka, ak to takto pôjde ďalej,“ nadhodila opäť raz na tému *Good-bye Deutschland* Laura, keď deti zaľahli do postelí a my sme spoločne odkladali riady do umývačky.

„Vysťahovať? To znamená navždy preč odtiaľto?“ zopakovala som prekvapene.

„Áno. Všetko by sme tu predali a začali odznovu niekde úplne inde.“

„Myslíš, že to Philip dokáže? Len tak sa vzdať obchodov? To nie je iba odísť od niečoho, čomu sa práve nedarí. U vás sa jedná o rodinnú tradíciu, roky tvrdej driny, odriekania a úspešné meno ako výsledok toho všetkého…"

„Podľa mňa Phil stratil potrebnú inšpiráciu, pohon pre motor, ktorý ho ženie vpred. Potreboval by niečo nové, nejaký životobudič. Naše úvahy nie sú iba včerajším výplodom fantázie, ktorý sa vytratí s nasledujúcim východom slnka! S Philipom sme sa viackrát intenzívne rozprávali na danú tému."

„A máte aspoň predstavu, kam by ste chceli ísť?"

„Áno. Oboch nás láka Austrália!"

„Bože, tak ďaleko. Veď ona je na druhom konci sveta!"

„Samotný kontinent nás neskutočne očaril počas svadobnej cesty a vtedy sme si sľúbili, že ak sa raz niekam vysťahujeme, tak jedine ku protinožcom."

„A je to zrealizovateľné bez akýchkoľvek problémov?"

„Už sme si niečo zisťovali. Ako obyčajný smrteľník si takmer bez šancí. Austrálčania dávajú víza iba tým, ktorí so sebou prinesú nejaké výhodné a zaujímavé povolanie. Také, akých je u nich nedostatok. Ale Nemcov berú veľmi radi. Nemecká precíznosť, know-how a kvalitné vzdelanie sú u nich vítané. Na opätovné predĺženie víza potrebuješ navyše počas prvého roku na ich pôde zbierať usilovne body za rôzne aktivity. Naša východisková situácia je však trochu inakšia. Philip by dostal povolenie okamžite, pretože disponuje potrebným kapitálom a ako bývalý majiteľ prosperujúcej firmy aj skúsenosťami z vedúcej pozície. Ja ako manželka a takisto deti by sme vízum dostali automaticky spolu s ním. Otáznym zostáva, či by mi ale povolili vykonávať povolanie lekárky. V žiadnom prípade by som totižto nezostala zavretá doma!"

„To znamená, že vás už potom vôbec neuvidím?" zahlásila som sklamane.

„Zatiaľ nie je nič isté. Počas letných prázdnin v auguste sme si pre začiatok naplánovali návštevu niekoľkých miest v Austrálii, pričom sa chceme ísť priamo na mieste informovať na potrebné formality a porozhliadnuť sa po okolí. Predpokladám, že vybavovanie dokumentov, riešenie otázky, čo ďalej s obchodmi a kopa iných vecí nám zaberie aspoň pol roka, ak nie rok. To momentálne nedokážem presne odhadnúť, ale bola by som rada, keby si si to nechala prejsť hlavou a pouvažovala, či by si prípadne nevycestovala s nami."

„To myslíš odísť s vami do Austrálie?" takmer mi zabehlo pri jej návrhu.

„Áno. Ako naša au-pair alebo v pozícii Tante Clary, pretože ona určite nepôjde tak ďaleko. Pozri, nemusíš sa rozhodnúť dnes. Sama neviem, kam až svoje predstavy dotiahneme, ale potrebovala by som so sebou niekoho, s kým si rozumiem a na koho sa môžem stopercentne spoľahnúť."

„Ďakujem za dôveru, Laura. Kedysi by som bez rozmýšľania povedala áno a netvrdím, že tam raz nezavítam na dovolenku, ale odsťahovať sa niekam do takej diaľky nadobro… to teda nie. V Nemecku som zistila, ako veľmi mi chýba rodina a známi a som rada, že je to ´iba´ päťstokilometrová vzdialenosť. No a ešte je tu Micky… Ten by mi dal, keby som mu niečo podobné oznámila," zasmiala som sa na záver. Pri predstave, ako by asi zareagoval.

Tante Clara začína intrigovať (21.)

Kým som nespoznala Mickyho, trávila som veľa voľného času s Tante Clarou. Asistovala som jej pri upratovaní, čistila zeleninu do polievky, chodila s ňou na nákupy a na záver služby sme preberali rôzne témy pri zaslúženej kávičke po dobre vykonanej práci. Prezradila mi, že býva v menšej dedinke v rodinnom dome asi tridsať kilometrov na sever od Mníchova. Bola vdovou a spoločnosť jej po večeroch robili verný pes a mačka - tuláčka. Jej dcéra, čerstvá tridsiatnička, pár rokov vydatá, žila s manželom neďaleko svojej mamy. Deti zatiaľ nemali.

Kedysi som otvárala ústa nad skutočnosťou, že osoba, zamestnaná na pozícii ako ona, dokonca iba štyri dni v týždni, zvláda sama financovať rodinný dom, prejazdí kopu benzínu (bo nebývala za rohom) na vyblýskanom fáre, ktoré navyše po pol roku vymení za novšie a ešte nablýskanejšie, a ešte jej zostane i na živobytie, pričom prikrmuje aj hladných, štvornohých *chlpáčov*. „Ako ste sa dostali ku tejto robote?" spýtala som sa zvedavo hneď na začiatku, počas jednej z priateľských výpomocí v kuchyni.

„Rodičia ma prihlásili na dievčenskú školu, odbor domáce hospodárstvo."

„Aha. A čo sa vlastne vyučuje na takej škole?"

„Základné pravidlá okolo domácnosti. Triky pri upratovaní a varení. Starostlivosť o deti a správna výživa. Časový manažment a dokonalý servis. Správna údržba garderóby," vymenovala postupne jednotlivé kategórie, načierajúc do spomienok spred viac ako štvrťstoročia. „Absolventky školy potom väčšinou získajú miesto v bohatých rodinách a vedú im kompletne celú domácnosť."

„Hmm, u nás si ju každá žena viedla sama, samozrejme, popri deťoch, mužovi a zamestnaní na plný úväzok. U nás by ste sa tým veru neuživili. Existovalo síce pár výnimiek, čo privátne zamestnávali upratovačky, no určite nie na plný úväzok. Ale to boli herečky alebo manželky riaditeľov. Aspoň čo som poznala ja a myslím si, že podobné špecializované školy za mojich čias v socializme už dávno zrušili. V ôsmej triede na základnej škole absolvovali dievčatá raz do týždňa hodinu domácich prác, alebo tak nejako sa to volalo. Vrámci nej sme sa priúčali niektorým trikom a občas čosi ukuchtili. Samé bezvýznamné *jednohubky*, takže rodina by po istej dobe asi umrela od hladu. My rodinné recepty a postupy preberáme priamo v praxi od mám a babičiek. U nás sa ženy inak *obracajú*."

„Nuž, škola, kam som chodila ja, zabezpečovala celodennú výučbu a to do detailov," pokračovala Tante Clara. „Ale čo sa roboty v rodine týka, prihlásila som sa pôvodne na inzerát na pozíciu *Kinderfrau*. Nič viac a nič menej. Chcela som sa starať iba o deti. Postupne mi ale k povinnostiam pribudlo aj varenie a upratovanie. No čo už, keď som včas nezareagovala... takto som potom dopadla!"

Situácia sa zjavne zmenila, keď som sa zoznámila s Mickym. Prestala som vysedávať v kuchyni pri Tante Clare, nerobila jej spoločnosť a pomocnú silu, ani bútľavú vŕbu, ktorej zverovala sťažnosti na svojho zamestnávateľa a zvyšný svet. Jedného dňa som zrazu nenastúpila podľa rozpisu do služby. Doobeda sme s Rahmim zašli do botanickej záhrady a zablúdili v nej. Až príliš neskoro sme zistili, že má dva východy. Slepo veriac zradným šípkam, sme najprv kráčali presne do opačného smeru. Domov som dofrčala s asi polhodinovým oneskorením. Ospravedlňoval ma môj uštvaný, skormútený pohľad, jazyk vyplazený po kolená, kropaje potu na čele plnom vrások, zreteľné výčitky svedomia a dôkladné vysvetlenie situácie minimálne na A5, ale nič z toho nezabralo... Nabudúce zvolím formát A4, ak nie A3. Tante Clara síce tvrdila, že sa to občas stane každému, no myslela si určite niečo úplne iné. Pri tomto tvrdení vychádzam z niektorých jej reakcií o pár týždňov neskôr.

Ďalšia príhoda nenechala na seba dlho čakať. Začala úplne nevinne. Micky potreboval súrne vybaviť nejaký kšeft v Kemptene. V meste, ktoré sa nachádza približne stotridsať kilometrov juhozápadne od Mníchova. „Dž-nem, nechcela by si ísť so mnou? Ak sa zadarí, získam výhodne auto. Dosť mi na ňom záleží. Keď zjednám dobrú cenu, mohli by sme sa trochu poprechádzať v pešej zóne a v noci sa vrátiť naspäť. Čo povieš?" spýtal sa, keď ma po službe vyzdvihol ako zvyčajne priamo pred domom.

„Veru, neviem, Micky... keby bola zajtra nedeľa, tak nedbám, ale je normálny pracovný deň, hmm... Aaale ak mi sľúbiš, že sa naozaj vrátime pred polnocou, nuž ... no skúsme."

„To stihneme v pohode. Takže vyrážame, dobre?" potešil sa a okamžite naštartoval auto smer diaľnica.

Predaj dohadoval s dvomi tureckými rovesníkmi. Rozprávali sa v rodnej reči. Aj preto som im rozumela iba *hayir/tamam/evet*. Na konci rozhovoru sa sympatickejší z dvojice otočil ku mne. Po pravde povedané, bol to riadny krásavec. Isto priťahoval zraky väčšiny predstaviteliek ženského pohlavia, a to aj bez výdatnej pomoci vône santalového dreva, zmiešanej podľa návodu dnešných románov s dráždiacim pachom tabaku a chlapského potu. „Ževraj pochádzaš zo Slovenska? Odkiaľ presne?"

„Z Bratislavy."

„Moja priateľka je z Trnavy a na Slovensku sa mi veľmi páčilo."

Po jeho očarujúcom úsmeve na rozlúčku sme sa vybrali akousi nabielo vydláždenou ulicou do centra Kemptenu. Nezdržali sme sa v ňom príliš dlho, chceli sme stihnúť návrat do jedenástej, presne podľa dohody.

Sedela som pohodlne v aute, oči sa mi únavou privierali, keď ma zrazu vyhodilo zo sedadla. Pri prudkom brzdení som okúsila jednotlivé fyzikálne veličiny, súvisiace s týmto javom, ale iba do polohy, akú im povolili záchranné pásy. V priebehu niekoľkých stotín sekundy ma opäť hodilo nazad. S hrôzou som hľadela na scénu pred nami, čo to zapríčinila a uvedomila si, že od nešťastia nás delilo možno tridsať minút. „Bože! Vidíš, akí sú rozsekaní?!" prihovorila som sa Mickymu a zrakom blúdila po kusoch z karosérie niekoľkých áut, voľne ležiacich medzi rozbitým sklom všade na okolí.

„Tak tu budú veru aj mŕtvi," vyhodnotil svoj prvý dojem takmer súčasne so mnou.

V hromadnej búračke skončilo asi šesť motorových vozidiel. Jedno z nich vyletelo dokonca do poľa. Policajti už boli na mieste a práve uzatvárali diaľnicu. Naše auto sa ocitlo za zátarasou ako tretie v poradí, inak priamo v centre katastrofy. Krátko po nás dorazila prvá sanitka a o chvíľu nasledovali ďalšie. K záchranárom sa pridali aj požiarnici. Zdravotnícky personál prvej pomoci sa rozdelil k jednotlivým zraneným. Sledovali sme, ako ich postupne vyťahujú z vrakov. Asi desať metrov od nás niekomu práve robili masáž srdca. Zamrazilo ma.

„Toto do dvanástej nikdy nezvládneme. A ja som doma nezanechala žiadnu správu, kam plánujeme ísť. Dúfam, že ma nik nebude hľadať... ach, do kelu!"

„A keby aj... tak im to normálne vysvetlíš! Pozri, vždy sme na tom tisíckrát lepšie, než hociktorý z tých chudákov tam vpredu."

„Veď ja netvrdím, že by som s niekým menila, ale raz som zažila, ako sa istá osoba o mňa strachovala, lebo nevedela, kde som. To je na dlhé vysvetľovanie a bola to tiež zhoda nešťastných náhod – zmeškaný posledný autobus, dva nefungujúce telefónne automaty a noc strávená neplánovane na opačnom konci Bratislavy, hoci na bezpečnom mieste. A veru vtedy sa mi nepodarilo nič vysvetliť. Na hlúpom nedorozumení takmer skrachovalo jedno fantastické priateľstvo... Nerada by som pochodila podobne ešte raz..."

„Aha, pristáva helikoptéra!" prerušil ma Micky. „Asi to s niekým vyzerá dosť biedne."

Z miesta nešťastia sme sa pohli o tri hodiny neskôr. Obaja sme pociťovali neskutočnú únavu, ktorú navyše umocňoval nepríjemný zážitok, a tak sme sa rozhodli, že pri najbližšej príležitosti radšej zídeme z diaľnice a prespíme v prvom hoteli, ktorý nám skríži cestu.

Skoro ráno sme vstali. Práve sme sa chystali na raňajky, keď zrazu Mickymu niečo napadlo a spontánne na posteli spravil stojku na hlave.

„Gymnastiku si nechaj na inokedy a poď radšej do jedálne," povedala som v dobrej nálade a pritom ho jemne klepla po zadku. Smejúc sa zvalil na posteľ, ale pri dopade sa mu z úst vydral bolestivý výkrik.

„Preboha, čo sa ti stalo?" vyplašilo ma jeho stonanie.

171

„Dopadol som chrbticou na niečo tvrdé, asi drevený rám z postele," hlesol s vykrivenou tvárou a chvíľu zostal nehybne ležať.

„A teraz? Môžeš sa hýbať? Mám volať doktora?" chrlila som zo seba otázky jednu za druhou a obávala sa odpovede.

„Vydrž... skúsim sa pohnúť... auu, sakra, bolí to!"

S mojou pomocou sa ako-tak postavil na nohy.

„Vládzeš chodiť?"

Spravil pár krokov a trpiaci výraz tváre sa nemenil.

„Preboha, povedz dačo! Zbehnem na recepciu, nech zavolajú záchranku?"

„Nie, nechaj tak. Pôjdem pomaly a snáď to rozchodím."

„Ale nás ešte čaká cesta domov. Ako takto odšoféruješ zostávajúcich sto kilometrov? Nechcem skončiť ako tí chudáci zo včerajška. Radšej sa nechaj prezrieť lekárom."

„Pozri, naraňajkujeme sa a potom sa rozhodneme, čo ďalej."

„Súhlasím, ale očakávam, že mi nič nezatajíš, ak sa nebudeš cítiť dobre!"

Po raňajkách sa Micky tváril, že je opäť v najlepšom poriadku. Prinajmenšom, že cestu domov zvládne bez problémov. Nasadli sme do auta a o chvíľu sme už uháňali diaľnicou. Sprvu sa zdalo, že sa vrátime šťastne do cieľa našej cesty, ale posledných desať, možno dvadsať kilometrov pred ním začal Rahmi nanovo bolestivo vzdychať.

„Micky, je ti niečo?" takmer som šepkala. „Preboha, vrav!"

„Áno!" nepríjemne zakvílil.

Hľadela som naň so strachom a súčasne ma zmáhala panika, netušiac, ako správne reagovať, čo robiť alebo nerobiť.

„Katja, chyť volant a šoféruj," zasyčal odrazu. „Ja budem ovládať pedále, ale už neudržím ruky vo vodorovnej polohe."

Zhlboka som sa nadýchla a prevzala riadenie. Vodičský preukaz som ešte ani dlho potom nevlastnila, ale iná alternatíva neexistovala. Šli sme asi osemdesiatkou v pravom jazdnom pruhu. Menej sme si dovoliť nemohli, ak sme na seba nechceli zbytočne upozorniť. Najťažší úsek nás očakával pri výjazde z diaľnice, kde do hry vstúpila i spojka, plyn a brzdenie. Spoločnými silami sme vozidlo nakoniec zaparkovali pred domom Laury a Philipa.

„Čo teraz? Zavolám tú sanitku? Alebo tu mieniš takto odležať celý týždeň?" dohovárala som mu sklesnutým hlasom.

„Dobre, zavolaj." Už neodporoval, iba sťažka zavzdychal. Rýchlo som vbehla dnu do predsiene.

„Dobré ránko, Katja. Dnes si nebola doma, však?" privítala ma Tante Clara, len čo som sa zjavila na prahu kuchyne. Chcela ešte čosi dodať, ale zadívala sa na mňa pozornejšie a hneď pokračovala zmeneným hlasom: „Deje sa niečo? Si akási bledá!"

„Tante Clara, potrebujem vašu pomoc. Micky padol chrbtom na drevenú hranu a odvtedy sa nedokáže poriadne hýbať. Netrúfam si odhadnúť, čo mu presne je. Leží v aute, zvyšok vám vysvetlím neskôr. Prosím, zavoláte teraz sanitku?"

„Počkaj, idem najprv ku nemu. Ty zostaň s deťmi, hrajú sa hore," povedala a rýchlo vybehla na ulicu.

„Ahoj, Katja, kam ide Tante Clara?" vyzvedal Tim. Zjavil sa na schodišti pred svojou izbou, keď sa za ňou zabuchli vchodové dvere.

„Iba niečo skontroluje vonku, ale ešte sa vráti. Zatiaľ sa budete hrať so mnou, v poriadku?" snažila som sa odviezť jeho pozornosť iným smerom.

Po chvíli sa vchodové dvere opäť otvorili. Počula som, ako Tante Clara vyťukáva číslo na telefóne a informuje niekoho na druhej strane linky o Mickyho stave.

„Prvá pomoc príde do dvadsiatich minút, zbehnem ich čakať na ulicu, aby ho našli. Nemusíš ísť so mnou, ja to vybavím," oznámila mi, len čo ukončila hovor.

„Prečo prvá pomoc? Stalo sa niekomu niečo?" spýtal sa po druhýkrát Tim. Teraz som mu už vysvetlila, že vonku v aute sedí Micky a bolí ho chrbát. Deti ho poznali, s Lauriným súhlasom sme občas totižto zašli spolu na prechádzku. Vďaka jeho veselej povahe a talentu získať si ich malé, nevinné srdiečka, bol obom od začiatku veľkým kamarátom.

Keď dorazila sanitka, sledovala som nebadane cez okno Miinej izby, čo sa odohráva vonku. Službukonajúci lekár kládol otázky, prstami ohmatával niektoré partie na chrbte pacienta, zapísal niečo do protokolu a potom spolu so sanitármi preložili Rahmiho opatrne na nosidlá. Tante Clara zamkla auto a s kľúčmi v ruke vošla späť do domu.

„Prečo ho odviezli? Je to niečo vážne?" zbehla som do predsiene ku nej a hlas sa mi triasol od strachu.

„Upokoj sa, Katja. Berú ho na röntgen do nemocnice. Zatiaľ sa nijako nevyjadrili ku zraneniu. Tu si vezmi kľúče od auta. Micky sa ozve, len čo mu to jeho zdravotný stav dovolí."

„Ďakujem vám," povedala som so slzami na krajíčku. „Mrzí ma, že ste s tým mali zbytočné opletačky…"

„Prosím ťa, to je predsa samozrejmé," prerušila ma. „Ale teraz rýchlo dokončím upratovanie. Ty zabav zatiaľ deti."

O niekoľko minút prišla domov i Laura. Bol to jeden z jej krátkych pracovných dní. Ešte sme sa nestihli ani poriadne zvítať, keď zrazu zazvonil telefón. Stála takmer pri ňom, a tak ako prvá zdvihla slúchadlo.

„Ááá, hallo! Ako sa máte?" hovorila pomaly, po jednotlivých slabikách a ja som správne vytušila, kto je na druhej strane.

„Áno, moment, Katja je tu pri mne, dopočutia," povedala na záver a podala mi aparát so slovíčkom „mama".

„Ahoj Katka, ja som... a priprav sa na smutnú správu."

Z jej hlasu som okamžite vycítila, že sa stalo niečo vážne. Po krátkej pauze sa nadýchla a pokračovala ďalej: „Editkin muž išiel na operáciu a neprebral sa z narkózy. Zomrel priamo na operačnom stole." Editka je sesternica z druhého kolena, v tom čase približne dvadsať rokov vydatá, matka troch nedospelých synov. Mala som asi štyri rôčky, keď som hrdo zvierala v rúčkach jej svadobnú vlečku ako jedna z troch družičiek. Editkin manžel býval stále chorľavý, ale nečakaná smrť v štyridsiatke bola skutočne tou poslednou kvapkou do plného pohára nešťastných momentov za posledných dvadsaťštyri hodín. Nezmohla som sa na jediné slovo, sadla som si na schody a spustila taký srdcervúci plač, že sa v základoch otriasal celý dom a každý, kto sa v ňom práve nachádzal, v sekunde dobehol ku mne a udivene, priam so strachom na mňa hľadel.

„Katka, čo je? Čo sa stalo?" počula som z druhej strany preľaknutý hlas mojej mamy.

„Katja, čo sa stalo?" vyzvedali aj Laura s Tante Clarou. Za nimi stáli Tim s Miou a nechápavo sledovali celú situáciu.

Horko-ťažko som zo seba vykoktala niekoľko nezrozumiteľných slov.

„Mami, teraz nie... zavolám o chvíľu."

Prerušila som spojenie a ďalej lapala po dychu v slzavom údolí.

„Mickyho práve odviezli do nemocnice a sesternici zomrel muž! Dožil sa iba štyridsať rokov a zostali po ňom traja chlapci..."

„Katja, poď. Porozprávame sa v kuchyni," vzala ma za ruku Laura, pričom nezabudla ani na najmenších členov domácnosti. „A vy sa choďte zatiaľ hrať do izby. Zachvíľu ku vám prídem." Zo skrinky vytiahla červené víno a naliala mi plný pohár na upokojenie.

„Tak a teraz mi pekne po poriadku zhrň, čo sa tu vlastne zomlelo, kým som ja bola preč."

„Včera večer som nespala doma. Zistila si to?" začala som neisto.

„Nie, vôbec som si nevšimla. Ale na druhej strane je to tvoja osobná vec, kde a ako tráviš svoj voľný čas. Podstatné je, aby si sa načas vrátila, keď striedaš Tante Claru. Do zvyšku sa nestarám. Si predsa dospelá osoba a takisto ti prislúcha právo na vlastné súkromie."

Jej pokojná reakcia ma prekvapila. V pozitívnom slova zmysle. Dopriala mi voľnosti, lebo nás nikdy nespájala pupočná šnúra, ktorou sa rodiča snažia udržať vlastné ratolesti do určitého veku pod kontrolou. Na Slovensku podstatne dlhšie a pevnejšie než v Nemecku. A viedli nás i nakrátko.

„Boli sme s Mickym v Kemptene a cestou naspäť sme zažili veľkú búračku na diaľnici. Stáli sme niekoľko hodín tesne vedľa tých nešťastníkov. Zachraňovali ich priamo pred našimi očami. Hneď ako policajti uvoľnili cestu pre autá, zašli sme ku najbližšiemu hotelu a prespali v ňom. Ráno sa Micky bláznil, robil stojku na hlave a ja som ho pritom pleskla po zadku. Zvalil sa na posteľ, lenže dopadol na drevený rám, pričom sa asi zranil na chrbtici. S božou pomocou sa nám nakoniec podarilo zvládnuť cestu domov. Zvyšok vybavovala Tante Clara. Zavolala sanitku a rozprávala sa

174

i s lekárom. Bojím sa, že to bude niečo vážne. No a ten telefonát pred chvíľou ma úplne dorazil... taký mladý človek. So srdcom na dlani. Mala som ho veľmi rada, bol to dobrák od kostí. Keď som k nim ako malé dievča chodievala na návštevy, vždy ma povozil na svojich koňoch. Bývali na dedine a teraz... nikdy viac ho neuvidím a ani na pohreb nepôjdem..." Zvyšok vety sa rozplynul v nasledujúcich srdcervúcich vzlykoch.

„Počkaj tu na mňa a odpi si konečne z toho vína. Ja zatiaľ nájdem Tante Claru a spýtam sa jej, čo povedal lekár... A snáď sa nám niečo podarí zistiť, kam odviezli Mickyho a čo s ním teraz robia. Hlavu hore, zasa bude v poriadku."

Laura vyšla do chodby. Len čo zmizla, napadlo mi, že jej dopoviem, ako Tante Clara čakala na záchranku a nemohla preto dokončiť plánovanú robotu v domácnosti. Vstala som od stola, a práve keď som sa ocitla na prahu dverí, zachytila som časť rozhovoru medzi nimi dvoma. Nevšimli si ma. Veta, vyslovená takmer šepotom, preklzla otvoreným schodišťom a dosť ma zarazila.

„Aaale, čo tam seknutý. Vymýšľal si. Keď ho lekár prezeral, tak sa v pohode pretočil na bok. Určite mu nič nie je, iba to na nás hrá!"

Zaspätkovala som nazad do kuchyne a zostala chvíľu stáť ako obarená. Nerozumela som jej reakcii a do dnešného dňa (ak na to príde) tuho zvažujem, kto z nich dvoch si vlastne vymýšľal.

Sadla som si potichu na pôvodné miesto a so zmiešanými pocitmi čakala na Lauru. Keď sa vrátila, nedala ničím najavo, čo si práve vypočula od svojej zamestnankyne. A tak som mlčala i ja.

„Katja, ak sa Micky neozve do večera, zavolám do nemocnice. Dobre poznám adresu, kam ho odviezli. Dostanem sa ľahko k potrebným informáciám. Než som si otvorila vlastnú ordináciu, pracovala som v nemocnici, to som ti kedysi spomínala, ale zažila som aj výjazdy do terénu s vozidlom prvej pomoci. Ešte si presne pamätám na mnohé hrôzy, čo sme videli, keď sme dorazili k nejakému nešťastiu na diaľnici, takže plne chápem, ako si sa včera asi cítila ty. Najhorší prípad som zažila po kolízii jedného bavoráku, ktoré vletelo do nákladiaku s naukladanými dlhými, kovovými tyčami. Po zrážke sa tyče uvoľnili a niekoľko z nich prerazilo predné sklo vozidla a prepichlo telo vodiča. Na mieste bol mŕtvy. A veľmi zle končili aj zrážky s ´chrobákmi´. Tie autá sú síce krásne na pohľad, ale ich plechová karoséria je ako kus papiera. Na diaľnici je nehoda v nich takmer istou smrťou."

Ešte sme sa chvíľu rozprávali v kuchyni a potom som dostala na zvyšok poobedia voľno.

Rahmi sa ozval asi po dvoch hodinách. Ubezpečil ma, že sa cíti o dosť lepšie. Po röntgene dostal nejaké injekcie a lekári ho nechali na noc v nemocnici. Pre istotu.

Ďalšia zrada, lepšie povedané rana pod pás od Tante Clary, prišla onedlho. Laura sa chystala s Philipom a deťmi na predĺžený víkend ku svojim rodičom. Chopila som sa príležitosti a požiadala ju, či si z piatka na sobotu smieme spraviť babskú jazdu s Alidou a Ankou u nich doma.

„Naplánovali sme si návštevu diskotéky v meste, dievčatá by po nej prespali u mňa a na druhý deň by nás Alida rada pohostila nejakým typickým jedlom na africký spôsob. Nuž a ku tomu by sme potrebovali kuchyňu s celým vybavením…,“ zažmurkala som prosebne očami ako nežná Bambi, aby mi nik neodolal. Predovšetkým však majiteľka spomínanej kuchyne.

„No, ako vás tri poznám, tak sa nemusím obávať, že by ste nám rozobrali či nebodaj podpálili dom. Odkáž im, nech pokojne prídu, len potom nezabudnite dať všetko do pôvodného stavu.“

„Samozrejme, o to sa postarám. A ďakujem.“

Z víkendu sa mi dodnes v spomienkach zjavuje Alida, ako pre nás v kuchyni pripravuje kura. V igelitke si doniesla rôzne koreniny, ktorými sa snažila aspoň trochu navodiť exotickú atmosféru jej ďalekej domoviny. Tvrdila, že priamo u nich chutia tisíckrát intenzívnejšie.

„Tento recept som získala od našej nanny. Moji rodičia majú totižto tiež výpomoc v domácnosti. Zhovorčivú a dobrosrdečnú černošku, ktorá sa o nás už roky stará. Veru, doma som bola riadne rozmaznaná. Až v cudzine som zistila a pochopila, čo je to robiť niekomu poskoka…“

„Alida, a existujú aj nezhovorčiví černosi?“ zaujímalo ma, preto som trochu odbočila od témy.

„Hmm, asi nie. Sú pravým opakom chladných a nudných Nemcov. Sú temperamentní, veselí, hluční, chodia všade neskoro a nikomu to neprekáža, lebo si jednoducho dokážu vychutnávať život! Všimni si ich pohyby, keď začnú spievať a tancovať. Radosť na nich pozerať. Videla si už tak tancovať nejakého Nemca?“

„Nuž, ak mám byť úprimná, Nemca som zatiaľ, tuším, ani nevidela poriadne tancovať.“

„Lebo to nevedia. Sú tvrdí a neohybní ako skaly! Nedokážu sa uvoľniť. Fungujú ako dobre namazané stroje.“

Po krátkej prednáške sme my s Ankou opäť raz nadšene počúvali príbehy z Afriky a vypomáhali podľa potreby a hlavne podľa príslušných pokynov šéfkuchárky. Keď na konci hostiny taniere zívali prázdnotou a na prstoch nebolo čo oblizovať, pustili sme sa do umývania a upratovania. Strčila by som ruku do ohňa, že kuchyňa je stopercentne vyglancovaná a viac sa ani ligotať nedokáže, ale jedna osoba bola iného názoru…

V stredu po večeri poslala Laura deti pozerať rozprávky do spálne a hneď ako odišli, obrátila sa ku mne.

„Tante Clara sa mi dnes sťažovala, že v pondelok našla v kuchyni neporiadok z vášho víkendového varenia.“

„Prosím?“ zareagovala som prekvapene. „Veď sme všetko poupratovali. Kde objavila neporiadok? Alebo s čím bola nespokojná?“

„Podľa nej boli všetky koreničky zamastené a špinavé."

„Preboha... a prečo neprišla za mnou a nepovedala mi niečo? To sa musí ísť sťažovať tebe?" krútila som nechápavo hlavou. „Je možné, že zostali špinavé. Nevšimla som si ich. Ale keby mi aspoň slovom naznačila, že sme na ne zabudli, tak ich vyčistím, veď to nie je problém. Spomínala som ti, že bude variť Alida. Tie koreničky sú predsa v skrini. Ak ich vrámci varenia použila a odložila naspäť, tak ani jednej z nás nenapadlo otvoriť dvierka a prekontrolovať ich na konci. Keby tam nestáli ukryté, tak to určite zbadáme a zmyli by sme ich ako aj zvyšok, ale takto... Je mi ľúto, že mi to nepovedala priamo do očí."

„No, to nebola jediná vec, na ktorú sa sťažovala. Tvrdila, že v poslednom čase si neplníš riadne svoje povinnosti."

„Čože???" vyhŕkla som zarazene a červeň mi pomaly stúpala do líc.

„Katja, zabudni na to... Vlastne som chcela počuť iba tvoju verziu. Ja som s tebou naďalej veľmi spokojná a ak ti mám pravdu povedať, tak čo sa práve spomínaného upratovania týka, spokojnejšia než s robotou Tante Clary. Pretože upratuješ poctivejšie a dôkladnejšie. Problém bude niekde inde. Podľa mňa na teba žiarli."

„Ach, Laura," nachvíľu som sa zarazila (veď i mňa by nebavilo upratovať doživotne ten istý neporiadok po druhých) a zvažovala správne slová. „Asi naozaj nebudeš ďaleko od pravdy. Spomínaš si, keď si pred dvoma týždňami prišla domov s koláčom? Zavolala si ma do kuchyne, spravila kávu a kým Tante Clara usilovne behala po dome a upratovala, sedeli sme my dve za prestretým stolom a bavili sa v dobrej nálade o všetkom možnom. Jej, ako služobne staršej, to asi dosť bilo do očí."

„Myslíš? No, ale ty si momentálne súčasťou našej rodiny a navyše si mala voľno," zaprotestovala.

„A jej očami som zasa *votrelec*, ktorý sa po roku rozlúči a odíde nazad domov, ale ona zostáva naďalej. Možno očakávala, že ju tiež ponúkneš. A určite jej neuniklo, ako dobre si rozumieme."

...a prekáža jej, že spolu s ňou neohováram rodinu a radšej sa táram kade-tade s Mickym...

Ale túto myšlienku a ďalšie postrehy som si radšej nechala pre seba. Stále viac som nadobúdala presvedčenie, že práve Tante Clara bola pôvodcom nezhôd medzi rodinou a Tanjou. A dosť pravdepodobne i predošlými dievčatami. Asi sa ich snažila dostať na svoju stranu presne ako mňa, no práve u mňa nepochodila. Do karát jej drobných intríg u predchádzajúcich au-pair by jej podľa mojej tézy nahrávala i Philipova ťažká povaha. A keďže ma nezískala na svoju stranu tak ako dúfala, pokúsila sa hrať proti mne. No celkovo akosi nesprávne odhadla situáciu a omylom si pilovala konár pod vlastným zadkom...

Pomaly sa schyľovalo k ďalšej búrke.

Prípad Veronika(22.)

Ako som na začiatku spomenula, Veroniku príroda nastavila do modusu kopírovania blízkeho okolia. Ak je čosi pravda na reinkarnácii a naše životy sú čo i len trošilinku prepojené, tak Veronika sa v predošlom alebo tom nasledujúcom narodila ako chameleón a jej správanie bolo buď dozvukmi, alebo predprípravou na existenciu s chromatofórmi.

Do kurzu so mnou sa jej nahlásiť podarilo, a tak sa patrilo prispôsobiť farbu zasa niečo inému.

„Katka, i ja som si našla priateľa," prezradila mi s neskrývaným nadšením. „Zoznámili sme sa v S-bahne. Je tiež moslim, ale pôvodom zo Srbska. Rada by som ti ho predstavila. Čo povieš, keby sme sa stretli vo štvorici niekde v meste?"

„V pohode. Povedz kde a kedy a my tam určite prídeme."

Zraz sme si dali krátko nato v ktoromsi z hamburgeráčov na južnom cípe Mníchova. Jej priateľ mi bol vrcholne nesympatický, len čo som ho zbadala. Typický mačo. Micky zastával ten istý názor. Tuho zvažujem, čo také na ňom Veroniku zaujalo, pretože sa k nej správal dosť chladne, ba priam hrubo a arogantne. Keď Rahmi priniesol ku nášmu stolu tácku s jedlom, vybral zo škatuľky s hranolčekmi ten najdlhší kus a otočil sa ku mne. "Dž-nem," usmial sa, strčil si pomfritku medzi zuby a tvárou sa nahol ku mne. Odpovedala som podobným úsmevom a odhryzla ponúkanú polovicu. Ústa sa nám spojili a Micky ma jemne pobozkal. Ako na povel vzala Veronika z ich porcie rovnakú zbližovaciu pomôcku, vložila si ju do úst, naklonila sa ku svojmu priateľovi a očakávala od neho tú istú reakciu. Na neho však v budúcom živote čakal osud mrzutého, ľadového medveďa. Namiesto bozku jej ponúkaný kus zemiaku surovo vytrhol a nepríjemne sa na ňu osopil.

„Preboha, skonči s takými somarinami a daj mi pokoj. Si neskutočne trápna."

Na podobnú reakciu si nepripravila žiaden plán B, a tak tam iba zahanbene a mlčky sedela, a mne bolo ihneď jasné, že si s jej priateľom nenájdeme spoločnú reč. Akonáhle sa obe tácky vyprázdnili, rozlúčili sme sa a pobrali každý svojou cestou. Veronika sa s ním stretávala naďalej.

Po čase som ju zoznámila i s Ankou. Cez víkendy sme sa schádzali s určitou pravidelnosťou a keď som ju lepšie spoznala, pozvala som ju na víkend ku sebe, aj s následným prenocovaním. Zdá sa mi, že do toho momentu sa nikdy nesťažovala na podmienky u Filiz. Ale od návštevy u nás sa zrazu začala *prebúdzať*. Otvorilo sa jej jedno oko.

„Ty bývaš vo vlastnej izbe, to je super! Ja spím v obývačke a chýba mi aspoň trochu súkromia."

„Ich obývačku poznám, pár nocí som v nej predsa strávila. S mačkami z Kanárov. Ale vyskúšala som si u nich iba týždeň a presne vtedy odišiel Marcus niekam na služobku."

„No oni obývačku cez deň používajú a dokonca mi minule oznámili, že o dva týždne ku nim príde nejaká návšteva, tak nech sa spýtam svojich kamarátok, u ktorej by som smela prenocovať, pretože potrebujú miesto pre hostí."

„Skvelé! A čo budú robiť, keď nenájdeš nijakú alternatívu? Vystrčia ťa zabalenú v deke na záhradu?" zvýšila som pobúrene hlas.

„Už som sa rozprávala s priateľom. Prespím u neho."

„Veronika, to nie je riešenie! Spať môžeš, mimochodom, aj u mňa. No ako s tebou jednajú, je predsa proti pravidlám! Zmluvným, ale i morálnym!"

„U nich je veľa vecí divných. Napríklad teraz v lete mi Filiz prikázala šetriť vodou a kým je vonku teplo, navrhla, aby som sa chodila sprchovať na kúpalisko pri jazere."

„To nemyslíš vážne!" zdúpnela som.

„A malú Luisu tiež dosť zanedbávajú. Kebyže jej nekontrolujem pravidelne fľašu, tak jej to skysnuté mlieko alebo čaj v nej asi nik nevymení. Aj jedlo nechajú splesnivieť. Prijala by som takú rodinu, v akej si sa ocitla ty."

„Veronika, ak nie si spokojná, zájdi do agentúry a poraď sa priamo s nimi, čo robiť, ako sa zachovať. Alebo požiadaj o zmenu famílie."

Je ťažké posúdiť, nakoľko pravdivé alebo vymyslené boli jej výpovede. Problém so spaním v obývačke som zažila na vlastnej koži. Sťažnosti na jedlo si ale nedokážem dosť dobre predstaviť. Mne u nich vždy chutilo, ale zažila som stravovanie v ich domácnosti iba krátko a v zimnom období, keď sa potraviny nekazia tak rýchlo. A sprchovanie na kúpalisku? Jedine, ak by Filiz niečo podobné zažila v Turecku (hoci posvätnú očistu v rieke poznám skôr z Indie) a preniesla nedopatrením niektoré zvyky do Nemecka. Inak si to naozaj neviem vysvetliť. Na druhej strane som nemala pocit, že by Veronika úmyselne klamala. Patrila skôr ku tým naivným tvorom, ktoré omylom prezradia i to, čo nemajú či nemusia. Aspoň do tej doby.

Potom pozvala Veroniku ku sebe na návštevu Anka. Tiež u nich strávila nezabudnuteľný víkend (veď ako inak). Otvorilo sa jej druhé oko. Od toho momentu jej nespokojnosť (doslovne z hodiny na hodinu) stále viac narastala. Zistila, že život v iných rodinách môže byť o dosť príjemnejší, a toto poznanie ju dohnalo o niekoľko týždňov k unáhlenému rozhodnutiu.

Predtým sa jej však podarilo naštrbiť naše netradičné „priateľstvo" s Filiz. Párkrát som totižto Veronike spomenula, že by som Filiz rada zoznámila s Mickym. Nejaký neznámy, vnútorný mechanizmus mi nahováral, že práve ona je tou správnou osobou, ktorá mi fundovane odpovie na mnohé páľčivé otázky, a tým mi pomôže zahnať pochybnosti ohľadne nášho vzťahu, že mi porozpráva niečo o svojom živote v Turecku, o zvykoch v tamojšej krajine, o jej obyvateľoch, o postavení žien v spoločnosti, o tom, na čo sa mám pripraviť, čoho sa vystríhať.

A zrazu jedného dňa poobede zazvonil u nás telefón.

„Katka, Filiz by ťa rada zas videla a navrhla, aby ste dnes večer s Mickym prišli na návštevu."

„Veronika, si si istá? Čo ak Micky nebude môcť? Najprv by som ho musela zohnať a dohodnúť sa s ním. Naozaj Filiz chcela, aby sme k nim prišli dnes večer???"

„Áno, práve sme sa o tom rozprávali."

„Hm, zdá sa mi to akési divné. Prepadovka na poslednú minútu. Ale ak myslíš, tak mu teda zavolám a ty sa zatiaľ pre istotu ešte raz spýtaj, či naozaj hovorila o dnešnom dni. Ja sa ti zachvíľu ozvem späť."

Rahmiho som mala na telefóne okamžite a proti spontánnemu pozvaniu nič nenamietal. A tak som sa nanovo spojila s Veronikou.

„Áno, Filiz vraví, aby ste prišli dnes," potvrdila mi znovu pôvodnú správu.

„Tak dobre. Micky ma vyzdvihne asi o hodinu a predpokladám, že do ďalšej hodiny by sme mohli byť u vás. Už sa teším. Zatiaľ sa maj."

Čo nasledovalo, som zjavne nikdy nepochopila. V dobrej nálade sme zaparkovali auto pred známym domčekom a zazvonili pri dverách. Otvorila nám domáca pani a prekvapene na nás pozerala.

„Ahoj Filiz, tak sme tu. To je Rahmi, môj priateľ," predstavila som ho, ako slušnosť káže.

Postavila sa pred vchodové dvere a vôbec sa netvárila, že by nás, nebodaj, chcela vpustiť dnu.

„Hľadáte Veroniku?"

„No vlastne…," odvetila som zarazene. „Veronika mi po obede zavolala, že by si sa so mnou rada stretla."

„Ja a stretnúť? Dnes? To určite nie! Marcus je doma a už sme si naplánovali úplne iný program," oznámila nám dosť stroho.

Pripadala som si ako v nesprávnom filme. Pýtala som sa sama seba, kto si tu vlastne zo mňa strieľa a čo ten zmätok vôbec znamená. Hoci sa s nami chvíľu rozprávala a s Rahmim prehodila i dve-tri vety v turečtine, nadobudla som za tú chvíľu pocit, akoby jej celá situácia bola vrcholne nepríjemná a chcela sa nás čo najskôr zbaviť.

„Zavolám vám Veroniku," zahlásila na záver a narýchlo sa s nami rozlúčila.

Zostali sme prekvapene stáť vonku. Veď nás ani nik nepozval ďalej. Otočila som sa k Mickymu. „Dž-nem, ja tomu nerozumiem. Prepáč, že si sa trepal sto kilometrov úplne zbytočne… ale ja to fakt nechápem."

„Z toho si nič nerob, no tak som sa raz previezol," mávol rukou a nežne si ma pritúlil.

„Rada by som to hodila za hlavu ako ty, ale… pff, veď to je… ani neviem, čo. Dúfam, že nám to vysvetlí Veronika!"

Len čo sa otvorili dvere a zjavila sa v nich osoba, ktorá všetko spískala, začala som ju bod za bodom spovedať. Mohla som nahlas vysloviť, čo mi ležalo na srdci, pretože slovenčine sme rozumeli iba my dve.

„Veronika, počúvaj, čo znamenala táto akcia?" oborila som sa na ňu.

„Kati, ja neviem," pozerala na mňa vyplašenými očami.

„Akože, nevieš? Pred pár hodinami si sa mi ty sama ozvala a presvedčila ma, aby sme sa k vám dostavili na návštevu. Predpokladám, že si celý čas neodišla z domu, takže niektorá z vás dvoch nás riadne vodí za nos!"

„No, Filiz sa pohádala s Marcusom. Zdá sa, že nesúhlasil s tým, aby ste prišli, ale nie som si stopercentne istá, o čom presne sa vadili…"

Počas rozhovoru sme si posadali naspäť do vozidla a Micky nás zaviezol do Mníchova. Cestou v aute sme ďalej vzrušene debatovali o vzniknutej situácii, k žiadnemu adekvátnemu vysvetleniu som sa však nedopracovala. (*Bola vari Veronika tá, čo si vymýšľa?*) Zvyšok dňa sme strávili v trojici v centre mesta.

O pár týždňov neskôr ma prekvapil Ankin nečakaný telefonát.

„Kati, predstav si, práve som dorozprávala s Veronikou. Ty si s ňou hovorila? Počula si, čo je nové?"

„Nie. Zatiaľ netuším. Vari ju predsa len vysťahovali na záhradu?"

„Prečo???" nechápala poslednú poznámku.

„Ale nič, to ja len tak. Pokračuj."

„No neuveríš. Zavolala mi, že si zbalila svoj majetok do kufra a Lucia ju smie okamžite vyzdvihnúť, pretože sa rozhodla odísť od Filiz. Tebe sa predtým, ževraj, nedovolala."

„Čože? To nevravíš vážne!"

„No naozaj. Nežartujem."

„A čo s tým má akože spoločné tvoja rodina?"

„Len čo som jej položila podobnú otázku, tak zahlásila, že veď i teba chodia vyzdvihnúť na stanicu, keď si ku nám pozvaná na návštevu."

„Aha! Je ona vôbec normálna? To sa z čista-jasna rozhodne a my sa okamžite postavíme do radu a budeme skákať podľa toho, ako milostivá píska?"

„Tiež som sa jej snažila vysvetliť, že ty a moja rodina, to je proste výnimočný vzťah a navyše nejdú po teba domov, ale iba na tunajšiu stanicu. A čo sa jej týka, musí sa v prípade vážnych problémov najprv skontaktovať s agentúrou a nejako to vyriešiť oficiálnou cestou. Na to mi povedala, že zavolá ešte tebe."

„Vďaka za informáciu. Budem teraz doma, tak uvidíme, čím nás prekvapí. Potom ti podrobne zreferujem, ako sa kovbojka vyvinula ďalej."

Rozlúčili sme sa a za krátku chvíľu zazvonil telefón po druhýkrát.

„Kati, to som ja, Veronika. Počuj, rozhodla som sa skončiť u Filiz, veci som si už zbalila. Naši práve nie sú doma. Mali by sa vrátiť neskoro večer. Môžeš odkázať Mickymu, aby rýchlo prišiel po mňa?"

181

„Veronika, pokoj. A teraz pekne po poriadku. Chápem, že sú medzi vami isté nezhody, aj ja som si u nich svoje užila, ale to sa nerieši takýmto spôsobom. Minule som ti predsa radila, aby si sa najprv spojila s agentúrou a požiadala ich o pomoc. Dobre vieš, že my s Ankou sme tu načierno a nepotrebujeme robiť rodinám nejaké problémy navyše. Mimochodom, ty si zabudla, kde býva Micky? Že to má k vám vyše sto kilometrov? A nie je ani na špagátiku, ktorý ty potiahneš a on sa ako na zavolanie v momente zjaví! Posledne stačilo."

„Ale Kati, ja to už u nich nevydržím."

„Vydržala si doteraz, tak týždeň či dva navyše ťa nezabijú. A povedz mi, čo vlastne plánuješ robiť ďalej, kde mieniš bývať? Alebo sa vraciaš domov na Slovensko?"

„Nie, zostávam tu a nájdem si inú rodinu. Takú, akú máte vy dve. Tento víkend je môj priateľ preč, preto som chcela prespať u teba alebo u Anky. Od pondelka sa presťahujem prechodne ku nemu, kým si niečo nové nezoženiem. Ale tu nezostanem ani o minútu dlhšie."

„Veronika, ale si uvedom, že ty nebudeš nocovať u nás, teda myslím v mojej vlastnej alebo Ankinej domácnosti. My nebývame vo svojom! Postavíš nás z čista-jasna pred hotovú vec a rátaš s tým, že lusknutím prsta hneď všetko za teba vybavíme. To sa ale takto vážne nerobí. My sa musíme najprv spýtať svojich domácich."

„Tak sa spýtaj…"

„Ach, Veronika. Vôbec nesúhlasím s tým, čo práve stváraš. Predstavuješ si to ako *Hurvínek válku*! No čo už s tebou. Vydrž pol hodinu, skúsim zohnať Lauru a porozprávam sa s ňou. Ale je piatok. To chodieva skôr domov, takže dúfam, že ju ešte zastihnem v robote a obratom ti potom volám naspäť. Nečakaj však zázraky."

Zasa som raz potrebovala hlboký nádych, než som vytočila číslo ordinácie.

„Laura, ďalší problém na obzore... ale nie u mňa. Aj deti sú v poriadku."

„Čo sa stalo?" spýtala sa zmäteným hlasom, než som jej vôbec niečo stihla vysvetliť. Nebolo totižto zvykom, aby som ju zháňala na pracovisku v piatok krátko pred odchodom.

„Veronika. Pravdepodobne sa u nich doma niečo zomlelo a ona uteká od rodiny. A to doslovne. Sedí na zbalenom kufri a čaká, že ju Micky hneď vyzdvihne. Neprehovorila som ju na žiadne iné riešenie. Vôbec neviem, čo si o jej jednaní myslieť. Zatelefonovala mi pred pol hodinou a poprosila ma, či by smela u nás tento víkend prenocovať."

„Pokojne nech príde a aj prespí."

„Ďakujem, Laura a nehnevaj sa, že ťa opäť raz zaťažujem cudzími problémami."

„Ale, prosím ťa. O chvíľu som doma a potom sa porozprávame."

Pramenila odpoveď z Laurinej túžby po dobrodružstvách, alebo sa ešte stále nezbavila averzie voči Filiz? Je dosť možné, že spomienka na minulosť

182

a skutočnosť, že som sa práve od Luisinej mamy dozvedela niektoré informácie ohľadne kauzy Tanja, napomohli jej predošlému rozhodnutiu.

Každopádne nebol čas na zbytočne dlhé úvahy, očakávali sa konkrétne činy! „Veronika, môžeš ku nám prísť a aj u nás prespať tie tri noci do pondelka. Ale nik ťa nepôjde vyzdvihnúť. Cestu sem poznáš, sadneš na S-bahn a dovezieš sa pohodlne až pred náš dom. Ak potrebuješ pomoc, počkám ťa na autobusovej zástavke, len mi daj vopred echo, ktorým spojom dorazíš." „Dobre. Hneď sadám na autobus a ozvem sa ti zo stanice u vás."

Prah domu prekročila takmer súčasne s Laurou. Spoločne sme si sadli do kuchyne a začali diskusiu na tému *„čo a ako ďalej?"* Rozprávali sme sa iba chvíľu, keď nás zrazu vyrušilo zvonenie telefónu.

„Nechaj tak, ja to vezmem," zodvihla sa Laura a rezko zbehla ku klavíru.

Už pri prvej odpovedi sme s Veronikou takmer naraz znehybneli.

„Neviem, kde je vaša au-pair...nie, Katja nie je doma a žiadam vás, aby ste na mňa nekričali."

Nastala krátka pauza.

„Pozrite, ja sa v piatok poobede nemienim zaoberať vašimi problémami a je mi jedno, či ma niekde nahlásite. Dopočutia."

S rozšírenými zreničkami a nepríjemným mravenčením v rukách som pozerala na Lauru, keď sa vrátila naspäť do kuchyne. Ona sa iba sprisahanecky usmievala a s takým tým podtónom typu *„to mi neuveríš"* v skratke zrekapitulovala práve prebehnuvší dialóg.

„Si predstavte… Filiz vyzerá byť riadne naštvaná a obvinila ma z pomoci pri úteku jej au-pair. Že ona má pracovnú zmluvu s tebou," zahľadela sa na Veroniku. „Vyhrážala sa, že to bude riešiť oficiálnou cestou. V podstate ale vôbec netuší, kde si. Iba skúšala, či sa náhodou neprerieknem. No s tou pracovnou zmluvou to súhlasí. Platí za teba poistenia, tak si to daj rýchlo do poriadku, aby si sa nedostala do maléru."

„Fúha, som rada, že som predošlý hovor nevyfasovala ja. Absolútne by som nebola pripravená, pokojne a s prehľadom odpovedať. Asi by som sa hneď prezradila habkaním, že som zasvätená do prípadu nečakaného zmiznutia jednej slovenskej au-pair… Veronika, ale veď Filiz plánovala prísť domov až neskoro v noci, či nie?" otočila som sa tiež ku nej.

„Áno. Podľa jej vlastných slov sa mala vrátiť okolo desiatej."

„No tak tomu sa hovorí *z pekla šťastie!* Si predstav, keby si jej s nabalenými kuframi vletela priamo do náručia ešte vo dverách u vás doma. Ojój… Ale to potom mení situáciu. Tu tým pádom určite nezostaneme. Nemala by som dobrý pocit. Bála by som sa, či sa každú chvíľu nezjaví pod kuchynskými oknami."

„Že by toho bola schopná?" zapochybovala Laura.

„Naozaj netuším, čo jej momentálne beží hlavou a keby aj, nie je problém získať adresu od Tanji. Ja preventívne zavolám Mickymu a niečo vymyslíme. Noci sú teplé, prinajhoršom prespíme v aute a ráno ako vždy nastúpim načas do služby."

„Ale, prosím ťa, na to sa teraz vykašli. Zajtra nemám nič dôležité, tak strávim pekný deň s deťmi a upratovať sa tentokrát nebude."
„Ďakujem, Laura, a teraz už naozaj idem zavolať Mickymu."

Mobil nevypínal takmer nikdy. Zohnala som ho okamžite. Narýchlo som mu opísala situáciu. Ani som nepotrebovala veľa vysvetľovať.
„Katja, ja teraz nemôžem odísť, ale však dobehnite vy dve za mnou. Zo stanice vás vyzdvihnem. Alebo príď rovno ku mne domov. Trafíš tam sama?"
Párkrát som ho navštívila v mestečku, kde býval, ale ku miestu bydliska ma vždy doviezol autom. Rahmi hrával závodne biliard za miestny klub a niekedy ma kvôli turnajom nestíhal po službe vyzdvihnúť, a tak som cestovala ja za ním a čakala na skončenie duelov v bare s veľkou oddelenou halou, kde sa súťaže konali. Alebo som sedela v aute pred domom, kým si on išiel niečo vyzdvihnúť do bytu, pravidelne som však odmietala ísť s ním až hore.
„Snáď to nájdem, ale pre istotu sa ozvem, keď dorazíme."
Stretli sme sa na stanici. Kufor a Veronikine tašky sme nechali zatiaľ schované u mňa v izbe. Vzali sme si so sebou iba to najnutnejšie.
„Dievčatá, keď takto utekáte," zasmial sa Rahmi, „navrhujem vám skvelú skrýšu, kde vás nik nenájde! Vo firme mám spolu s jedným kolegom obytný príves. Normálne ho používame ako kanceláriu. Nie je v ňom síce WC, takže v prípade potreby budete musieť zájsť do kríčkov, ale je vybavený rozťahovacím gaučom a lavicou, čo na jednorazové prespanie úplne postačí. Čo vy na to? Prijmete ponuku na dnešnú noc?"
„Samoška! Nám to stačí, že Veronika?" otočila som sa nadšene ku nej a živou mimikou ju nabádala k správnej odpovedi. „Vždy lepšie než auto. S toľkým provizórnym komfortom sme ani vo sne nerátali."

Vďaka Veronike som sa dostala po prvýkrát do Mickyho *firmy*. Dovtedy ma akosi konkrétnejšie nezaujímala. Chýbala mi akákoľvek predstava, čo presne značí toto v jeho ústach honosne a často skloňované označenie. V jednej z mestských štvrtí sa medzi obytnými domami rozprestieral väčší oplotený pozemok. Stálo na ňom snáď zo tridsať ojazdených áut rôznych značiek, farieb a veľkostí.
„Časť z nich patrí mne a časť môjmu partnerovi. Každý robí na vlastnú päsť, pričom nájomné za pozemok platíme na polovicu a v prípade potreby, teda keď príde nejaký zákazník, zaskakujeme jeden za druhého," zasväcoval nás Rahmi do taktiky podnikateľa.
Naľavo od vstupu sme zbadali spomínaný príves bielej farby s priestranným vnútrajškom. Micky patril medzi poriadkumilovné osoby, preto ma čistota v karavane nijako zvlášť neprekvapila. Ale v jeho útrobách som objavila niečo iné. Na poličkách stáli poháre zo súťaží, vedľa nich ležali medaily a na stenách boli zarámované články z novín a časopisov o Rahmiho úspechoch na regionálnych majstrovstvách v džude. Ten štrnásťročný ucháň

z fotky mi vylúdil úsmev na tvári. Musím priznať, jeho medailové umiestnenia mi lichotili, bola som hrdá na svojho čiernookého bavorského *Ramba* s tureckými koreňmi. (*Žeby chcel vystavenými trofejami zastrašiť prípadných zlodejov?*) Noc sme zvládli v pohode. V rámci možností. O ôsmej postavil Micky vodu na kávu a odniekiaľ vyčaroval žemle, maslo a syr. Kým on pripravoval skromnejšie raňajkové pohostenie, vyšli sme s Veronikou pred karavan a naťahovali si skrehnuté údy na teplom slniečku ako dve lenivé mačky. Zrazu sa na druhej strane za plotom, presnejšie povedané tesne za jeho najvzdialenejším rohom, zjavila asi štyridsaťročná Turkyňa. So zdvihnutými rukami a zaťatými päsťami divoko gestikulovala našim smerom a ak som správne odhadla, dopĺňala svoj nepriateľský prejav aj šťavnatými nadávkami na našu adresu. Nerozumeli sme jej ani slovo, keďže podľa jej teatrálneho, cudzojazyčného *výstupu* nemčinu vôbec neovládala. Asi ju neznalosť jazyka v danom momente i štvala, lebo byť roztrhnutá zlosťou bez dosiahnutia požadovaného účinku, môže viesť k riadnej frustrácii. Že neovládala nemčinu, nebolo nič neobvyklé, skôr typické. Mnohí cudzinci nejavia záujem o integráciu týmto smerom, Slovákov nevynímajúc. Radšej sa izolujú na *malých ostrovčekoch* spolu s ďalšími krajanmi, kde si snažia zachovať akú-takú autonómiu a odkiaľ chránení skupinou frfľú, ako je všetko naokolo zlé, hoci ich v tom *zlom* nik nasilu nedrží. Nie je nič ľahšie, ako zbaliť si kufre a vrátiť sa nazad domov! Riešenie jazykového problému, celé desaťročia opisovaného a spomínaného v médiách, je viac-menej v nedohľadne.

Micky vybehol z prívesu a niečo jej v rodnej reči zakričal naspäť. Tiež sa netváril príliš priateľsky.

„Poďte dnu a nevšímajte si ju."

„To čo znamenalo?" spýtala som sa zarazene.

„Aaale, ona to má v hlave trochu pomýlené," mávol ledabolo rukou. „Jednoducho si chce získať vašu pozornosť. Potrebuje sa iba vykričať a zasa bude v poriadku."

„No, niečím mi pripomenula bývalú susedu z Bratislavy. Tá sa vraj pomiatla po tom, ako jej zomrela dcéra a opustil ju manžel. Navonok vyzerala normálne, vždy pekne upravená, ale zrazu - či vlastne pravidelne - jej čosi preletelo hlavou a nezasvätení nechápali, čo sa deje. Často stála na balkóne v spodnej bielizni a vykrikovala oplzlo na okoloidúcich ľudí a navyše cielene podnecovala spory v baráku."

Viac som neznámej Turkyni nevenovala pozornosť. Rannú scénku som však zrekapitulovala asi o rok neskôr.

„A čo vlastne plánuješ robiť, Veronika?" vyzvedal Micky, kým ja som si natierala prvú žemľu.

„Rada by som si našla novú familiu, niekde bližšie k Mníchovu."

185

„Mne práve čosi napadlo!" prerušila som ich rozhovor. „Takmer presne oproti nám žije rodina s tromi deťmi. Najstarší z nich chodí s Timom do škôlky, stredný má asi tri roky a najmladšie dievčatko bude sláviť teraz niekedy prvý rôčik. Celú rodinu som si už na začiatku obľúbila, sú veľmi milí. A minule ma ich mama pristavila a spovedala ohľadne au-pair. Priznala sa mi, že uvažujú o tejto alternatíve, ale asi až o pol roka. Ak teda naozaj chceš novú rodinu, spýtam sa ich a snáď by si ťa vzali už teraz. A bývala by si hneď oproti mne. Čo ty na to?"

Netušila som, akú veľkú chybu robím, keď preberám iniciatívu v podobne háklivých záležitostiach, hlavne v prípade niekoho, koho takmer nepoznám. (A kto z času na čas pôsobí dojmom, že nemá pod kontrolou obsah vlastných myšlienok a viet.)

„Katka, to by bolo fantastické. Prosím ťa, spýtaj sa ich čo najskôr."

„V poriadku. Zájdem ku nim ihneď, ako sa vrátim domov, a uvidíme, či z toho niečo vzíde."

Zvyšok soboty sme strávili spoločne v Mníchove a Veronika sa ešte v ten deň a po dôkladnom zvážení situácie rozhodla zavolať ďalšej kamarátke, na ktorú Filiz nemala žiaden kontakt, a požiadať ju o strechu nad hlavou na nastávajúcu noc. Spať v karaváne bez kúpeľne a možnosti akejkoľvek osobnej hygieny, v jej prípade i na tvrdej lavici, nebolo ani pre jedného z nás to *pravé orechové*. Večer sme sa rozlúčili. Dohodli sme sa, že Veronika si zatiaľ ponechá veci u mňa a ďalší postup bude závisieť od rozhodnutia *novej* famílie.

Po návrate domov som podľa prísľubu zaklopala na dvere susedov s tromi deťmi. Otvoril mi ich otec. Prijala som pozvanie dovnútra a v mysli narýchlo robila posledné úpravy nastávajúceho príhovoru. Musel očariť, osloniť, presvedčiť.

„Čomu vďačíme za vašu návštevu v nedeľňajšie poobedie?" znela prvá otázka prekvapených manželov.

„Najprv sa vám musím ospravedlniť, že vás vyrušujem *práve* v nedeľu, ale keby sa nejednalo o núdzovú situáciu, tak by som určite neotravovala."

„Núdzovú situáciu? Ako to myslíte?" spýtala sa s obavami v hlase pre zmenu mama detí.

„No v tej šlamastike sa nachádza kamarátka. Bola au-pairkou v rodine v malej dedinke pri Mníchove a časom zistila, že podmienky, v akých žije, sú v rozpore so základnými princípmi, stanovenými v zmluve. Vysvetľovať, ako som ju spoznala, je momentálne trochu zdĺhavé, ale pochádza tiež zo Slovenska. Pozná ju aj moja rodina. Momentálne si súrne zháňa nové pôsobisko a mne pri tej príležitosti napadlo, ako ste minule spomínali, že uvažujete nad au-pair. Preto som sa odvážila prísť a spýtať, či by ste náhodou nemali záujem ju spoznať a eventuálne zvážili alternatívu, či by u vás nemohla nastúpiť v najbližšej dobe. Samozrejme iba v prípade, ak sa vám bude pozdávať," motala som sa v tisíckach nemeckých, zdvorilostných foriem. (Nech žije *Konjunktiv II !)*

186

„Ups, no to ste ma pristihli riadne nepripravenú," prezradila narovinu domáca pani. „Pravdupovediac, rozmýšľam o niečom podobnom od začiatku budúceho roka. Veru, neviem... izba, ktorú sme chceli uvoľniť pre au-pair, je ešte zahádzaná všelijakými krabicami, bol to náš odkladací priestor. Museli by sme ju najprv vyprázdniť, vymaľovať a rýchlo niekde zohnať posteľ so skriňou a snáď ešte stôl so stoličkou. Ono v nej zatiaľ nie je nič, čo by aspoň trochu pripomínalo obytný priestor. Čo si o tom myslíš, zlatko?"

Pri poslednej otázke sa otočila ku svojmu mužovi.

„Nuž, posila by sa nám pri troch deťoch isto zišla... Hmm, za úvahu to stojí, keď hovoríte, že je to vaša kamarátka a potrebuje pomôcť. Dať dokopy izbu by nemal byť až tak veľký problém. Otáznym však zostáva, čo iné by sme ešte museli organizačne zabezpečiť, aby u nás oficiálne nastúpila. Myslím tým poistenia a všetko okolo toho," odpovedal nám obom.

„Tým, že bola nahlásená do rodiny v Nemecku, stačí iba zájsť do agentúry a oznámiť im zmenu adresy. A takisto na miestnom úrade. Vízum jej platí naďalej a zostalo by už iba preveriť otázku zdravotného poistenia, čo a ako ďalej. Snáď by bolo dobré, keby ste sa s ňou najprv zoznámili a zvážili, či vám ako osoba vyhovuje. Na vlastnej koži som zistila, že je to veľmi dôležité na bezproblémové fungovanie do budúcnosti v cudzej domácnosti, hoci v takýchto prípadoch nič nie je so stopercentnou zárukou. Hlavne si môj návrh nechajte ešte aspoň dva-trikrát prejsť hlavou, lebo som vás naozaj zastihla nepripravených. Ak súhlasíte, zastavím sa u vás zajtra poobede a vy mi potom oznámite, ako ste sa rozhodli. Či ju vôbec mienite spoznať. A ďalej sa uvidí."

Že ja som radšej nezašla najprv ku veštici, aby mi z kávy vyčítala, ako sa zachová Veronika!!! Potom by som ich určite v tú nedeľu tak zhurta neprepadla.

V pondelok ma privítali správou, že začínajú upratovať izbu a navrhli, aby sa k nim Veronika prišla čo najskôr predstaviť. Nasledujúce udalosti sa zbehli veľmi rýchlo (tlačil nás čas) a po zoznamovacej procedúre sa obe strany navzájom dohodli, že sa k nim *deva slovenská* nasťahuje o týždeň. Z toho dôvodu si už kufor s vecami nechala u mňa, nechcela ich zbytočne prenášať hore-dole. Nabalila si do príručnej tašky iba niekoľko najnutnejších kusov na prezlečenie. Susedovci zatiaľ dali do poriadku izbu, vymaľovali ju, kúpili pre začiatok posteľ a skriňu a v dohovorený deň sme čakali na ich novú a zároveň prvú au-pair.

Čakali sme akademickú štvrťhodinku, čakali sme hodinu, čakali sme dve. Po Veronike ani chýru, ani slychu. Začala som sa obávať, či sa jej neprihodilo nejaké nešťastie. Inokedy, keď niečo potrebovala, ma totižto bombardovala telefonátmi s presným zoznamom svojich požiadaviek a tentokrát nielenže nikomu z nás nezavolala, ale ani sa nehlásila na číslach, ktoré sme dostali k dispozícii od nej. Druhý deň to isté. Ani chýru, ani slychu.

187

Na tretí deň doobeda zazvonil telefón. Slúchadlo zdvihla Tante Clara. Keď si vypočula úvodnú vetu z opačnej strany, začala vehementne gestikulovať rukami a z pier som jej odčítala meno našej nezvestnej osoby.

Pribehla som ku klavíru a vychrlila do podávaného aparátu naraz štyri vety v jednej. „Veronika, kde si? Prečo si predvčerom neprišla? A ani nezavolala! Si v poriadku?"

„Ahoj Kati. Áno, som v poriadku. Nič sa mi nestalo, ale... uvažovala som nad ich ponukou... A vieš, priateľ mi sľúbil, že mi vybaví u svojho strýka miesto čašníčky v reštaurácii, aj s potrebnými vízami... Takže som sa rozhodla, že u tvojich známych nenastúpim. Radšej pôjdem pracovať do reštaurácie. Prosím, odkáž im, že mi je to ľúto, ale..."

„Veronika, to nemyslíš vážne!!!" skočila som jej do reči a zúrivosť mnou lomcovala ostošesť. „Po tom všetkom, čo sme pre teba spravili, ako si nás dirigovala a priviedla do nepríjemností aj Lauru, sa TY takto zachováš? Prečo si si to nerozmyslela skôr? Ešte než začali s úpravou izby??? A keby aj... zaiste si hneď ráno vedela, že neprídeš. Slušnosť káže zavolať a ísť s pravdou von. Odvtedy si sa zatajovala a to doslovne. A nemáš ani odvahu sem prísť, pozrieť im do očí a ospravedlniť sa! Zasa to smiem vybavovať za teba? Ty naozaj nemáš chrbtovú kosť? Čo myslíš, ako sa teraz cítim? Ja som sa za teba zaručila a oni iba zbytočne oplieskali kopu peňazí a energie..."

„Ale Kati, pochop..."

„Nie, Veronika, ja pri tebe odteraz nemienim nič pochopiť. My dve sme spolu skončili! Tante Clara je doma, takže si okamžite vyzdvihneš svoje veci. Ak sa nedostavíš do štvrtej, vyložím ich pred dom na ulicu a viac sa o ne nestarám! Ak ich niekto ukradne, je mi to fuk. *(V Nemecku v tých časoch a v tej lokalite úplne zbytočná vyhrážka. Len to ešte ona nedokázala správne posúdiť, keďže žila iba pár mesiacov v malej dedinke na kľudnom, bavorskom vidieku, kde maximálne líška kradla sedliakom sliepky.)* A už mi, prosím, nevolaj. Prajem ti veľa zdaru v reštaurácii. Maj sa!"

Praštila som slúchadlo naspäť na telefón a zároveň postrehla, ako na mňa od prahu kuchynských dverí prekvapene hľadí Tante Clara.

„Tak takto nahnevanú som ťa veru ešte nikdy nezažila. Nerozumela som ani slovo, ale malo to grády. A teraz mi prezradíš, čo sa vlastne stalo?"

„Tante Clara, nie je tu niekde schovaná fľaša rumu? Pozrite, ako sa mi trasú ruky od zlosti!" Na dôkaz som ich ku nej vystrela.

„Prosím ťa, upokoj sa. Poď, sadneme si do kuchyne a podrobnosti mi porozprávaš pri šálke kávy... S rumom?" lišiacky sa usmiala.

A presne to sme i spravili. (Ale bez rumu.) Základné informácie už získala v priebehu týždňa, keďže Veronika sa u nás na chvíľu stavila v deň, keď šla na pohovor k susedom, a obsah predchádzajúceho rozhovoru som jej pretlmočila do poslednej bodky.

„Tante Clara, ja ju viac nechcem ani vidieť. Budete taká dobrá a dáte jej veci, keď si po ne dnes príde? Proste iba dať a dovidenia. Nech sa zberá kade ľahšie!"

188

„Samozrejme, Katja. Ale i tak nechápem, prečo nezavolala skôr."
„Veď to. Hnevala by som sa síce i tak, ale bolo by to od nej aspoň férové. Voči mne, rodine, proste všetkým. Bože, ako sa trápne cítim pri pomyslení na nich. Prečo sa vždy miešam do cudzích záležitostí a zachraňujem druhých? Tak rada by som vrátila čas o dva týždne nazad. No asi s tým už nič nenarobím. Niekto im tú správu musí oznámiť. Idem si zjesť, čo som nám navarila. Držte mi palce…"
„Ale veď ty za to nemôžeš!"
„Môžem. Načo som sa vôbec do niečoho miešala? Dievčina si jednoducho mala svoj problém vyriešiť sama. Aj z toho dôvodu, že som hneď od začiatku nesúhlasila s jej jednaním. Tá zvyšná pomoc, ktorú sme jej poskytli, by plne stačila."

Rodine som pretlmočila správu od Veroniky. I Tante Clara im pri najbližšej príležitosti podrobne opísala môj nasrdený výstup po telefóne. Aj oni ma aspoň dvadsaťkrát ubezpečovali, že vinu nepripisujú mne, ale v tom období mi utešovanie nijako veľmi nepomáhalo. Pokiaľ viem, au-pair si najbližší rok nevzali. Skúsenosť s Veronikou ich odradila od uvažovania týmto smerom. Netuším, či sa im neskôr podarilo zmeniť názor na tému, pri ktorej sa tak *popálili*. Nik si predsa neželá zveriť vlastné deti nezodpovedným osobám. Po takej skúsenosti má nasledujúca záujemkyňa automaticky sťažený štart v rodine. Nevedomky pyká za chyby predchodkyne a musí si najskôr prácne získať stratenú dôveru. Pre obe strany je to vlastne lotéria. Ani rodine vopred nik neprezradí, koho si na istý čas nasťahujú do domácnosti. (Mňa, napríklad, Laura kedysi na začiatku preventívne upozornila, že pri akejsi au-pair padli skoro na zadok, keď im došiel účet za telefón. Milá dievčina vyvolávala do celého sveta. Odvtedy radšej každú nasledujúcu informovali, do akej výšky sú ochotní platiť za medzinárodné hovory.)

Veronika sa ku nám dostavila niekedy poobede, aby si vyzdvihla zvyšok batožiny. Pravdepodobne sa zľakla vyhrážky, že jej majetok postavím bez dozoru na ulicu. Keď zazvonila, upratovala práve Tante Clara kuchyňu. Zbadala ju pod oknom a okamžite mi referovala, kto čaká na priedomí.

„Vybavíte to, prosím, za mňa? Ja zmiznem do svojej izby. Nechcem ju ani vidieť!"

„Samozrejme," zakývala chápavo hlavou a pobrala sa ku vchodovým dverám. Zdola som zachytila ich krátky rozhovor. Prehodili spolu dve-tri slová. Veroniku som nikdy viac nestretla. Dokonca ani úplnou náhodou kdesi v meste, keď nám cesty niekoho prihrá kamarát *Osud*. A viac som nepočula ani o Filiz.

189

Anka ide do Talianska (23.)

O niekoľko dní neskôr sa mi ozvala Anka. Prípad „Veronika" dôverne poznala. Po celý čas bola pravidelne informovaná z prvej ruky. Rozumej tej mojej. „Kati, prezradím ti dve interesantné novinky. Ktorú chceš počuť ako prvú?" položila mi otázku a nečakajúc na odpoveď, pokračovala ďalej. „No dobre, idem pekne po poradí. Lucia plánuje na celý august výlet do Talianska, ku svojim rodičom na ich letné sídlo. Niekde pri Neapoli. Júj, ako sa teším! Berú ma so sebou. A tú druhú správu mi ani neuveríš. Predstav si, volala mi Veronika a nástojila na stretnutí. Bola som z nej riadne paf. Ona sa mi vlastne od posledného razu vôbec neozvala. Počuj, bude ti prekážať, ak za ňou zájdem? Neviem, čo sa jej prihodilo, ale veľmi ma prosila, aby som k nej prišla. Býva teraz niekde mimo Mníchova v nejakom azylovom dome."

„Kde??? Ale to je vlastne jedno. Anka, pozri, čo je medzi nami, medzi nami i zostane. Myslím tým Veroniku a mňa. Ako sa ty rozhodneš, je predsa tvoja slobodná voľba. Keď ma ona sklamala, neznamená to, že ti teraz vyslovím zákaz stretávať sa s ňou. Ale určite sa už nestretneme v trojici! Takže rob, ako sama uznáš za vhodné."

A tak približne o týždeň či viac putovala Anka na návštevu do azylového domu. Ešte sa z neho ani poriadne nestihla vrátiť naspäť a už mi aj podávala najčerstvejšie hlásenie, okorenené novými pikoškami. Spamätávala sa z prežitého minimálne ďalšiu hodinu.

„No, moja, ja ti akosi doteraz predýchavam."

„Tak najprv pokojne predýchaj a zavolaj za chvíľu, ak ti dva nádychy naviac pomôžu. Aj keď musím priznať, že si ma riadne navnadila."

„S takým niečím som ani vo sne nerátala.Veronika sa naozaj úplne zbláznila!"

„Veď toľko nenapínaj a vymáčkni sa! Čo vážneho mi zatajujete, há? A prečo je vlastne v azylovom dome? Však bývala u priateľa a chystala sa pracovať pre jeho strýka v nejakej reštaurácii."

„Vyzerá to tak, že sa priateľ na ňu vykašľal, vyhodil ju z bytu a s tým strýkom to bola tiež riadne nepremyslená akcia. Takže žiadne zamestnanie, ani rodina na obzore."

„A čo, preboha, robí teraz? Z čoho žije? Pokiaľ je mi známe, berú do azylového domu iba vojnových utečencov a politicky prenasledovaných. Ako sa jej podarilo zaradiť do jednej z týchto kategórií?"

Otázka ohľadne kategórií mala, samozrejme, vyznieť ako horší žart.

„Neuveríš, ale pretlačila sa tam iným spôsobom."

„Akým?" skočila som jej prekvapene do reči.

„Zoznámila sa s jedným Afgancom. Vojnovým utečencom."

„To kedy stíhala?" opäť som ju musela prerušiť, pretože s nečakaným vývojom udalostí som nerátala veru ani ja.

„Kati, keby si to tam videla! Priam neskutočné… v akých podmienkach žijú. V špine a ako sardínky bez práva na súkromie. A ťažko povedať, kedy to stihla. Nepochopím jej do neba volajúcu naivitu. Tuším ho stretla na ulici a vzápätí sa k nemu i nasťahovala.“

„Jedine, že by ju práve v osudný deň vyhodil priateľ, a tak narýchlo hľadala nové ubytovanie.“

„Ale takto???“ zvolala zhrozene Anka.

„Tak je pravda, že ja by som si radšej zbalila veci a pobrala sa domov, než meniť priateľov ako spodné prádlo, ale Veronike to zjavne neprekáža. Asi sa tentokrát naozaj jedná o lásku na prvý pohľad.“

Posledná veta spadala do série s výrobným označením *„neverím tomu, ale aspoň niečím ukončím načatú myšlienku.“*

„Láska na prvý pohľad!“ ironicky zopakovala známu repliku a i na tú diaľku som vycítila, ako nechápavo krúti hlavou. „Nepresvedčíš ma, ani keby to bola pravda. Mala by si ho vidieť. Veď on nerozpráva ani poriadne po nemecky. Netuším, ako sa vôbec dohovárajú.“

„Veď pri niektorých veciach nemusíš ovládať reč!“ doplnila som s úškrnom.

„Aaale, prosím ťa, daj pokoj! Je utečencom z vojnovej zóny, ktorý za celý svoj život nepoznal nič iné iba vraždenie, hlad a biedu. Nič proti nemu, ale zbadáš na ňom hneď, že je z diametrálne odlišného sveta. A doposiaľ v ňom v spomienkach žije, i keď je v Nemecku. Už len to, ako tam ľahostajne predo mnou sedel s roztvoreným rozparkom a v zafúľanom oblečení. Nemyslím, že zámerne. To naozaj nie. On si mnohé podľa mňa vôbec neuvedomuje. V Afganistane ešte dlho nebudú organizovať spoločenské večierky. Navyše má so sebou malého syna. Ženu mu vraj zabili na úteku alebo ešte tesne pred ním, už som aj zabudla. A ktohovie, aké hrôzy ich postretli na ceste do Európy, aké následky si oni dvaja so sebou nesú do budúcnosti.“

„Asi nič závideniahodného. A čo Veronika?“

„Veronika behala pred dvojplatničkou a práve im niečo pripravovala na jedenie. Úplne sa vžila do úlohy žienky domácej a básnila o tom, ako sa spolu presťahujú na Slovensko. Že ich zoberie do trojizbáku svojich rodičov v Petržalke a tam budú bývať šťastne a spokojne pod jednou strechou.“

„Až kým nepomreli, ako inak. Nuž, ale keď tomu verí… Rodičia sa isto potešia nečakanému rodinnému prírastku v dvojitom balení. Každý sme si halt strojcom vlastného šťastia.“

Krátka príhoda z azylového domu bola naozaj poslednou, ktorú sme zažili s Veronikou, či priamo alebo nepriamo. Ani jedna z nás sa nikdy viac nedozvedela, ako sa ukončila jej či *ich* story.

Zato tá naša pokračovala aj bez Veronikiných príspevkov ďalšími, vcelku zaujímavými, ba dokonca dobrodružnými príhodami.

Netrvalo dlho a znovu sa mi ozvala Anka, aby vzrušene zvestovala najnovšie správy. „Kati, cesta do Talianska sa prekladá asi o týždeň.“

„A to zasa prečo?" spýtala som sa so záujmom, pretože z vibrácie jej slov som správne usúdila, že sa opäť udialo čosi výnimočné, a kým ona stihla vysvetliť, doplnila som ja nasledujúcu vetu. „Inak dobre, že voláš, i ja mám pre teba niečo."

„Ono to snáď ani nie je pravda," pokračovala vzrušene ďalej, akoby moju poznámku vôbec nezaregistrovala. „Alebo si v rádiu zachytila najnovšie hlásenie?"

„Dievča, nenapínaj a povedz na rovinu, čo sa stalo!"

„Naše nové auto... teda vlastne ich, veď mi rozumieš. Včera sme dostali oznámenie z predajne, kde si ho pred mesiacom vyzdvihli. Fabrika sťahuje celú sériu naspäť do výroby a týka sa to aj ich vozidla. Odhalili nejakú závažnú, výrobnú chybu. Si predstav, od určitej rýchlosti na diaľnici im vybuchujú motory! Ani nechcem pomyslieť, že by sa nám niečo podobné prihodilo cestou do Talianska! Lucia sa na ňom doteraz premávala iba tu po okolí, tak zatiaľ nešla až tak rýchlo. S novým autom vlastne ani nesmie, kým neodjazdí prvých tisíc kilometrov."

„Zdá sa, že anjelik strážny opäť zaúradoval. To isto dáky taliansky, priamo od pápeža! Dievča, neprieč sa vôli Božej!" zahlásila som ako kňaz, kárajúci svoje ovečky na nedeľnej omši. „Budeš si užívať o týždeň menej, ale budeš a to je to najpodstatnejšie. Amen! A my ti s Mickym ponúkame ďalší nezabudnuteľný zážitok. Pamätáš si, ako som ti rozprávala minule o návšteve kasína?"

„To vtedy, čo v ňom nejaká pani vyhrala desaťtisíc?"

„Áno, presne. Rozhodli sme sa, že keď tam tak veľkoryso rozdávajú peniaze, vyskúšame cez víkend, či sa niečo neujde aj nám! A teba sme plánovali vziať ako talizman! Takže dôležitá otázka: pripojíš sa?"

„Že váhaš! Pri takej významnej funkcii, akú ste mi prisúdili, vás predsa nenechám v štichu, moja. Ale čo si obliecť? Podľa toho, ako si udalosť kedysi opisovala, musím ísť načančaná ako na VIP svadbu."

„Prinajmenšom, Anka, prinajmenšom!" zachichotala som sa. „Dobre si prezri svoju skriňu, či v nej nenájdeš dávno zabudnuté orechy so šatami na bál, a inak ber to najhonosnejšie, čo objavíš!"

S výberom nakoniec pomohla Anke Lucia. Vyštafírovala ju podľa najlepšieho vedomia a svedomia a zapriala veľa šťastia. Vyzdvihli sme ju v dohodnutú hodinu pred domom.

„Anka, takže posledné inštrukcie: pri vstupe dostaneš papiere, pekne ich vyplníš, napíšeš, že si tu na návšteve, odovzdáš pas ku kontrole a ďalej sa tváriš suverénne, ako ešte nikdy v živote. Jasné?"

Dobre, že sme si základné pravidlá *nenápadného správania* zopakovali hneď na začiatku, lebo nasledujúci vývin udalostí vyžadoval suverenitu *Jamesa Bonda. Agent 007* si síce nezvykne do kasína navliecť dlhú sukňu, ale ak si raz náhodou prečíta kapitolu 23, určite zváži, či by sa nepatrilo tak známemu *sukničkárovi* rozšíriť garderóbu o voľne splývajúce háby, ktoré dokonale zakrývajú trasúce sa kolená...(zaiste lepšie než ktorékoľvek z jeho nohavíc). S Mickym sme vošli do vysvietenej budovy ako prví. Anka zastala na päť krokov od nás. Zamiešali sme sa medzi iných príchodzích a začali poslušne vypĺňať papiere. Bohvie, čo zrazu Mickymu preletelo hlavou, pravdepodobne sa jednalo o úplné zatmenie mysle, pretože v momente, keď pracovník kasína listoval mojim pasom, nahol sa nad spomínané lajstrá, prstom namieril na jednu z kolónok a nahlas vyriekol: „Veď tam dopíš, že dávaš pozor na deti!"

V tom istom okamihu som naň pozrela vražedným pohľadom (*Agent 007* by mi závidel tú smrtiacu zbraň, priam ukážkovo skrytú pod lebečnou klenbou), ale už bolo neskoro. Vyškolené uši zamestnanca zachytili a presne spracovali jeho nepremyslenú vetu.

„Ako, že dávate pozor na deti, keď v pase nevidím žiadne vízum???!!! Znamená to, že ste v Nemecku ilegálne?"

Presne tu sa vžívam do úlohy kolegu Bonda, trasúce sa kolená (schované pod splývavým kusom látky) patria jednoznačne mne. „Aaale, kdeže! Som u známych na návšteve. Včera sa vybrali do kina a ja som sa im z vďaky za pozvanie postarala o potomstvo a teraz si ma priateľ celý večer doberá."

Zistenie, ako promptne reagujem na útok, ma samotnú ohúrilo. Dúfala som, že para z výmyslov, stúpajúca zľahka z mojich úst smerom k rozsvieteným lustrom, unikla pozornému oku prísne sa tváriaceho muža, stojaceho oproti mne. Sekundy, ktoré sa vliekli ako minúty a počas ktorých on stále dookola listoval dokumentami a opäť a znova čítal vyplnený formulár, kládol doplňujúce otázky a zároveň ma prebodával jastrabím zrakom, si zinkasovali prinajmenšom tri týždne môjho života. Opäť som raz presne cítila silu pojmu VEČNOSŤ.

„Berte si papiere a choďte dnu!" povedal nakoniec a spomienka na jeho chladné oči ma prenasledovala aspoň dve dlhé hodiny.

Anka už medzitým stála v hracej sále a netrpezlivo nás vyčkávala. Keď ma zbadala, vykročila opatrne smerom ku mne a prestrašene zisťovala príčinu nášho „*zadržania*".

„Dievča, snaž sa teraz pohybovať ďalej odo mňa. Bohvie, či ma náhodou niekto nesleduje. Počkaj chvíľu, kým sa nezmiešame s davom."

Od rozhovoru s miestnym zamestnancom mi veru nebolo veľmi do reči. Navonok som sa síce usmievala a pokračovala v rozohratej bondovskej partii, veď čo iného mi zostávalo (rýchle opustenie bojiska by naisto pôsobilo podozrivo), ale odrazu ma nezaujímala žiadna výhra, nesledovala som taktiku hráčov pri jednotlivých stoloch, lesk kasína sa ako šibnutím čarovného prútika vytratil a mňa zožierali iba nervozita a strach z možných následkov. Krútiaca ruleta sa márne snažila zhypnotizovať moje oči plné úzkosti. Ja som čakala iba na to, kedy konečne vypadneme z mínového poľa.

Na spiatočnej ceste som opäť raz od srdca Mickymu vysvetlila, ako to je, keď človek používa hlavu na myslenie. Nemalo význam sa hádať, ale ja som nejako potrebovala zo seba vyventilovať naakumulovanú negatívnu energiu. „Katja, prepáč, nechápem, čo to do mňa vošlo. Sľubujem, že nabudúce budem držať jazyk za zubami."

„V to dúfam, ale do toho kasína ma už nik nedostane! Netuším a ani nech mi nik neprezrádza, aké poznámky si robia o jednotlivých návštevníkoch do archívu, teda o tých podozrivých, ale ja v ňom odo dnes, pravdepodobne, figurujem…"

„Myslíš, Kati?" spýtala sa znepokojene Anka.

„S istotou to netvrdím, ale keby si ho videla, ako si ma premeriaval. Ešte teraz ma mrazí spomienka na neho. Len dúfam, že zajtra nezaklopú na naše dvere policajti. Že ja som im zadala Laurinu adresu! Ach, keby človek dopredu vedel, čo sa zomelie…" (…, asi by nikdy viac nevyšiel z domu.)

Na zvyšok cesty sa každý z nás pohrúžil do vlastného sveta. Premýšľala som, ako pripravím rodinu na prípadné komplikácie. Našťastie bol práve víkend, a tak som ich informovala hneď ráno.

„Laura, prosím ťa, prídeš na chvíľu do kuchyne? Potrebujem sa s tebou súrne porozprávať!"

„Katja, ty sa celá trasieš!" zareagovala znepokojene. Už ma mala prečítanú od A po Z a dokonale odhadla, kedy ide do tuhého. Teda do T.

„Jedná sa o včerajšok, presnejšie o návštevu kasína. Micky spravil strašnú hlúposť…"

„Preboha, čo také?" skočila mi do reči, aby nejako stlmila napätie vo vzduchu.

„Ale… počas kontroly sa preriekol, že sa starám o deti. Chlapík, čo prezeral pasy, sa toho okamžite chytil a spovedal ma celú večnosť… aspoň mne to tak pripadalo. A to už stála v papieroch vaša adresa. Mrzí ma to, celú noc som oka nezažmúrila a pozerala, či po mňa nejdú policajti."

„A čo je nenormálny?" vyklzlo jej z úst ako prvé. „Veď si mu vysvetlila, ako tu fungujeme!"

„Tiež tomu nerozumiem. Nepredpokladám, že to spravil schválne. Jednoducho sa mu na moment vyradil mozog z činnosti!"

„No dobre, aj tak s tým teraz nič nenarobíme. Oznámim to Philipovi a vyčkáme, ako a či sa bude včerajšia príhoda vyvíjať ďalej. Ale do toho kasína viac nechoďte. A Micky nech si dáva lepší pozor na jazyk!"

„To sa nemusíš obávať. Tam ma viac veru nik neuvidí. A jemu som povedala svoje."

Laura šetrne pretlmočila správu svojmu zákonitému, ja som zážitok o deň neskôr konzultovala s Tante Clarou. Obaja iba nechápavo krútili hlavami nad Rahmiho neuváženou prostorekosťou. Moja strachom nahlodaná psychika sa odzrkadľovala najbližšie tri týždne v permanentne spotených rukách, akonáhle sa ku nám niekto neohlásene dobíjal. Aj pred poštárom som sa radšej zatajovala. Táto príhoda nemala, našťastie, žiadne pokračovanie. Úplne stačilo, že ma prenasledovala istú dobu v spánku.

Anka trpela na rozdiel odo mňa iba chvíľu. Do momentu, kým s rodinou nepobalila kufre a nevybrali sa na opravenom aute južným smerom do „Bella Italie", kde akékoľvek starosti hodila za hlavu (presnejšie severným smerom).

Stihla mi ešte oznámiť, že po Taliansku pozvala celý manšaft na návštevu Slovenska. Presne v tom čase som sa chystala domov i ja s Mickym a Alidou, aj keď náš výlet v trojici bol podstatne kratší. Anka sa ohlásila začiatkom septembra. Hneď, ako opätovne prekročila prah domu v malej bavorskej dedinke.

„Kati, čo ti budem hovoriť! FanTÁzia! Jednoducho, paráda. Nedostala som sa síce do Ríma, ako mi sľúbili, ani som sa tam nevyspala do sýtosti, ako som si pôvodne naplánovala, ale napriek tomu ten zážitok stál za to! A keby si ma videla, aká som čierna!"

„Zasa si sa zabudla nakrémovať, čo?"

„Nesmej sa! Krémovala som sa poctivo a všade! Ale Oskar v ich končinách praží ako na Sahare. Na druhej strane domáci tvrdili, že si nepamätajú, kedy im naposledy toľko pršalo ako túto sezónu. Tri alebo štyri dni v kuse je pre nich potopa, koniec sveta. Kvôli tomu sme odišli i trochu skôr na Slovensko."

„A kde ste vlastne bývali?"

„Predstav si, netušila som, že Luciini rodičia patria k rímskej smotánke. Vraveli mi síce, že jej otec to u vojska dotiahol kedysi dosť vysoko, ale že až taká šarža, som zistila len teraz. Letné sídlo vlastnia v zálive nad Neapolom. Popri pobreží sú kolmo naň vybudované ulice a každá z nich vedie priamo na pláž ku moru. Na opačnom konci je brána a tá sa zamyká. Okrem toho každá jedna ulica zamestnáva svojho domovníka a je v nej asi dvadsať pozemkov s nádhernými vilami."

„Tak vás u nich riadne strážili!"

„To bola jediná nevýhoda. Pripadala som si ako v zlatej klietke. Našťastie tam v auguste dovolenkujú všetci majitelia, väčšinou Rimania. Inak by som sa asi unudila. Navzájom sa medzi sebou poznajú a pobyt si organizujú ako jedna veľká rodina. Lenže tá rodina rozpráva iba po taliansky. Ale zasa je to neskutočný zážitok, keď vedľa teba sedí najlepší z rímskych chirurgov a rozpráva, akého politika práve operoval, alebo najznámejšia kaderníčka celebrít opisuje účesy hercov, keď pri stole kolujú skutočné príhody o Erosovi Ramazzottim, pretože Luciina mama bola jeho učiteľkou."

(Aj mne ich pár prerozprávala, ale obávam sa, že kniha nezarobí toľko, aby som po ich zverejnení dokázala zaplatiť požiadavky jeho skúsených právnikov. Iba by som sa zbytočne zadĺžila na ďalších päť životov dopredu.)

„Počuj, uverila by si, keby ťa niekto pred rokom presviedčal, že niečo podobné zažiješ?"

„Kati, z chuti by som sa zasmiala, aké somariny tára! Nikdy by mi ani omylom niečo podobné nenapadlo."

„A aké bolo stravovanie? Predpokladám, že na jednotku s hviezdičkou."

„Lucia nám každý deň vyvárala. Na neďalekom trhu nakúpila na tony čerstvých potravín a doma potom pripravovala samé vynikajúce recepty. Len dvere od kuchyne museli byť vždy zavreté, pretože jej otca rozčuľoval ʹsmradʹ z varenia."

„Aaah, tak to odniekiaľ poznám," zasmiala som sa.

„Ale poviem ti, tá studená talianska polievka, bože, ako sa len volá…, no v nej by som sa mohla i kúpať. Mušle v korýtkach tiež nemali chybu. Keby bol čas, vymenovávala by som jednotlivé špecialitky až do zajtra večera. Každý deň sme konzumovali štyri–päť rôznych chodov a raz do týždňa organizovali všetci spoločne na konci ulice pri pláži diskotéku s jedlom a pitím."

„Neodmietla by som, keby ma pozvali. Aspoň odhadujem z tvojho neutíchajúceho nadšenia, že to stálo za to. Teraz chápem, prečo si sa nevyspala, keď si po nociach diskotékovala!"

„Aaaale ba, to ich upratovačka! Budila ma každé ráno, ako usilovne lietala po dome s metlou."

„Dať po vás do poriadku celú vilu… buchotala by som i ja. Inak to musí byť riadny palác, keď sa doň zmestí kompletná rodina."

„Kdeže. Dom je síce priestranný, ale jeho návštevníci si medzi sebou bratsky delia šesť izieb z ponuky. Tri sú hore a tri dolu. Ja som spala spolu s malými a Luciin mladší brat prišiel s kamarátmi iba na víkend."

„A čo miestna pláž?"

„Nádherná, piesková. Od nej nás delili iba dva ďalšie pozemky. Na našom stáli prenádherné vysoké pínie. Skvelo nás chránili pred obedňajšou páľavou. Každá časť pláže má svoje vlastné slnečníky. Čiže keď plávaš v mori, podľa farby presne zistíš, kam sa treba vrátiť. Ja som vždy mierila k červeno-modrej kombinácii. Ale v pohode som ju zahliadla aj podľa hláv Valentíny a Stephana. Ako jediné deti žiarili svojimi svetlými vlasmi na širokom okolí. Boli miestnou raritou, poznávacím znamením a všetci do jedného ich obdivovali. A keby si videla Luciu s Michaelom… ako čerství zaľúbenci si tam hrkútali. Presne takto si predstavujem šťastné manželstvo!"

„A celý čas ste trávili iba nad Neapolom? Nespravili ste si aspoň nejaký výlet do okolia?"

„No, to bolo trochu deprimujúce. Ako som ti spomínala, zlatá, ale klietka. A výlet? Zažila som jeden menší do mora. Presne 15. augusta. Lucia mi vysvetlila, že i Taliani oslavujú v tento deň sviatok a tí, ktorí nemôžu opustiť rozpálený Rím, sa v určitú dennú hodinu, no zabudla som kedy presne, začnú oblievať vodou. Ak sa nestihnú vopred schovať doma. Niečo ako u nás na Veľkonočný pondelok. Samozrejme, že Michael mi to názorne predviedol."

„Prečo? Čo spravil?"

„Schmatol ma aj s ležadlom, cakom-prásk ako som na ňom odpočívala v tričku a odniesol do mora. Tam ma hodil do vĺn a celé osadenstvo z toho malo nesmiernu zábavu. Tí, čo si náhodou so sebou vzali fotoaparáty, cvakali ostošesť... veď ti potom ukážem fotky. A skoro by som zabudla! V Taliansku sa zo mňa stala milionárka!“
„Milionárka?“
„No jasné. Lucia ma tentokrát vyplatila v lírach!“ dokončila hádanku Anka.
„Ahaaa... A jej rodičia? Akí sú tí?“
„Na otcovi je vidno, že pracoval u vojska. Vyžaduje disciplínu. A mamina? Tá ma mala veľmi rada. Pravidelne pred spaním sa so mnou lúčila bozkom na čelo a celý čas ma prosila, aby som pri deťoch zostala ešte ďalší rok.“
„A ty čo na to?“
„Pravdupovediac, vôbec si nedokážem predstaviť, že sa v decembri zbalím a pôjdem späť na Slovensko. Keď si spomeniem, ako na mne lipne Stephano, tak mám riadny dôvod na zamyslenie. Kati, ak ma o predĺženie pobytu požiadajú sami, ja u nich ešte rok zostanem.“
„To ja zasa nie. Hoci som u Laury nadmieru spokojná, ale rok je pre mňa tak akurát. Teda kedysi sme sa dohodli do decembra. Potom chcem opäť svoju slobodu. Predsa len, žijem pod strechou, kde platia ich pravidlá. Akceptujem ich, lebo ma v ničom podstatnom neobmedzujú a som im nesmierne vďačná za všetko, čo pre mňa spravili. Ale nestrávim ani mesiac naviac v studenom suteréne, s okienkom ako vo väzení a na vŕzgajúcej, mäkkej posteli... to v žiadnom prípade. A ešte prezraď, ako ste prežili dovolenku na Slovensku? Páčilo sa im?“
„Cestou tam sme sa stavili u Luciinho šéfa vo Viedni. Pamätáš si, ako som ti kedysi spomínala, že na trvalý pobyt je nahlásený vo Viedni? Predstav si, jeho žena pochádza z Čiech. Keď sme večer sedeli v obývačke okolo stola, aj sme sa zasmiali, aká podarená medzinárodná zostava sa zišla. Z každej národnosti po jednom kuse: Rakúšan, Češka, Slovenka, Talianka a Nemec. V Bratislave sme jednu noc prespali u krstnej a o deň neskôr sme dorazili k mame. Deti boli nadšené. Aj Lucia s Michaelom. Valentínu sme zaodeli po našom, do jedného z najkrajších slovenských krojov! Požičala nám ho suseda odvedľa. Nabudúce ti ukážem fotky. Iba Stephano žiarlil, že o neho nik nejaví záujem, a tak sme ho nakoniec tiež narýchlo navliekli do jednoduchej chlapčenskej verzie, čiže biela košeľa a čierne gate. Moja mama ju navyše efektne vylepšila kŕdľom živých husí a strčila mu do rúk aj vŕbový prút, aby si chlapec spomenul na Slovensko, keď si bude doma prezerať fotoalbum. Keby si videla, ako u nás potom pyšne chodil v klobúku po dvore.“

O pravdivosti jej slov som sa presvedčila o niekoľko týždňov neskôr. Vskutku to bol skvost – ten kroj! Skoro som na ňom oči nechala. Nádherný záber malej Valentíny, oblečenej v ňom, sa vynímal veľmi dlho na čestnom mieste v ich bavorskej obývačke. A vedľa nej pásol husi švárny šuhaj Stephano…

Medzi mlynskými kameňmi (24.)

V Bavorsku začínajú letné prázdniny každoročne na prelome júla a augusta. Rok 1993 bol výnimočný tým, že sa jednalo o posledné, naozaj bezstarostné prázdniny v živote malého/veľkého Tima. Po nich začínala nielen škola a povinné striedanie A, B, C za jedna plus jedna, ale v blízkom období ho očakávali i mnohé, náročné zmeny. A pre mňa osobne to znamenalo, konečne sa nejako konkrétnejšie rozhodnúť, ako ďalej.

Tesne pred prázdninami dorazil aj velikánsky balík z Francúzska.

„Laura, pozri, čo dnes priniesla zásielková služba. Predpokladám, že sú to tie vázy, ktoré ste si s Philipom nechali vyrobiť na zákazku počas dovolenky v St. Aygulfe.“

„Ukáž,“ zahľadela sa pozorne na odosielateľa na krabici. „Veru, máš pravdu. Konečne prišli. Pomaly som sa začala zmierovať s predstavou, že ich v tomto živote ani neuvidím.“

„Tak za cenu, čo ste zaplatili spolu s dopravou…nuž to by som ja istotne urgovala.“

„Jasné, lacné neboli, ale od nepamäti som túžila niečo podobné vlastniť,“ dodala na vysvetlenie a začala opatrne rozbaľovať obsah vzácnej zahraničnej zásielky.

„Ja by som ti ich vyrobila i za polovičnú cenu,“ mávla som rukou ako naslovovzatý odborník. „Ale čo narobím, keď si sa ma zabudla spýtať… Sama musíš prísť na to, akej veľkej chyby si sa dopustila!“

„Nabudúce zájdem najprv k tebe po radu,“ odvetila veselo.

„Le vase“ dostali pridelené čestné miesto v ich obývačke. (Do deja opäť vstupujú o niekoľko mesiacov neskôr).

Na letnú dovolenku sme sa vybrali tentokrát oddelene. Rodina si zakúpila mnoho týždňov dopredu letenky na aeroplán smer Austrália, s cieľom presondovať územie kengúr, Aborigéncov a zároveň zozbierať základné informácie ohľadne vysťahovalectva k protinožcom. Laure som pred odchodom sľúbila, že sa doma porozhliadnem po nejakej vhodnej kandidátke na uvoľňujúce sa miesto au-pair. Jednu takú som mala vo výhľade.

„Alida, čo by si povedala na týždennú návštevu Slovenska so mnou a s Mickym?“ spýtala som sa jej hneď, ako mi Laura potvrdila konečný termín ich odletu.

„Naozaj by ste ma vzali so sebou, Honey?“ zahľadela sa na mňa s nadšením.

„Ktohovie, kedy ty zasa zavítaš do Európy. Teraz treba využiť existujúce možnosti a trochu ňou pocestovať!“

„Super, prijímam, len dúfam, že to nie je na konci augusta, pretože na konci augusta idem s našimi do Talianska," na chvíľu sa zamyslela a pokračovala, „a pustia ma vôbec k vám? Nepotrebujem víza alebo nebodaj iné povolenia?"
„To si vopred zistíme na veľvyslanectve. Našťastie je jedno aj v Mníchove, takže si nemyslím, že by sa vyskytol nejaký nečakaný problém. Iba ak by ťa vaši nepustili. Ale v podstate i ty, ako au-pair, máš podľa platných pravidiel nárok na vlastnú, týždennú dovolenku, ak si odpracuješ celý rok. A doteraz si si ju neminula... Ešte dnes sa ich spýtaj, čo vravia oni na návrh!"

Jej domáci nenamietali nič proti. V podobných prípadoch boli vždy ústretoví. Na veľvyslanectve sme získali vízum do piatich dní, mnou vyhliadnutá au-pair-kandidátka nám zhodou okolností ponúkla bývanie vo svojej a priateľovej garsónke, a tak sme sa v dohodnutý deň vydali na cestu. Tentokrát sme si prezieravo ešte pred odchodom vybavili bezpečné parkovanie vo dvore u sesternice. Naše prvé (motorizované) kroky po prekročení hranice viedli práve ku nej.

„No nazdar, Mníchovčania," zdravil nás v zástupe hneď za rodinou Tomáš, aktuálny majiteľ čiernej Jetty. „Prišli ste sa dať povoziť mojím krásnym autíčkom?"
„Prišli sme na preventívnu kontrolu, či sa oň dobre staráš!" odpovedal Micky pohotovo na prihrávku, ako sa patrí, pričom sa zapojil do zvítacej ceremónie vzájomného potľapkávania širokých, chlapských chrbtov.
„Pozerám, že ho máš perfektne vyleštené!"
„Však sa oň starám, ako najlepšie viem!"
„A zatiaľ slúži dobre? Si s ním spokojný?"
„Odkáž priateľovi, že šliape spoľahlivo ako švajčiarske hodinky."
„Tak tomu sa Hamid poteší."
„Mimochodom, práve teraz mi napadlo, že my sme zatiaľ posledný úspešný obchod nezapili s našimi drahými polovičkami. Máte zajtra večer čas? Pozývam vás troch ku nám na návštevu. Manželka pripraví niečo dobré pod zub a my si v pokoji pokecáme."
Preložila som návrh svojim dvom spolucestovateľom a obaja ho bez akýchkoľvek pripomienok odsúhlasili.
„Katja, cestou k vašim by som si rád niekde v kníhkupectve zaobstaral slovník," oznámil mi Micky.
„Slovník???" zopakovala som prekvapene. „A načo ti bude? Na preklady máš predsa mňa. Je to dosť rýchlejšie, než prácne prehrýzanie sa stranami. Navyše sú to iba slová, našu gramatiku a stavbu vety nepoznáš. Sú o čosi zložitejšie, než v nemčine."
„Nevadí. Napriek tomu by som sa sám rád pokúsil s tvojou rodinou aspoň trochu dohovoriť."
„Keď na tom trváš...," dodala som zarazene a zaviedla ho do najbližšej predajne s knihami. Vybrali sme verziu, ktorá sa vošla do ruky, zaručovala

akú-takú konverzáciu a nosením nespôsobovala svalovicu. Zvyšnú cestu si ňou usilovne listoval.

Doma nás už netrpezlivo očakávali a vítali kráľovskými fanfárami. Najprv sme z rúk dôkladne zmyli prach ďalekej cesty, aby sme smeli zasadnúť k stolu a vychutnali pohostenie, ktoré pre nás pripravili. Veselo sme konverzovali v dvoch rečiach, keď som sa pri pätnástom hlte prekvapením takmer zadusila. Micky sa odrazu postavil so slovníkom v ruke a na celú obývačku slávnostne zahlásil: „Mama, Micky ľúbiť Katja. Prosiť ruka tvoj dcéra!"

Aj ostatným zabehlo v rovnakom momente. Iba Alide som narýchlo preložila, čo sa pred ňou práve odohráva. Mama pozrela na mňa. Pokrčila som plecami a zároveň pokrútila zmätene hlavou, aby som jej dala najavo, že nečakané pytačky ma prekvapili presne ako ju.

„Micky, ale to sa v prvom rade spýtaj Katky, či ona súhlasí. Ja predsa nerozhodujem za ňu…," zareagovala správne vyhýbavo.

„Vidíš, neklamala som. U nás to chodí takto!" preložila som mu jej odpoveď a pokračovala nekompromisne ďalej. „Nie rodičia určujú, kto si koho vezme. Sami máme právo rozhodovať o svojej budúcnosti, s kým ju chceme prežiť. Takže najprv si sa mohol spýtať mňa!"

Snažila som sa čo najrýchlejšie a bezbolestne ukončiť načatú tému. Vôbec som netúžila diskutovať o niečom podobnom a pred toľkými svedkami, keď mne samotnej chýbala akákoľvek predstava o budúcnosti, a na druhej strane som mu nechcela ublížiť, pretože on prednesenú žiadosť myslel smrteľne vážne.

„Micky, prosila som ťa, aby si na mňa nenaliehal. Nechaj tomu čas. Zatiaľ sa poznáme iba veľmi krátko."

„Ale mne to stačí, aby som vedel, že chcem s tebou prežiť zvyšok života!" skočil mi do reči. „Ja ťa ľúbim a prajem si, aby si sa stala mojou ženou! Na tom nie je predsa nič divného. Alebo vari áno?"

„Prosím ťa, naozaj s tým zaraz skončíme! Uvedom si, že o takomto vážnom rozhodnutí sa najprv porozprávame my dvaja osamote. Pozri, ako sú všetci zmätení z nášho dohadovania, lebo nerozumejú ani slovo. Prekladať im to určite nebudem, keďže sa to týka iba mňa a teba, a preto ťa posledný raz vyzývam, aby sme sa tu o tom teraz nebavili!"

Inak zhovorčivá Alida radšej mlčala.

Od toho dňa sa Rahmi k téme svadby vracal pravidelne a ja som ju zasa pravidelne odmietala. Ale zakúpený slovník, čuduj sa svete, používal aj naďalej. Naozaj sa snažil pri každej príležitosti zo všetkých síl dohovoriť s rodinou svojej vyvolenej.

V kuchyni sme sa spolu s mamou pustili do umývania a odkladania riadov. „Keď už sme pri tom... ako vlastne plánujete budúcnosť? Čo mieniš robiť po skončení au-pair u rodiny? Vrátiš sa nazad alebo..."

„To keby som presne vedela... s Mickym sme sa párkrát rozprávali na danú tému. Pravdepodobne zostanem naďalej v Nemecku. Nájdeme si nejaký spoločný byt v Mníchove a ja sa pokúsim získať vízum akýmkoľvek spôsobom, len nie manželstvom! Aspoň teraz určite nie!"

„Asi je to najrozumnejšie riešenie, ak teda plánujete zostať spolu. Tu na Slovensku nevidím pre neho žiadnu budúcnosť."

„Na Slovensku? To ani ja nie! Predpokladám, že by mnohé situácie ústili do zbytočných nedorozumení a konfliktov. Aj teraz mu aspoň polovicu viet prekladám v zmiernenej forme. Slovenský spôsob ´žartovania´ je dosť vzdialený jeho mentalite. Takto pri občasných návštevách sa to dá vydržať, keď nerozumie, čo ľudia presne hovoria, no ak by tu mal žiť natrvalo a naučil sa reč, tak si myslím, že by mu veľa vecí prekážalo. Asi by to zo začiatku nedával priamo najavo. Dosť možné, že by mnohé dusil v sebe, ale na druhej strane by raz svoju nespokojnosť začal istotne prenášať aj do vzťahu. V Nemecku to pozná, predsa sa tam narodil a vyrastal, má tam svoje zázemie, rodinu, priateľov. Predovšetkým sa tam toľko neslope a vulgárne nenadáva, čo zasa vyhovuje mne. A pre mňa to nie je až taká strašná zmena, aj domov je to na skok..."

Že uvažujem vcelku správne, mi Micky názorne predviedol počas dovolenky.

Keď sme sa do sýtosti najedli a vyrozprávali, pobrali sme sa ku kamarátke Stanke. V tých dobách bývala s priateľom v menšej garsónke, asi na desať minút pešej chôdze od našich. My traja sme kedysi spolu tancovali v súbore, takže sme toho dosť prežili na rôznych akciách. Dokonca, keď som ich spoznala, ešte netvorili ani pár. Ich spontánna ponuka ohľadne bytu mi prišla veľmi vhod, pretože vyriešenie nocľahu s ďalšou osobou naviac u nás doma sa z priestorových dôvodov javilo byť náročným logistickým hlavolamom. Naďalej sme sa však vďaka ich výhodnej polohe trvalého bydliska nachádzali v priamom centre mesta a na hod kameňom od mojich najbližších.

„Stanka, tak sme teda tu," objala som ju radostne na prahu dverí. „Naozaj ani Viktorovi neprekáža, že týždeň budeme okupovať váš vigvam?"

„Ale kdeže. On je teraz i tak na služobke a ja sa vyspím u rodičov. Tí sa tešia, že sa na chvíľu opäť presťahujem ku nim. No ale nestojte vonku, poďte dnu."

Navzájom som ich popredstavovala. Stanislava nám najprv v krátkosti vysvetlila, čo a kde v prípade potreby v bytíku nájdeme.

„A uvažovala si aspoň trochu nad mojim návrhom?" prešla som okamžite do ofenzívy.

„Myslíš miesto au-pair u rodiny od januára budúceho roku?"

„Mhm, presne to. S doplňujúcou poznámkou, že by si na istý čas vypadla von, naučila sa jazyk, okúsila čosi z veľkého sveta a tak... Teda samozrejme, ak by ani Viktor neprotestoval."

201

„No, rozprávali sme sa o tom. Nebráni mi odísť, ale išla by som iba na osem mesiacov, pokiaľ bude rodina súhlasiť."

„Predpokladám, že áno. Takže sa učíš usilovne nemecky?" potešila som sa jej správe.

„Učím ako učím... keď mne to do tej hlavy vôbec nejde," povzdychla si. „Ale to nech ťa netrápi. Veď i ja som na začiatku ovládala tri slová po nemecky a pozri na mňa teraz. Šprechujem ostošesť. Síce stále s chybami, ale predať ma nepredajú! A tebe zostávajú štyri plné mesiace, aby si sa naučila aspoň niekoľko základných viet. Navyše ma budeš mať poruke, takže naša prekladateľská agentúra vám pomôže v každom počasí a za každých okolností...," zakončila som ochotnícky.

Následne sme si vybalili veci a zašli spolu so Stankou na drink do Starého Mesta.

Doružova vyspatí a mamičkinými raňajkami posilnení sme sa i na druhý deň vybrali najprv do ulíc Bratislavy. O piatej poobede sme podľa dohody zazvonili pri dverách Tomášovho bytu. Nachádzal sa v mestskej časti Ružinov, neďaleko Miletičky. Otvorila nám sympatická, štíhlulinká, mladá baba. S vlasmi vyčesanými do vrkoča vyzerala ako dievčatko. Bola minimálne o desať rokov mladšia od svojho muža. Na rukách držala asi ročného chlapčeka. Z tmavých očí mu vykúkalo riadne šibalstvo.

„Ahojte a poďte dnu," privítala nás milo a spoza jej chrbta sa vynoril i domáci pán.

„No nazdar, mládež! Nehanbite sa a vstúpte! Takže moju lepšiu polovičku a držiteľa rodu ste práve spoznali. To je Majka a malý Peťko. A veľký Tomáš vám na privítanie namieša nejaké *eňo ňuňo* podľa želania!" spustil nahlas na celú chodbu.

„Ak mi prezradíš, ako preložím *eňo ňuňo* do nemčiny...," zasmiala som sa.

„Tak nič neprekladaj a ja im to rovno namiešam!"

Zaviedli nás do priestrannej obývačky, kde na nás netrpezlivo čakala aj sesternica Vierka s Martinom. Hostitelia sa vzápätí pustili do znášania všakovakých chrumkavých dobrôtok a lahodných nápojov.

Alida so záujmom sledovala chlapčeka, hrajúceho sa v našej tesnej blízkosti.

„Koľkože to má rokov?" spýtala sa po chvíli, podávajúc mu červené autíčko.

„Prednedávnom oslavoval prvý rôčik, teda trochu viac ako štrnásť mesiacov," odvetila Majka.

„A on behá bez plienky???" nechápavo krútila hlavou Juhoafričanka. „Moja takmer trojročná Olívia veruže stále nosí pampersku! Ja ani vlastne v Nemecku nepoznám žiadne dieťa, ktoré by bolo v jeho veku bez...."

„Ono je to hlavne otázka financií. Keby ľudia na Slovensku zarábali toľko, čo ich nemeckí *kolegovia*, asi by si tiež hlavu nelámali nad nosením či nenosením plienok. Tam, kde sú peniaze a dostupné možnosti na uľahčenie života, ľudia veľmi rýchlo spohodlnejú. U nás sa snažia maminy čo najskôr naučiť svoje deti na nočník, aby výdavky týmto smerom neprerástli rodinný rozpočet. Tu si ľudia dvakrát dobre zrátajú, čo si môžu dovoliť a čo nie!" „Len sa nám to zatiaľ nie veľmi darí," zapojila sa do rozhovoru domáca pani. „Peťko je veľký šibal a iba v tichosti čaká na svoju príležitosť. Aby sme sa chvíľu nepozerali a v tej istej sekunde si s neskrývanou radosťou pustí potrebu tam, kde práve stojí."

Junior sa isto vyznačoval aj ušami netopiera, pretože keď mama s tatom odišli do kuchyne pripravovať večeru pre hostí, učupil sa za velikánsku palmu v rohu obývačky, stiahol gate a nerušene sa tam vykakal. Malú kôpku sme postrehli v okamihu, keď sa postavil, prstom ukazoval za kvetináč s rastlinou a so zjavným nadšením nahlas vykrikoval: „Be, be, be..."

Majka patrila medzi trpezlivé mamičky. Pokojným hlasom najprv synátorovi vysvetlila, že niečo také sa nerobí do kúta, ale do nočníka a následne odstránila dôkazový materiál.

Ten večer sme strávili v skvelej atmosfére. Rad za radom sme prebrali africké i európske témy, nasmiali a najedli sa do popuku a domov odchádzali s príjemným pocitom. Pri lúčení nám, teda skôr Mickymu, navrhol Tomáš aktívnu činnosť na nastávajúci deň.

„Čo povieš na to, keby si dievčatá zajtra spravili vlastný program, a my by sme si spoločne išli zahrať futbal? Trénujem pravidelne s partiou. Nepridáš sa ku nám, hm? Stačí, ak dôjdeš poobede do firmy a prinesieš si so sebou oblečenie vhodné na športovanie."

Návrh mu preložil Martin.

„To je výborný nápad," zamiešala som sa im do rozhovoru. „Aspoň si od nás na chvíľu oddýchneš a zároveň preveríš kondičku!"

„Súhlasím, rád si s vami zabehám," prijal ponuku Rahmi.

Po futbale sa ale vrátil domov v nie práve najlepšej nálade.

„Je ti niečo?" spýtala som sa prekvapene.

„Ja ti neviem. Doteraz som o Tomášovi tvrdil, aký je to super chalanisko, ale dnes ma dosť sklamal. Ani ti nechcem opakovať, čo za somariny natáral. Keď si spomeniem na jeho sympatickú manželku, tak mi je z neho nanič, ako sa o nej a o ženách všeobecne vyjadroval."

„Micky, možno si ho nesprávne pochopil. Asi iba nevhodne žartoval. Náš bežný spôsob komunikácie je halt trochu iný, než si zvyknutý z Nemecka."

„Nie, on to myslel tak, ako to aj hovoril."

„Nebola som s vami, takže čo mám teraz ja k tomu povedať?"

„Nič. No viac s ním futbal hrať nemienim."

Dodnes netuším, čo sa vtedy odohralo na spomínanom tréningu, ale ručička na stupnici sympatií k Tomášovi onoho dňa výrazne klesla (alebo ako hovoria Nemci: *zviezla sa do pivnice*).

Ďalším kameňom úrazu sa stala práve Alida. Začiatok nezhôd s Mickym odštartovala návšteva cukrárne, kam sme sa jedného teplého letného podvečera vybrali na zmrzlinu. Pri vedľajšom stole sedel mladý, pohľadný muž. Okamžite odhadol situáciu, kto ku komu patrí, a nezáväzne sa prihovoril veselej Afričanke v nemčine. V reči, ktorú zachytil z našej hlasnej komunikácie. Alida reagovala ako vždy – spontánne, žartovaním. Tak, ako by reagovala väčšina tolerantných, bezstarostných mladých jedincov. Keď sme opäť osameli, prekvapil nás Rahmi nečakanou otázkou.

„Alida, prečo si s ním tak flirtovala?" spýtal sa, pričom tón jeho hlasu vyznel až príliš vážne.

„Prosím??? Čo sa mi tým práve snažíš naznačiť?" odvrkla podráždene protiotázkou.

„No to, čo som povedal. Máš predsa v Nemecku priateľa, preto sa mi nezdá vhodné, aby si sa tu takto vyzývavo rozprávala s cudzími mužmi."

„Tak moment," zapojila som sa do debaty, neveriac vlastným ušiam. „Aj ja som si vypočula celý dialóg a vôbec sa mi nezdá, že by Alida v hociktorej jeho časti prekročila hranice vhodného správania sa. Nehľadiac na to, že je dospelá osoba a rozhoduje sama, s kým a ako sa rozpráva."

„Katja, ver mi, som chlap a presne viem, ako reaguje väčšina z nás na takéto koketovanie!"

„Neviem, akých chlapov myslíš konkrétne ty, ale je smutné, že sa k nim zaraďuješ!"

„Micky pozri, ja sa budem správať tak, ako sama uznám za vhodné a ty si to jednoducho nebudeš všímať, v poriadku?" nahnevane pokračovala v búrlivej diskusii Alida.

Na začiatku sporu som jej držala stranu a jasne som to dala najavo aj Rahmimu, ale od výstupu v cukrárni začala Alida naschvál Mickyho na každom kroku provokovať. Ako malé trucovité decko. Prosila som ju, nech sa aspoň kvôli mne snaží nevyvolávať zbytočné konfliktné situácie, pretože som to práve ja, koho gniavia mlynské kamene, ale nemala v pláne preskočiť svoj vlastný tieň. Od škriepok ich neodradil ani bohatý program, ktorý som im pripravila. Zakrepčili sme si na Country bále v Trnave, navštívili sme hrad Červený Kameň a po jeho prehliadke si Alida zajazdila na koňoch, vyšli sme na Devín a v hlavnom meste obehali všetko dostupné. Na oboch som bola nahnevaná a rátala som dni, kedy sa vrátime nazad do Nemecka (cestou späť sme sa stavili i vo Viedni) a bude svätý pokoj od ich nezmyselných hádok! Najmä keď Alida následne balila kufre do Talianska na dovolenku s rodinou, a tak sa s Mickym asi dva týždne nemohli v žiadnom prípade stretnúť.

Túžobne očakávaný pokoj však nenastal ani v Mníchove po jej návrate. Situácia sa vyhrotila tentokrát medzi nami dvoma. Naše priateľstvo sa odrazu ocitlo v slepej uličke. Alida sa mi zdôverila, že ju trápia vážne nezhody s Justym. „Honey, zašli sme spolu cez víkend na oslavu narodenín jeho spolužiaka a hostia do jedného na nej hulili marišku! Aj mňa nútili, aby som si vzala. Neviem ako u vás, ale u nás v Durbane som také niečo v živote nezažila. A práve preto sa mi Justy neskutočne sprotivil. Neprajem si, aby si ničil zdravie takým svinstvom! Dosť sme sa potom pohádali, naďalej sa nebavíme a ... štve ma to."

„Hm, to žiadaš radu od tej pravej. Ja nefajčím vôbec, a nie to ešte marišku! V podstate som doteraz ani neprišla do styku s niečím podobným v kruhu svojich najbližších známych. Najlepšie by ste spravili, keby ste si udalosti z oslavy poriadne vydiskutovali, hoci netuším, nakoľko je závislý a čo sa s tým dá vlastne robiť... ale rozhovor je aspoň začiatkom."

Nasledujúcu sobotu sme sa vybrali spoločne na diskotéku. Dámska jazda bez chlapov. Alida prizvala do partie novú kamošku, rodáčku z Juhoafrickej republiky. Do Nemecka prišla ako au-pair. V podstate iba vystriedala krajiny, pretože dovtedy pracovala dva roky v londýnskej rodine. Patrila do skupiny dievčat, ktoré si nevedeli vynachváliť pomery v Nemecku a ponosovali sa na čudné zvyky a rodinné vzťahy Ostrovanov. Suma sumárum, spoznala som iba jednu osobu, ktorá sa v Británii cítila v pozícii au-pair dobre. Zvyšok sa tešil, že je odtiaľ preč. A nesúviselo to ani tak s anglickou stravou, o ktorej kolujú v kulinárskych kruhoch neustále nejaké vtipy. Ale ako som už písala na začiatku, taká zmena stravovania dokáže negatívne ovplyvniť naše vnemy a pocity. A tá anglická naozaj nie je žiadnou výhrou. A keď ku tomu prirátam daždivé počasie... no amen tma.

Černošku Fionu by som v krátkosti opísala ako malú, neustále sa smejúcu guľôčku. Tých stopäťdesiat centimetrov do výšky sa takmer narovnako dalo zmerať i v obvode jej pásu. A každučký z tých centimetrov zapĺňala typická africká srdečnosť a dobrá nálada.

V ten deň nebolo ani tak podstatné, ako sme trávili čas na diskotéke. Nespýtala som sa, čo sa odohralo priamo pred ňou, alebo čo vtedy vlastne vošlo do Alidy, ale celý večer ohovárala Justyho. Vypúšťala do éteru na jeho účet samé nevhodné a nevkusné poznámky a s Fionou sa na nich neskutočne zabávali. Z môjho pohľadu dosť preháňala. Mala som rada „nemeckého Kolumbijčana" a nech už urobil čokoľvek – vychádzam z predpokladu, že to nebolo až tak hrôzostrašné – nezaslúžil si, aby o ňom pred nami s takým opovrhovaním rozprávala. Po určitý okamih som sa nemiešala do jej divnej nálady, nereagovala som na urážky, iba v tichosti prepúšťala jej vety jedným uchom dnu a druhým von.

A potom diskotéka skončila a my sme nasadli do S-bahnu. Téma *Justy* pokračovala aj počas jazdy nočným Mníchovom. Vystúpili sme riadne unavené na našej zástavke a zhrozene zistili, že posledný autobus je fuč.

„Hádajte, čo ja teraz spravím!" zvolala zrazu Alida. „Ja mu zavolám. Nepôjdeme predsa taký kus pešo!"

„Alida, to nemyslíš vážne! Uvedom si, že sú dve hodiny v noci. A po tom všetkom, čo si dnes o ňom narozprávala, ho s čistým svedomím vytiahneš len tak z postele?"

„No a? Veď nech je aspoň na niečo dobrý! Fiona, požičiaš mi mobil?" otočila sa ku svojej krajanke. O niekoľko sekúnd spamäti vyťukala jeho číslo. Medovým hlasom mu vysvetlila nepríjemnosť situácie a zadala našu pozíciu s dodatkom, doplneným tuctom neúprimných pusiniek, aby sa hlavne poponáhľal, lebo inak zachvíľu zamrzneme.

Justy naozaj dorazil o pätnásť–dvadsať minút a odviezol nás k Alide. V tú noc som mala pôvodne prespať u nej, ale v priebehu večera a hlavne po jeho vyvrcholení som zmenila názor.

„Alida, idem radšej domov. Dobrú noc."

„Katja, čo blázniš! Kam si sa vybrala?"

„Tam, kam som povedala. Sorry, ale prešla ma chuť spať tu."

Justy sa iba nechápavo prizeral.

„No tak si choď, keď myslíš!" odvrkla urazene a ja som sa dovtípila, že ani jedna z nás v najbližšej dobe nezdvihne slúchadlo ako prvá... ale aspoň som im pozmenila tému popolnočných rozhovorov!

Po návrate rodiny od protinožcov som horela nedočkavosťou, dozvedieť sa najnovšie informácie skôr než zvyšok sveta.

„Čo ti budem hovoriť," začala Laura s opisom. „Austrália zostáva naďalej krajinou našich snov. Navštívili sme najprv Sydney. Veľa ľudí o ňom tvrdí, že je to najkrajšie mesto na svete. Každopádne má najkrajšie prímorské pláže. Potom sme prechodili Melbourne, Adelaide, Canberru, no a väčšinu času sme strávili v Perthe. Philip tam má nejaké obchodné kontakty. Je to najväčšie mesto na západnom pobreží, ale neskutočne v ňom fúka."

„A čo ste zistili ohľadne vysťahovalectva?" zaujímalo ma asi najviac.

„Vlastne nič uspokojujúce. Vyzerá to tak, že by som u nich nezískala povolenie na prácu lekárky, a tým pádom vysťahovanie nepripadá do úvahy. Na ďalšie štúdium mi chýba ten správny vek a hlavne pevné nervy. Takže... nikam sa nejde, zostávame nateraz doma!"

O vytvorení domova sme pomaly začali uvažovať aj my s Mickym. Prestalo nás baviť neustále pendlovanie a občasné nocovanie po hoteloch, čo išlo aj dosť do peňazí. Potrebovali sme vyriešiť otázku, kam so mnou po skončení ročného pobytu u rodiny. Do jeho štvorizbáku s početným príbuzenstvom som sa nemienila nasťahovať. Mestečko, kde býval, bolo dosť od ruky a ja som chcela zostať niekde na dosah známeho teritória, alebo priamo v Mníchove. Začali sme systematicky prehľadávať inzeráty, ktoré ponúkali vhodnú strechu nad hlavou. Rad za radom sme trpezlivo listovali všetkými dostupnými novinami. Mníchov spolu so svojim blízkym okolím stojí v štatistikách už desaťročia na prvom mieste ako najdrahšie mesto Nemecka. Zohnať potrebné metre štvorcové v správnej lokalite sa rovná takmer zázraku. Bez vitamínu B (nem. Beziehungen), čo v preklade znamená konexie, sa pripravte na depresie z vyčerpávajúceho maratónu. Niekedy v tom období sa i Laurin starší brat s rodinou stali majiteľmi obrovského rodinného domu s veľkou záhradou v jej rodisku, a ona pol dňa prehíkala nad fantasticky lacnou kúpou.

„Za cenu nášho by si tam hore kúpil tri domy a to je ešte ich záhrada trojnásobne väčšia než naša!" trpko skonštatovala. „Ale tak, Mníchov je Mníchov!"
Pravdivosť poslednej vety sme pocítili čochvíľa na vlastnej koži. Zbierali sme iba záporné odpovede na tisíckrát vyslovenú otázku: „Je ešte vaša ponuka aktuálna?"
„Už toho mám po krk!" paprčil sa koncom septembra Micky. „Takto ten byt nikdy nezoženieme! Nemienim viac telefonovať na privátne inzeráty. Kašlem na peniaze a odteraz hľadáme cez makléra!"
V preklade to znamená, že zaplatíte mastnú províziu navyše (častokrát sa jedná o *von oknom vyhodené peniaze* za absolútne šlendriánstvo). Nájomné sa v Nemecku delí na „Kaltmiete" a „Warmmiete". *Kaltmiete* (KM) zahŕňa iba nájomné za obytnú plochu a z neho sa vypočítava provízia pre makléra a kaucia. Presnejšie povedané, pri stanovení provízie vychádzate z dvojnásobku nájomného, čo je dané zákonom. Pri kaucii rátate s dvoj- alebo trojnásobkom hodnoty. Ak ku *Kaltmiete* prirátate cenu za vodu a elektriku, prípadne kúrenie, dostanete výslednú hodnotu *Warmmiete* (WM – často označované iba *warm*).
„Katja, zajtra si môžeme ísť obhliadnuť jednu garsónku pri univerzite!" zahlásil do telefónu Rahmi. „Prídeš tam ráno okolo desiatej?"
„Dofrčím ako na koni," potešila som sa dobrej správe. „A myslíš, že je šanca získať ju, ak by sa nám zapáčila?"
„Ak správne odhadujem dotyčného makléra, tak áno. Zdá sa, že mu je absolútne jedno, koho do nej nasťahuje."

Podľa dohody som sa dostavila na zadanú adresu na minútu presne. Ulička, bežiaca paralelne s Ludwigstrasse, bola sčasti jednosmerkou (čo sme o pár týždňov neskôr vyčítali z gestikulácie vodiča protiidúceho auta) s množstvom malých, zaujímavých obchodíkov a reštaurácií. Nachádzali sme sa takmer v priamom centre Mníchova a zovšadiaľ ku nám doliehal pravý mestský ruch. Dom, pred ktorým ma Rahmi čakal, patril medzi typicky nudné novostavby, odhadom z rokov sedemdesiatych. Čas sme si krátili prezeraním desiatok odstavených bicyklov za veľkou, mrežovou bránou zeleného dvora v pozadí.
O niekoľko minút sa zjavil aj maklér. Na prvý pohľad mi bol neskutočne nesympatický. Jeho do červena sfarbená tvár mi pripomínala vzhľad notorických alkoholikov. Premeral si ma od hlavy po päty a okamžite zisťoval, prečo som na obhliadke prítomná i ja.
„To tu mienite bývať spolu?" fľochol smerom ku mne.
„Nie. Ja bývam na juhu Mníchova. Prišla som, aby som priateľovi pomohla pri rozhodovaní," fľochla som nazad.
„Aha! No dobre. Poďte, ukážem vám ponúkaný objekt. Nachádza sa na prvom poschodí."

Slnečné lúče sa do vnútra vstupnej haly predrali iba na chvíľu, po otvorení brány. Aj preto na mňa schodište pôsobilo dosť pochmúrne. Maklér zapol slabé umelé osvetlenie a svižne vybehol hore schodmi. Na tmavej, dlhej chodbe zamieril doľava. V rýchlosti som odhadla asi desať potenciálnych susedov na poschodí.

Odomkol dvere a nechal nás vstúpiť ako prvých. V ten deň sme vystihli nádherné počasie, a tak garsónka žiarila ako na objednávku v najlepšom možnom svetle. No nie všetko je zlato, čo sa blyští. Veľká presklená plocha na druhom konci bytíku prepúšťala hrejivý slnečný pozdrav do každého rohu v izbe. Hneď za vchodom sme sa ocitli v malej kuchynke s najzákladnejším sparťanským vybavením. Oproti nej sa vchádzalo do stiesnenej kúpeľne so sprchovacím kútom a WC. Obývací priestor delili od kuchyňo-predsiene veľké, vstavané skrine. V prvom momente som sa potešila ponúkanému odkladaciemu priestoru vo výbave garsónky. Jeho skutočnú nevýhodu som odhalila, až keď už bolo neskoro.

S Mickym sme vyšli i na balkón. Smeroval do tichého dvora a poskytoval nám pohľad na malú, zelenú džungľu priamo v Mníchove. Zistili sme, že každý zo susedov má taký istý balkón a vzájomne nás oddeľuje iba tenká priečka. Necítila som sa príjemne pri myšlienke, že k nám môže kedykoľvek niekto nepozorovane preliezť – a veruže sme onedlho i jedného nevítaného návštevníka od nás hnali – ale nedalo sa nič robiť. Tlačil nás čas. Potrebovali sme pomaly niečo zohnať.

„Ak máte vážny záujem, ešte dnes zájdeme ku mne do kancelárie. Na stole leží pripravená kompletná dokumentácia, treba iba vyplniť chýbajúce údaje," tlačil na potencionálneho záujemcu nesympatický sprostredkovateľ premyslenou maklérskou taktikou.

Chvíľu sme sa radili. Zvažovali plusy a mínusy. Tie, ktoré sme počas prehliadky rozpoznali.

Nájomné nebolo vôbec vysoké, práveže na danú lokalitu na pohľad celkom prijateľné (dôvod, prečo tomu tak je, sme odhalili už čochvíľa). A tak Rahmi privolil a podpísal zmluvu na naše prvé hniezdočko.

Nasťahovať sa mohol – a s ním tajne i ja – od prvého októbra.

Výpoveď (25.)

Zo Saska a Durínska sa od roku 1810 postupne do celého Nemecka rozšíril zvyk, na základe ktorého si budúci *prváci* za pomoci rodičov pripravujú na svoj veľký deň „*Schultüte*" a vďaka nemu ich aj nezasvätení okamžite identifikujú na ulici. Začiatkom septembra pozorujete v blízkosti základných škôl cupitať velikánske, metrové kužele z tvrdého papiera, zvonku patrične vyzdobené (mnohé vyzerajú ako malé umelecké diela) a zvnútra bohato naplnené. Každý zviera jedna pravá a jedna ľavá rúčka. Ak by boli kužele priehľadné, zbadáte z druhej strany aj deti, čo ich nesú. Sladkosti každého druhu si v ich vnútri delia miesto s drobnými pomôckami ako je guma, pravítko, ceruzky, peračník či iné prekvapenie od šťastím dojatých rodičov. Chlapci a dievčatá ich hrdo prezentujú cestou do školy, akoby chceli dať okolitému svetu najavo: pozri, už aj ja som *Veľký* či *Veľká*!

Kedysi som túto rokmi zaužívanú tradíciu vôbec nepoznala, a tak som výtvoru v Timových rukách nepriklada la žiaden väčší význam. Maximálne som obdivovala jeho vonkajšie steny.

„Tak ako ste začali tento týždeň, školáci?" vyzvedala Anka.

„Myslím, že dobre. *Prvák* sa zatiaľ nesťažoval. Všetko je pre neho nové, vzrušujúce."

„Som zvedavá, či sa mu bude páčiť i neskôr. Našich to očakáva o rok... A mimochodom, prečo vlastne volám! Lucia mi kládla na srdce, aby som ti nezabudla povedať, že ťa opäť pozýva na návštevu. Cez víkend, ak môžeš."

„Deje sa niečo? Alebo len tak, bo som jej chýbala počas letnej dovolenky?"

„Veď vieš, že ona ťa má rada."

(Áno, ale iba do tejto návštevy, ktorá bola poslednou na veľmi dlhú dobu.)

„Podľa plánu mi zatiaľ nepridelili žiaden babysitting, preto i teraz vďačne prijímam ich pozvanie."

„A prezradím ti ešte niečo...," zatiahla Anka tajomne. „Prišla som k novému nápadníkovi!"

„Čože??? Kedy a k akému? Rýchlo a dopodrobna referuj a nie, že vynecháš nejaký detail!" zavelila som. Prebudila vo mne typickú babskú zvedavosť.

„Predstav si, aký trapas sa mi stal!" pokračovala ďalej. „Minule odchádzala Lucia po obede autom do roboty a my sme ju s deťmi odprevádzali. Mávali sme jej na chodníku, až kým sa nestratila za zákrutou a práve vtedy som zbadala, ako sa zabuchli vchodové dvere. Prievan zaúradoval. A ja všetky veci vovnútri!"

„Takže si narýchlo organizovala deň hier na lúke," nečakala som, ako sa príbeh vyvinie. Doplnila som si vlastnú verziu.

„To určite! Zbehla som zazvoniť susedovi cez cestu a spýtala sa ho, či mi nepožičia rebrík."

„A na čo si ho potrebovala?"

„Okno v mojej izbe som nechala otvorené. Po rebríku by som vyliezla hore a otvorila nám dvere."

209

„A ďalej?"

„Veď vydrž, neprerušuj!" napomenula ma Anka. „Tobias je asi o dva roky starší odo mňa. Vyzerá veľmi dobre, ale ja ti neviem…"

„Anka!" zvolala som vyčítavo. „Čo máš zasa proti nemu??? Vyzerá dobre? Ber všetkými desiatimi!"

Obidve sme sa naraz začali smiať.

„No dobre, pokračuj. Už ťa nebudem vyrušovať, keď si sama chceš stáť v ceste!"

„Takže Tobias doniesol rebrík, no sám vyliezol na poschodie a vpustil nás dnu. Odvtedy sa celá ulica zabáva, aký Romeo sa to verejne ku mne dobíjal za bieleho dňa! A hádaj, kto si zo mňa najviac strieľa?... Michael!"

„Ani si nepotrebovala vysloviť jeho meno... dokážem si ho celkom živo predstaviť."

„Lenže ono to tým príbehom neskončilo. Tobias k nám teraz každý deň chodí na kus reči a navrhol, že ma bude voziť na kurz nemčiny… že vraj to má po ceste! Aj keď netuším kam. Michaelovi sa tak postaral o vďačný materiál na vtipkovanie. Doberá si ma, že sused tam už päť rokov býva, ale kým som u nich nebola ja, ani raz nezavítal na návštevu."

„Však nech je rád udržovaniu dobrých susedských vzťahov! Navyše ich odbremení od jednej povinnosti!"

Od príhody s rebríkovým ctiteľom mala Anka pravidelný odvoz do jazykovky na džípe sympatického, mladého muža zaručený.

Kým sa medzi nimi dobré susedské vzťahy upevňovali, začali sa nad našim priateľstvom zaťahovať čierne mračná. Na víkend u nich som sa ako vždy veľmi tešila a nikdy by som si nepomyslela, že tentokrát budem od nich odchádzať so zmiešanými pocitmi.

Zastihli ma úplne nepripravenú, keď sme sa po výbornej večeri a rozlúčke na dobrú noc s deťmi usadili pohodlne do kresiel v obývačke.

„Rozprávala som sa o tebe a tvojom partnerovi s mamou," začala Lucia tajomne. Divne ma pichlo pri srdci a podvedome som šípila, že nasledujúci rozhovor mi nebude príliš po vôli.

„Neviem, aké bohaté sú tvoje skúsenosti s moslimami a konkrétne v tvojom prípade s miestnymi Turkami, ale dobre zváž, či si trúfaš vo vašom vzťahu pokračovať ďalej! Pre svoju vlastnú bezpečnosť."

Nechápavo som behala pohľadom z Lucie na Michaela, Anku a späť. Aké sprisahanie tu proti mne nachystali?

„Udržujú svoje vlastné zvyky, ktoré sú pre nás často až nepochopiteľné," pokračovala ďalej. „Doplácajú na ne predovšetkým ich ženy a dievčatá. Chápem, že teraz vidíš všetko cez ružové okuliare, ale mysli i na budúcnosť. Pretože tá by mohla skončiť veľmi zle."

Stále viac som nadobúdala pocit, že mi niekto dôkladne zalepil ústa. Nedokázala som nijako reagovať, natoľko ma prekvapil jej nečakaný príhovor.

„Katja, Lucia to nemyslí s tebou zle," pridal sa k nej odrazu aj Michael. No tentokrát by som márne hľadala jamku v jeho líci. „Okolo seba nájdeš dosť príkladov, ktoré nám dajú za pravdu. Len treba otvoriť oči. V novinách sú pravidelne správy o prípadoch, keď v tureckej rodine brat zavraždí sestru iba preto, že sa začala nápadne maľovať a baviť s inými chlapcami, čím vážne poškodila česť rodiny."

„Aj keby sa Micky k tebe správal akokoľvek dobre," pokračovala Lucia, „dnes ešte nezistíš, čo bude neskôr vyžadovať od vašich detí. Výchova chlapcov nie je až tak prísna, ale dievčatá sekírujú o to viac... Predpokladám, že si chcete založiť rodinu, nie? Vieš si predstaviť, že by ti deti raz nadobro vzal, pretože podľa islamu patria otcovi? Čo keď sa tvoja dospievajúca dcéra začne maľovať a jemu to odrazu bude prekážať? A to nehovorím o manželstvách z donútenia! Ak jej napríklad nájde ženícha vo svojej domovine, čo sa medzi nemeckými Turkami ešte stále bežne praktizuje, a v štrnástich ju bez tvojho vedomia vydá za úplne cudzieho muža?"

V tom momente som si spomenula na Mickyho sestru. Tiež ju prinútili povedať ´áno´ proti jej vôli?

„V Taliansku žije kamarátka, ktorá si vzala za manžela Maročánca a on od nej po piatich rokoch utiekol a uniesol aj ich spoločné deti nazad domov. (Pevne som dúfala, že sa tentokrát nejedná o vzdialenú príbuznú Betty M.) Dva roky ich už nevidela a márne ich hľadá cez Interpol! Preplakala more sĺz a to sa tiež jej partner na začiatku rodine a priateľom javil ako sympatický mladík s pokrokovým zmýšľaním! Stačí jedna jediná vec, ktorá ich nejakým spôsobom v našej spoločnosti deprimuje, raní ich mužské ego a oni potom jednajú skratovo. Následky môžu byť katastrofálne."

Sedela som na sedačke ako na tŕňoch a prosila všetky nadprirodzené sily, aby ma vyslobodili z ich slovného týrania. Je iné, keď sa dookola sužujem vo svojom vnútri sama a iné, keď sa do mňa pustia ďalší trýznitelia zvonku, pričom na nich nie som psychicky vôbec pripravená.

„Anka, tebe prezradili, čo na mňa chystajú?" spýtala som sa jej, len čo sme osameli v jej izbe. Náš rozhovor vo dvojici pokračoval dlho do noci.

„Kati, vôbec nie. Na môj dušu. Som z toho šokovaná presne ako ty. Uniklo mi, ak sa Lucia naozaj bavila s mamou, ale doteraz nikdy nič zlého na adresu Mickyho nespomínala."

„Dnes som sa u nich cítila veľmi nepríjemne a ani sa mi nechce ísť zajtra ráno na raňajky. Pochybujem, že sa dokážem tváriť, ako by bolo všetko v poriadku a či vôbec dostanem nejaký hlt dolu hrdlom."

„Vieš, čo mňa na tom zaráža najviac? Rozprávajú o Turkoch a ich zvykoch a pritom doma medzi svojimi tu nie sú ľudia o nič lepší či znášanlivejší! Keď som prvýkrát išla do miestneho kostola na omšu, prekvapene som pozerala, čo v ňom stvárajú. Delili sa vo vnútri na mužskú a ženskú časť. Muži na pravú stranu a ženy na ľavú. A Boh ťa ochraňuj, keby si to

211

narušila! Tak kde je tá ich ospevovaná tolerancia?" rozčuľovala sa Anka a hneď i pokračovala ďalej.

„V dedine sa práve pretriasa jeden aktuálny prípad. Typická gazdovská, bavorská rodina. Sú dosť majetní. Vlastnia obrovské statky. V rodine majú dcéru, ktorá spôsobila rozruch najprv tým, že sa rozhodla študovať! Koľká to nehoráznosť! Jej tatko to ťažko znášal, že vraj načo sú ženskej múdre knihy, kravám sa treba venovať! A teraz dievča otehotnelo a oni ho bez mihnutia oka vyhodili na ulicu! Lebo im iba hanbu robí a s tým ʾpankhartomʿ ho nechcú viac vidieť na prahu vlastného domu. Tak akí Turci! V čom sú horší než táto rodina?"

„Nechali ju nažive...," odvetila som ako duchom neprítomná.

Nech už bola nálada pri stole v nasledujúce ráno akákoľvek, od onoho víkendu sa Luciine a Michaelove sympatie ku mne nenávratne vytratili. Ja som takisto nejavila chuť navštíviť ich v najbližšej dobe. Nie kvôli ich názoru, ten môže mať predsa každý aký chce, ale preto, že svoje správanie ku mne zrazu zmenili o stoosemdesiat stupňov. Akoby som prenášala nejakú nákazlivú chorobu a iba preto, že som nedala na ich radu a okamžite sa s Mickym nerozišla. Ťažko odhadnúť, čo by sa dialo ďalej, kebyže sa osud so mnou (a i s nimi) nezahral tak, ako sa zahral o pár mesiacov neskôr. Nateraz však moje výlety do malebnej bavorskej dedinky pod Alpami skončili.

Hneď ako som sa vrátila domov, zdôverila som sa s víkendovým zážitkom Laure a opísala jej zmätok vo svojom vnútri.

„Nerozumiem, prečo tak reagovali," chlácholila ma. „Problémy s moslimami sú síce všeobecne známe, aj prípady, ktoré ti spomenuli sa stávajú, ale stopercentnú záruku nenájdeš nikde, v nikom a v ničom. Vzťahy sú dobré a zlé, presne tak u mohamedánov, ako u kresťanov či židov. Pozri, môj najlepší kamarát je Iránec, tiež moslim a ako výborne si rozumieme!"

„Len vy dvaja nie ste v partnerskom vzťahu. To je predsa trochu inakšie. Snáď... istejšie a bez komplikácií?"

„V poriadku. Mám nápad. I tak som sa chystala pozvať ku nám na večeru jeden manželský pár. Ona je Nemka, on Arab. Tvoria neskutočne zaujímavú dvojicu. Nasledujúci piatok alebo sobota ti vyhovujú?"

„Myslím, že áno."

„Tak zostaň doma s nami a vytvor si vlastný názor na ich výnimočné manželstvo. Čo ty na to?"

„Rada ich spoznám a pevne dúfam, že ponúkaná jednorazová akcia naozaj postačí na moju rekonvalescenciu po tomto víkende...," zahlásila som s trpkosťou v hlase.

Pozvánka bola ešte v ten deň doručená, o dva dni s radosťou prijatá, a tak som podľa plánu v piatok poobede otvárala (s prístrojovo merateľným napätím) vchodové dvere. Pohľad mi padol na vysokú, dobre stavanú blondínku. Vedľa nej stál asi o hlavu nižší, exoticky vyzerajúci muž. Obaja mohli mať okolo päťdesiatky. Milo sa na mňa usmiali. Úsmev som im opätovala a vpustila ich dnu. Laura nepreháňala, bol to vskutku nezvyčajný pár. V dobrom slova zmysle.

Po celý večer sa obaja na striedačku starali svojimi vzrušujúcimi a zábavnými príbehmi o excelentnú náladu. Lenže chmáry z čela mi napriek tomu nerozohnali. Zistila som, že naši hostia sa brali pred necelými piatimi rokmi, takže v ich prípade napríklad otázku zakladania rodiny vyriešila za nich Matka Príroda a vylúčila tým pádom konfliktné situácie pri výchove spoločného potomstva. Okrem toho sa partner vyznačoval nadpriemernou inteligenciou, obrovským rozhľadom a tolerantnosťou. Finančne boli takisto zabezpečení, takže ani tu im nehrozili hádky a nedorozumenia kvôli nezaplateným účtom. Pri konečnom hodnotení ich nezvyčajného vzťahu sa dalo výborne použiť známe porekadlo o *hrnci, ktorý našiel svoju pokrievku* (prípadne naopak).

Ku koncu septembra sme už netrpezlivo očakávali začiatok *Oktoberfestu*, najväčšieho a najznámejšieho ľudového festivalu na svete. Priznávam, prvé tri -štyri roky som nemala najmenšej potuchy o celkovom priebehu slávností. Vždy som vhupla s nejakou partiou priamo do stredu deja, neovládajúc ako fest začína, ani ako končí. Zaujímali ma iba kolotoče!

Za posledné roky som sa však naučila, že otvárací ceremoniál pripadá väčšinou na predposledný septembrový víkend (v októbri iba končí). Slávnostný sprievod hostinských, tých, ktorým patria stany na Theresienwiese, mieste konania sa Oktoberfestu, sa okolo desiatej ráno zhromažďuje medzi Sendlinger Torom a Stachusom v centre Mníchova. Na bohato zdobených vozoch, ktoré ulicami mesta ťahajú robustné kone, sa prezentujú jednotliví hostinskí s rodinami a pravdepodobne i pár zamestnancami (ak beriem do úvahy priemernú veľkosť dnešnej rodiny a nezohľadním pritom patchwork).

Asi o jedenástej sa sprievod vydáva na cestu k hlavnému dejisku festivalu. Ulice, kade kráčajú, sú na niekoľko hodín pre motorové vozidlá kompletne uzatvorené a preplnené tisíckami nadšených divákov s fotoaparátmi v rukách – domácich od Hamburgu po Mittenwald – a nechýbajú ani turisti z celého sveta.

Presne o dvanástej mníchovský starosta tradične narazí prvý sud piva a zvolaním „*O'zapft is*" (je narazený) oficiálne otvorí šestnásťdňový „kolotoč" osláv, ktorému predchádzajú trojmesačné stavebné predprípravy.

V nedeľu sa koná ďalšia časť prehliadky. Na rade sú tradičné kroje, združenia poľovníkov a jazdcov. V sprievode je prezentovaná i konská jazda, psy a dravé vtáky.

Talianskym víkendom sa označuje druhý z troch oktoberfestových víkendov, pretože na fest sa v húfoch hrnú veselí susedia z juhu. Väčšinou prichádzajú do Mníchova na svojich karavanoch a dávajú organizátorom riadne zabrať.

213

Slávnostného ukončenia festivalu som sa ešte nikdy nezúčastnila, ale pokiaľ mám správne informácie, hostinskí sa s návštevníkmi symbolicky lúčia odchodom na kočoch.

Vznik tejto tradície sa datuje do roku 1810, keď sa ženil korunný princ Ludwig. Jeho vyvolenou sa stala Theresia von Sachsen-Hildburghausen. Pri príležitosti konania sobáša vyhlásil panovník obrovskú oslavu v centre Mníchova a lúka, kde sa na konci slávnosti uskutočnili konské dostihy, bola na počesť nevesty pomenovaná na Theresienwiese.

Ludwig s manželkou by naisto oči otvárali, keby zistili, aké rozmery táto tradícia rokmi nadobudla. (Dúfam, že Ludwig bol vyznávačom piva, inak sa na prelome septembra a októbra točí v hrobe ako vrtuľa.)

Na približne 31 hektároch sa nachádza štrnásť obrovských stanov. V areáli je asi stotisíc miest na sedenie, čo vám však v žiadnom prípade nezaručuje, že večer nejaké z nich pre svoj zadok vybojujete. Práve naopak. S najväčšou pravdepodobnosťou sa budete márne snažiť dostať do ich vnútorných priestorov, za chrbáty statných ochrankárov. A tak vám zostane posledná možnosť: sadnúť si maximálne na niektorý z kolotočov. Ročne sa ráta asi so šiestimi miliónmi návštevníkov.

Mimochodom, posledný (mne známy) pracovný rekord v nosení plných krígľov piva činí devätnásť litroviek, čo značí asi štyridsaťpäť kilogramov!!! Obdivujem čašníkov a čašníčky, ktorí obetujú nervy na dvojtýždňovú drinu v neskutočnom hurhaji a s takým množstvom opilcov okolo seba. Pred pár rokmi by som k mínusom prirátala aj vražedný smrad z fajčenia, čo je dnes našťastie v stanoch (a vlastne všetkých uzavretých priestoroch) kompletne zakázané. Niekto mi raz tvrdil, že za tých šestnásť dní si čašníci zarobia dosť do nasledujúceho festu. Asi by to bola i pravda, kebyže mnohí z nich ťažko zarobené peniaze následne neminú niekde v Karibiku pod palmami, lebo potrebujú dlhú dovolenku na spamätanie sa z pivných slávností. Toť verzia terapie, navrhovaná mnou. *Prost!*

Najlepšou vstupenkou na fest sú Dirndl a Lederhose, domáce ľudové kroje, známe po celom svete, ktoré sa stali veľmi populárnymi práve za posledných dvadsať rokov. Bavoráci si ich s obľubou obliekajú i pri iných príležitostiach.

Oficiálnymi dňami pre rodiny, keď sú ceny za kolotoče (mierne) znížené, sú oba utorky. Kedysi som tejto fáme verila, dnes veru ani veľmi nie...

„Anka, ideme na Oktoberfest?" zavolala som jej ešte pred jeho začiatkom a neočakávala nič iné ako pozitívnu odpoveď.

„Samoška, to si predsa v Mníchove nenecháme ujsť!" súhlasila okamžite.

„Pridá sa aj Alida?"

„Nie, naposledy sme sa nerozišli práve v najlepšom a odvtedy sa spolu nebavíme," povedala som jej na rovinu a na vysvetlenie doplnila príhodu z nevydarenej diskotéky.

„A nechystá sa ona čochvíľa domov? Naspäť do Afriky?"

„Hej… ale až na konci októbra.“
„Hmmm…“
„Súhlasím s tebou… hmmm. Ale taký je život. Neplynie vždy podľa našich predstáv, skôr si robí, čo chce. Navyše sa každý tvor raz za čas stáva tvrdohlavým. Nás s Alidou to postihlo naraz a práve teraz.“
„Takže ju viac neuvidíme?“
„Asi nie...“

Oktoberfest bol omnoho gigantickejší než Frühlingsfest. Opäť som sa na okamih zmenila na malé dievčatko, oči ktorého žiaria pri pohľade na kolotočiarske monštrá oveľa intenzívnejšie, než pri pohľade na vianočný stromček s celou kopou darčekov pod ním. Dokonca sa mi po dlhom prosíkaní podarilo prehovoriť Anku na testovaciu jazdu.
„V poriadku, vzdávam sa. Keď si nesadneš na žiadne divoko katapultujúce stroje, vyberieme si niečo pianko. Predsa neodídeš odtiaľto s pokojným svedomím naspäť domov, kým si aspoň niečo nevyskúšaš! To ako keby si tu potom ani nebola! Pozri tam napravo. Vyzerá to ako húsenková v strašidelnom zámku. Zvládneš aspoň ju?“
„Keď inak nedáš, tak sa jedenkrát poddám. Ale iba *výnimočne* jeden krát! Naozaj si presvedčená, že to bude bezpečné?“
„Samozrejme. Pozri na ľudí, čo stade vychádzajú. Muži i ženy sa tvária blažene, ani hlavy im nesťali a musíš sama uznať, že to vyzerá zatiaľ najlepšie zo všetkého, čo sme doteraz objavili. Vnútri som síce nebola, ale už len skutočnosť, že dráha ide stanom, nám zaručuje pokojný priebeh. Verím tomu. Čaká nás absolútne nudná jazda!“
Poslednou vetou som si pripísala ďalší nesprávny odhad na svoje konto.
Zakúpili sme si vstupenky, nasadli sme doprostred vozov v dlhom rade, počkali, kým si nás miestni zamestnanci skontrolovali z hľadiska platiaceho i bezpečnostného a pozvoľným tempom sa posediačky nechali odviezť do vnútra neznámej konštrukcie.
Len čo nás pohltila tma, stroje zaškrípali a ja som konečne pochopila, prečo je v časti kolotočového názvu slovíčko BLESK. Ale vystúpiť sa už nedalo. Niekto ma našťastie vopred upozornil, že sa to za jazdy neodporúča... Mne osobne podobná rýchlosť neprekážala, ale stavila by som sa s hocikým a o hocičo, že Anka viac na predpovede nezodpovednej spolujazdkyne nedá. Stratila som jej dôveru na poli oktoberfestovom behom troch minút, ktoré sme strávili spoločne priviazané na „reťazi“, divoko jačiac (ja pôžitkom, Anka od strachu), lietajúc vzduchom sem a tam, hore a dole, krútiac sa dokola a nič nevidiac.
Prvých päť minút na čerstvom vzduchu som následne investovala do ospravedlňovania, veď ja som naozaj netušila, čo (*zábavné)* nás čaká a ju neminie...
Potom prišiel deň, s ktorým nik nerátal, ktorý otriasol základmi v rodine a zásadne zmenil jej rokmi zabehnuté a zaužívané pravidlá.

Tante Clara sa opäť raz sťažovala. Zažiadalo sa jej zmeniť čosi, čo sa týkalo iba jej samotnej. Aspoň tak som to neskôr vydedukovala z pár útržkov, lebo k presnému zneniu jej požiadavky som sa nikdy nedopracovala. Použila však nesprávny tón. Bola si až príliš istá svojou pozíciou a to sa nie vždy vypláca. Keď som v to sychravé poobedie dorazila domov, aby som nastúpila do služby, zaregistrovala som okamžite oheň na streche. Presnejšie povedané, prišla som po výbuchu tikajúcej bomby, na bojové pole, kde už nebolo čo hasiť... snáď ešte tak v tichosti pozametať zvyšky franforcov.

Tante Clara mi pohybom hlavy naznačila, aby som sa jej v danom momente radšej nič nepýtala. V očiach sa jej leskli posledné zvyšky sĺz. Laura sa zavrela v spálni a vyšla z nej až po jej odchode.

„Laura, čo sa tu medzi vami dvoma odohralo?" spýtala som sa neistým hlasom.

„Práve som vyhodila Tante Claru!" zahlásila pokojne. „Ona už nevie, čo od dobroty. Ale aj moja trpezlivosť má určité hranice. Dnes ich svojim jednaním jednoznačne prekročila!"

„Vyhodila??? To akože zajtra nepríde?" neverila som vlastným ušiam.

„Kdeže. Podľa pracovnej zmluvy má výpovednú lehotu dva mesiace. To znamená, že u nás zostane do Vianoc. Ale iba do Vianoc!"

„Tvoje posledné slovo? Nedá sa nijako zmeniť?"

Hoci som nie vždy súhlasila s jednaním Tante Clary, myslela som v tej chvíli predovšetkým na deti, ktoré pri nej, takpovediac, vyrástli a boli na ňu dosť naviazané.

„Nedá. Po dnešku je definitívne koniec!"

„Popravde, nemienim sa ti do toho príliš miešať. Ani vyzvedať, čo sa tu odohralo a nechcem ťa ani prehovárať. Len, prosím, skús ešte raz zvážiť, čo takáto zmena bude znamenať pre Tima a Miu. V decembri končím i ja, čiže naraz stratia dve blízke osoby."

„Bohužiaľ, budú si musieť zvyknúť. Ibaže..."

„Ibaže čo?"

„Ibaže by si sa rozhodla u nás zostať namiesto nej! Naučila si sa, ako funguje tunajšia domácnosť, deti ťa poznajú a zbožňujú, my s Philipom sme tiež maximálne spokojní. Hmmm, čo ty na to?"

Vyrazila mi svojim návrhom dych. Pozerala som na ňu prekvapene niekoľko sekúnd a zvažovala, či iba nežartuje. Nie, nežartovala!

„Laura, tak toto som naozaj nečakala. Aby si ma správne pochopila, ja si vážim tvoju ponuku, ale uznaj, so mnou je to zatiaľ celé akési neisté. Aj by som sa obávala, ako by reagovala Tante Clara, keby sa dozvedela, že som prebrala jej miesto a po druhé, od januára som sa chcela rozhliadnuť po iných možnostiach tu v Nemecku... Ono je to niečo ako ty a Austrália. Pracovať v domácnosti nikdy nebol môj profesijný sen. Ja potrebujem viac."

„Rozumiem, Katja. Máš pravdu, musíš ísť za svojim cieľom. Ale za pokus to stálo a keby si si to náhodou rozmyslela, tak...," nedopovedala, ale z výrazu jej tváre som si prečítala, že predsa len ponecháva túto tému otvorenú.

Ani Philipovi sa nakoniec nepodarilo Lauru presvedčiť, aby pozmenila svoj tvrdý ortieľ, hoci sa o to pokúšal istú dobu. Zostala neoblomnou, a tak sa éra Tante Clary blížila pomaly ku svojmu nešťastnému koncu. O niekoľko mesiacov neskôr som mohla i ja spokojne skonštatovať, že som sa v októbri rozhodla správne a ďakovať šiestemu zmyslu, ktorý ma ani tentokrát nezradil!

Do nasledujúcej služby sa Tante Clara dostavila s uplakanými očami. Podľa neklamných príznakov predpokladám, že preplakala ďalšie tri dni.

„Katja, už ti to oznámili?" spýtala sa ma smutne.

„Áno," odvetila som neisto. Vôbec som netušila, ako správne reagovať. Prekvapilo ma, že sa nesťažuje, neponosuje, nehromží... tak, ako som ju poznala inokedy, keď bola práve s niečim nespokojná. Nevypustila do priestoru ani jednu emóciu, ladenú týmto smerom.

„Sama som si na vine. Riadne som to prehnala. Prečo som si radšej nekusla do jazyka??? Prísť o také dobré miesto! Pre vlastnú hlúposť!"

Z jednotlivých útržkov som nedokázala poskladať pravú príčinu ich hádky. Veď načo aj?

„Tante Clara... stáva sa. Každý z nás raz spraví nejaký ten prešľap, čo ho neskutočne mrzí, ale život sa kvôli tomu nezastaví, ide ďalej. A možno práve teraz niekde na vás čaká oveľa lepšie miesto."

„Keby si mala pravdu, Katja! Len mi je ľúto, že už neuvidím svoje srdiečka..."

Pri spomienke na deti jej opäť zvlhli oči.

Prcháme z garsónky (26.)

Na konci septembra vyzdvihol Micky u makléra kľúče od garsónky. Hneď nato sme nakúpili sadu čistiacich prostriedkov a spoločnými silami drhli i tie najskrytejšie kúty niekoľkokrát dookola. Pri pohľade na Rahmiho som zvažovala, koľkých iných chlapov som videla tak poctivo vymývať kúpeľňu. Keď sa naše hniezdočko blýskalo čistotou, vybrali sme sa do priemyselnej štvrti na severe mesta s viacerými veľkoobchodmi a okrem jednoduchej rozťahovacej sedačky pribalili do prvej výbavy aj menší stolík, lampu, dva hrnce, poháre, taniere a príbory a vznášali sa šťastím *na oblaku č.7* (spojenie, ktoré sa používa v nemčine). Postupom času sme svoju zbierku rozšírili o ďalšie bytové doplnky menších či väčších rozmerov.

Dlho sme sa však netešili. Zanedlho po nasťahovaní sme zistili, že nie sme jedinými obyvateľmi garsónky. Naši spolubývajúci sa vyznačovali tým, že počas dňa boli v najväčšej tichosti zalezení po všetkých skrytých kútoch a len čo sa začalo zvečerievať, vydávali sa na potulky do priestoru, ktorý podľa zmluvy patril Rahmimu! Aby som nezavádzala, zdržiavali sa skôr v kuchynko -predsienke, občas zašli i do kúpeľne. Lenže bez akéhokoľvek platného povolenia od nás! V samotnej izbe sa im, našťastie, až tak nepáčilo. „Micky, už aj poď sem!!!" kričala som, akoby bol odo mňa na päť kilometrov vzdialený. „Pozri čo tu lezie! Fúúúúúj!"

„Šváby," zamyslene skonštatoval a začal otvárať jednotlivé skrinky vstavanej zostavy, ktorú som kedysi vychvaľovala do nebies a teraz ju najradšej podpálila.

„Pravdepodobne chodia odtiaľ. Pozri, aké sú vzadu fúgy. Určite sú v nich poschovávané."

„To keby som odhalila pred podpísaním zmluvy, tak ma sem nik nedostane! V deň prehliadky im maklér zaiste zaplatil organizovaný výlet o poschodie vyššie, aby sme ich tu náhodou neobjavili. Teraz rozumiem, prečo je nájomné také nízke!"

„Zajtra ráno zájdem do obchodu a kúpim vhodný postrek. Tak im podkúrim, že sa u nás viac neobjavia! Uvidíš."

„Tak v to dúfam!"

Ako povedal, tak i urobil. Micky bol veľmi praktický človek a mal vskutku zlaté ručičky. Čoho sa chytil, to zdokonalil, opravil, skrášlil. Iba tie šváby sa mu nepodarilo vyničiť! Asi tri dni sme nezazreli žiadnu pochodujúcu príšerku s tykadielkami na hlave. Nadarmo sme sa však radovali, tie potvory sú proste neporaziteľné. Cez systém vstavaných skríň sa k nám začali rojiť noví privandrovalci od susedov, ktorí veľmi rýchlo zaregistrovali neobývané územie. Apropo susedia! Tak, ako pochmúrne na mňa pôsobilo schodište, javili sa mi pochmúrnymi i obyvatelia rodu *homo sapiens* v tom dome. Žili v ňom prevažne cudzinci z rozvojových krajín. Takí, ktorým šváby zjavne neprekážajú. Berú na nich ohľad, lebo sa musia presne ako oni za bieleho dňa schovávať po najtmavších kútoch, a tak sa snažia odpozorovať ich taktiku boja o prežitie.

No a potom nadišiel večer, keď sa zbierka nevítaných hostí rozšírila o nových členov. Tentokrát zo skupiny cicavcov. Poznávacie znamenie: roztomilá papuľka, dlhý chvost, veľké uši a „*šedý kožíšek*". Obľúbená to značka princeznej Lady.

„Micky, videl si?" nadvihla som sa na sedačke a od toho okamihu ma prestal zaujímať film v televízii.

„Čo som mal vidieť?" odvetil ospalým hlasom a ďalej sledoval program.

„Po balkóne nám prebehla myš!"

„Prosím ťa, čo by tu robila?"

„Čo ja viem, čoho sa jej zachcelo? Nemala to napísané na chrbte, iba rýchlo prebehla po múriku."

„To sa ti iste iba zdalo."

„To určite. BOLA TAM MYŠ!"

Pochopila som, že bez pádnych dôkazov nemusím nateraz v rozhovore pokračovať. A pádne, štvorlabkové dôkazy nenechali na seba dlho čakať.

Snáď o dva dni neskôr nám obom duo „Munic mice" (mníchovské myši) predviedlo artistickú ukážku šikovného šplhania sa.

„Tak už veríš, že nevidím žiadne biele myšky?" spýtala som sa víťazoslávne Mickyho, hoci víťazstvo by som radšej prenechala jemu.

„Mhm," neostávalo mu nič iné, iba prisvedčiť. „Predpokladám, že sem chodia z podzemných tunelov. Práve tu ich je na okolí neúrekom, a zelená džungľa pod oknami je pre ne tiež vítanou oázou."

„A aké prekvapenia ešte očakávaš v najbližšom období? Nebodaj nám nabudúce zo sprchy vylezú anakondy?"

Ak raz pocestujete metrom, postavte sa na stanici ku okraju nástupišťa, tak aby ste dovideli na koľajnice, a po chvíľke pozorovania určite objavíte hneď niekoľko exemplárov malých, dlhochvostých hlodavcov.

Tá najodvážnejšia z nich nám jedného večera vbehla dokonca dovnútra. Skoro mi oči vypadli, keď som zbadala šedú guľôčku pod lampou, ako si v žiari svetla poctivo čistí svoj kožúšok.

„Micky, či mi veríš, alebo nie, nasťahovala sa ku nám myš. Asi keď sme vetrali. Keď sa otočíš, uvidíš ju. Ja najprv vezmem metlu, ty otvor pomaly balkónové dvere, nech sa nevyplaší a spolu ju snáď nejako vyduríme."

Zo správania malej hryzky som vyčítala, že sa presne vyzná vo vnútri a tuší, čo bude nasledovať. Možno smela chodiť k predchádzajúcim nájomníkom na návštevy, ale zabudli jej oznámiť, že od 1.októbra je návštevám koniec. Akonáhle sa Rahmi postavil, spozornela a bežala sa radšej schovať za sedačku. V momente, ako zaregistrovala nepriateľský pohľad mojich očí a metlu s dlhočiznou rúčkou, ktorú pevne zvierali dve ruky, pripravené na duel, rozhodla sa zmeniť taktiku a bleskovo opustiť bojové pole bez straty na životoch. Potvorka mala presne zmapované, kade vedie cesta na slobodu a zvolila si najkratšiu možnú trasu k nej.

„Najradšej by som išla za tým nesympatickým maklérom a povedala mu tak od srdca svoj názor! Aby si časť peňazí vypýtal od ostatných nájomníkov, ktorí si garsónku delia s nami! Škoda, že musím mať zastrčené rožky! Micky, tu veru dlho nezostaneme. Od zajtra začíname hľadať niečo iné! Ale kým v nej ešte bývame, mohli by sme pozvať na návštevu moju mamu, čo myslíš? Lebo ak bude naša ďalšia adresa „Pod mostom č.3", tak tam ju isto dlho nezavolám. Mama neznáša prievan... v podstate ešte menej myši a šváby, ale tie pred jej príchodom dôkladne vyničíme."

„Samozrejme, nech len príde!" súhlasil s oboma predloženými návrhmi.

Prácu au-pair som vykonávala naďalej poctivo, i keď večery som prevažne trávila s Mickym v centre Mníchova. Tante Clara sa pomaly spamätávala zo šoku z výpovede a začala si zháňať nové pôsobisko. Laura deťom vhodným spôsobom oznámila, že od januára k nim už nepríde. Napriek tomu si myslím, že Tim sa iba ťažko vyrovnával s toľkými predzvesťami zmien naraz. Odrazilo sa to na jeho správaní. Podvedome stále častejšie vyvolával konfliktné situácie. Možno i preto ho Laura koncom novembra prihlásila na taekwondo. Tréningy, kde si mal vybiť nadbytočnú energiu, začínali o štvrtej poobede, a tak pripadlo na starosť mne, pravidelne ho tam vodiť. Športová hala sa nachádzala - s prihliadnutím na detské, ale i dospelácke nôžky - dosť ďaleko. Cestovali sme preto zakaždým autobusom a Mia nás musela sprevádzať. Občas sme sa s ňou prizerali cvičeniu, inokedy sme sa išli poprechádzať po okolí. Timovo taekwondo bolo mojou prvou skúsenosťou z kategórie ´kapitalizmus a aktivita jednotlivca vo voľnom čase´. Prekvapene som sledovala priebeh hodiny. Moje kritické hodnotenie tamojších pomerov vychádzalo predovšetkým z osobných skúseností z tréningov karate v jednom z bratislavských oddielov. U nás sme sa na začiatku najprv poriadne zahriali. Tak, že sa nám z kečky parilo. Výuku viedol chlap, ktorý prítomným dával riadne do tela. Že bol napriek svojim tvrdým metódam uznávaný, nasvedčoval počet záujemcov v športovej hale. Praskala vo švíkoch. Nik nás nenútil chodiť k nemu na hodiny, a predsa sme to robili s nadšením. Ak niekto prišiel neskoro, musel klikovať alebo drepovať. Ak niekto príliš veľa džavotal počas rozcvičky, robil extra cviky navyše alebo musel opustiť telocvičňu. Vládla u nás železná disciplína a všetci sme ju rešpektovali. Či päťroční, či päťdesiatroční. Nenavštevovali sme totižto krúžok šikovných rúk, kde sa popri tvorení veselo komunikuje so susedom, ale venovali sme sa aktívne športu, kde pri menšej nepozornosti môže dôjsť k vážnym zraneniam. A plne sme si to uvedomovali. V Nemecku by veľmi rýchlo musel prehodnotiť svoje metódy, inak by od takej tretej/ štvrtej hodiny pozeral do prázdnej haly a mohol by sa rozlúčiť s postom trénera.

Tu odštartovali hodinu väčšinou bez akejkoľvek zahrievacej rozcvičky. Zúčastnení priamo prešli k výkopom a úderom. Disciplína sa javila byť hlavne pre mladšie, školopovinné ročníky cudzím slovom. Tréning nemal ani hlavu, ani pätu. Až oveľa neskôr som pochopila súvislosti. No zatiaľ som bola iba nezasväteným pozorovateľom.

Niekedy v polovici októbra som sa práve chystala s deťmi na prechádzku, keď zrazu zazvonil telefón. „Dovolali ste sa do rodiny B. Pri telefóne je Katja. Prosím?"

„Katja...., ahoj," ozval sa tichý hlas z druhej strany. Identifikovala som ho do dvoch sekúnd.

„Chcela som sa spýtať, ako sa ti darí... a ospravedlniť sa za ten posledný večer. Správala som sa naozaj otrasne. Mrzí ma to. Nestretli by sme sa dnes po tvojej službe? Veľmi mi chýbaš, Honey."

„Alida!" zvolala som radostne, že sa ľady konečne prelomili. „Jasné, že sa stretneme. Aj ty si mi veľmi chýbala. A mám pre teba malé prekvapenie. Pôjdeme spolu do mesta, dobre? Teraz idem s deťmi na ihrisko a o pol ôsmej ma čakaj na zástavke pri vašom dome."

Proti návrhu nič nenamietala, a tak sme sa v dohovorenom čase stretli v autobuse, smerujúcom do Mníchova.

„Cestou sa stavíme ešte v potravinách, aby sme kúpili niečo špeciálne na malú oslavu v trojici. Skolauduješ nám nové bývanie s Mickym! Dúfam, že s návrhom súhlasíš."

„Vážne? Našli ste si konečne nejaký byt pre seba?"

„No byt... skôr malú garsónku. Je to prechodné riešenie, ale aspoň niečo. Veď uvidíš. A ty s Justym ako?"

„Momentálne dobre. Všetko sme si vydiskutovali. Dokonca uvažujem nad tým, že by som si v Nemecku predĺžila pobyt. Práve si zisťujem, či sa to dá. Katja, mne sa teraz vôbec nechce ísť domov."

„To by bolo fantastické, keby si tu zostala naďalej!!!"

Bohužiaľ sa jej plány nepodarilo zrealizovať. Musela opustiť krajinu v pôvodne stanovenom termíne na konci októbra. Výnimky sa v Nemecku neudeľujú (a o iných možnostiach som sa dozvedela až oveľa neskôr). Nepodarilo sa jej stretnúť ani s mojou mamou. Zato čas, ktorý jej zostával do konca, sme sa snažili využiť čo najintenzívnejšie.

V ten chladný októbrový deň, keď sme ju vyprevádzali na mníchovskom letisku spolu s rodinou a Justym, som nechcela uveriť, že je zrazu všetkému koniec. Už predtým, než sa za ňou naposledy zavreli automatické presklené dvere, vedúce ku jednotlivým GATE-východom, som si silno hrýzla do pery a iba s veľkou námahou potláčala slzy. Alida nám vytrvalo mávala rukou a po posledný roh sa tvárila hrdinsky. Čo nasledovalo potom, vedia iba jej najbližší spolucestujúci a letušky...

V tú noc, keď z lietadla hľadela na vzďaľujúcu sa Európu, som sa odrazu zobudila na strašne skľučujúci pocit a neznámu ťažobu. Posadila som sa na posteli a výbuch mora trpkých, slaných sĺz ma takmer zadusil. Nepomáhalo ani Rahmiho utišujúce náručie. Predpokladám, že som vtedy musela zobudiť celý barak. Susedov, myši i šváby. Asi o tri dni sme po telefóne plakali dvojhlasne. Prelievali sme dvojkontinentálne slzy.

Na jej miesto nastúpila približne o týždeň nová au-pair, tentokrát dievčina z Čiech. Rodina sa spýtala, či jej smú dať číslo na mňa. Súhlasila som. Petra bola aj veľmi milá osôbka, ale časom som zistila, že pri každej návšteve u nej neskutočne trpím, hoci ona na tom neniesla žiadnu vinu. Tá izba patrila jednoducho Alide a ja som sa nijako nedokázala zmieriť s predstavou, že na jej posteli zrazu spáva niekto úplne cudzí. Trhalo mi srdce ...(bo rozlúčka dolieha viac na tých, čo zostávajú a nie na tých, čo odchádzajú).

Kúsok od garsónky sa nachádzalo jedno malé, útulné bistro. Micky doň občas zbehol na kávu. Snažil sa spôsobom jemu blízkym udržiavať dobré susedské vzťahy, nadviazať ďalšie kontakty.

„Dž-nem, dnes som spoznal zaujímavého chlapíka. Nabudúce ti ho určite predstavím. Rozpráva však silným dialektom, až mám niekedy sám problém mu rozumieť. Dohodli sme sa, že mu zajtra pôjdem pomôcť do roboty. Je správcom niekoľkých domov na tejto ulici a možno by nám dohodil nejaký vhodný byt!"

„Keď myslíš, tak choď. Za pokus to isto stojí."

Onkel, ako ho po domácky oslovoval Micky, bol Bavorák celým telom i dušou. Spoznala som ho onedlho v spomínanom bistre. Svojim výzorom a spôsobom vyjadrovania by lepšie zapadol pod vrcholky Álp, než do uponáhľaného veľkomesta na rovine bez kopcov. A jeho bavorština patrila ku tým najbavorskejším. Vačšinou som iba tipovala, čo mi asi povedal. Rahmi mu od toho dňa často vypomáhal na obchôdzkach.

„Micky mi prezradil, že zháňate lacný prenájom."

„Áno, ale zatiaľ sa nám príliš nedarí."

„Ak by ste mali záujem, o štyri brány ďalej je voľný dvojizbák. Momentálne sa síce dom bude renovovať, ale v byte by sa po menších úpravách dalo v pohode existovať. Je priestranný a nájomné tiež nie je vysoké. Chcete si ho ísť zajtra obzrieť?"

„Prečo nie? Obzrieť môžeme..."

Zbytočne som sa tešila dopredu. Zatiaľ som netušila, že na druhý deň budem horko-ťažko lapať po dychu a po lícach mi budú stekať imaginárne krokodílie slzy!

Keď sme sa v dohodnutú hodinu stretli na zadanej adrese, stále som verila v šťastenu a jej dobroprajný úsmev, ktorý sa tentokrát rozhodla venovať iba nám. Až keď sa otvorila vstupná brána a ja som bola konfrontovaná pohľadom na niečo, čo silne pripomínalo kulisy k strašidelnému hollywoodskemu filmu, pochopila som, že sme zasa raz naleteli predstave o dobrom konci. Na dvore pred nami sa povaľoval stavebný materiál. Pomaly som vystupovala hore vrzgajúcimi schodmi a čakala na zázrak. (Ono by úplne stačilo, ak by schody počas prehliadky vydržali váhu troch dospelých tiel.) Lenže zázrak sa nekonal. (Ba áno, oni vydržali.)

„Micky, ty si to tu predtým videl?" otočila som sa ku nemu s hrôzou v očiach.

„Nie, ale Onkel hovoril, že dom budú renovovať."

„Dom? Kde ty vidíš dom? Veď toto je ruina! Posledný existujúci dôkaz o bombardovaní v štyridsiatom piatom!"

„No zvonku vyzerá trochu... neútulne, ale keď ho opravia..."

„Prepáč, ale tu ja určite nebudem čakať na nejaké opravy. Dom je neobývaný, strašidelný, ktohovie, aká hávěď žije poschovávaná tu! Neprichádza v žiadnom prípade do úvahy, ani keby som vypila tri fľaše vodky naraz! Nech mi zatemní myseľ a zrak a uchráni ma pred týmto tu!" hundrajúc som rukou ukázala pred seba.

„Asi máš pravdu," pripustil nakoniec i on.

„Konečne rozumná reč! Vraciame sa nazad ku našej šedej myške!"

Onkelovi sme poďakovali za ochotu a dali mu jasne najavo, že niečo podobné nech nám viac neponúka (niektorým darovaným koňom treba predsa len posvietiť na každý zub zvlášť). Vlastne nestihol ponúknuť ani nič iné. Čoskoro sme totižto zažili ďalšiu zmenu.

Krátko pred ňou prijala pozvanie na návštevu moja mama. V Mníchove bola po prvýkrát a mesto na Isare ju okamžite očarilo. Pripravili sme pre ňu bohatý program. Vďaka nej som konečne spoznala i jednu z najznámejších stavieb v priamom centre Mníchova – *Hofbräuhaus*. Najstaršiu piváreň, nazývanú i „*Palác piva*", ktorú na potulkách mestom nevynechajú z plánu prehliadok takmer žiadni turisti. Určite nie americkí a japonskí. Podľa oficiálnych štatistík sa v nej denne zastaví asi tridsaťpäťtisíc návštevníkov, takže nikoho počas špičky neprekvapí to „*mravenisko*" vovnútri. Pridala sa ku nám aj Anka. I pre ňu to bola premiéra.

Ak si na začiatku prehliadky zvolíte správny vstup, privíta vás priestranná hala s mohutnými stĺpmi a klenbami. Sú vyzdobené krásnymi maľbami. O dobrú náladu sa stará i početná, miestna kapela. Na poschodí sa nachádza ďalšia obrovská hala a menšie miestnosti. K dispozícii je viac ako tritisícpäťsto miest na sedenie, takže pokojne môžete prísť aj s trochu väčšou partiou. Pre štamgastov sú na prízemí určené police, do ktorých si zamykajú svoje vlastné krígle. Okrem piva a radleru sme si objednali i velikánsky praclík. Chrumkavý, čerstvý, rozvoniavajúci, jedným slovom božský!

Mimochodom, presnú kópiu Hofbräuhausu nájdete od roku 2004 aj v Las Vegas.

Naše ďalšie kroky mierili do Álp, na jazero *Königssee*. Opäť sme so sebou vzali i Anku. Zabudla som, kto nám naň poskytol tip, ale týmto mu dodatočne vyjadrujem vďaku. Krátko pred Salzburgom sme zišli z diaľnice a vydali sa južným smerom. Očami sme hltali krásu majestátnych veľhôr vôkol nás.

Jazero je osem kilometrov dlhé, 1250 metrov široké a studená voda v ňom s hĺbkou takmer dvesto metrov má kvalitu pitnej. Nachádza sa ukryté medzi strmými, vysokými alpskými vrchmi národného parku Berchtesgaden, ktoré sa kolmo zvažujú priamo k brehu. Jediný možný prístup autom je práve zo severu, od dedinky Königssee. Ďalej sa ide loďami s elektromotorom, ktoré neznečisťujú krištáľovo čistú vodu.

Na zastávke St. Bartholomä sa môžete posilniť v reštaurácii loveckého zámku a spraviť si zdravotnú prechádzku okolitým lesíkom.

Na konečnej s názvom Salet je okrem reštaurácie druhé, menšie jazero *Obersee* a štyristo metrový vodopád Röthbach.

Okamžite sme sa rozhodli pre plavbu po najjužnejší cíp. Približne v jej polovici lodivod nečakane zastavil náš dopravný prostriedok, vybral odniekiaľ krídlovku a tóny, ktoré na nej vylúdil, sa odrážali od náprotivnej echo-steny späť k nám ako čarovná ozvena. Pozdrav horských víl a škriatkov. Pri toľkej nádhere mi nabehli zimomriavky.

223

Na nasledujúci deň sme boli pozvané k Laure. Na stôl postavila kanvicu s kávou, mlieko, cukor a rozložila viacero druhov zákuskov. Simultánne som tlmočila rozhovor. Vetu za otázkou, otázku za vetou. Z obývačky sa šíril smiech a hlasná vrava. A najviac nás prekvapila, ba priam dych vyrazila malá Mia. V okamihu spoločného fotenia pristúpila ku mojej mame a vtisla jej na líce velikánsky bozk. Niečo podobné nikdy predtým pri úplne cudzej osobe, ktorá navyše ani nerozprávala jej rečou, nespravila!

Po odchode maminy domov nadobudli ďalšie udalosti relatívne rýchly spád. Niekedy začiatkom novembra som na chodbe pred dverami garsónky náhodou stretla nášho nesympatického makléra. Navzájom sme sa pozdravili a on promptne spustil výsluch. „Hľadám vášho priateľa. Kde ho nájdem?"

„Nie je doma?"

„Zvonil som, ale nik neotvára."

„Tak ešte asi neprišiel. Chcete mu niečo odkázať?"

„Netreba, skúsim mu zavolať na mobil a … znamená to, že vy tu bývate s ním?"

„Nie, prišla som iba na návštevu."

„Mhm," zakončil krátky rozhovor a nedôverčivo sledoval, ako odomykám dvere. Vkĺzla som dovnútra a rýchlo ich za sebou zavrela. Onedlho po mne sa dostavil aj Rahmi.

„Micky, hovoril si s maklérom?" spýtala som sa ho namiesto pozdravu.

„Nie. Prečo by som mal?"

„Lebo ťa dnes hľadal priamo tu. Vbehla som mu do náručia, keď práve odchádzal. Netušíš, čo od teba chce?"

„Vôbec nie. Keď niečo potrebuje, má predsa moje telefónne číslo!"

„Veď vravel, že ťa zavolá."

Viac som tej udalosti nevenovala pozornosť, ale o niekoľko dní sme sa znovu stretli. Práve som bola zaujatá prípravou zemiakových placiek na zbojnícky spôsob.

„Micky, prosím ťa, zbehni rýchlo do obchodu, zabudla som kúpiť vajcia. Bez nich z obeda nič nebude!"

„Hneď teraz?"

„Áno, prosím…"

Snáď tri minúty po jeho odchode zazvonil vchodový zvonček. Ruky som mala zamastené, a tak som otvorila lakťom a zasa sa otočila ku kuchynskej mini linke. „Čo si si zabudol?"

„Dobrý deň," pozdravil ma známy hlas. Ale nie ten, ktorý som si priala počuť. Maklér s červenou tvárou drzo vstúpil dnu a pokračoval krátkym monológom.

„Odkážte priateľovi, že zatiaľ stále ešte nenabehlo nájomné za minulý mesiac. Nech sa okamžite dostaví v pondelok ku mne do kancelárie.

A očakávam tam i vás. Doneste si so sebou doklady, nahlásime vás ako spolubývajúcu!"
Nesnažila som sa zmôcť na odpoveď. Zdalo sa, že ho ani žiadna nezaujíma. V kostiach som už cítila blížiace sa nepríjemnosti. Na podobné jednanie v podstate nemal právo, ale hádať sa s ním neprichádzalo absolútne do úvahy. Nepotrebujem vyhrať spor, pri ktorom by ma odhalili...
Len čo zmizol v chodbe, sadla som si do izby a zvažovala situáciu. Netrvalo dlho a Micky sa vrátil z nákupu.
„Čo tam tak sedíš, ako by ti obed prihorel?" spýtal sa rovno odo dverí.
„Prečo si mi zamlčal, že si neprevedol nájomné? Práve si sa minul s riadne peniacim maklérom!"
„Katja, sama si vyhlásila, že chceš ísť odtiaľto čo najskôr preč! Predsa mu nebudeme platiť za takúto dieru! Lepšie povedané, ja mu nezaplatím a navrhnem, aby ma vyhodil. Poteší ho, ako sa super rýchlo zbavil neplatiča a nájomné si ponechá z kaucie. Takto ani jeden z nás nepríde o peniaze a my sa dostaneme ľahko zo zmluvy von! Inak by sme tu museli zostať ešte ďalšie tri dlhé mesiace..."
„Premyslené to máš 'fantasticky', len si zasa raz zabudol informovať i mňa! Dúfam, že to takto bezproblémovo skončí, pretože žiadal odo mňa, aby som sa dostavila s tebou a nahlásila sa ako spolubývajúca. Naozaj by si ma mohol ušetriť od podobných šokov!" vyriekla som nahnevane.
Za iných okolností by som mu to len tak neodpustila, ale nemala som na výber. Do kancelárie zašiel iba Micky. Makléra ani Onkela som nikdy viac nestretla a na konci novembra sme vyprázdnili tú nešťastnú garsónku. Čakalo nás opätovné, úmorné hľadanie a kopec iných „prekvapení".

Aj pred vyše dvadsiatimi rokmi sa menil čas, presne ako dnes. Letný na zimný a zimný na letný. V ten víkend, keď sa zasa raz posúvali hodiny smerom dozadu, došlo v rodine výnimočne ku drobnej zmene v zaužívaných zvyklostiach.
„Katja, veľmi by ti prekážalo, keby som ti zamenila sobotňajšiu službu za nedeľu? Posledné dva týždne bolo stále zlé počasie a práve na nedeľu hlásia dvadsaťpäť stupňov. Phil a ja by sme si radi vyrazili po dlhom čase na výlet motorkou okolo jazier, ale iba ak nemáš žiaden iný program a dáš poobede pozor na deti," sondovala Laura v pondelok večer.
„Samozrejme, že dám. Doobeda je dosť času, vyspať sa do ružova a poobedie si pokojne už teraz zaznačte do kalendára ako motorkové!"
„Ďakujem. Ihneď to oznámim Philipovi. Určite sa poteší, že konečne prevetrá svoju novú kombinézu!"
V sobotu sme sa s Rahmim tiež vybrali na vopred plánovanú akciu a prespali v garsónke. Ráno som sa zobudila a na chvíľu ma premohli mierne pochybnosti. „Micky, nezavolám im pre istotu, či nezabudli, že v noci získali hodinu k dobru?"
„Prosím ťa, veď to vedia všetci!"

„To by som netvrdila až s takou istotou. Poznám pár jednotlivcov, ktorých mnohé, všeobecne známe skutočnosti zaskočia nepripravených... ale asi máš pravdu. Práve oni dvaja to musia predsa vedieť, aj keby nechceli. Lauru určite upozornili aspoň desiati z piatkových pacientov a Philip bol dokonca včera v robote. Z jeho päťdesiatich zamestnancov isto niekto nastavoval na pondelok hodiny v obchode. Netreba ich skoro zrána zaťažovať taľafatkami."

Približne takto znela moja teória na upokojenie svedomia.

A tak som si v nedeľu doobeda spolu s Mickym užívala teplých, slnečných lúčov v centre mesta a štrnásť nula nula stála pred domom. Tim sa práve hral vonku s Miou. V behu prudko zabrzdil priamo predo mnou, uškrnul sa a šeptom mi oznamoval: „Papa ťa už čaká a je veľmi nahnevaný, že meškáš!"

„Nahnevaný síce môže byť, ale zlosť ho veľmi rýchlo prejde," odpovedala som suverénne a v stotine sekundy pochopila, že som ich ráno predsa len mala upozorniť, čo sa udialo v celom Nemecku... a teda i v ich domácnosti, hoci zjavne bez ich vedomia.

Obaja sedeli v kuchyni a z ich spotených tvári sálala nervozita, rozhorčenie a zmes ďalších, podobných emócií.

„Prosím ťa, prečo si nám nezavolala, že prídeš o hodinu neskôr, keď vieš, ako dlho sme si plánovali tento výlet?!" začal podráždene Philip a bol by pridal aj iné výčitky, kebyže som ho rázne a náznakom zdvihnutej ruky nezastavila.

„Stop, stop, stop, stop... kým nevyslovíš niečo, čo ťa možno bude neskôr mrzieť," a ďalej som pokračovala s pokojom Angličana. „Ja som na rozdiel od vás presná, to iba vy sa potíte vo svojich super kožených nablýskaných motorkárskych kompletoch zbytočne hodinu dopredu! Túto noc sa menil čas a tak sa mi zdá, že ani jeden z vás o tom nič nechyroval. To ste si doteraz ani rádio nezapli?"

Svorne na mňa hľadeli, akoby som práve pristála z Marsu. Prvá sa začala smiať Laura. „No to je výborné. Tak my tu hodinu frfleme a navzájom sa presviedčame, že sa už každú minútu zaiste zjavíš vo dverách, pretože sa ani jednému z nás nechcelo prácne sťahovať a opäť naťahovať tie potom nasiaknuté a na telo prilepené mundúry a ty nás odrovnáš dvoma vetami."

„Troma... A veríš, že som mala nutkanie vám zavolať, či ste si správne nastavili hodiny? Dnes ráno som sa o tom bavila s Mickym, ale i on bol tej mienky, že si robím zbytočné starosti. Čo sa raz stalo, sa neodstane. Ale sľubujem, že odteraz vás vždy upozorním, keď sa opäť bude uberať alebo pridávať dlhých šesťdesiat minút v stredoeurópskej časomiere, aby ste sa zasa nebodaj nejakým spôsobom neutýrali k smrti..."

Kým si v rýchlosti balili posledné veci na výlet (a aj istú dobu potom), sme sa úžasne zabávali na motorkovej story.

Na záver (27.)

Nasledujúce dve príhody sa odohrali v čase, keď sme ešte bývali v garsónke. Micky sa rozhodol, že si do nej presťahuje nejaké veci zo svojho pôvodného bytu. Išiel si po ne krátko po obede. Predpokladala som, že mu balenie bude trvať dlhšie. Čakala som ho až k večeri. Vrátil sa o niekoľko hodín a zdal sa byť dosť rozrušený.

„Nie si ty akýsi bledý?" spýtala som sa ustarostene.

„Nie…," nachvíľu sa odmlčal. „Vlastne, asi áno. Švagrinú sme viezli do nemocnice."

„Niečo vážne?"

"Muž ju zbil…."

„Čo spravil???"

„Ja som bol na vine. Zabudol som si vziať kľúče a ona mi odmietla otvoriť. Vraj rodina je proti, aby som sa odsťahoval. Kým som sa s ňou dohadoval na chodbe, prišiel domov aj môj nevlastný brat. Veľmi ho rozčúlilo, ako sa so mnou rozprávala a že ma nechala stáť predo dvermi. Len čo ich odomkol, začal ju tĺcť hlava, nehlava."

„A to si ho nemohol nijako zastaviť?"

„Snažil som sa mu dohovoriť, aby prestal, ale nepočúval ma."

„Aké dohovoriť? Ruky si mu mal pevne schmatnúť!"

„Katja, ja sa mu nesmiem miešať do jeho rodinných záležitostí."

„A to sa budeš radšej nečinne prizerať, ako mláti svoju ženu?"

„Čo som mal robiť? Zavrel sa s ňou do spálne!"

„Privolať políciu, keď to inak nešlo!"

„Je to môj brat, nezavolám na neho policajtov…"

„Ale prosím ťa! Keď bije bezbrannú osobu? A čo je teraz s ňou?"

„Nechali si ju na oddelení. Nepočkal som na výsledky vyšetrení, musel som sa postarať o ich dcéry. Odviezol som ich k našim rodičom. Dnes prespia u nich a zajtra sa uvidí. Tých dievčat je mi ozaj ľúto. Nemôžu za to, že ich rodičia sa neustále hádajú. Najradšej by som ich vzal ku sebe!"

Jeho poslednú vetu som nemienila rozvíjať žiadnym smerom. Dúfala som, že to nevraví úplne vážne. Neskôr som sa dozvedela, že švagriná bola niekoľko dní hospitalizovaná v nemocnici. Micky ju párkrát navštívil a vzal so sebou i deti.

Ďalší zážitok s jeho príbuzenstvom nenechal na seba dlho čakať. Iba s tým rozdielom, že tentokrát do diania zatiahli i moju au-pairsku rodinu. V sobotu po raňajkách sa Philip ako zvyčajne pobral do roboty a doma sme zostali my dve s Laurou a, samozrejme, Tim s Miou.

Práve sme v kuchyni dojedali zvyšky obeda, keď zrazu zazvonil telefón.

„Nechaj tak, idem ja," vstala od stola Laura.

Nevenovala som príliš pozornosť rozhovoru, ktorý sa odvíjal v predsieni, ale okamžite som spozornela pri pohľade na jej zamračenú tvár, len čo sa vrátila nazad.

„Deti, choďte si na chvíľu pozrieť rozprávku do spálne," prekvapila ma svojou nečakanou výzvou. Vety s podobným obsahom zaručovali síce, že drobci rýchlo a bezproblémovo vyplnili zadanú úlohu, ale v čase poobedňajšom boli viac než zarážajúce. Akonáhle sme z izby začuli známe tóny z obľúbenej rozprávky, otočila sa Laura ku mne.

„Katja, vôbec nerozumiem, čo mal znamenať ten telefonát pred dvoma minútami."

„Zatiaľ ani ja nie. Ani neviem, kto vlastne volal."

„Na linke bol akýsi mladík. Z hlasu predpokladám, že sa jednalo o cudzinca. Najprv sa spýtal, či máme au-pair Katju a potom zahlásil, ževraj máš za priateľa ženatého muža a hneď nato zložil!"

„Čože???" pozerala som na ňu vyjavene. Ako teľa na nové vráta.

Nestihli sme pokračovať v rozhovore, pretože telefón opäť zazvonil. Naraz sme otočili hlavy do smeru, odkiaľ zvuk prichádzal.

„Zdvihnem to?" spýtala sa neisto Laura.

„Mhm. Počkaj, idem s tebou."

Spolu sme zbehli ku klavíru a ona vzala do ruky slúchadlo. Tentokrát však zároveň zapla tlačidlo na hlasné odpočúvanie.

„Ešte som vám nedopovedal, že jej priateľ má i deti!" ozval sa mužský hlas a ja som okamžite rozpoznala, komu patrí. Rahmiho mladšiemu bratovi Ayhanovi.

„Zdravím, Ayhan, tuším si sa zabudol predstaviť," zahlásila som s riadnou dávkou pohŕdania a zlosti naraz. „To sa neodvážiš prísť priamo sem, keď máš niečo na srdci?"

Pravdepodobne nerátal s tým, že budem na aparáte, alebo že ho tak rýchlo identifikujem. Iba niečo zahundral a rýchlo prerušil hovor.

„Rozumieš tomu?" zahľadela sa Laura udivene na mňa.

Bezvládne som sa spustila na schody v predsieni a bez slov záporne krútila hlavou. Triasla mnou zimnica.

„Poď ideme do kuchyne a tam to v pokoji preberieme," zodvihla ma a tlačila pred sebou smerom hore.

„Myslíš si, že hovoril pravdu?" pokračovala v rozhovore, keď sme si sadli ku stolu.

„Myslíš si ty, že hovoril pravdu? Podľa toho, ako poznáš Mickyho?"

„Hm, keď tak nad tým uvažujem, pripadá mi to ako totálny nezmysel."

„Ale z akého dôvodu to Ayhan potom spravil? Prečo sem zavolal?"

„Ťažko povedať. Čo mieniš teraz vlastne robiť?"

"Hmm. Nik mi len tak v Nemecku neposkytne informácie o tretej osobe, s ktorou navyše nie som v príbuzenskom vzťahu a čo ja už toho nazisťujem, keď som tu sama načierno. Neodvážila by som sa niečo podniknúť, čo by uškodilo mne alebo vám."

„Chceš, aby som sa ja pokúsila niečo o ňom zistiť?
„Ale ako? Netuším, čoho je schopný jeho šialený brat… Preboha, mne sa asi práve rozletí hlava a srdce mi vyskočí z hrude… Veď to nemôže byť pravda. Vieš, koľkokrát som za ním zašla do ich mestečka a spolu sme sa ruka v ruke prechádzali za jasného dňa pešou zónou priamo v centre? Dokonca mi ukázal pekáreň, kde jeho mama každé ráno pripravuje cesto na chleba. Predstavil ma viacerým známym, x-krát som s ním bola na biliárde alebo sedela v aute pred jeho domom… Kebyže mal ženu, musela by mi prísť oči vyškriabať za toľkú opovážlivosť!"
„Katja, upokoj sa. Najlepšie bude, ak sa spýtaš priamo Mickyho. Alebo nie! Ja sa s ním pozhováram. Ak súhlasíš, zavolaj ho ihneď k nám a ja ho podrobím krížovému výsluchu!"
Privolila som a vzápätí vytočila Mickyho číslo.
„Ahoj, máš teraz čas?" začala som bez akéhokoľvek úvodu a môj chladný, odmeraný hlas by vyľakal i mňa, kebyže so mnou niekto tak rozpráva. A nieto ešte partner!
„Dž-nem, deje sa niečo?"
„Nadarmo sa pýtaš. Okamžite príď k nám a dozvieš sa!"
„Katja, čo sa deje?"zopakoval otázku a cítila som, že hlas mu o dosť zneistel.
„Po telefóne ti nebudem nič vysvetľovať. Stala sa vážna vec a potrebujem s tebou niečo súrne prediskutovať. Ale určite nie takto."
„V poriadku. Do hodiny som u teba."
S Laurou sme preberali znenie možných otázok. Vlastne som jej bola vďačná, že prevzala iniciatívu, pretože som sa zrazu na nič nedokázala sústrediť.
Vtom opäť zazvonil telefón. Tentokrát som zdvihla ja.
„Dž-nem, pred pár sekundami som dohovoril s bratom. Priznal sa mi, čo spravil. Prosím ťa, nič z toho mu never. Všetko si vymyslel…"
„Micky, povedala som ti, že po telefóne sa s tebou nebudem o ničom dohadovať! Vysvetľovať môžeš priamo tu. Zatiaľ ahoj!"
Keď konečne dorazil, odmietla som sa s ním zvítať ako zvyčajne. Tvárila som sa odmerane. Ako ľadová socha z Harbinu.
„Nech sa páči, Laura ťa čaká hore v kuchyni. Ona bude s tebou hovoriť!"
Rukou som mu naznačila smer, kam má ísť. Smutne sklonil hlavu a vystúpil po schodíkoch hore.
„Ahoj Laura," pozdravil ju odo dverí.
Kedysi jej vykal, ale po jednom spoločnom výlete v *Biergartene* mu sama navrhla tykanie.
„Ahoj. Takže už si sa sám informoval, čo sa tu pred dvomi hodinami odohralo a dúfam, že nám poskytneš vyčerpávajúcu odpoveď. Radím ti, aby si vravel iba pravdu. Ak bude treba, zistím si cez známych aj sama, čo potrebujem. Dúfam, že si uvedomuješ vážnosť situácie."

Netušila som, či predošlou výpoveďou iba blufuje alebo či to myslí smrteľne vážne.

„Laura, všetko si vymyslel môj brat! Nič z toho však nie je pravda. Nikdy som nebol ženatý. Prisahám na život svojej mamy! Zatiaľ neviem, prečo to Ayhan spravil. Rozprávali sme sa iba chvíľu po telefóne a strašne sme sa pohádali. Katja nástojila, aby som najprv prišiel ku vám, ale odtiaľto idem okamžite domov a budem od neho žiadať vysvetlenie. Aj keby som ho mal pri tom zahlušiť!!!“

Laura sa s ním ešte chvíľu rozprávala. Ja som iba mlčky sledovala ich rozhovor z rohu kuchyne.

„Katja, uvidíme sa dnes večer?“ polohlasne sa spýtal Micky pri odchode.

„Nie. Momentálne chcem byť sama! Nevolaj mi, prosím. Potrebujem si mnohé utriediť v hlave a nežiada sa mi vidieť ťa.“

„Katja, ale to je presne to, čo on chcel dosiahnuť. Nesmieš dovoliť, aby sa mu to podarilo! Dž-nem, ja ťa ľúbim…“

„Micky, choď teraz domov a nechaj ma na pokoji, dobre? Ja už dnes nechcem nič počuť!“ pomaly som za ním zatvárala vchodové dvere a on sa so slzami v očiach pobral ku svojmu autu.

Na druhý deň som sa pobrala do mesta a hodiny som sa bezcieľne prechádzala chladnými ulicami. Túžila som, aby mi mráz dôkladne vyštípal líca a zobudil ma zo zlého sna. Chýbala mi Alida a jej spevavé „Come on, Honey!“

Nasledujúce dva večery som sa naďalej odmietala stretnúť s Mickym. Nuž prišiel on za mnou. Pridržal sa známeho: *keď nejde hora k Mohamedovi...* A doviedol si posilu. S prekvapením som hľadela do tváre jeho arogantného brata. Obaja stáli pred vchodovými dverami ako na popravisku. Každý z nich sa však obával iného kata. Micky mňa a Ayhan jeho.

„Prišiel som sa ti ospravedlniť,“ začal mladší zo súrodencov.

Pozerala som mu priamo do očí a on mi neustále uhýbal pohľadom. To už mi za chrbtom stála i Laura.

„Všetko som si vymyslel. Mama s otcom ma prinútili.“

„Ako ťa mohli prinútiť? A prečo by to robili?“ spýtala som sa stroho.

„Nepáčilo sa im, že Rahmi vôbec nechodí domov a nesúhlasili s tým, aby sa odsťahoval preč. Nakázali mi, čo urobiť a ja som iba splnil ich želanie.“

„Znamená to, že Rahmi nie je ženatý?“

„Nie je a nikdy nebol. Narozprával som samé klamstvá.“

„Katja, odveziem teraz Ayhana domov a smiem sa potom u teba staviť?“

O dve hodiny neskôr prišiel aj s Hamidom ako svojim posledným korunným svedkom. I on potvrdil, že sa naozaj jednalo o jedno veľké rodinné sprisahanie proti Mickymu. Vzali nás spolu s Laurou do jednej menšej reštaurácie na rozhovory vo štvorici.

„Naši rodičia patria do povojnovej generácie, ktorá sa vysťahovala do Nemecka za vidinou dobrého zárobku, ale bez potrebného vzdelania

a znalosti reči a dodnes sa nijako nesnažia začleniť do tunajšej spoločnosti," začal svoj príhovor Hamid. „Život v tejto časti Európy je pre nich natoľko odlišný od ich pôvodného, že sa radšej dobrovoľne izolovali. My, ich deti, sme to tiež nikdy nemali ľahké. Do šiestich rokov sme vyrastali iba vrámci tureckej komunity. Neovládali sme žiadne nemecké slovíčka a zrazu prišla škola. Naši otcovia chodili do zamestnania, najlepšie na dve smeny, aby zvládli podporovať početné príbuzenstvo v Turecku, a matky nám nedokázali pomôcť, lebo sa nemčinu nikdy nenaučili. Väčšina z nás potom neprospievala v škole a takto sa to s nami ťahalo ďalej... V triede sa mi spolužiaci vysmievali, že sa nikdy nenaučím poriadne rozprávať. Tak som sa zaťal a začal bifľovať, až sa mi z hlavy parilo. A na konci roka som ako jediný z takmer tridsiatich detí dostal jednotku z nemčiny!"
Pri poslednej vete (kedykoľvek ju spomenul) mu z očí vyžarovala hrdosť a hruď vypínal ako kohút na smetisku. Ja som väčšinou iba mlčky počúvala, čo hovorí, zato Laura sa veľmi aktívne zapájala do diskusie s ním. Zaujímalo ju veľa vecí.
„Môj *baba* (otec) celý čas sníva o tom, ako sa s *aňe* (mama) na starobu vrátia nazad do svojho rodiska. Postavili si v ňom parádny baráčisko."
„A čo im v tom bráni?" vyzvedala.
„Zatiaľ návrat stále odďaľujú, pretože keby sa rozhodli nadobro opustiť Nemecko, dostával by len isté percentá z dôchodku. No ani o ten zvyšok nechce prísť, aspoň zatiaľ nie. Nuž tak žije stále v Mníchove."
„A ty a tvoji súrodenci? Máš predsa nejakých, či nie?"
„Áno. My mladí už netúžime ísť naspäť. Celý svoj život sme strávili v tejto krajine. Tu to poznáme a tam dole chodievame iba na dovolenky. Nič viac nás do Turecka neťahá, jednoducho tam nepatríme."
V ten večer som urobila definitívnu čiaru za Rahmiho príbuzenstvom. Medzi nami stála zrazu neviditeľná, do neba siahajúca stena a ja som ju v najbližšej dobe nemala v pláne zdolávať. Skôr spevňovať jej základy.
„Pochop, nikdy si sa s nimi nechcela stretnúť. Možno by teraz reagovali inak, keby si súhlasila, aby ťa spoznali aj osobne...nedala si im žiadnu šancu," vytýkal mi Rahmi.
„Micky, ty si dookola nástojil, aby som sa s nimi stretla. Oni sami od seba ma nikdy oficiálne nepozvali. Aspoň o tom neviem. Lenže po tomto zážitku ma úplne prešla chuť na akékoľvek zoznamovanie."
„Aj mňa veľmi sklamali. V živote by som si nepomyslel, že sú niečoho podobného schopní. Momentálne som s nimi tiež prerušil kontakt."
„Pozri, mňa presviedčať v ich prípade nepotrebuješ. Ale sú to a vždy i budú tvoji rodičia. Na to nezabúdaj..."

Niekedy na konci novembra zasadala rodinná rada a z množstva kandidátok, hlásiacich sa na pozíciu Tante Clary, padlo konečné rozhodnutie na Tante Elke. Dohodli sa s ňou, že nastúpi v prvý pracovný deň po Troch kráľoch.

Okrem toho ma Laura prekvapila svojim vyhlásením, ktoré nasledovalo niekoľko dní po vyprázdnení garsónky.

„Uvažovala som nad vašou situáciou a s Philipom sme sa zhodli, že Micky môže odteraz prespávať u teba dole v izbe. Poznáte sa dosť dlho na to, aby sme mu i my dôverovali a kým nenájdete niečo nové, má u nás dvere otvorené."

I po rokoch tvrdím: klobúk dolu pred ich gestom... a po tom všetkom!

No i napriek tomu sme nezaspali na vavrínoch, ale naďalej usilovne zháňali nejaké schopné, vyhovujúce bývanie. December sa pomaly, ale iste blížil a my sme zo všetkých strán zbierali iba záporné odpovede. Nosy sa nám milimetrovo predlžovali, vlasy šediveli.

Ale vlasy môžu ošedivieť i z celkom iného dôvodu, čo potvrdzuje nasledujúca príhoda. Opäť sa začala zvonením telefónu.

„Práve sme s celou rodinou v Mníchove," oznámila mi takmer s plačom Anka.

„Anka, preboha, je to až tak zlé?"

„Kati, chvejem sa na celom tele," preglgla a pokračovala nezmeneným hlasom ďalej. „Lucia ma požiadala, aby som im dnes po obede vyžehlila nejaké košele. Spýtala som sa jej pre istotu, či naozaj žehliť, keď ešte nie je doma a ja mám na starosti deti. Urobila som, ako mi nakázala. A kým som sa ja v obývačke venovala sprostým golierom, hrali sa drobci na záhrade. Stephano vytiahol odniekiaľ luk so šípmi, čo mu deň predtým zmajstroval otec a nešťastnou náhodou strelil Valentíne do oka."

„Ježkove zraky! A ...?" nedokončila som otázku, striaslo ma pri pomyslení na tón jej hlasu a možné pokračovanie.

„No veď práve to! Strašne plakala a kričala, že nič nevidí. Hneď som zalarmovala Luciu. Doletela domov v priebehu štvrťhodiny. Okamžite zavolala prvú pomoc a sanitka so zapnutou sirénou nás vzápätí brala na mníchovskú očnú kliniku."

„Anka, toto sú presne tie šokové stavy, aké by som v živote nechcela zažiť. Už len pri počúvaní mi je zle. A čo na klinike?"

„Pred chvíľou skončili posledné vyšetrenia. Keď doktor vyšiel z miestnosti, kde ju prezerali, iba povedal: *Choďte do prvého kostola, ktorý zbadáte a zapáľte v ňom sviečku! Očná kosť jej o milimeter zachránila zrak!*"

To, že Valentína istý čas nevidela, bolo dôsledkom prudkého nárazu. Našťastie jej nezostali žiadne trvalé následky po nešťastnej novembrovej príhode. Luk a šípy však odvtedy stáli v rodinnom slovníku na čiernej listine. Anka sa tiež postupne spamätávala z veľmi nepríjemného zážitku. A zbierala sily na ten nasledujúci.

Predtým, než na dvere zaklopali Vianoce, podarilo sa nám s Mickym snáď zázrakom objaviť ponuku na byt, kde nás pri prvej otázke neodbili známou vetou, *inzerát je neaktuálny*, ale pozvali nás dokonca na obhliadku! Adresa:

Brudermühlstrasse. Vtedy som časť mesta, kde sa ulica nachádza, v podstate nepoznala.

Zaparkovali sme v bočnej uličke a chvíľu sledovali ruch na ulici.

„Bože, koľko áut! Dúfam, že byt je nasmerovaný do dvora, inak neviem, neviem...,“ zhodnotila som nie príliš nadšene výsledok niekoľkominútového pozorovania.

„Poď, ideme dnu a o chvíľu sa dozvieme viac.“

Pri vchodovej bráne sme zatlačili na zvonček s menom, ktoré sme si zapísali na papier ešte počas telefonátu. Nemuseli sme šliapať nikam dohora. Dvere sa otvorili na prízemí. Čo ocenia všetci sťahováci, tomu som ja udelila prvé mínus body. Privítal nás mladý pár so synom. Rodičia, ako sme sa vzápätí dozvedeli, boli pôvodom z Chorvátska.

„To je dobré znamenie,“ zašepkala som Mickymu. „Zdá sa, že tu cudzinci nikomu neprekážajú.“

„Byt je priestranný, ale stále je to iba jedna veľká miestnosť a jedno okno s výhľadom na ulicu,“ začal s vysvetľovaním partner a prinútil ma tým rozšíriť zbierku mínus bodov. „My sme si ju rozdelili skriňami na dve časti. V zadnej spávame a vpredu je obývačka. Bohužiaľ, s dieťaťom sa takto ďalej žiť nedá. Malý ide o rok do školy a potrebuje vlastnú izbu.“

Následne nám ukázali kuchyňu a kúpeľňu.

„Kuchynskú linku sme kúpili iba pred rokom, a keďže v novom byte už jedna je, necháme ju tu, ale požadujeme za ňu tisícsedemsto mariek odstupné.“

Ďalšie mínus body. V Nemecku nie je nič neobvyklé, že majitelia bytov vybavia kuchyňu všetkým potrebným zo skrinkovej zostavy a prenajímajú ich spolu s ňou. Vtedy stojí v inzeráte informácia: *EBK (Einbauküche)*, čiže vstavaná kuchynská linka. Ak nájdete byt bez nej a rozhodnete sa ju na vlastné náklady zakúpiť, pričom ju pri ďalšom sťahovaní z nejakého dôvodu ponecháte v byte, môžete od nového nájomníka požadovať odstupné – *Ablöse*.

„Pozrite, nechajte si informácie prejsť hlavou a my sa zatiaľ porozprávame s majiteľom. Na sviatky odchádzame domov do Chorvátska a od januára sme v novom. Byt bude oficiálne voľný od prvého februára, ale ak všetko pôjde podľa našich predstáv, kľúče dostanete posledný januárový týždeň. Ozveme sa vám ešte krátko pred Vianocami a vy nám oznámite, ako ste sa rozhodli.“

Chlapi spečatili ústnu dohodu a približný termín predvianočného telefonátu podaním rúk a následne sme sa pobrali do večerných ulíc veľkomesta. Zašli sme do malej kaviarničky, aby sme ešte raz prehodnotili situáciu.

„Ak mám pravdu povedať, ich byt ma ani trochu nenadchol... ale stále sme nezohnali nič iné, takže asi nemôžeme moc vyskakovať,“ začala som.

„A je väčší než garsónka a má vysokánske steny!“

„Vieš, čo mi napadlo? Tá výška by sa dala využiť na vstavanie poschodia, kde by sme si spravili spací priestor. Ušetrili by sme tým kopu miesta.

233

Videla som niečo podobné u známych a vyzeralo to efektne! Vytvorili si akúsi drevenú, námornícku kabínu s posedením a na ňu uložili matrace, kde spávali. I keď výhľad priamo na chodník nepokladám za veľkú výhru. Každý okoloidúci nám bude vidieť dovnútra... a chýba mi balkón... Nuž a odkiaľ zoberieme toľké peniaze na kuchyňu?"

„Ak by sme získali nájomnú zmluvu, niekde by sme ich naisto naškrabali! Za novú kuchyňu v ich veľkosti by sme zaplatili viac."

„Mne osobne sa ale vôbec nepáčila. Tebe vari áno?"

Ešte chvíľu sme diskutovali. Nakoniec sme sa zhodli v tom, že zatiaľ nám i tak chýba konečné rozhodnutie majiteľa bytu, takže je zbytočné lámať si hlavu dopredu, čo a ako. Pri tejto príležitosti som načala ďalšiu dôležitú tému.

„Micky, keď teraz zháňame bývanie v Mníchove... neuvažoval si o možnosti zanechať firmu a radšej sa niekde napevno zamestnať? Určite na nás v blízkej budúcnosti čakajú kdejaké výdavky, pri ktorých si nedovolíme riskovať pri tvojom neistom príjme. Keď skončím u rodiny, tiež sa poobzerám po nejakej robote, ale bez papierov sa nespolieham veľmi na zázraky."

„Hm. Veru, i ja som o tom uvažoval. Porozhliadnem sa po niečom. Peniaze budeme naozaj potrebovať."

Na druhý deň som informovala Lauru o priebehu obhliadky.

„Nelám si hlavu ohľadne januára. Kým nepodpíšete zmluvu a nezamáváš mi s kľúčmi pred nosom, zostaneš bývať u nás. Aspoň zaučíš Stanislavu a Tante Elke. Obe budú nové a ty si jediná, kto sa u nás vyzná. Ušetríš mi tým kopu roboty."

„Naozaj by vám to neprekážalo?"

„Katja, prosím ťa! Rok si u nás žila, starala si sa nám vzorne o deti a o domácnosť, tak ťa nenecháme teraz na ulici! Miesta je tu predsa dosť. Aj keby si musela u nás zostať do marca."

„Laura, ďakujem za pomoc, ale ja pevne dúfam, že sa to konečne dorieši! Tá neistota je strašne ubíjajúca. Ničí ma pocit, že sa nám nepodarí nič načas zohnať."

„Nestrácaj nádej, nejaké riešenie sa vždy nájde! Uvidíš."

„Veď to si dookola opakujem i ja."

Napriek *pevnej vôli, čo všetko zdolá*, spomínaná neistota nemizla, práve naopak. S pribúdajúcimi dňami naberala stále hrozivejšie rozmery. Do poslednej minúty pred odchodom na Slovensko sa nám nik ohľadne bytu na Brudermühlstrasse neozval. Jediným svetlým bodom na časomiere udalostí sa stala správa, že Micky od polovice januára nastupuje na trvalý pracovný pomer do výroby v BMW.

Na druhé Vianoce som dostala od rodiny ako extra bonus štedrú poukážku na nákup oblečenia v jednom z Philipových obchodov a spolu s Laurou sa nám na chvíľu zarosilo videnie, keď sme narýchlo v spomienkach zrekapitulovali všetky zážitky za uplynulé mesiace. Vedeli sme, že rozlúčka v našom prípade vlastne rozlúčkou ani nie je....

Micky cestoval na sviatky do Bratislavy so mnou. Ako moslimovi mu to mohlo byť v podstate jedno, kde ich strávi. Ich viera Vianoce i tak neuznáva. Keď na Štedrý večer pod stromčekom objavil darčeky so svojim menom, s čím vlastne vôbec nerátal, premohlo ho dojatie a rozplakal sa. „Katja, pozri, ako sa ku tebe zachovala moja rodina... a ja som od vás dostal krásne dary! Hanbím sa za to, čo vykonali moji rodičia," smutne zahlásil a vzápätí šťastím vyobjímal všetkých prítomných.

Tie necelé dva týždne, strávené na Slovensku, ubehli ako voda. Hodovanie sme mali úspešne za sebou, nastal čas uťahovať opasky.

Na spiatočnú cestu sme do auta pribrali Stanku s celou jej výbavou na nastávajúcich osem mesiacov.

„Neboj, január sa tlačíme v izbe spoločne, vypomôžem ti s deťmi a všetkým ostatným a potom sa uvidí. Navyše v rodine, kde predtým bývala Alida, pracuje momentálne Petra z Čiech, takže budeš mať po ruke ďalšiu správnu parťáčku," vysvetľovala som jej počas niekoľkohodinovej jazdy do Mníchova.

„A tá nová pani, čo ju zamestnali po Tante Clare?"

„Myslíš Tante Elke? Tak tú zatiaľ nepoznám ani ja. Videla som ju iba raz a aj to veľmi krátko. Necháme sa prekvapiť, čo bude zač."

Micky nás po únavných päťsto päťdesiatich kilometroch vyložil na starej známej adrese a sám sa pobral domov. V zimných mesiacoch na trase Bratislava-Mníchov pravidelne za Salzburgom sneží. A sneh vyčerpá i toho najzdatnejšieho šoféra.

Deti, so zvedavosťou im typickou, pozorovali Stanku pri dverách predsienky, kým si vyzliekala kabát.

„Katja, a ona bude spať v tvojej izbe?" vyzvedal Tim.

„Áno, Stanka je odteraz vaša nová au-pair. To ja som tu vlastne na návšteve. Budem jej zo začiatku trochu vypomáhať, kým sa nenaučí všetko potrebné. Medziiným, kde máte školu, škôlku, ihriská a taekwondo."

„Katja zaučí aj Tante Elke, aby i ona vedela, ako to u nás chodí," pridala doplňujúcu informáciu Laura a pomohla nám zniesť tašky do suterénu.

Nasledoval krátky zoznamovací rozhovor s oboma rodičmi, kde som opäť pôsobila v úlohe tlmočníčky a prehliadka domu od komory až po vrchnú spálňu.

„Laura, nemala som žiadnu správu na odkazovači ohľadne Brudermühl-strasse?" vyzvedala som, len čo sa naskytla príležitosť na kladenie podobných otázok.

„Nie, zatiaľ nič."

„Ja tomu nerozumiem. Povedali sme im, že potrebujeme čo najskôr poznať rozhodnutie majiteľa, aby sme sa podľa toho zariadili."

„A vy im nemôžete zavolať?"

235

„Nie, momentálne nemáme na nich žiaden kontakt. V novom byte im zatiaľ chýba telefón. Práve preto sľúbili, že sa ozvú oni nám! Ak tak do troch dní nespravia, začíname hľadať odznovu..."

Nervozita a neistota sa mi stali vernými spoločníčkami v nasledujúcich dňoch. Aj z toho dôvodu mi dobre padlo, že ma čiastočne zamestnávala iná činnosť a myšlienky.

Tante Elke som zaúčala spolu so Stankou presne podľa vzoru Tante Clary. Poukazovala som im jednotlivé handričky a čistiace prostriedky ku nim, všetky skryté kúty na poschodiach, prezradila najzaužívanejšie triky a pomáhala v ťažkých začiatkoch. Tante Elke bola úplne iný typ než jej temperamentná predchodkyňa. Aj vzhľadovo aj povahovo. Podľa toho, čo mi o sebe prezradila, sa dlhé roky starala o vlastnú domácnosť a teraz, keď jej deti odrástli, rozhodla sa nájsť si nejaké zamestnanie. Nedokázala som sa pri nej zbaviť pocitu, že je neustále pod akýmsi napätím, pod vplyvom príliš veľkej neistoty. Či robí všetko správne, či je s ňou rodina spokojná, či si deti zvykli, či im dobre varí, či, či, či... no a toľko zbytočných *či* zväzuje ruky a uberá zo sebavedomia.

V polovici januára, keď sa v schránkach objavilo nové vydanie miestnych novín, padlo konečné rozhodnutie, že v zháňaní bytu pokračujeme ďalej. Chorvátska rodina sa neozývala a my sme vyčerpali poslednú dávku trpezlivosti.

„Laura, objavila som jeden dvojizbák kúsok odtiaľto. Je to iba o dve ulice ďalej za Timovým taekwondom. Ak bude treba, zaručíš sa za nás?"

„Ukáž," vzala mi noviny z rúk a prečítala si text zakrúžkovaného inzerátu. „Warmmiete tisícdvesto mariek, super cena v tej lokalite. A samozrejme, keby bolo treba, daj im kontakt na mňa."

Ihneď som bežala k telefónu a nechcela veriť vlastným ušiam. Majitelia mi potvrdili termín obhliadky ešte na ten istý večer.

V dohodnutú hodinu sme dorazili na zadanú adresu. Dvojposchodová bytovka, tiahnuca sa celou bočnou a navyše tichou ulicou, sa mi zapáčila na prvý pohľad. Pozdĺž nej sa tiahol lesík. Oproti domu, ale nie v jeho tesnej blízkosti, sa vynímal niekoľkoposchodový hotel. Číslo vchodu, kam sme mali namierené my, stálo vypísané hneď na prvých dverách. Tu sme počkali na majiteľov bytu. Dostavil sa veľmi sympatický, starší manželský pár. Prehodili sme medzi sebou pár úvodných viet a spoločne vyšli na prvé poschodie. Prezradili nám, že bývajú iba o niekoľko ulíc ďalej, v rodinnom dome a byt kúpili pre jedného zo svojich synov. Kým študoval, prenajímali ho.

Za jeho dverami nás privítala trojčlenná rodinka. Asi dvojročné dievčatko sa nám celý čas zvedavo tmolilo popod nohy. Okrem mňa s Mickym boli všetci prítomní Nemci. Už prvý pohľad dovnútra ma príjemne prekvapil. Z bytov, ktoré sme mali možnosť vzhliadnuť do toho večera, sme obaja označili ten posledný za jednoznačne najkrajší. Čoby najkrajší. Aspoň o tri kategórie predstihol svoju vtedajšiu konkurenciu. Rozlohou, polohou, zariadením, vybavením a cenou.

Dozvedeli sme sa, že i rodinka v ňom žijúca sa čochvíľa sťahuje do väčšieho.

„Zatiaľ spávala dcérka s nami v spálni, ale už sa to nedá. Manžel si v noci potrebuje oddýchnuť, nabrať síl do ďalšieho dňa. Ale pre dvoch je to ideálne riešenie. Cítili sme sa tu výborne. Tiché prostredie a milí susedia. Vedľa nás býva jedna operná speváčka. Občas ju počujem, ako si nacvičuje árie z rôznych predstavení, ale to iba doobeda alebo poobede," vysvetľovala mladá pani.

„Mne spievanie vôbec neprekáža. A od februára by bol byt voľný?" súrne som potrebovala potvrdiť informáciu z novín.

„Áno, snáď i trochu skôr. Podľa toho, ako nám uvoľnia ten nový trojizbák."

„Micky, pozri, tá rohová lavica so stolom v predsieni je vhodnou alternatívou, keď kuchyni chýbajú potrebné metre štvorcové," otočila som sa ku nemu.

„Máte úplnú pravdu. Aj my sme si po dôkladnom zvážení stanovili priority. V obývačke sme potrebovali bezpečný priestor na hranie pre malú a do kuchyne sa stôl nezmestí."

„A vstavaná linka v nej tu zostáva?"

„Hej, pokojne sa poďte pozrieť dnu."

„A treba za ňu niečo doplatiť?"

„Kdeže. Tá už tu bola, keď sme sa nasťahovali."

Predstavte si, že hľadíte na predsieň, pričom stojíte vo vchodových dverách v jej ľavom rohu. Napravo od vás je spomínaný stôl s rohovou lavicou a presne oproti vám vchod do štvorcovej spálne. Naľavo od vchodu sa nachádza kúpeľňa s WC. Vedľa spálne sa cez samostatný vchod vstupuje do obývačky s velikánskym balkónom. Pri pohľade naň máte pocit, že tam zriadite letnú obývačku, ktorú niekedy v októbri prerobíte na zimnú záhradu. Balkón o veľkosti tretej izby je krytý a smeruje naň okno zo spálne. Na druhom konci predsiene je kuchynka. V tomto prípade kuchynka snov. (Tak veľmi ma očarila, že som si po mnohých rokoch do nášho terajšieho bytu dala zhotoviť niečo podobné.)

Všetky dvere farebne ladia s parketami a drevom, ktorým je vykladaný strop obývačky. Na modro vykachličkovaná kúpeľňa má na strope takisto drevo, avšak nalakované na bielo.

Po takom podrobnom opise isto každý pochopil, že sme *byt snov* nakoniec získali. Zostáva záhadou, akým zázrakom. Referencie od nás majitelia nepýtali absolútne žiadne, čo v Nemecku vôbec nie je bežné. K podpisu zmluvy doniesol Micky iba potvrdenie, že pracuje v BMW a to im úplne stačilo. Bežne sa vyžaduje potvrdenie o posledných troch zárobkoch. Micky v tom čase nedostal zatiaľ ani prvý. Neuveriteľné, ale pravdivé! Takže zázraky sa dejú! Odo mňa nežiadali nič. So zmiešanými pocitmi (*čo ak ma odhalia?*) som nájomnú zmluvu podpísala i ja. A od prvého februára sme mali bývanie isté. Potvrdzoval to aj zväzok kľúčov, ktorý sme získali o niekoľko dní a pevne stískali v rukách, aby nám ho nik nevyfúkol. Takmer som sa šťastím naučila lietať... aby som onedlho zasa raz riadne padla na hubu!

V nemecky hovoriacich krajinách sa v spojení s vysťahovalcami, pioniermi či novousadlíkmi hlavne v minulosti spájalo porekadlo: *Prvému smrť, druhému biedu a tretiemu chlieb.* Toto pravidlo v skratke zhŕňalo osudy prvých troch generácii a vzťahovalo sa na začiatku svojho vzniku predovšetkým na novousadlíkov v neobývaných, bažinatých oblastiach. Niekto, kto ako prvý obsadil neznáme a neúrodné územie, si väčšinou vyslúžil iba tú smrť. Druhá generácia sa pasovala s biedou a dariť sa začalo až tej tretej.

Ja som si, pravdepodobne, hneď na začiatku zmýlila trasy a prehrýzala sa netradične najprv chlebovou fázou. Porekadlo sa však oklamať nedá. Zvyšné dve etapy na mňa zatiaľ trpezlivo čakali skryté kdesi v úzadí...

Ale o tom až nabudúce!

Obsah